BIRGIT HUMMLER

Dieselschwaden

Birgit Hummler, Jahrgang 1953, ist in Stuttgart aufgewachsen und lebt heute in Breisach am Rhein. Sie hat Sprach- und Literaturwissenschaften (Deutsch und Russisch) sowie Journalistik und Kommunikationswissenschaften studiert. Ihre Laufbahn als Journalistin führte sie bald zu Themen aus der Arbeits- und Wirtschaftswelt, in der es manchmal mörderisch zugeht. Ihr Krimidebüt »Stahlbeton« wurde 2011 mit dem Stuttgarter Krimipreis ausgezeichnet. »Dieselschwaden« ist ihr vierter Krimi im Silberburg-Verlag.

BIRGIT HUMMLER

Dieselschwaden

Baden-Württemberg-Krimi

SILBERBURG

Sollte dieses Werk Links auf Webseiten Dritter enthalten, so machen wir uns die Inhalte nicht zu eigen und übernehmen für die Inhalte keine Haftung.

1. Auflage 2018

Umschlaggestaltung und Satz:
Christoph Wöhler, Tübingen.
Coverfoto: © Africa Studio – Shutterstock.
Lektorat: Michael Raffel, Tübingen.
Druck: CPI books, Leck.
Printed in Germany.

ISBN 978-3-8425-2113-1

Alena

Sie wusste es sofort. Es war ihr beim ersten Blick klar. Ludmilla lag da, mit verrenkten Gliedern, die Augen geöffnet, leblos. Das Zimmer sah aus wie ein Schlachtfeld. Die wenigen Habseligkeiten, die Kleider, die Bücher, die Briefe – alles war herausgerissen und auf den Boden geworfen worden.

Einen Moment stand sie nur da, starr vor Entsetzen. Dann schaltete ihr Gehirn um, in einen Zustand dumpfer Besinnungslosigkeit.

Die Tür blieb weit geöffnet stehen. Sie wandte ihren Blick ab und kauerte sich auf dem Flur zusammen. Sie saß da, und wie hinter einem dichten Schleier zogen die Bilder an ihr vorbei: Frauen, die in die Küche gingen und etwas zu essen holten, andere, die im Badezimmer herumfuhrwerkten, um dann wie die anderen in ihren Zimmern zu verschwinden. Frauen, die einen kurzen Blick in das Zimmer warfen, um sich sofort wieder abzuwenden – das ging sie ja alles nichts an.

Nur Mirena berührte sie kurz an der Schulter und sah sie besorgt an. Kurz warf auch sie einen Blick in den verwüsteten Raum, jammerte etwas in ihrer Sprache und zog sich dann in ihr Zimmer zurück.

Wie im Tran bekam sie mit, dass die Wohnungstür aufgeschlossen wurde.

»Hey, ihr! Sind schon alle in ihren Fallen, oder wie?« Die hohe, unangenehme Stimme von Fabiola schallte durch den Flur. »Kundschaft. Da muss noch mal jemand ran! Und was ist mit dir?«, herrschte sie das Häufchen Elend an, das auf dem Flur zusammengekauert saß, die Arme um den Kopf geschlungen.

Die Frau mit der schrecklichen Stimme ging zu der offenen Tür und sah in das Zimmer.

»Was ist mit der los? Was ist denn hier passiert?« Fabiola machte einige Schritte in den Raum. Dann kreischte sie in noch schrilleren Frequenzen: »Oh Scheiße, ist die tot? Die ist ja tot!«

Sie stürzte aus dem Zimmer, fingerte ihr Handy aus der Manteltasche und versuchte hektisch, jemanden zu erreichen. »Oh Scheiße, warum geht der nicht ran? Was machen wir denn jetzt? Was soll ich denn jetzt machen? Lebt die noch? Was muss ich denn da wählen?« Sie hackte Zahlen in ihr Mobilgerät. »Ja, sie müssen sofort kommen. Da ist jemand … ich weiß nicht, tot oder krank oder … Sie müssen kommen … Fasanenhofstraße … Vierter Stock … Nein, ich sag Ihnen meinen Namen nicht.« Panisch beendete sie das Gespräch. »Oh Scheiße, was soll ich denn jetzt machen? Und du, was tust du da? Hast du irgendwas mitgekriegt?«, herrschte sie das menschliche Bündel auf dem Flurboden an.

Als keine Reaktion kam, meinte sie nur: »Ich bin hier dann mal weg«, verließ fluchtartig die Wohnung und schlug die Wohnungstür mit Schwung hinter sich zu.

Wie lange sie saß, konnte sie nicht sagen. Dass sie fröstelte, spürte sie nicht. Irgendwann klingelte es Sturm an der Haustür. Sie hatte nicht die Kraft aufzustehen. Eine der anderen Frauen öffnete schließlich fluchend die Wohnungstür.

Samstag, 9. April

1

»Luca!«

Der Chef war mega-mies drauf. Luca hatte gerade die Bürotür hinter sich geschlossen, als Bialas sie wieder aufriss.

»In fünf Minuten in meinem Büro«, polterte er im Befehlston, drehte sofort wieder ab und hätte Pia, die gerade eintrudelte, fast über den Haufen gerannt.

Bialas sah finster auf seine Uhr und schnauzte Pia an: »Jetzt kommen Sie daher! Es ist zehn nach acht. Sie kommen auch sofort zu mir.«

Mann, war der scheiße drauf. Es war zehn nach acht an einem Samstagmorgen, an dem sie zum dritten Mal Sonderschicht fuhren. Pia knallte ihr Rucksäckchen auf den Schreibtisch und fauchte: »Ich beantrage meine Versetzung.«

Luca verstand sie voll und ganz. Trotzdem sagte er nichts. Er wollte Bialas nicht in Schutz nehmen, aber auch nicht in die allgemeine Chef-Beschimpfung einsteigen. Er kannte den Leiter des Dezernats für Kaptaldelikte ja nun schon einige Jahre, und der war normalerweise voll in Ordnung. Aber Pia war gerade mal drei Monate im Dezernat. Und sie hatte Andreas Bialas gleich von seiner miesesten Seite kennengelernt. Er konnte ihren Frust nachvollziehen. Aber auch Pia war gewöhnungsbedürftig, und er war sich noch nicht sicher, ob er sich mit ihr solidarisieren wollte.

Missgelaunt packten sie beide etwas Schreibzeug zusammen und gingen rüber zu Bialas' Dienstzimmer. Auch Hanna, mit der sich der Chef das Büro teilte, schob Samstagsdienst. Sie saß am Schreibtisch, studierte aufmerksam Akten und sah sehr müde aus.

»Setzt euch«, brummte Bialas. Sie zogen sich die Besucherstühle zu seinem Schreibtisch. Er warf ihnen eine Mappe zu und meinte trocken: »Ne tote Nutte. Ihr beide übernehmt den Fall.«

Luca stellte fest, dass Hanna Bialas missbilligend ansah.

»Andreas«, meinte sie mahnend.

Hanna würde fehlen, wenn sie tatsächlich im kommenden Jahr in den Ruhestand ging, »la mamma« des Dezernats, die selbst bei dem grausamen Fall von Kindesmord, der sie alle so fertigmachte, die Nerven behielt. Die einzige, die sogar einem Andreas Bialas mal den Kopf waschen durfte.

»Na gut«, meinte Bialas. »Wahrscheinlich eine Prostituierte. Wurde heute in aller Herrgottsfrühe in einer Wohnung im Fasanenhof tot aufgefunden. Adresse steht da drin.« Er zeigte auf die Mappe mit den Anzeigeformularen.

»Der Kriminaldauerdienst ist schon dort. Die KTU auch. Ein Arzt ist unterwegs. Staatsanwaltschaft hab ich auch verständigt. Also los, fahrt da hoch.«

Das war's dann auch schon. Bialas wedelte, als wollte er die Kollegen verscheuchen.

»Und was ist mit den Befragungen?«, wollte Luca wissen und stand auf.

Seit Tagen arbeiteten sie »Sachdienliches« aus der Bevölkerung ab. Ein Scheißjob, wie Luca fand. Der Fall des elfjährigen Jungen, der im Januar erdrosselt im Körschtal aufgefunden worden war, hatte die Bevölkerung aufgewühlt. Und je aufgewühlter, umso mehr blühte die Phantasie mancher Leute. Fast 500 Hinweise waren eingegangen, denen sie nachgehen mussten.

»Müssen wir umverteilen«, meinte Bialas mürrisch. »Ihr kümmert euch jetzt darum. Muss ja auch einer machen.«

Luca war es eigentlich ganz recht. Er hatte nach tagelangem Telefonieren manchmal das Gefühl, dass ihm gleich das Ohr abfiel. Die Anrufer regten ihn auf. Die Wortkargen, die nicht in der Lage waren, eine Beobachtung so in Worte zu fassen, dass man sich was drunter vorstellen konnte. Die Wichtigtuer, die genau zu wissen glaubten, dass sie den entscheidenden Hinweis gaben. Und die Laberer, die einen vollschwallten. Und dazwischen sollte man dann noch heraushören, ob irgendetwas von Bedeutung dabei war. Pia hielt sich ganz wacker. Aber der Job kotzte sie genauso an. Sie hatte sich die Arbeit bei den Kapitaldelikten wohl etwas anders vorgestellt. Auch sie ging lieber hinaus, wenn sie vor Ort Hinweisen folgen mussten, und sprach mit den Leuten.

Luca sah die Not der Kollegen, die enorm unter Erfolgsdruck standen und denen die Arbeit über den Kopf wuchs. Trotzdem war er froh über den neuen Fall. Er erledigte die Formalien für den Dienstwagen, bekam die Schlüssel für eine Daimler E-Klasse, eine schwerfällige Karre, mit der er und Pia sich die nächste Stunde durch den entnervenden Verkehr der Stadt quälten. Stuttgart war zu einem Hindernisparcours verkommen. Nur wegen diesem beknackten Bahnhof, den keiner brauchte.

Luca nahm von vornherein nicht den kürzeren Weg durch die Stadt, sondern fuhr über den Killesberg, vorbei an Botnang nach Vaihingen, und von dort aus rüber zum Fasanenhof. Doch diese Idee hatten auch noch andere, die sich nicht durch die Baustellen der Innenstadt hindurchzwängen wollten. Die Engpässe im Zentrum führten zu dichtem Verkehr auf den Umgehungsrouten.

»Kann ich eine rauchen?«, fragte Pia.

»Auf gar keinen Fall!«

»Ist doch nicht deine Karre.«

»Aber mein Body.«

»Ich mach's Fenster auf.«

»Es ist auch mein Body, der dann friert.« Der April war recht kühl und wechselhaft dieses Jahr.

»Du bist echt gemein«, maulte sie.

Solche Dialoge führte man mit Pia Grampp. Luca fragte sich, wie dieses halbe Hemd mit dem schnoddrigen Mundwerk überhaupt in die Polizei aufgenommen werden konnte. Wahrscheinlich hatte sie sich beim Einstellungstest auf die Zehen gestellt. Auf die Polizeihochschule zu kommen, war mit etwas Grips und Entschlossenheit nicht das große Problem. Andreas hatte mal eine Bemerkung fallengelassen, dass sich Pias Abschlussnoten sehen lassen konnten. Aber warum man dieses aufmüpfige Wesen, das gerne Rap hörte und abgeschabte Jeans und Schlabberpullover trug, in ein Dezernat für Todesermittlungen gesteckt hatte, das konnte nur Quotengründe haben. Weiblich und jung mussten die neuen Kollegen sein, um die Statistik aufzuhübschen. Und es war ja auch kein Zustand, dass Hanna Stankowski, die die sechzig schon überschritten hatte, die einzige Frau in ihrer Abteilung war, und Luca selbst, der schnurstracks auf die vierzig zuging, immer noch als Youngster des Dezernats galt.

2

Die Dienstwagen der Kriminaltechnik und des Bereitschaftsdienstes standen vor einem langgezogenen Wohnhaustrakt mit mehreren Eingängen. Es handelte sich um ein rundumerneuertes Haus mit Betonfassade aus den sechziger Jahren, das einst als Grundstein der Siedlung Fasananenhof hochgezogen worden war. Der südlichste Trabantenstadtteil Stuttgarts galt nicht gerade als Traumwohngegend. Ursprünglich zur Zeit der Nachkriegs-Wohnungsnot für zehntausend Einwohner in Massenmenschenhaltung geplant, wohnten hier inzwischen gerade noch sechseinhalbtausend meist »sozial Benachteiligte«, vor allem Türken und Russlanddeutsche. Die modernen Hochhäuser und Wohnblocks, die erst in jüngerer Zeit hinzugekommen waren, machten den Ort nicht heimeliger. Die Monotonie der schlichten Reihenhäuser war durch die Monotonie der modernen Betonkästen abgerundet worden.

Vor dem betreffenden Hauseingang standen die obligatorischen Gaffer. Zwei Kollegen in Uniform hielten sie in Schach. Es gab Leute, die würden unbefangen in die Wohnung eines Toten stiefeln, nur um ihre Sensationssucht zu befriedigen, wenn sie nicht daran gehindert wurden.

Luca und Pia machten sich den Weg frei, indem sie ihre Ausweise zeigten. Die Kollegen schickten sie in den vierten Stock des achtstöckigen Gebäudes. Obwohl es Aufzüge gab, gingen sie in dem relativ geräumigen Treppenhaus zu Fuß nach oben. Im vierten Stock stand ein Zinksarg, daneben zwei Männer mit dem Aufdruck »RBK – Gerichtsmedizin« auf der Berufsbekleidung. Links und rechts des Treppenflurs waren schwere Durchgangstüren. Einer der beiden wies ihnen den Weg nach links. Hinter der Tür war ein langer Gang, offen zur Straße hin und nur durch eine Brüstung gesichert, sodass der Lärm der B 27 als ständiges Rauschen zu hören war. In regelmäßigen Abständen gingen davon die Wohnungstüren ab. Eine davon war geöffnet, Stimmengewirr klang heraus.

In der Wohnung ging es eng zu. In den sechziger Jahren war man nicht großzügig mit Wohnraum gewesen, als es noch darum ging, die ganzen Vertriebenen und Gastarbeiterfamilien unterzubringen. Luca erinnerte sich vage an die Altbauwohnung am Stuttgarter Nordbahnhof, in der seine Großeltern mit den jüngeren Geschwistern seines Vaters auf engem Raum gelebt hatten.

Zwei Zimmertüren standen offen. In der Küche waren drei Kollegen in weißen Overalls zugange. In einem Zimmer drängten sich die »Weißen« von der Kriminaltechnik so, dass Luca zunächst nur sah, dass es sich um einen kleinen Wohnraum mit zwei Betten und Schränken handelte. Alle anderen Türen, die von dem schmalen Gang abgingen, waren geschlossen.

Die Kollegen vom Kriminaldauerdienst waren sichtlich froh, dass die Todesermittler nun übernahmen. Für sie endete damit die Nachtschicht.

»Eine Frauenleiche und jede Menge lebendige Mädels«, informierte sie einer der beiden. »Zwölf Frauen haben hier in der engen Bude gewohnt. Jetzt sind's noch elf. Die sprechen alle so gut wie kein Deutsch. Die meisten haben bulgarische Pässe. Drei sind Rumäninnen und zwei haben keine Papiere, behaupten, die hätte der Chef, wer immer das ist.«

»Und wo sind die?«, wollte Pia wissen.

»Haben wir in ihre Zimmer gescheucht. Die waren vollkommen hysterisch und sind uns zwischen die Füße gelaufen.«

»Es sollen Prosituierte sein?«, fragte Luca.

Der Kollege nickte. »Könnt ihr mal davon ausgehen. Ein paar haben was vom Serail drüben in Echterdingen erzählt. Und die Kriegsbemalung von einigen würde dazu passen. Die kamen wohl so circa um fünf heute Morgen von der Arbeit zurück und haben die Tote gefunden.«

»Wer hat die Polizei gerufen?«

»Von denen will es keine gewesen sein. Irgendwie haben sie Schiss.«

Luca betrat das Zimmer, in das er zuvor nur einen kurzen Blick geworfen hatte. Hier herrschte ein wildes Durcheinander. Der Kleiderschrank stand weit offen. Klamotten waren herausgerissen worden und lagen verstreut auf dem Boden. Aus der Schublade eines kleinen Nachtkästchens waren Fotos, Briefe und Schriftstücke herausgeleert und zerfetzt worden. Decken und Kissen der beiden Betten lagen wild durcheinander, halb auf der Erde. Sogar die Matratzen waren weggezerrt worden. Ganz offensichtlich hatte hier jemand etwas gesucht.

Zwischen all dem turnten die Kriminaltechniker herum. Die Truppe stand unter der Leitung einer Frau, die Luca nicht leiden konnte. Sie war pedantisch bis zum Abwinken und überblickte nie das Große und Ganze. Man hatte eben nur die zweite Garnitur geschickt, weil auch die gesamte KTU mit ihren besten Leuten in den Fall des ermordeten Jungen eingebunden war. Die leitende Kriminaltechnikerin wies ihre Kollegen wie Schulkinder an, in jedem Eckchen ihre Pinsel zu schwingen und Fingerabdrücke zu nehmen, während in der Mitte des Raums, fast wie unberührt, die Leiche einer sehr jungen Frau lag.

Sie trug Jeans und einen modischen Billig-Pullover. Dunkle Flecken auf der Hose zwischen den Beinen zeigten, dass sie sich eingenässt hatte. Sie lag da, mit leicht angewinkelten Beinen und weggestreckten Armen, wie ein Mensch, der im Stehen das Bewusstsein verloren und zusammengebrochen war. Luca konnte auch so erkennen, dass sie wohlgestaltete weibliche Körperrundungen gehabt hatte. Langes und wallendes braunes Haar waren ein weiteres feminines Attribut. Ob sie einmal hübsch gewesen war, ließ sich nicht erkennen. Ihr Gesicht war blutverschmiert und zugeschwollen.

Pia, die ihm gefolgt war, trat nun neben ihn und betrachtete die Tote ebenfalls. Luca sah sie von der Seite her an und stellte fest, dass die junge Kollegin erstaunlich cool blieb. Nur ihre ohnehin schmalen Lippen hatten sich zu einem herben Strich zusammengepresst. Viele Novizen in der Todesermittlung taten sich anfangs schwer mit einem solchen Anblick.

»Warum sind um die Leiche eigentlich keine Nummerntafeln aufgestellt?«, fragte er die unangenehme KTU-Frau. »Habt ihr das noch nicht fotografiert?«

»Wir arbeiten systematisch«, zickte sie ihn an.

Als nach einem Klingeln an der Wohnungstür der Arzt eingelassen wurde und ins Zimmer trat, stand der erst einmal verblüfft da und konnte seine Arbeit nicht beginnen. Solange die Lage und die unmittelbare Umgebung der Toten nicht dokumentiert waren, konnte er den Körper nicht bewegen. Wortlos sahen Luca, Pia und der Arzt zu, wie nun hektisch versucht wurde, das Versäumte nachzuholen.

Der Arzt wenigstens war ein Glücksfall. Luca kannte Dr. Schwalbe schon von seinem ersten Fall, dem Toten am Feuerbacher Eisenbahntunnel. Er hatte danach immer wieder mal mit ihm zu tun gehabt, wenn die Rechtsmedizin komplett überlastet gewesen und Schwalbe eingesprungen war. Er war einer der wenigen Allgemeinmediziner, die sich mit Todesursachen wirklich auskannten. Jetzt stand er da und taxierte schon aus der Distanz den leblosen Körper am Boden.

Luca hatte immerhin Muße, sich im Zimmer etwas genauer umzusehen. Der kleine Raum war spartanisch eingerichtet. Zwei einfache Betten, ein Kleiderschrank, ein kleiner Tisch und zwei Stühle. Auf dem Boden kein Teppich, nur billiges rotbraunes Linoleum. Trotz des Chaos konnte man erkennen, dass es sich um ein Mädchenzimmer handelte. Ein Tischtuch war mit roten, rauten- und zickzackförmigen Mustern bestickt, sicher irgendeine traditionelle Handwerkskunst aus Osteuropa. Die Blumenvase auf dem Tisch mit ein paar ersten Wildblumen hatte die Wüterei heil überstanden. Offenbar hatten die Bewohnerinnen versucht, sich ein bisschen heimelig einzurichten. An den Wänden hingen Poster von Shakira und einer Boygroup, die Luca nicht kannte, mit kyrillischer Schrift.

Die Kriminaltechniker machten ihre letzten Aufnahmen, als die Wohnungsklingel wieder betätigt wurde. Zu ihnen stieß der Staatsanwalt, ein kleiner untersetzter Mann. Er wirkte fröhlich. Wie immer. »Hallo Herr Mazzaro! Hab ich die Ehre, mal wieder mit Ihnen zusammenzuarbeiten. Sehr schön.«

Er machte einen Bückling vor Pia, als wäre sie die Königin von Saba. »Friedebald Frenzel, mein werter Name. Wir hatten noch nicht das Vergnügen. Nicht wahr?«

Die starrte nur auf seine pinkfarbene Krawatte und sagte gar nichts.

»Ach, das Corpus delicti ist noch da«, meinte Frenzel betrübt und wackelte mit dem runden Kopf. »Wäre Ihnen nicht böse gewesen, wenn mir der Anblick erspart geblieben wäre.« Mit Leichen hatte er's nicht so, der Staatsanwalt. Luca erinnerte sich an die eine oder andere Obduktion, bei der sich Frenzel in die letzte Ecke des Sektionssaals verdrückt hatte.

Anders dagegen Dr. Schwalbe. Der Arzt beugte sich nun über die Tote und untersuchte sie routiniert. Luca hielt sich nahe bei ihm. Die ersten Befunde zu einem frühen Zeitpunkt der Ermittlungen konnten wichtige Informationen liefern.

»Erste Totenflecke«, meinte Dr. Schwalbe und deutete auf den angehobenen Unterarm der jungen Frau. Er bewegte den Unterkiefer und die Hände des Leichnams. »Leichenstarre hat eingesetzt, ist aber noch nicht vollständig ausgebildet. Ich werde gleich mal ihre Temperatur messen. Aber Sie sagen, die ist um fünf Uhr morgens gefunden worden? Dann ist sie mit großer Sicherheit nicht viel früher gestorben. Nimmt hier jemand mal die Umgebungstemperatur?«, forderte er die Kriminaltechniker auf, die ihre Ausrüstung einpackten, als ginge sie das alles nichts mehr an.

»Haben wir doch schon«, meinte die bescheuerte KTU-Tante.

»Dann nehmen Sie sie jetzt noch mal, porca miseria«, fluchte Luca. Konnte es wirklich sein, dass die Alte nicht wusste, dass man eine zeitgleiche Mastdarm- und Umgebungstemperatur brauchte, um den genauen Todeszeitpunkt festzustellen? Einer der Leute in den weißen Overalls packte ein paar Geräte wieder aus.

Dr. Schwalbe hatte die Tote unterdessen entkleidet, teilweise indem er ihre Kleidung aufgeschnitten hatte.

»Schauen Sie«, wandte er sich an Luca. »Das Gesicht des Mädchens. Das habe ich mir schon gedacht. Aber am Körper hat sie auch schon Hämatome. Ich könnte wetten, wäre sie noch am Leben, dann wäre ihr Körper morgen grün und blau. Sie wurde brutal zusammengeschlagen. Ihre Nase ist gebrochen. Daher kommt wahrscheinlich das meiste Blut. Und die Lippen sind aufgeplatzt. Aber …« Er drückte ihr Kinn etwas nach oben, sodass man den Hals besser sehen konnte. »Ich will ja der Obduktion nicht vorgreifen. Aber gestorben ist sie nicht durch die Misshandlungen. Ich denke, sie wurde erdrosselt. Sehen Sie hier?«

Er deutete auf quer über den Hals verlaufende rotbraune Striemen etwa auf der Höhe des Kehlkopfes hin, die Luca nicht unbedingt als Strangulationsmarken interpretiert hätte. Sie waren nicht allzu tief, nicht klar abgegrenzt und verliefen in mehreren, nicht durchgehenden Spuren um den Hals herum. Nur für ein geübtes Auge war das als Drosselmerkmal erkennbar.

»Schauen Sie«, erklärte der Arzt. »Die Dunsung im Gesicht stammt nicht alleine von den Schlägen, die sie einstecken musste. Wir haben die typischen punktförmigen Einblutungen oberhalb der Drosselmarken.«

Es folgte das obligatorische Umdrehen der Augenlider mittels einer Pinzette, das selbst Luca nur ertrug, wenn er flach atmete. Er sah sich kurz um. Friedebald Frenzel, der Staatsanwalt, lehnte an der Türzarge, und zwar exakt so, dass er bestimmt nicht sah, was der Doc gerade machte.

Pia hatte sich offenbar ganz verkrümelt. Also doch keine Heldin. Luca wandte sich wieder der Toten und dem Arzt zu, der auf die punktförmigen Einblutungen deutete. » Sie wurde erdrosselt. Ich schätze aber mal, nicht schnell und mit einem Ruck, sondern eher langsam. Es ist zwar paradox, aber je moderater gedrosselt wird, desto eher bilden sich solche Punktblutungen aus.« Dr. Schwalbe richtete sich auf und sah Luca an. »Es ist nur eine Vermutung. Aber ich gehe davon aus, dass sie mehrfach gedrosselt wurde. Wahrscheinlich hat sie ein paar Mal das Bewusstsein verloren, bevor sie schließlich gestorben ist. Und hier …« Er hob ihre Hände an. Blut, Hautabschürfungen und abgebrochene Fingernägel zeigten es. »Sie hat sich gewehrt.«

Luca wurde es plötzlich traurig ums Herz. Er sah auf den leblosen Körper nieder. Trotz der Verunstaltung ihres Gesichts und obwohl sie schon recht weibliche Körperformen gehabt hatte, sah man, dass es sich um ein sehr junges Mädchen gehandelt hatte. Und – so ging es ihm durch den Kopf – man hatte sie quasi gefoltert.

Plötzlich stand Pia wieder neben ihm.

»Hab mich mal umgesehen bei den Mädels«, meinte sie trocken. »In einem Zimmer ist eine zu viel. Ich schätze, die gehört eigentlich hier herein.«

Ihr Blick fiel jetzt auf die entkleidete Leiche und die umgestülpten Augenlider. Sie verzog angewidert das Gesicht und meinte sarkastisch: »Ach, wie lecker.« Und dann wieder ernst: »War sicher ne begehrte Ware in dem Puff, drüben in Echterdingen. Mit der Figur, und noch ganz unverbraucht ...« So ganz verstand Luca nicht, was sie damit sagen wollte.

Dr. Schwalbe war nun fertig. »Soweit fürs Erste. Die Obduktion wird Ihnen sicher noch Genaueres liefern.« Er packte seine Sachen zusammen. Auch die Kriminaltechniker hatten die letzten Geräte verstaut und trugen die großen Koffer nach unten. Das kleine Zimmer mit der Leiche war wieder in seinem ursprünglichen verwüsteten Zustand.

Luca gab den beiden Männern von der Gerichtsmedizin Bescheid, die mit ihrem Zinksarg gelangweilt im Treppenhaus gewartet hatten. Er sah zu, wie sie routiniert und geschäftsmäßig die Tote anhoben, in den schmalen Sarg betteten, den Deckel schlossen und die Leiche abtransportierten. Er ließ den Blick noch mal über das Chaos gleiten. Dann sah er den Zettel.

Dort, wo zuvor das tote Mädchen gelegen hatte, lag ein zusammengeknülltes, plattgedrücktes und blutverschmiertes Stück Papier.

»Moment! Pia, du passt auf, dass hier keiner reinkommt«, wies er die Kollegin an. Dann rannte er aus der Wohnung. Er nahm das Treppenhaus und war happy über seine Kondition und seine schnellen Beine. Draußen, vor dem Haus, fuhren gerade die Kastenwagen der Kriminaltechnik los. Er konnte dem letzten gerade noch kräftig auf die hintere Wagentür schlagen. Und tatsächlich hielten die Kollegen an.

»Ihr müsst noch mal hoch«, meinte er außer Atem. Die vier waren nicht begeistert, dass sie das ganze Geraffel noch mal auspacken mussten. Doch sie machten sich noch einmal auf den Weg nach oben, stellten ihre Nummerntafeln rund um den blutigen Zettel auf und fotografierten ihn von allen Seiten, um ihn schließlich mit einer Pinzette aufzunehmen und einzutüten. Luca sah bereits, dass das Stück Papier beschrieben war, mit lateinischen und kyrillischen Zeichen. Als die Kriminaltechniker abgezogen waren, merkte Luca plötzlich, wie still es in der Wohnung geworden war. Der Flur war leer, die Zimmertüren waren geschlossen. Nur die zur Küche stand einen Spalt offen. Er ging hinein und fand Pia und den Staatsanwalt am Küchentisch sitzend, die beide besorgt die junge Frau anschauten, der Dr. Schwalbe gerade den Puls fühlte. Sie wirkte völlig verstört und starrte auf einen imaginären Punkt.

Das Mädchen war bildhübsch. Langes naturblondes Haar, ein schönes Gesicht mit perfekten Proportionen, volle weiche Lippen, ein graziler Körper, der kindlich und weiblich zugleich wirkte. Sie erinnerte Luca stark an das Plakat im Zimmer der Toten. Es war Shakira, nur nicht mit braunen, sondern stahlblauen Augen. Wäre sie nicht so verdammt jung und im falschen Beruf – sie hätte gut in sein Beuteschema gepasst.

»Ist das die Zimmergenossin der Toten?«, fragte er.

»Sieht so aus«, meinte Pia. »Aber ne Befragung kannst du vergessen. Die ist voll daneben.«

Auch Dr. Schwalbe schüttelte den Kopf. »Ich hab ihr ein Beruhigungsmittel gegeben. Sie müsste erst einmal schlafen. So wie es aussieht, ist sie heute Nacht nicht ins Bett gekommen.«

»Aber wollen wir die in dieses Zimmer zurückschicken? In das Chaos? Wo ihre Kollegin grad noch gelegen ist?« Pia schien schon der Gedanke zu empören.

»Können wir das Zimmer denn überhaupt schon freigeben?«, fragte Friedebald Frenzel. Seine braunen runden Augen ruhten nach wie vor besorgt auf dem Gesicht der jungen Frau. Luca überlegte laut: »Das Zimmer ist komplett zerlegt worden. Da hat jemand was gesucht. Vielleicht hat er's gefunden, vielleicht aber auch nicht. Kann schon sein, dass derjenige noch mal kommt und rumwühlen will.«

»Wir versiegeln«, entschied Frenzel und erhob sich. »Dann haben Sie auf jeden Fall die Option, noch mal alles gründlich zu durchsuchen.«

Pia sprang auf. »Wir nehmen die Matratze raus und versiegeln dann«, meinte sie störrisch.

»Meinetwegen. Aber Sie vermerken das im Protokoll«, erwiderte Frenzel streng.

Gemeinsam mit Pia ging Luca nun von Zimmer zu Zimmer. »Haben die Leute vom Kriminaldauerdienst die alle aufgenommen und befragt?«

Pia nickte. »Ich hab mir die Protokolle mal angeschaut. Die liegen noch drüben in der Küche. Aber außer den Namen und der Staatsbürgerschaft haben die nicht viel erfahren. Und ich hab auch versucht, mit der einen oder anderen zu reden. Ganz schwierig. Da spricht kaum eine halbwegs Deutsch.«

In einem der Zimmer schliefen schon alle. Als Luca fragte, ob hier noch Platz wäre, wurde er aus einem der Betten heraus wüst beschimpft, in einer Sprache, die wahrscheinlich rumänisch war. Auch im nächsten Raum wiesen ihn die vier Damen rüde ab. Im nächsten schluchzte eine der drei Frauen in ihr Kissen. Obwohl hier am wenigsten Platz war, stimmten die drei Bewohnerinnen widerwillig zu, das arme Geschöpf aufzunehmen. Kollegialität war wohl nicht angesagt in diesem Gewerbe.

Zu dritt bugsierten Luca, Pia und der Staatsanwalt die Matratze und das Bettzeug vom Tatort in das andere Zimmer. Dr. Schwalbe brachte das Häufchen Elend zu seiner provisorischen Schlafstätte, wo die junge Frau erschöpft in sich zusammensackte. In der Wohnung wurde es wieder sehr still. Der Verkehrslärm von der Bundestraße 27 und der Autobahn drang nun umso mehr ins Bewusstsein.

Frenzel bat die beiden Kommissare, nachdem der Arzt sich verabschiedet hatte, noch einmal in die Küche. Sie setzten sich an den schlichten Küchentisch und schwiegen eine Weile, jeder mit seinen Gedanken und Gefühlen beschäftigt.

»Also, was haben wir? Zunächst einmal zum Opfer«, wollte Frenzel wissen.

»Mit großer Wahrscheinlichkeit eine Prostituierte«, stellte Luca fest. »Nationalität ungeklärt. Einen Pass hat man, soweit ich weiß, nicht gefunden. Die anderen Frauen sind Rumäninnen oder Bulgarinnen. Oder geben das an. Weil ja wohl manche Pässe beim ›Boss‹ sind.«

»Und wer der Boss ist, darauf haben wir keine Hinweise?«, fragte Frenzel ernst.

»Wer hat die Wohnung gemietet?«, warf Pia ein. »Wenn wir den Mieter haben, haben wir den Boss. Von denen«, sie deutete auf den Flur, von dem die Zimmer der Frauen abgingen, »hat sicher keine einen Mietvertrag unterschrieben.«

Frenzel machte sich Notizen und nickte mit dem runden Kopf. »Also: Sie müssen sich um den Mieter oder Besitzer der Wohnung kümmern. Was sind Ihre ersten Erkenntnisse über die Tat und den Tathergang?«

»Die Frau wurde zusammengeschlagen«, gab Luca wieder, was er vom Arzt erfahren hatte. »Hatte schon sichtbare Hämatome, wohl noch nicht ganz ausgebildet. Abwehrspuren an den Händen. Und die Nase hat man ihr gebrochen.«

»Sozusagen eine klingonische Hochzeit, ha, ha.« Frenzel lachte nicht wirklich bei der Äußerung und wurde gleich wieder ernst. Und das war gut so. Der Staatsanwalt war berühmt-berüchtigt für seinen Humor. Zu allem und jedem fiel ihm ein dummer Spruch oder Witz ein. Und meistens entspannte das die Situation. Für Luca, der es auch nicht abkonnte, wenn die Kollegen in Trübsinn verfielen, war das in der Regel sehr willkommen. Es half, Abstand zu dem zu finden, was man alles ertragen musste. Aber jetzt ging ihm der Spaß zu weit.

Frenzel kannte sich ganz gut aus im Star-Trek-Universum. Die Science-Fiction-Serie war lange Zeit Lucas Passion. Das ganze Dezernat kannte seine Vergleiche von menschlichen Typen mit den Star-Trek-Völkern. Er wusste sehr wohl, dass es bei den martialischen Klingonen in der Hochzeitsnacht zu Blutergüssen, Prellungen und Quetschungen kam und ein gebrochenes Schlüsselbein als Glücksbringer galt. Doch hier in dieser Küche, bei diesen Frauen, war das völlig daneben.

Er ging nicht darauf ein und fuhr fort: »Gestorben ist sie aber, weil sie erdrosselt wurde. Und der Arzt meint, dass sie mehrmals bis zur Bewusstlosigkeit stranguliert worden ist.«

»Die Obduktion«, nickte Frenzel. »Warten wir ab. Wie sieht es aus mit dem Motiv? Haben Sie da schon eine Vorstellung?«

»Eine erste These.« Luca nickte. »Das Zimmer ist ja komplett auseinandergenommen worden. Da hat jemand etwas gesucht. Und zuerst mal nicht gefunden. Es sieht so aus, als ob jemand aus der Frau eine Info hätte herauspressen wollen.«

»Wir müssen versiegeln«, nickte Frenzel.

»Dann müssen wir die KTU aber ziemlich schnell nochmal rankarren«, meinte Pia und wollte sich doch tatsächlich eine Zigarette anzünden.

Frenzel beugte sich zu ihr. »Ach bitte, warten Sie doch mit dem Rauchen bis zu Ihrer Feuerbestattung«, meinte er freundlich und grinste sie an wie ein Smiley. Sein Humor war heute wirklich rabenschwarz.

Pia deutete auf einen vollen Aschenbecher, der neben ungespültem Geschirr auf der Küchenzeile stand. »Da kommt's doch auf eine mehr oder weniger nicht mehr an.«

»Ich hab zwar einige Speckröllchen, aber Räucherschinken will ich nicht werden.« Frenzel wurde ernst. »Nein, mal im Ernst, das ist eines der wenigen Dinge, bei denen ich sehr ungemütlich werden kann.«

Pia schmollte, packte das Feuerzeug jedoch wieder weg und steckte sich die Kippe kalt in den Mund.

»Also ...« Luca lenkte die Aufmerksamkeit wieder auf die Ermittlungen. »... die KTU noch mal rankarren. Und wir müssen mit den Frauen reden. Vor allem mit der Zimmergenossin, sobald die vernehmungsfähig ist. Sagen wir am Montag? Wird das noch reichen?«, wandte er sich an Frenzel und dachte an die Überstunden, die sie in den letzten Wochen angehäuft hatten.

»Besteht die Gefahr«, erwiderte der, »dass sie sich verdrückt? Ich wäre mir nicht sicher, dass die Dame legal hier im Lande ist. Ich hatte den Eindruck, dass die andern sich mit ihr gar nicht richtig verständigen können.«

»Die haut nicht ab«, meinte Pia und legte die Kippe vor sich auf den Tisch. »Wohin denn auch – ohne Pass? Und Geld hat die KTU da drin ja auch nicht gefunden. Könnte höchstens sein, dass der Zuhälter sie beiseiteschafft.«

»Arbeiten die im Serail nicht alle freiberuflich?«, überlegte Luca laut. »Ich meine, das ist dort das Konzept: Dass die Frauen Eintritt bezahlen und die Männer auch. Und den Rest machen sie untereinander aus.«

»Du glaubst wohl noch an den Klapperstorch«, blaffte Pia ihn an. »Ich könnte wetten, dass die hier alle einen Stallbesitzer haben.«

»Hatte die Frau einen Zuhälter? Auch das müssen wir klären«, meinte Frenzel und machte sich weitere Notizen. »Gibt es irgendetwas, das Sie beide heute noch erledigen könnten? Oder etwas, das keinen Aufschub duldet?«

In Luca sträubte sich alles gegen diesen Gedanken. Auch Pias Gesicht verdüsterte sich. »Beim Einwohnermeldeamt erreichen wir erst am Montag wieder jemanden. Und Einsicht ins Grundbuch gibt's auch erst dann wieder.«

Luca überlegte laut: »Also, alles, was wir jetzt gesagt haben – KTU, den Mieter oder Eigentümer der Wohnung ermitteln, die Obduktion – da läuft jetzt am Wochenende nichts mehr. Und die Mädels befragen – ohne Dolmetscher geht das auch nicht. Und die kriegen wir auch so kurzfristig kaum her.« Er war fast froh, dass ihm dieses Argument noch eingefallen war. Er hatte absolut keinen Bock mehr auf Wochenendarbeit. Und er wollte unbedingt mal wieder ins Training. Das war jetzt ohnehin viel zu oft ausgefallen.

Frenzel betrachtete nachdenklich seine Notizen und fuhr sich mit der Hand über die Glatze, die seinen kugeligen Kopf zierte, obwohl er kaum älter war als Luca. »Ich weiß nicht«, meinte er skeptisch. »Die Frauen müssen so schnell wie möglich vernommen werden. Am liebsten noch heute. Sie wissen ja: Verdunklungsgefahr, Absprachen, oder eine verkrümelt sich. Die Frauen könnten sich abstimmen. Oder werden eingeschüchtert. Schauen Sie, was sich da machen lässt, Herr Mazzaro.«

Er klappte das Notizbuch zu und zog sich sein zerknittertes Anzugsjackett über. Zusammen verließen sie die stille Wohnung, nachdem sie das Zimmer der Toten versiegelt hatten. Vor dem Hauseingang verabschiedete sich Frenzel mit einem Bückling von Luca und Pia. Jeder ging seiner Wege.

3

Die Fahrt zurück zum Präsidium war wieder genauso nervig wie der Hinweg. Der Verkehr hatte eher zugenommen. Es war schon nach zwei Uhr am frühen Nachmittag, als sie endlich am Pragsattel ankamen, der Anhöhe, auf der das alte, kastige Gebäude der städtischen Polizei mit seinen modernen Anbauten thronte.

Pia verdrückte sich sofort und murmelte irgendetwas von einem Stall, in den sie müsse. Ihr hatte Frenzel ja keine Aufgabe aufs Auge gedrückt. Luca aber musste dem Chef noch Bericht erstatten und die Vernehmung der Frauen in Angriff nehmen. Er ging rüber zu Bialas' Büro. Hannas Schreibtisch war verwaist und aufgeräumt. Sie hatte für heute also auch Schluss gemacht. Bialas war genauso grantig drauf wie schon am Morgen.

Andreas Bialas – das wusste Luca – war nie ein Lächler gewesen. Zu Beginn seiner Tätigkeit im Dezernat hatte Luca Schwierigkeiten gehabt, die Stimmungen des Chefs richtig einzuordnen. Doch es war schnell klar geworden, dass die finstere Miene eher darauf schließen ließ, dass Bialas Gedanken wälzte, als dass er einem Mitarbeiter gram gewesen wäre. Und ganz nach schwäbischer Manier war es ein hohes Lob, wenn man von ihm nicht gerügt wurde und er einem einfach nur die Hand auf die Schulter legte. Luca hatte Hochachtung vor dem kriminalistischen Spürsinn des Dezernatsleiters. Der hatte die Fähigkeit, verschiedene Fäden im Detail zu verfolgen, gleichzeitig den Überblick zu behalten und dabei noch querzudenken. Und Bialas führte seine Mannschaft normalerweise fair und kollegial.

»Du schreibst mir heute noch den Bericht«, meinte Bialas griesgrämig, nachdem Luca im die wesentlichen Umstände des Todes der jungen Frau auf dem Fasanenhof geschildert hatte.

Luca regte sich auf. Er fuhr sich mit der Hand durchs dichte schwarze Haar und fuchtelte mit den Armen herum, ein körpersprachliches Erbe seiner sizilianischen Vorfahren.

»Andreas, hör mal, seit Wochen machen wir Überstunden.«

»Am Montagmorgen will ich den Bericht.«

Das sagte ausgerechnet der, der im ganzen Präsidium dafür verschrien war, dass er den Schreibkram vor sich herschob, bis es nicht mehr ging, und Berichte und Dokumentationen immer auf den letzten Drücker ablieferte.

Luca hatte keine Lust auf die Auseinandersetzung. Er konnte mit einer solchen Härte schlecht umgehen. Er neigte dazu, in diesen Situationen nachzugeben oder stur zu werden. »Okay. Montag früh. Ich komm morgen noch mal her und schreib ihn. Aber nicht mehr heute, Andreas. Ich muss jetzt erst mal organisieren, dass wir die Zeuginnen so schnell wie möglich vernehmen können.«

Der wandte sich wortlos wieder seinem Bildschirm zu und hackte etwas in die Tasten.

»Und ich brauche ein paar Leute, Andreas. Das sind mindestens ein Dutzend Vernehmungen. Und da kommen sicher noch welche dazu, wenn wir erst mal den Mieter und die Arbeitsverhältnisse der Frauen unter die Lupe nehmen.«

»Keine Chance«, sagte Bialas nur. »Ihr müsst allein klarkommen.«

Es war sinnlos, jetzt mit ihm zu streiten – das wusste Luca genau. Aber wie er jetzt allein und auf die Schnelle die Befragung von elf Frauen bewerkstelligen sollte, die der deutschen Sprache kaum mächtig waren, das war ihm ein Rätsel. Er seufzte und verließ das Chefbüro, ohne dass einer von beiden gegrüßt hätte. So eine Scheiß-Stimmung. Sie schlug ihm aufs Gemüt.

4

Pflichtbewusst versuchte er, Dolmetscher zu beschaffen. Er wählte sich die Finger wund, ohne Erfolg. Nicht einmal für den Sonntag waren Übersetzer zu bekommen. Und ohne die hatte es keinen Sinn, die Frauen holen zu lassen. Er hoffte inständig, dass dieses Versäumnis keine Auswirkungen auf die Klärung des Falles hatte. Hilflos und trotzig beschloss er, doch noch ins Training zu gehen.

Hätte er gewusst, dass ihm nicht einmal mehr Zeit blieb, zu Mittag zu essen, dann hätte er den Jiu-Jitsu-Gi und den Kulturbeutel gleich mitgenommen. So musste er zuerst nach Uhlbach und dann quasi drei Viertel des Wegs wieder zurück an den Schnarrenberg fahren.

Der Verkehr hatte weiter zugenommen. Um die Wilhelma und auf der B 10 war es dick. Die Baustellen für den Rosensteintunnel und S21 bremsten den Verkehrsfluss aus. Er brauchte fast eine Stunde nach Hause. Dort packte er kurz die Sportsachen zusammen und machte sich sofort wieder auf den Weg. Sein Magen knurrte, und er befürchtete, zu spät zu kommen und wieder mal einen Anschiss abzukriegen. Um nicht wieder in den Verkehrsschlick der B 10 zu geraten, der stadteinwärts auch nicht besser war, nahm er den Weg über die nördlichen Stadtteile von Stuttgart, brauchte dennoch doppelt so lange wie normal und schaffte es gerade noch, rechtzeitig im Dojo zu stehen.

Natürlich war er nach dem Verlauf des bisherigen Tages nicht zentriert und in sich ruhend, was ihm entsprechend kritische Blicke seines Trainers einbrachte. Sie hatten samstagnachmittags Sondertraining. Luca, sein Kumpel Çelik Erkan und drei weitere bereiteten sich auf den ersten Dan, den Schwarzgürtel, vor. Willi nahm sie ordentlich ran und betonte viel zu oft, dass vom Träger eines schwarzen Gürtels viel mehr verlangt werde als von den Schülern der Kuy-Grade. Nicht nur, dass sämtliche Techniken wie Würfe, Hebel oder Nervendruck automatisiert und frei verfügbar abgespult werden müssten. Der Dan-Träger sei nun auch Lehrer und Vorbild und müsse sich entsprechend verhalten.

Es half aber nichts. Luca fühlte sich steif und schwerfällig. Die Würfe gelangen nicht, und die Schläge saßen nicht, und Willi runzelte die Stirn.

Obwohl er merkte, wie gut ihm das körperliche Training tat, war Luca froh, als es schließlich zu Ende war. Er hatte Hunger wie ein Wolf. Und er musste Çelik nicht lange überzeugen, mit ihm in den Neuen Pfefferer zu gehen. Dessen Freundin hatte einen Mädels-Abend, weil Stuttgart mal wieder eine lange Einkaufsnacht veranstaltete, und Çelik hatte null Bock, nur für sich selbst zu kochen. Eigentlich war es das Vereinslokal, direkt neben ihren Trainingsräumen. Aber mit dem neuen Pächter war eine gemütliche Moderne mit dunklem Holz und Farbe an den Wänden eingezogen. Zum gutbürgerlichen deutschen Essen waren zu Lucas Freude ein paar Gerichte mit italienischem Einschlag hinzugekommen. Und es schmeckte dort immer gut. Schließlich war der Blick über Stuttgart – ins Neckartal und bis zur Schwäbischen Alb – von hier aus gigantisch. Vor allem, wenn man im Sommer auf der Terrasse sitzen konnte.

Heute war es dafür eindeutig zu kalt. Aber immerhin ergatterten sie einen Platz nahe der großen Fenster. Das Lokal füllte sich am Samstagabend in Windeseile.

»Was ist los? Wieso bist du so scheiße drauf?«, fragte Çelik ihn unverblümt.

Luca Mazzaro und Çelik Erkan hatten sich in der Grundausbildung der Polizei kennengelernt. Da Luca nur grinste, als Çelik ihn einmal einen schnitzelfressenden Mafioso genannt hatte, und Çelik nicht das Messer gezückt hatte, als Luca ihn als eingedeutschten Kümmeltürken bezeichnet hatte, waren sie Freunde geworden. Und sie waren beide dem Jiu-Jitsu treu geblieben, das im Einsatztraining in der Ausbildung Pflichtübung gewesen war.

Es war eigentlich nicht Lucas Art, aber heute hatte er Bock sich auszukotzen. Über eine Zeugin, die eine halbe Stunde ganz aufgeregt behauptet hatte, sie hätte im Körschtal einen arabisch aussehenden Mann mit blutverschmierten Händen gesehen, obwohl der tote Junge erwürgt worden und gar kein Blut geflossen war. Über eine neue Kollegin, die er einarbeiten sollte, die aber fast alles, was er sagte, in ihrer schnoddrigen Art in Frage stellte. Vor allem aber über einen Chef, der derzeit absolut ungenießbar war mit der ultra-miesen Laune, die er an den Tag legte.

»Du bist doch mit Bialas immer ganz gut zurechtgekommen«, wunderte sich Çelik.

»Ich glaub, der hat gerade ne echte Lebenskrise. Das verstehe ich sogar. Der Körschtal-Mord an dem Kind und die ständige Kritik an der Arbeit der Polizei von allen möglichen Seiten. Und wir stecken echt in einer Sackgasse. Und dann hat er jetzt natürlich einen neuen Chef. Der dicke Kallinger ist in Rente, und der Neue ist ein ganz Genauer und lässt ihm kaum noch freie Hand. Das macht Andreas fertig, sag ich dir. Und er hat – wenn ich nicht voll danebenliege – mal wieder eine fette Ehekrise an der Backe. Ist alles nicht schön. Aber dass er es voll an uns auslässt, ist nicht in Ordnung!«

Çelik wiegte nur den Kopf, während er seine Maultaschen verdrückte, und enthielt sich eines Kommentars.

»Wir machen Überstunden ohne Ende …« Luca kam nun in Fahrt. »…und er pfeift einen an, wenn man mal fünf Minuten zu spät kommt. Oder am Samstagnachmittag lieber ins Training geht, anstatt einen Bericht zu schreiben, den er ohnehin vor Montagnachmittag nicht liest. Man reißt sich den Arsch auf und wird dafür niedergemacht. Echt du – manchmal überlege ich, ob ich mich nicht nach so nem Sesselpupser-Job umschauen soll, wie du einen hast.«

»Sesselpupser-Job!« Çelik legte die Gabel weg und funkelte Luca aus den schwarzen Augen erbost an. »Schau dir mal die Kriminalstatistik an, Sizilianer. Mord und Totschlag nimmt ab. Computerkriminalität nimmt zu. So sieht es aus. Was glaubst du, was wir gerade an Überstunden schieben?«

Çelik Ercan war Computerspezialist bei der Abteilung »Cyberkriminalität/Digitale Spuren« am Landeskriminalamt. Er war ein IT-Genie und hatte sich das Computerwissen während der Ausbildung zum mittleren Dienst so nebenher beigebracht. Wahrscheinlich wäre er in irgendeiner innovativen Software-Bude gelandet, wenn sein Alter ihm erlaubt hätte zu studieren. Aber der hatte wohl Angst, dass sein Sohn dann was Besseres darstellt als der Vater. Was nun aber auch der Fall war.

Und auch Celik konnte schimpfen: »Und bescheuerte Vorgesetzte hast nicht nur du. Die neue Inspektionsleiterin in der Wirtschaftskriminalität Württemberg weiß nicht, was sie will. Du bekommst einen Auftrag, du erledigst ihn, und dann will sie angeblich etwas komplett Anderes angefordert haben.«

Doch sie hatten beide keine Lust, mit den Gedanken weiter im Arbeitsalltag zu versumpfen. Çelik schlug vor, noch ins Kino zu gehen. Doch Luca merkte, dass er ganz schön ausgepowert war. Dio mio – er wurde langsam alt. Alleine wollte sich Çelik aber auch nicht Filme anschauen. Und so verabschiedeten sie sich voneinander.

5

Luca zappte zuhause noch etwas in den Programmen herum, fand aber nichts, an dem er hängen blieb. Und auf Star Trek hatte er keinen Bock mehr. Er hatte das Gefühl, langsam zu erwachsen dafür zu sein.

Er war mit den Star-Trek-Serien aufgewachsen. Die dritte Staffel der Enterprise hatte ihn praktisch in die Pubertät begleitet. Und je mehr sein Vater das Ganze als imbecillità, als »Schwachsinn« bezeichnete, umso gieriger wurde er nach den Serien. Da papà Schicht arbeitete und la mamma ihm sowieso alles durchgehen ließ, kam er ausreichend in den Genuss. Er war auf jeden Fall so angefixt, dass er auch nach seinem Auszug von Zuhause Mitte der neunziger Jahre, als der Star-Trek-Hype voll losging, den Vulkaniern, Klingonen, Kardassianern und Borg treu blieb

Intuitiv begriff Luca, dass hier auch eine Lebensphilosophie mitschwang. Erst später, als er sich mal mit der Entstehungsgeschichte der Kult-Serie beschäftigt hatte, war ihm bewusst geworden, dass Star-Trek-Schöpfer Gene Roddenberry in einer Zeit, die stark vom Kalten Krieg und von Rassendiskriminierung in den USA geprägt war, die Vision einer Gesellschaft der Gleichberechtigung und der friedlichen Koexistenz verschiedener Nationalitäten entworfen hatte. Dass eine schwarze Frau auf der Kommandobrücke der Enterprise ordentlich mitzureden hatte, war neu in amerikanischen TV-Serien. Ebenso, dass mit dem Navigationsoffizier Pavel Chekov ein Russe mitfliegen durfte. Was Luca schon in jungen Jahren klar kapierte, waren die Parallelen zwischen den diversen Völkern und menschlichen Charaktertypen: Die Klingonen, die Konflikte martialisch mit Kampf und Gewalt lösten; die Vulkanier, die ihre Gefühle unterdrückten und alles nur mit Logik und Verstand regelten; die Ferengi, bei denen Kohle und Profit alles andere dominierte. Die brodelnde Phantasie, die einfache Unterteilung in Gut und Böse, die vielen Ungereimtheiten und kuriosen technischen Errungenschaften und nicht zuletzt das sichere Happy End, das alles macht den Reiz der Filme und Episoden aus. Es war die richtige Mischung zwischen Schwachsinn und Tiefsinn, die ihn über viele Jahre hinweg faszinierte.

Doch das Flair verflog. Es war einfach Zeit, die Pubertät endgültig hinter sich zu lassen. Vielleicht trug auch Willi dazu bei, dass er so eine Art Reifeprozess durchmachte. Sein Jiu-Jitsu-Trainer hatte die Angewohnheit, alle paar Wochen eine halbe Trainingseinheit dafür zu opfern, ihnen Vorträge zu halten. Das ganze Üben von Techniken bringe nichts, wenn man den Geist des Jiu-Jitsu nicht begreife, meinte er dann immer. Leider war er ein verdammt schlechter Redner. Er las holprig Texte vor, die fernöstliche Weisheiten enthielten. Wie die zu deuten waren, überließ er der Phantasie seiner Schüler. Trotzdem blieb komischerweise bei Luca immer etwas hängen, worüber er sich den Kopf zerbrechen konnte. Schon allein das »nachgeben, um zu siegen« beschäftigte ihn lange.

Er zappte weiter zwischen den Sendern hin und her, trank ein Bier dazu und konnte sich nicht auf irgendeine Sendung konzentrieren. In Gedanken widmete er sich immer noch seiner Nabelschau. Letztens war es bei Willi um die Lehre der Shu-Ha-Ri-Ebenen gegangen. Wieder so ne orakelige Geschichte. Die erste Ebene, Shu, stehe für das Erlernen und Einhalten der herkömmlichen Regeln. Der Schüler steht am Anfang. Die zweite Ebene, Ha, bedeute Abweichen. Der Schüler wird selbstständig und experimentiert. Die höchste Ebene, Ri, heißt Loslassen. Der Schüler trennt sich vom Meister und seinen Regeln und geht seine eigenen Wege. Dann hatte Willi aus einem Buch von irgendeinem wichtigen Jiu-Jitsu-Meister vorgelesen. Und diese Sätze machten Luca zu schaffen: »Die Lebenspraxis zeigt, dass das Shu-Ha-Ri-Prinzip im Alltag unterschiedlich greift, das heißt, man bewegt sich zeitgleich und parallel in den verschiedenen Lebensbereichen auf unterschiedlichen Reifeebenen. Beruflich kann man schon auf der Ri-Ebene stehen, aber als langjähriger Single in puncto Beziehung noch auf der Shu-Ebene.« Und Willi, der gerade zum dritten Mal geheiratet hatte, meinte noch: »Wenn wir uns nicht von alten Beziehungsmustern lösen und auf die Ha-Ebene gehen, machen wir immer denselben Fehler und geraten wieder an die Falsche.«

Er war, verdammt noch mal, Single. Nicht langjährig. Die letzte Beziehung war vor drei Monaten in die Binsen gegangen. Aber die wievielte war es eigentlich inzwischen? Und hatte jemals eine länger als ein Jahr gehalten?

Çelik – der hatte es gut. Der hatte seit Jahren ne feste Freundin und hätte sie längst geheiratet, wenn sein Alter nicht strikt dagegen gewesen wäre, weil sie keine Muslima war und er sich mit dem Vater immer noch nicht überwerfen wollte.

»Ich mach ihr ein Baby. Dann hat er keine Wahl mehr«, hatte Çelik mal renitent gesagt, und Luca war sicher, dass die beiden feste übten, während bei ihm der sexuelle Notstand herrschte.

Zu allem Übel war er jetzt auch noch in einem Spielfilm gelandet, in dem sich die Hauptdarstellerin gerade die Kleider vom Leibe riss. Schnell schaltete er um ins aktuelle Sportstudio. Doch die Bedürftigkeit war da.

Die tote Prostituierte fiel ihm wieder ein. Und die anderen Frauen. Sie waren keine Alternative …

Er war gerade mal zwanzig gewesen. Sie waren zu viert durch die Diskos gezogen, aber es war nichts aufzureißen gewesen. Die Mädels waren vergeben oder ließen sie abblitzen. Also kamen sie auf die Idee mit dem Puff. Die Frau war sehr hübsch gewesen. Genau das, was er mochte. Blond mit Schmollmund, schlank, mit Rundungen an den richtigen Stellen. Aber sie wickelte alles ab wie an einem Beamtenschalter, machte auf Tempo, versuchte, ihn so schnell wie möglich zum Kommen zu bringen und blieb völlig unbeteiligt. Am Ende hatte er das Gefühl gehabt, einen toten Fisch gebumst zu haben.

Es war fast ekelig gewesen. Dann lieber Handarbeit. Er zappte sich durch die Sender, bis er bei einem dieser Programme landete, die rund um die Uhr Erotik-Clips laufen ließen. Die Bildqualität war unter aller Kanone, und die ständigen Ansagen von Telefonnummern nervten. Aber heute genügte es ihm. Der Notstand war groß.

Sonntag, 10. April

Am nächsten Morgen hatte er den Blues. Es war ja nicht nur der Sex, der ihm fehlte. Die Wohnung war einfach zu leer, nur mit ihm alleine.

Es war ein hübsches Appartement. Mit großem Wohn-, Küchen- und Essbereich, einem Schlafzimmer und einem weiteren Raum, den er als Büro und Rumpelkammer nutzte. Da hätte durchaus noch jemand mit dabeisein können, wenigstens ab und zu. Nicht zuletzt, weil er es hasste, für sich allein zu kochen. Und beim Haushalt war geteiltes Leid sicher auch nur halbes Leid.

Kurz überlegte er, ob er sich bei seinen Eltern zum Mittagessen anmelden und seiner mamma die ganze Schmutzwäsche mitbringen sollte. Er verwarf es sofort wieder. Es war la mamma gewesen, die ihm über die italienische Kirchengemeinde diese schnuckelige Wohnung verschafft hatte. Er mochte die Lage, hier am Rande von Uhlbach, das eigentlich kein Stadtteil, sondern ein Winzerdorf war. Angesichts der Fachwerkhäuser und des Blicks auf die Grabkapelle auf dem Rotenberg rückten Mord und Totschlag in weite Ferne. Aber mamma hatte die Wohnung als ihren Wirkungsraum betrachtet, ihm den gesamten Haushalt gemacht, ihn wie einen Fünfjährigen behandelt, dem man noch sagen musste, wann er sich warm anziehen sollte, und sie kam und ging, wann sie wollte. Bis es zum Krach kam und Luca ihr den Wohnungsschlüssel abnahm.

Es dauerte aber nicht lange, da hatte sie die abgrundtiefe Kränkung vergessen und bestand darauf, dass das älteste ihrer Kinder und der einzige Sohn jeden Sonntag zum Essen kam, damit er nicht verhungerte. Luca liebte seine Mutter wirklich, was aber nicht hieß, dass er sie manchmal auch zum Teufel wünschte. Er legte sich wieder quer. Mit einem Resultat, das ihn auch heute, an diesem Sonntag, einholte: Er musste Wäsche waschen, aufräumen, mal durchsaugen, die Küche putzen und das Geschirr, das nicht mehr in die Spülmaschine passte, abwaschen. Da er die letzten Tage und Wochen zu nichts gekommen war, ging nun fast der ganze Tag drauf, wieder Ordnung in die Bude zu bekommen.

Nur eines tat er heute ganz bestimmt nicht mehr: Ins Präsidium fahren, um einen Tatortbefundbericht zu schreiben, den Bialas vor dem Montagmittag nicht mehr lesen würde, weil er bis dahin ohnehin ein Meeting der Dezernats- und Inspektionsleiter hatte. Und auch wenn ihn das schlechte Gewissen plagte, gab es nichts, was er sinnvollerweise heute noch zur Aufklärung des Falles beitragen konnte.

Montag, 11. April

1

Luca saß schon lange vor dem eigentlichen Dienstbeginn an seinem Schreibtisch und tippte den Bericht in den Computer. Er quälte sich. Wie immer. Wenn er gewusst hätte, wieviel Schreibarbeit in diesem Job bei der Kripo verlangt wurde – er wäre im Streifendienst geblieben. Er tat sich wahnsinnig schwer mit dieser Schreiberei, und vor allem die Reaktionen der Vorgesetzten und Kollegen fürchtete er, wenn sie ihn groß anschauten und seine mühsam fabrizierten Sätze zu entschlüsseln versuchten.

»Die erste Kenntnisnahme der Ereignismeldung durch die Polizei erfolgte um 5.35 Uhr, weil die Mitteilung über den Notruf erfolgt ist. Die Personalien des Mitteilers haben wir nicht, weil er die nicht gesagt hat und weil er seine Rufnummer unterdrückt hat zur Erschwerung der Nachverfolgung.«

Hanna Stankowski hatte ihn einmal aufgefordert, doch einfach so zu schreiben, wie er sprach. Doch das war ja genau das Problem. Er hatte sie verzweifelt angeschaut und gefragt: »Und du glaubst, dass es dann besser wird? Weißt du, Hanna, ich hatte vier Jahre lang eine Deutschlehrerin. Ich seh' heute noch die Aufsätze vor mir. Rot. Auf jeder Seite rot. So Schlangenlinien hat sie drunter gemacht, unter das, was ich geschrieben hab. Und auf jeder Seite stand ›Keine Schriftsprache!‹. Immer wieder ›Keine Schriftsprache!‹. Auf jeder Seite drei bis fünf Mal.« Die Deutschlehrerin hatte bei ihm gründliche Arbeit geleistet.

Zuhause hatte man gebrochenes Deutsch gesprochen, mit italienischen Brocken durchsetzt. Mit den Kumpels redete er gepflegtes Schwäbisch. Romane lesen war nicht seine Sache. Entsprechend holprig fielen die Aufsätze aus. An der Polizeihochschule kam er dann auf den Trick, die Formulierungen in den Lehrbüchern quasi auswendig zu lernen. Das Resultat war diese Mischung aus gestelztem Beamten-Deutsch und Umgangssprache, die immer wieder Befremden auslöste.

Als Pia kam, machte sie sich wie besprochen gleich dran, den Mieter oder Eigentümer der Wohnung auf dem Fasanenhof zu ermitteln. Sie durchforstete Computerdateien und telefonierte mit der Eigentümergesellschaft des Häuserblocks, mit der Hausverwaltungsgesellschaft und allen möglichen Ämtern und Behörden.

Luca hatte sich endlich bis zum Thema »Schlussfolgerungen« durchgebissen und erörtert, dass nicht klar war, »ob die mit der Tatortbefundaufnahme erhobenen Informationen, die einer kriminalistisch-kriminologischen Analyse und Synthese zu Tat und Täterschaft unterzogen worden sind, zeigen, ob der Täter was gefunden hat oder nicht.« Irgendetwas fehlte allerdings. Es war kein Punkt der formalen Gliederung. Die hatte er alle brav abgearbeitet. Irgendeine wichtige Information hatte er nicht aufgeschrieben.

Er sah vor dem geistigen Auge seinen Chef Andreas Bialas, wie der die Stirn runzelte, finster dreinblickte und ihn zusammenstauchte, weil er nichts verstand und die Hälfte fehlte.

»Sag mal, Pia.« Ihm kam ein Hoffnungsfunke. »Könntest du diesen Tatortbericht mal durchlesen? Nur kurz mal drüber. Ob man das so nachvollziehen kann.«

»Nö«, sagte sie nur und blickte stur in den Bildschirm. Nach einer Weile ließ sie sich zu einer Erklärung herab: »Zum Schluss ende ich so wie die Hanna Stankowski. Als deine Sekretärin. Wenn die nicht ständig hinter Andreas Bialas her wäre, dann würde der keinen Bericht rechtzeitig abliefern. Meinst du, mir ist das entgangen, warum der so Stress mit dem neuen Inspektionsleiter hat? Und ich korrigiere am Schluss bloß noch deine Berichte.«

Luca seufzte. Vor Pia hatte an dem Platz ihm gegenüber ein Kollege gesessen, der jetzt ins Dezernat für Wirtschaftskriminalität am Präsidium gewechselt hatte. Rolf war ein zögerlicher

Mensch gewesen, der sich nie sicher war, ob er einen Fall richtig beurteilte. Solange er Fakten zusammentragen konnte, war Rolf glücklich gewesen. Aber das kriminalistische Gespür hatte ihm gefehlt. Luca, der um einiges jünger war als der Ex-Kollege, hatte ihn dann immer bestärkt und beraten: »Genauso machst du das, Rolf. – Hast du daran gedacht, Rolf? – Vielleicht könntest du das ja noch überprüfen, Rolf.«

Im Gegenzug hatte der Kollege seine Berichte gelesen, ihm rückgemeldet, wenn etwas so ganz daneben formuliert war, und manchmal sogar Korrekturen vorgenommen. Diese paradiesischen Zeiten waren nun wohl endgültig vorbei.

»Na gut«, meinte Pia plötzlich. »Schieb ihn mal rüber, ich schau mal so quer drüber. Muss eh warten, bis ich ne Rückmeldung vom Einwohnermeldeamt krieg.«

Luca ließ sich nicht zweimal bitten. Mit einem Mausklick war der Bericht bei Pia im Postfach. Die las eine Weile konzentriert. Dann sagte sie plötzlich: »Sag mal, müssten die nicht auch irgendwie nach dem Tatwerkzeug gesucht haben? Da haben die gar nichts zu gesagt, die Leute von der KTU. Oder?«

Luca sprang auf. Genau das war es. Ma guarda, che furba, nicht blöd, die neue Kollegin. Er fuhr sich mit den Händen durchs schwarze Haar. Natürlich hatte er auch nicht danach gefragt – das war ihm durch die Lappen gegangen. Doch normalerweise arbeiteten die Kriminaltechniker standardmäßig bestimmte Punkte ab. Und die Suche nach dem Tatwerkzeug fiel dabei eigentlich nie unter den Tisch. Was war das Drosselwerkzeug? Und wo war es abgeblieben? Hatte die KTU die Zimmer der anderen Frauen danach durchsucht? Und rings um das Haus und in der näheren Umgebung waren die Leute in den weißen Overalls bestimmt nicht zugange gewesen.

»Die müssen da noch mal ran«, sagte er und griff zum Telefon. »Und zwar so schnell wie möglich.« Er rief direkt den Leiter des Dezernats für Kriminaltechnik an und bat und bettelte darum, dass ihm ein anderes Team der KTU zugeteilt wurde.

Doch die ganze Empörung über die Schlampereien der blöden KTU-Teamleiterin half nichts. »Tut mir leid, Luca. Wir müssen noch mal ins Körschtal – bevor es regnet – und jeden Grashalm dort umdrehen. Ich hab niemanden sonst für dich«, meinte der Dezernatsleiter der Kriminaltechnik nur.

Missmutig machte sich Luca daran, die Formalitäten zur erneuten Anforderung der KTU zu erledigen, da sprang Pia, die aufmerksam am Computer gearbeitet hatte, plötzlich auf.

»Ha, sagte sie, »schau dir mal an, wen wir da haben.«

Als Luca zu ihr an den Bildschirm trat, sah er eine INPOL-Maske mit Personendaten.

»Bakir Sušić, genannt Bakki«, las Pia, die sich wieder gesetzt hatte, laut vor. »Geboren 1975 in Jugoslawien, heute Bosnien-Herzegowina. Ist als Kriegsflüchtling 1993 mit 18 Jahren nach Deutschland gekommen. Hat zumindest 2011 das Chapter der United Tribuns in Rottweil geleitet. Erste erkennungsdienstliche Behandlung war, weil er eine Massenkeilerei zwischen den Tribuns und den Black Jackets in Pforzheim angezettelt hat, und zwar über Facebook.«

Die United Tribuns und die Black Jackets galten als rockerähnliche Gangs, wie Luca wusste. Man musste bei denen nicht unbedingt Motorrad fahren. Man musste nur auf Krawall gebürstet sein.

»Da sind die mit Baseballschlägern und Messern aufeinander los. Ein Schwerverletzter und etliche Leichtverletzte, die sich aber verdrückt haben, als die Polizei kam. Ob Bakki da selbst dabei war, weiß keiner. Auf jeden Fall hat er aber ordentlich mitgemischt beim sogenannten Türsteherkrieg in Pforzheim. Da ging es eben auch um Schutzgeld. Wer die Türsteher stellt, bekommt Schutzgeld dafür, dass andere Gangs kein Schutzgeld erpressen können. Ne nette Übereinkunft – oder nicht? Sein Strafregister: Schwere Körperverletzung, illegaler Waffenbesitz und Schutzgelderpressung. Hat aber nur anderthalb Jahre gekriegt und war nach zehn Monaten wieder raus.«

Luca sah sich das Foto des Mannes an. Ein vierschrötiger Typ mit kurzgeschorenen Haaren. Sein Blick kaltblütig, aber nicht doof. Am Hals sah man Tätowierungen und Goldkettchen.

»Und der hat nun die Wohnung auf dem Fasanenhof gemietet. Gemeldet sind dort aber nur drei Frauen. Und jetzt pass auf …« Pia war richtig in Fahrt gekommen, so kannte er sie noch gar nicht. »Der hat in diesem Häuserblock noch ne Wohnung gemietet. Bei dem Aufgang links von dem Block, wo die Mädels wohnen. Dort ist er nur selbst gemeldet.

Bloß glaub ich nicht, dass der dort wohnt. Weil er sich nämlich vor nem Jahr eine schicke, sündhaft teure Eigentumswohnung in Möhringen gekauft hat. Hab ich von der Grundbucheinsichtsstelle erfahren«, meinte sie triumphierend.

»Zwei Wohnungen«, so überlegte Luca. »Dann ist die Frage, wer in der zweiten wohnt. Nochmal zehn Frauen?«

»Ein ganzer Harem für das Serail«, meinte Pia sarkastisch.

Für Luca passte das nicht ganz. Er war bisher davon ausgegangen, dass das Serail in Leinfelden-Echterdingen zu den seriöseren Etablissements gehörte. Das Geschäftsmodell war offiziell, dass sich dort freiberuflich tätige Frauen ein Zimmer mieten konnten, die Herren eine Art Eintritt zahlten und die eigentliche Vergütung der Dienstleistungen direkt mit den Frauen aushandelten. Der Besitzer, ein bekannter schwäbischer Gastronom, brüstete sich sogar damit, dass er für beide Seiten sichere und faire Verhältnisse schuf. Zuhälter kamen in diesem Modell eigentlich nicht vor.

»Okay, wie gehen wir weiter vor?«, fragte er mehr sich selbst.

»Wir müssen uns Bakki vorknöpfen«, meinte Pia und tippte mit dem Finger auf das »Verbrecherfoto« vor sich auf dem Bildschirm, genau zwischen die Augen.

Luca überlegte: »Nein. Erst mal die Frauen. Vor allem die Zimmergenossin der Toten. Und wir brauchen einen Durchsuchungsbefehl für die zweite Wohnung. Die KTU wird voraussichtlich morgen nochmal da oben anrücken. Dann wär's gut, wenn wir da reinkönnten. Das muss ich mit Frenzel besprechen.

Bakki besuchen wir später. Wenn er nicht kooperiert, brauchen wir auch den Staatsanwalt. Dann muss Frenzel ihn vorladen.

Auf jeden Fall brauchen wir jetzt mal einen Einsatzwagen, mit dem wir das Damenkränzchen endlich hierherbringen können. Und ein paar Leute von der Bereitschaft. Da kümmerst du dich sofort drum, Pia.«

Sie legte die Stirn zwar leicht in Falten, widersprach aber nicht. »Und Dolmetscher brauchen wir«, meinte sie. »Auf jeden Fall Rumänisch und Bulgarisch.«

Luca nickte: »Hab ich am Samstag schon angefordert. Da muss ich nur noch mal nachhaken.«

Dann hängten sie sich beide ans Telefon.

2

Luca wollte die elf Prostituierten, wenn irgendwie möglich, alle direkt hintereinander befragen. Es war ja ohnehin durch das Wochenende schon viel zu viel Zeit vergangen. Er wies Pia daher an, auch Leute von der Fahndung anzufordern, die die Wohnung im Auge behielten und diejenigen einsammelten, die sie nicht direkt antreffen würden.

Der Durchsuchungsbefehl für die zweite Wohnung blieb ein Wunschgedanke. Staatsanwalt Friedebald Frenzel machte sich zwar dafür stark. Doch der Richter, der zu entscheiden hatte, konnte keinen erkennbaren Zusammenhang zu dem Mord herstellen. Schließlich ermittelte man ja nicht wegen Zuhälterei.

In die ganzen Vorbereitungen hinein rief Andreas Bialas Luca zu sich ins Büro. In der Tat war der jetzt erst, nach der Mittagspause, dazu gekommen, den Bericht zu lesen.

»Warum habt ihr gestern nicht gleich die Vernehmungen dieser Frauen gemacht?«, fragte Bialas grimmig. »Wie lange bist du jetzt dabei? Da müsstest du wissen, dass Zeugenvernehmungen keinen Aufschub dulden.«

»Andreas, wie hätten wir das denn machen sollen? Ohne Dolmetscher! Ich alleine! Und irgendwann muss ich meine Unterhosen waschen.«

Bialas ließ sich nicht erweichen. »Du weißt genau: Schon nach ner Stunde setzt die Amnesie ein. Ganz zu schweigen von Einflussnahmen aller Art.«

»Aber du weißt auch, wie schwer es ist, am Sonntag Übersetzer und Einsatzkräfte zu bekommen. Wir können da doch nicht zu zweit aufkreuzen und alle festhalten.«

»Und wann gedenkt ihr, euch die Frauen vorzuknöpfen? Wie lange habt ihr vor, noch rumzutrödeln?«

»Die Sache steigt heute Nachmittag. Und wir haben genügend Kräfte, um sie alle auf einmal einzusammeln. Aber, Andreas …« Luca wurde langsam richtig sauer und ließ die italienischen Hände sprechen. »Die Vernehmungen werden wir dann zu zweit machen müssen. Das geht auf die Dauer auch nicht. Wir brauchen Verstärkung für das Ermittlungs-Team. Eigentlich müsste ne Soko eingerichtet werden – das weißt du genau.«

»Keine Chance!« Bialas lehnte kategorisch ab. »Nicht, solange wir dieses Schwein aus dem Körschtal nicht gefasst haben.« Damit machte er eine Geste, mit der er das Gespräch für beendet erklärte, und drehte sich weg.

Hanna Stankowski am anderen Schreibtisch hatte die Szene schweigend verfolgt. Sie sah Bialas missmutig an, sagte jedoch nichts.

Luca seufzte. Er fuhr sich mit der Hand durchs schwarze Haar, katapultierte seinen Körper aus dem Stuhl und verließ das Chef-Büro.

Zehn Minuten nachdem er wieder an seinem Schreibtisch saß, klopfte es an seine Bürotür. Hanna Stankowski öffnete die Tür, kam herein und schloss sie sachte hinter sich.

»Luca, Frau Grampp«, meinte sie: »Die Ermittlungsgruppe ›Fasanenhof‹ untersteht ab sofort mir. Ihr berichtet direkt an mich. Ihr besprecht mit mir alle weiteren Schritte. Wenn ihr

Fragen habt, dann sagt Bescheid. Dann komme ich zu euch oder wir gehen in den kleinen Besprechungsraum. Und ich werde mal mit dem Direktionsleiter sprechen, ob sich irgendetwas in Sachen personelle Verstärkung für euch machen lässt. Alles klar?«

Luca wäre ihr am liebsten um den Hals gefallen. Er nickte heftig. Sie hatte es mit ihrer klugen Art mal wieder geschafft, die Dinge zu regeln, ohne dem Chef in den Rücken zu fallen. Auch wenn Luca sich sicher war, dass sie, wenn keiner zuhörte, sehr klare Worte an Bialas richtete.

Hanna ging so sachte, wie sie hereingekommen war.

Alena

Nur langsam kam sie zur Besinnung.

Sie hatte geschlafen wie eine Tote, nachdem ihr der Arzt die Spritze gegeben hatte. Dann musste sie gleich wieder ran. Fabiola und einer der Muskelmänner hatten sie und die anderen abgeholt, als wäre nichts geschehen.

Erst jetzt hatte sie Zeit, sich zu vergegenwärtigen, was geschehen war. Und der Schmerz überfiel sie wie eine wilde Bestie. Ludmilla war tot!

Wie sollte sie ohne die Freundin weiterleben? Bisher konnten sie sich aneinander festhalten. In ihrem früheren Leben war Ludmilla die Starke gewesen, die Unerschrockene, die Selbstbewusste. Doch in den letzten Wochen war es immer schlimmer geworden. Sie hatte völlig apathisch dahinvegetiert und begonnen zu trinken. Sie war es nun, die der Freundin immer wieder Mut zugesprochen hatte, auch wenn sie das Gefühl gehabt hatte, sie gar nicht mehr zu erreichen. Doch Ludmilla war dagewesen. Nun fühlte sie sich wie ein ausgesetztes Kind in einem Dschungel voll hungriger Raubtiere.

Was hatte Ludmilla nur getan?

Sie war irgendwann mit diesem Zettel gekommen, auf dem drei Namen gestanden hatten. Ludmilla hatte dazu Bemerkungen geschrieben. Die Freundin sollte es ins Deutsche übersetzen. Und über eine Person selbst Informationen hinzufügen.

Im ersten Anflug von Zorn hatte sie etwas hingeschrieben. Doch dann wollte sie wissen, was das sollte. Was hatte Ludmilla vor? Die war plötzlich ganz aufgekratzt, fast wie im Rausch.

»Ich hol uns hier raus«, hatte sie gesagt. »Alles wird gut!«

Nichts wurde gut. Ludmilla ist tot!

Dann stand schon wieder Fabiola vor ihr. So früh am Nachmittag.

»Los, zieh dich an. Du musst mitkommen. Zum Chef.«

3

Es war gegen vier Uhr am Nachmittag, als sie mit mehreren Fahrzeugen und Kollegen wieder vor dem Häuserblock auf dem Fasanenhof standen. Als sie klingelten und ihnen geöffnet wurde, stellten sie fest, dass sieben Damen zuhause waren. Zwei waren shoppen gegangen, wie ihnen eine der Frauen mitteilte, eine etwas mollige, nicht ganz so junge Rumänin, die immerhin so viel Deutsch sprach, dass man die wichtigsten Dinge kommunizieren konnte. Zwei weitere Frauen, darunter auch die Zimmergenossin der Ermordeten, seien bei der Arbeit.

Die anwesenden Frauen wurden mitsamt ihren Pässen und Papieren in einen Mannschaftswagen verfrachtet und ins Präsidium gefahren. Sie ließen sich erstaunlich bereitwillig zum Mitkommen bewegen und hatten alle mehr Angst als Respekt vor der Polizei. Zwei Kollegen der Fahndung wurden vor der Wohnung postiert, um die beiden Shopperinnen in Empfang zu nehmen, wenn sie zurückkehrten.

»Und wir beide«, meinte Luca zu Pia, »gehen jetzt mal zu der anderen Wohnung.«

Sie gingen durch das geräumige Treppenhaus hinunter und hinaus zum nächsten Eingang des Wohnungsblocks. Dort nahm Pia den Aufzug und Luca wieder die Treppen. Vor der Wohnungstür angekommen, legte Pia ein Ohr ans Türblatt. »Kein Mucks«, meinte sie. Luca klingelte. Es reagierte niemand. Noch einmal klingelte Luca lang und in Intervallen, und Pia horchte, so gut sie konnte. Es schien niemand in der Wohnung zu sein.

»Mal sehen, ob wir Nachbarn antreffen.« Luca ging zur nächsten Wohnungstür. Auch hier wurde nicht geöffnet.

Bei einer weiteren Wohnung hatten sie Glück. Eine ältere Frau machte die Tür einen Spalt auf, soweit es die Kette, die vorgelegt war, erlaubte. Erst als sie die Ausweise der beiden Polizisten genau betrachtet hatte, öffnete sie ganz.

»Nein, da wohnen keine Frauen«, meinte sie auf Lucas Frage hin bestimmt. »Das sind Kerle. Und zwar ganz wüste. Und immer andere. Nur einer wohnt da, glaube ich, fest.«

Luca hätte ihr gerne das Foto von Bakki gezeigt, das sie natürlich nicht dabeihatten. Aber das konnte man ja nachholen.

Bei zwei weiteren Wohnungen auf dem langgezogenen Flur trafen sie Bewohner an. Ein Mann wollte nichts gesehen und gehört haben und meinte nur, dass er den Nachbarn nicht nachspionierte. Eine jüngere Frau mit zwei kleinen Kindern bestätigte die erste Aussage: Keine Frauen, ihr wäre das lieber, wegen der Kinder, nur Männer, meist jüngere, die aussahen wie Bodybuilder und alle tätowiert waren. Die Wohnung schien tatsächlich einem anderen Zweck zu dienen als der Unterbringung von weiteren Prostituierten.

Die nächste Aufgabe war, die beiden Frauen aus dem Serail zu holen, die dort schon am Nachmittag arbeiten mussten. Luca fuhr mit Pia über die B 27 rüber nach Echterdingen in die Henry-Ford-Straße. Sie brauchten gerade mal zehn Minuten, es war ein Katzensprung. Am Rande eines Industriegebietes mit Transport- und Logistik-Unternehmen, Versicherungen, Ingenieurbüros und Handelsunternehmen fand man den exklusiven FKK-Sauna-Club, eines der größten »Wellness-Bordelle« Deutschlands. Das Serail lag ausgesprochen »verkehrs«günstig. Man konnte zu Fuß in 20 Minuten die Stuttgarter Messe auf den Fildern erreichen. Etliche Hotels, die mit der Neuen Messe entstanden und auf die Messe-Aussteller und Besucher ausgerichtet waren, befanden sich in unmittelbarer Nähe. Auch zum Flughafen war es nicht weit.

Von außen sah das Serail wie ein ehemaliges Bürogebäude mit mehreren Stockwerken aus. Nur der dunkelrote Fassadenanstrich, die roten Leuchtbuchstaben und die lasziven Frauenlippen neben dem Schriftzug hoben es etwas von den Gebäuden ringsherum ab. Und natürlich der Eingangsbereich, der in einer Art Micky-Maus-1000-und-eine-Nacht-Orientalistik gestaltet war. Auf dem Parkplatz davor standen schon eine ganze Menge Fahrzeuge, darunter auch vergleichsweise viele Premium-Fahrzeuge von Daimler, BMW und Porsche.

Als Luca und Pia die Treppen zu den breiten verglasten Eingangstüren hinaufgingen, sahen sie die Sprechanlage. So einfach durfte man da also nicht hineinspazieren.

»Da gibt's bestimmt noch nen Hintereingang für die Frauen und die Stammgäste«, mutmaßte Pia. »Lass uns den mal suchen. Dann ist die Überraschung vielleicht größer.«

Luca entschied sich dagegen. »Wir sind nicht von der Sitte. Und wir wollen von denen nichts. Die sollen den Frauen Bescheid sagen, und das war's dann auch schon.« Er drückte den Klingelknopf.

Eine liebliche Frauenstimme fragte, wen sie empfangen dürfe. Nachdem Luca das übliche Sprüchlein aufgesagt hatte, passierte eine Zeitlang erst mal gar nichts.

»Die wollen uns nicht«, meinte Pia. Doch dann öffneten sich die Türflügel mit einem dezenten Summen.

Im Foyer erwartete sie nicht nur die Dame, der wohl die Säuselstimme gehörte, sondern auch ein Gorilla, ordentlich angezogen, mit Krawatte und Anzug, der an den Oberarmen spannte. Der bat sie um die Ausweise, musterte sie und telefonierte dann über sein Handy. Nachdem der Mann von oben das Okay bekommen hatte, führte er sie durch ein paar Gänge zu einem Aufzug. Kurz konnte Luca einen Blick in den Saal werfen, aus dem durch eine mit orientalischen Glasmustern verzierte Schwingtür zwei Männer in Bademänteln kamen, die Pia erstaunt anglotzten. Luca hatte durch den kurzen Blick ins Herz des Serails eine Ahnung davon bekommen, was die Männer so befremdete. Drinnen gab es jede Menge völlig nacktes weibliches Fleisch.

Der Aufzug führte sie in die oberste Etage. Das Ambiente war hier schlicht. Im Chefbüro, in das man sie schließlich führte, herrschte jedoch eine pompöse Modernität. Eine Kombination aus schwarzem und weißem Schleiflack auf knallrotem Langflorteppich und Besuchersesselchen, die mit pinkfarbenem Plüsch überzogen waren. Überall standen Skulpturen herum. Natürlich alles nackte Frauen.

Hinter einem unpraktischen futuristischen Schreibtisch empfing sie Harald Ruthenau, der Herr des Hauses. Der Mann war Luca ein Begriff. Eine schillernde Lokalgröße, dem einige Gourmetlokale in Stuttgart und Umgebung gehörten und wohl auch ähnliche Etablissements wie das Serail in zwei oder drei anderen Großstädten.

Ruthenau sah nicht aus wie ein Bordellbetreiber. Eher wie der nette Herr von der Sparkasse, der kurz vor der Pensionierung stand. Er mochte um die sechzig sein, hatte ein Bäuchlein und schütteres Haar. Im Gegensatz zu seinem Gorilla trug er elegant-legere Freizeitkleidung. Freundlich und jovial kam er um den Schreibtisch herum und begrüßte sie mit Handschlag.

»Sie haben Glück. Normalerweise finden Sie mich hier nur selten. Mein Geschäftsführer regelt hier eigentlich alles zu meiner Zufriedenheit. Aber wenn ich der Polizei persönlich helfen kann …«

»Mal sehen, ob Sie auch Glück haben«, brummte Pia. Luca hätte sie am liebsten vors Schienbein getreten.

Ruthenau tat, als hätte er nichts gehört. »Was kann ich für Sie tun? Sie beide kenne ich noch gar nicht. Mit ihren Kollegen habe ich ja regelmäßig zu tun. Wir pflegen hier so eine Art runden Tisch, einen regelmäßigen Erfahrungs- und Gedankenaustausch. Bei uns werden Probleme schon im Vorfeld besprochen. Und gelöst.« Er war sichtbar stolz auf seine Zusammenarbeit mit den Ordnungshütern.

»Was für Probleme denn?«, fragte Pia aufsässig und setzte sich erst mal nicht in den rosaroten Plüsch, der ihr angeboten wurde.

Ganz kurz sah Ruthenau Pia eisig an. Dann plauderte er aber wieder gutmütig weiter: »Ach, Sie wissen doch, wie das manchmal in dieser Szene so ist. Unsere Kundschaft ist ausgesprochen seriös. Wer hierherkommt, möchte kein Laufhaus, keine billige Bumsbude. Aber die Mädchen haben eben manchmal so ihre Probleme. Kommen nicht immer aus gutem Hause, nicht wahr. Und bevor sie in Schwierigkeiten geraten, versuchen wir zu helfen.«

Pia setzte zu einer Erwiderung an, der Luca schnell zuvorkam: »Wir suchen zwei Frauen, Herr Ruthenau, die wohl momentan bei Ihnen arbeiten. Es geht lediglich um eine Zeugenaussage. Die brauchen wir aber schnell.«

»Ach ja«, meinte Ruthenau, der sich wieder in den schwarzen Ledersessel hinter seinem Schreibtisch gesetzt und die Hände über dem Bäuchlein gefaltet hatte. »Ich habe davon gehört … von dem Tod der jungen Frau. Scheint eine schreckliche Sache zu sein. Zuerst Kinder, dann junge Frauen … man kann nur hoffen, dass Sie den bald kriegen.« Er sah ehrlich besorgt aus.

Woher wusste Ruthenau von dem Mord? Da waren die Buschtrommeln wohl mal wieder schneller gewesen als die Medien, die den Fall noch gar nicht wahrgenommen hatten.

Der Gedanke, dass es sich bei dem Mörder des kleinen Jonas und dem der Prostituierten am Fasanenhof um denselben Täter handeln würde, war abwegig. Die Tathergänge waren komplett verschieden. Der kleine Junge war tagelang verschwunden gewesen, und die Obduktion hatte starke Hinweise darauf ergeben, dass er in dieser Zeit immer wieder missbraucht und gequält worden war. Dann hatte ihn der Täter erstickt – nicht erdrosselt – und ihn wie Abfall ins Körschtal geworfen.

»Dumitru Elisaveta mit rumänischem Pass. Ist die hier?«, fragte Luca. Das war eine der Frauen, deren Personalien sie bereits aufgenommen und geprüft hatten.

»Ja klar, unsere Mirena, die hat oft nachmittags einen Stammkunden – fast schon eine kleine Liebesgeschichte.« Ruthenau schmunzelte jovial »Mirena ist … Sie geben sich hier gerne – sagen wir mal – Künstlernamen. Elisaveta klingt etwas spröde, nicht wahr.«

»Die zweite ist eine Alena«, fuhr Luca fort. »Von der haben wir leider nur den Vornamen. Wahrscheinlich eine Bulgarin.« Einen Pass hatte die junge Frau nicht vorweisen können, und angesichts ihres Zustandes hatten sie auch sonst nicht viel von ihr erfahren können.

Ruthenau hielt einen Moment inne.

»Alena? Ich glaube, eine Alena haben wir hier nicht. Oder gibt es eine mit diesem Künstlernamen?«, fragte er den Gorilla, der stocksteif dastand, mit den Händen sein Geschlecht bedeckte und nur den Kopf schüttelte.

»Sie ist die Zimmergenossin des Opfers.«

»Wer ist denn momentan im Hause? Ich meine von den Damen, die drüben in der Wohngemeinschaft auf dem Fasanenhof wohnen?«, wandte sich Ruthenau wieder an den Bodyguard. Der verzog nur den Mund.

»Ah, Sie meinen wahrscheinlich Kalina. Na ja, hört sich ja ähnlich an. Ist die hier? Hol die beiden doch mal her. Kann jetzt einen Moment dauern.« Er lächelte fast väterlich.

Es dauerte tatsächlich, und Ruthenau versuchte die Zeit zu nutzen, um ihnen das Geschäftsmodell seiner Häuser nahezubringen, das darin bestand, »dass sowohl die Männer als auch Frauen ihren Eintritt oder ihre Miete bezahlen. Wenn's etwas intimer werden soll, handeln die beiden Partner das untereinander aus. Die Frauen sind hier selbstständig. Oft sogar recht selbstbewusst. Und sie haben hier den größtmöglichen Schutz. Darauf lege ich allergrößten Wert. Hier kommt kein Mann rein, ohne gesehen zu werden, wie etwa in einen Wohnungspuff, wo die Frauen nie wissen, ob der nächste Kunde irgendein Perversling ist. Ich möchte öffentliche Orte der Entspannung und der Erotik schaffen, die gewissermaßen auch gesellschaftlich akzeptiert sind.«

»Zumindest vom Staat und den Männern«, brummte Pia.

Luca wollte dieses Geplänkel nicht. Und der Vortrag des Bordellbesitzers ging im ebenfalls auf den Keks. »Die Frau, die am Samstag zu Tode gekommen ist, hat wohl auch hier gearbeitet. Können Sie uns Angaben zu ihrer Person machen?«

Ruthenau sah ihn traurig an. »Nein, wissen Sie, ich kenne die Damen ja nicht alle. Sind Sie sicher, dass sie hier eingemietet war? Wie war ihr Name? Dann könnte ich gerne einmal unsere Personalbeauftragte fragen. Wissen Sie, wir haben hier einen Service. Sie erledigt für die Frauen die Formalitäten. Berät auch schon mal bei den Dienstleistungsangeboten. Wer hier arbeiten will, muss sich ihr vorstellen.«

Der Gorilla kam mit zwei Frauen zurück. Die Rumänin war von etwas derberer Natur, ein Typ, den Freier mit Vorlieben für ländlichere Gegenden sicher zu schätzen wussten. Sie hatte zwar normale Kleidung an, aber noch immer ein viel zu heftiges Makeup.

Kalina, alias Alena, dagegen war völlig ungeschminkt. Ihr Haar war durcheinander. Sie sah aus, als hätte sie geweint. Sie ging sofort auf Luca zu und drückte ihm einen Pass in die Hand, als könnte sie das vor irgendeiner Unbill schützen. Es war ein bulgarischer Pass.

»Woher kommt jetzt dieser Pass?«, fragte Pia. »Am Samstag hieß es, den hätte der Boss. Das sind dann also Sie?«, wandte sie sich an Ruthenau.

»Ich halte doch keine Pässe ein. Wir wollen sie sehen – das ja. Schließlich wollen wir hier keine Illegalen. Aber EU-Bürgerinnen können sich selbstverständlich hier einmieten. Wir sind ein freies Land und ein freies Haus. Und wie ich sagte: Die Mädchen arbeiten auf der Basis der Selbstständigkeit. Jede ist ihr eigener Herr.«

»›Herr‹ ist gut«, meinte Pia, was ihr wieder einen kalten Blick von Ruthenau verschaffte.

Luca beschloss, sich mit den beiden Zeuginnen möglichst rasch vom Acker zu machen, bevor Pia noch weiter sticheln konnte. Die Frauen schauten bestürzt drein, als sie begriffen, dass sie mitmussten. Pia versuchte ihnen zwar zu verklickern, dass es sich nicht um eine Verhaftung handelte. Ob die das jedoch verstanden, wusste niemand so recht. Von Selbstbewusstsein keine Spur. Ängstlich fügten sie sich in ihr Schicksal.

4

Unter den Frauen herrschte Unruhe. Über eine Stunde hatten sie nun auf den Gängen vor den Vernehmungsräumen warten müssen. Und wahrscheinlich rechnete sich die eine oder andere schon den Verdienstausfall aus. Die beiden Shopperinnen hatten die Kollegen ebenfalls abgeliefert. Als Luca die beiden Frauen brachte, die sie aus dem Serail geholt hatten, wurde das Mädchen mit den beiden Namen und dem bulgarischen Pass von drei anderen Frauen übel beschimpft. Luca beschloss, sich die junge Frau als erste vorzunehmen, was wiederum Protest bei den Kolleginnen auslöste.

Eigentlich hätten sie dafür viel mehr Beamte gebraucht. Er rechnete sich aus: Auch wenn er und Pia jeder eine der Prostituierten nur eine halbe Stunde befragte, dann würden sie vor neun Uhr abends nicht aus dem Haus kommen.

»Darf ich bei der Zimmergenossin dabei sein?«, fragte Pia.

Es würde noch mehr Zeit kosten. Aber Luca stimmte zu. Vielleicht war es ganz gut, eine weibliche Polizistin bei dieser heiklen Geschichte dabei zu haben. Die Dolmetscherin für Bulgarisch wurde mit ins Vernehmungszimmer genommen. Klein und schmächtig wirkte die Frau, die so sehr an Shakira erinnerte, wie sie so in dem Vernehmungsraum an dem großen Tisch saß.

Luca nahm die Belehrung vor. Die Dolmetscherin übersetzte brav. »Shakira« sah beide mit großen blauen Augen an. Ob sie etwas verstand, war nicht auszumachen.

Dann fragte er nach ihren Personalien. Sie schob wortlos ihren Pass wieder zum ihm hinüber. Nach diesem Dokument, dessen Angaben die Dolmetscherin von den kyrillischen in lateinische Buchstaben übertrug, hieß sie Kalina Stoikova, war einundzwanzig Jahre alt und in Bansko geboren.

»Bitte sagen Sie mir, die Frau, ihre Kollegin oder Freundin, die jetzt tot ist – wie war ihr Name?«, fragte Luca.

Die junge Frau schlotterte fast vor Angst. Sie gab keinen Ton von sich.

Die Dolmetscherin wiederholte die Frage.

»Luba«, sagte sie dann leise. »Luba Petkova.«

»Was ist passiert? Wann sind Sie nach Hause gekommen? Erzählen Sie einfach mal.« Luca versuchte, so viel Wohlwollen wie möglich in seine Stimme zu legen.

Nachdem die Frage wieder übersetzt worden war, sah Kalina Stoikova aus, als würde sie demnächst kollabieren. Wieder brachte sie keinen Laut heraus.

Die Dolmetscherin, eine resolute Mittvierzigerin, die wohl nicht zum ersten Mal bei der Vernehmung verstockter Zeugen dabei war, erklärte der jungen Frau nun etwas in eindringlichen Worten.

»Da, da, da«, sagte diese nun nervös und nickte heftig.

»Das ist keine Bulgarin«, sagte die Dolmetscherin und lehnte sich zurück. »Sie versteht wohl das meiste. Aber Bulgarin ist die nicht. Wir schütteln den Kopf, wenn wir Ja sagen!«

Pia griff nach dem Pass und blätterte ihn aufmerksam durch. »Wo ist der Pass von der anderen Frau? Den haben wir nicht gefunden«, fragte sie.

Die zierliche Frau, die angeblich Kalina Stoikova hieß, hob nach der Übersetzung nur hilflos die Schultern.

»Sie will nicht sprechen«, meinte die Dolmetscherin, »weil ich dann sofort hören würde, dass sie nicht aus Bulgarien ist.«

Luca war ratlos. So konnte man keine sinnvolle Vernehmung durchführen. Er machte einen weiteren Versuch: »Bitte sagen Sie ihr, dass sie keinerlei Nachteile zu erwarten hat. Wir lassen sie in Ruhe, sobald sie ihre Aussage gemacht hat. Wir wollen den Menschen finden, der ihrer Kollegin das angetan hat. Damit er bestraft wird.«

Die junge Frau verstand wohl das Bulgarische nicht schlecht. Ihr hübsches Gesicht verzog sich, sie legte die Hände vor den Mund und schluchzte hinein. Tränen und Verzweiflung gewannen Oberhand. Immer wieder schüttelte sie heftig den Kopf.

Hier war nichts zu machen. Sie warteten, bis sich das Mädchen wieder halbwegs gefangen hatte.

»Sagen Sie ihr, sie kann gehen. Aber es kann sein, dass wir doch noch mal mit ihr sprechen müssen«, wies Luca die Dolmetscherin an. »Sie sollte also hier in Stuttgart bleiben in der nächsten Zeit.« Damit schob er der jungen Frau den Pass hinüber.

»Sollten wir den nicht prüfen lassen?«, fragte Pia. »Ich verwette mein Pferd, dass der gefälscht ist.«

»Und wenn er's ist?« Luca schüttelte den Kopf. »Dann wird sie umgehend abgeschoben. Was haben wir davon? Eine wichtige Zeugin weniger – sonst nichts.«

»Shakira« sah ihn plötzlich mit wachen Augen an, und für einen Moment hatte er tatsächlich den Eindruck, dass sie ihn durchaus verstand.

5

Die Vernehmung der anderen Frauen war zäh und anstrengend. Als Luca und Pia am späten Abend ihre Ergebnisse zusammentrugen, ergab sich folgendes Bild:

Die Frauen waren so etwa gegen fünf Uhr morgens nach Hause gekommen. Es gab wohl so etwas wie einen Fahrdienst. Wer genau da zwischen Fasanenhof und Serail hin- und herfuhr, hatten sie nicht herausbekommen. Es waren sowohl Männer als auch eine Frau, die Fabiola hieß. Laut einer Rumänin, die Pia vernommen hatte, sollte es diese Fabiola auch gewesen sein, die die Polizei alarmiert hatte, was die Frau jedoch sofort wieder dementierte. Auch die anderen schworen, keine Ahnung zu haben, wer die Polizei gerufen hatte. Offenbar bemühten sich alle, Fabiola nicht in die Schusslinie geraten zu lassen.

Wann die ermordete Luba Petkova zurück in die Wohnung gekommen war, wusste niemand. Sie musste auf jeden Fall vor allen anderen dort gewesen sein. Denn keine der Frauen hatte irgendetwas aus dem Zimmer gehört, in dem die Tote gelegen hatte. Es sei auch niemand sonst in der Wohnung gewesen. Erst als Kalina Stoikova alias Alena nach Hause gekommen war, hatten die anderen mitbekommen, dass in dem Zimmer etwas nicht stimmte. Von irgendwelchen Problemen oder zwielichtigen Bekanntschaften der Luba Petkova wollte keine der Frauen etwas mitbekommen haben.

Auf die Frage, für wen die Frauen arbeiteten, gab es eine ganze Palette von Antworten. Die einen behaupteten, keinen Boss zu haben. Andere hatten einen Freund. Zwei Frauen, die ohne Pass angetroffen worden waren, meinten, die Dokumente seien alle bei der Arbeit, also im Serail. Nur eine Bulgarin gab an, einen Chef zu haben. Wer das jedoch sein sollte, wollte sie nicht sagen.

Allen wurde ein Bild von Ruthenau und von Bakki vorgelegt. Es war relativ eindeutig, dass Ruthenau den Mädchen gegenüber tatsächlich nicht als Arbeitgeber gegenübertrat. Manche gaben an, den Mann nur ganz selten gesehen zu haben oder wussten gar nicht, welche Stellung der einnahm.

Anders bei Bakki. Luca und Pia hatten beide den Eindruck, dass die Frauen ihn kannten. Trotzdem wurde in der Regel bestritten, dass sie für ihn arbeiteten. Eine verplapperte sich mal und meinte, das wäre der Chef vom Chef, korrigierte sich aber schnell, und Bakki wurde zum Freund vom Freund.

Von den Bulgarinnen wollten sie wissen, ob Luba Petkova und Kalina Stoikova Landsmänninnen waren. Auch hier blieben die Antworten schwammig. Die beiden seien noch nicht lange da; man habe nichts mit ihnen zu tun; die beiden seien immer für sich gewesen, und nicht jede Bulgarin sei gleich ne Freundin.

»Die heißt nicht Kalina«, meinte Pia. »Ich habe ein paar Mal von einer Alena gesprochen, und alle wussten sofort, wen ich meine. Und dass sie keine Bulgarin ist, wissen wir ja.«

»Die Dolmetscherin meint, sie sei Russin oder Ukrainerin«, bestätigte Luca.

»Auf jeden Fall ist sie eine Zwangsprostituierte. Und die andern haben auch alle einen Zuhälter«, sagte Pia trotzig.

»Das ist ein Edelschuppen, das Serail. Da läuft es schon etwas anders«, gab Luca zu bedenken.

»Du schaust da einfach nicht richtig hin. Diese Alena, die macht das doch nie und nimmer aus freien Stücken. Das ist Zwangsprostitution. Und dieses Schwein von Ruthenau weiß das genau. Alena hat den Pass bei ihm abgeholt. Deswegen war sie heute Nachmittag schon drüben im Serail. Der spielt den lieben Puff-Papa und arbeitet mit den Luden zusammen. So läuft das.« Pia steigerte sich regelrecht hinein in ihren Zorn.

»Wieso bist du eigentlich nicht bei der Sitte?« Luca konnte sich da nicht so aufregen. Das Gewerbe war nun mal so. Und er hatte einen Mord aufzuklären.

»Bei der Sitte! Was soll ich denn da? Ab und zu mal ne Razzia machen im Freudenhaus? Und die Jungs, die ihre Freude haben, zeigen mir dann ordentlich die Papiere, und die Mädels mit den blauen Flecken sagen mir dann alle ›Ist gute Job‹? Und ich frag die Luden, machen die Girls auch alles schön, was ihr von ihnen verlangt? Weißt du, dass das deutsche Prostitutionsgesetz das einzige auf der Welt ist, bei dem die Zuhälter Weisungsbefugnis für die Nutten haben?«

Luca war müde und hatte null Bock auf solche Diskussionen. »Schluss für heute!«, ordnete er an.

Alena

Was hatte Ruthenau von ihr gewollt? Er hatte gefragt, ob Luba einen Freund gehabt hätte. Luba – sie hasste diesen Namen ebenso wie Kalina. Man hatte ihr und Ludmilla nicht nur den Lebensfunken, sondern auch die Identität genommen.

Und ob Luba ihr etwas gegeben hätte. Zum Aufbewahren oder so. Zum Glück verstand sie ja nichts. Noch immer konnte sie die Männer glauben machen, dass sie kaum ein Wort Deutsch sprach.

Man hatte sie in Ruhe gelassen, nachdem sie von der Polizei zurück in die Wohnung gekommen war. Fabiola wollte nur wissen, was die gefragt hätten. Doch sie konnte es ihr ja nicht sagen. Sie sprach ja kein Deutsch. Also sammelte Fabiola die anderen Mädchen ein und brachte sie rüber zur Arbeit. Seit langer Zeit hatte sie tatsächlich eine freie Nacht.

Sie fühlte sich so schrecklich erschöpft und konnte doch nicht zur Ruhe kommen. Immer wenn sie am Einschlafen war, sah sie wieder die toten Augen von Ludmilla vor sich.

Was hatte Ludmilla nur getan? Was hatten sie beide nur getan?

Sie hatten einfach nur weggewollt aus dieser tristen Stadt, in der es keine Jobs gab, keine Läden und keine Tanzveranstaltungen. Woanders konnte es nur besser sein als hier – so dachten sie. Wie konnten sie so dumm und blauäugig sein?

Es war der Traum vom besseren Leben. Ludmilla wollte schöne Kleider, vielleicht selbst mal eine Boutique aufmachen, die Welt bereisen. Sie selbst hatte davon geträumt, Sprachen zu studieren. Deutsch und Englisch. In London auf eine Hochschule gehen, das wäre für sie die Erfüllung gewesen.

Dann kam Pjotr, dieser charmante, fröhliche und abgrundtief gemeine Kerl. Er würde sie in die Europäische Union bringen, wahrscheinlich sogar nach Deutschland. Sie sollten tanzen. Sich ein bisschen ausziehen. Das Höschen würde man da immer anlassen. Da steckten die Männer dann Scheine rein. »Ihr seid doch nicht prüde. Und eine gute Figur habt ihr ja auch alle beide.« Tagsüber studieren und abends ein bisschen strippen. So hatte sich Alena das vorgestellt.

Es kam anders. Nachdem sie versteckt in dem Kastenwagen über die Grenze gebracht worden waren, wurden sie an die Muskelmänner übergeben. Die würden ihnen den Arbeitsplatz zuweisen. Es war ihnen sehr schnell klar geworden, was für eine Arbeit das sein sollte.

Ludmilla, die Starke, die Mutige, die Unerschütterliche – sie hatte sich vehement gewehrt. »Ich reiß den Männern die Eier weg, die mich anfassen. Ihr werdet schon sehen«, hatte sie immer wieder gesagt. »Ich mach das nicht!«

Dann hatten vier der Männer sie gepackt, ihre Hose heruntergezerrt und den Schlüpfer zerrissen. Drei hatten sie festgehalten, während der vierte sich über sie hermachte. Dann kam der nächste dran. Sie vergewaltigten sie so oft, bis Ludmilla nur noch wie eine leblose menschliche Hülle dalag und an die Decke starrte.

Ihr taten sie nichts. Alena wäre es manchmal lieber gewesen, sie hätten ihr das angetan, als zusehen zu müssen, wie diese Ungeheuer ihrer liebsten Freundin die Seele aus dem Leib gerissen hatten. Ludmilla – die starke, fröhliche und unverzagte Ludmilla – sie existierte danach nicht mehr.

Immer wieder kamen die Bilder, und sie konnte nicht schlafen. Wenigstens weinen konnte sie jetzt in der leeren Wohnung, lauthals und aus tiefem Herzen. Und irgendwann waren Erschöpfung und Müdigkeit doch stärker als der Schmerz. Die Rückkehr der anderen hatte sie nur im Halbschlaf wahrgenommen, war kaum aufgewacht, als Mirena und die andere Frau ins Zimmer huschten und in ihren Betten verschwanden. Doch dann hörte sie das Rumoren.

Im Raum nebenan, dort wo sie bis vor wenigen Tagen zusammen mit Luba gewohnt hatte, machte sich jemand zu schaffen. Ganz offensichtlich wurde das durchwühlte Zimmer noch einmal auf den Kopf gestellt. Irgendetwas suchten die. Ruthenau hatte wieder und wieder danach gefragt. Und er vermutete, dass sie es haben könnte. Panik erfasste sie. Der Mensch, der nebenan rumorte, das war der Mörder von Ludmilla, das spürte sie mit jeder Körperfaser.

Wenn der sie in die Finger bekam … Leise, leise zog sie sich etwas über, öffnete die Zimmertür und huschte aus der Wohnung.

Sie war durch die Straßen geirrt. Hinunter in das kleine Tal, vorbei an einem Sportplatz und einem Schwimmbad, durch Wohngebiete mit schmucken Mehrfamilienhäusern, bis fast zum Zentrum des Stadtteils mit seinen Geschäften und Cafés.

Es war kühl und regnerisch. Sie hatte nur ein leichtes Jäckchen an, das herumgelegen hatte. Wie schon einmal ging sie durch diese fremde Stadt, in der sie sich niemals würde frei bewegen können. Einmal hatten sie ein bisschen mehr Geld bekommen, von diesem Typen, der ihr Gebieter war. Sie waren shoppen gegangen, der große Traum von Ludmilla. Doch es war wie ein Spießrutenlauf gewesen. Sie konnten sich noch so sehr sagen, dass man ihnen nicht ansah, was sie machten. Und doch hatten sie sich beide so gefühlt, als ob auf ihren Stirnen in großen Buchstaben das Wort »Hure« eintätowiert war. Die innere Beschmutzung und Besudelung war so groß, dass es gar nicht möglich war, sie nicht auch von außen wahrzunehmen.

Obwohl sie schrecklich fror, wurde es Nachmittag, bis sie es wagte, in die Wohnung zurückzukehren. Wohin sonst hätte sie auch gehen sollen?

Dienstag, 12. April

1

Luca wollte gleich am frühen Morgen dabei sein, wenn die Kriminaltechniker den Tatort noch mal durchcheckten. Trotzdem ging er zuvor noch ins Präsidium, um zu sehen, ob es Neuigkeiten gab.

Der Bericht der KTU lag vor. Lucas Blick fiel auf eine dünne Kladde des Kriminaltechnischen Instituts des Landeskriminalamtes, die dem KTU-Bericht beilag. Es war die Analyse des Zettels, den er unter dem Mordopfer gefunden hatte. Er nahm sich kurz die Zeit, sie zu überfliegen. Drei Namen waren in Druckbuchstaben darauf notiert. Sie klangen alle drei deutsch: Jens Immendorf, Wolfgang Winter, Anton Schwarz. Bei Jens Immendorf war außerdem das Wort KATA notiert, bei Anton Schwarz die Automarke NAU. Daneben waren jeweils Bemerkungen geschrieben, teilweise in kyrillischer Schrift, teilweise in Deutsch. Das Kyrillische war von den Kollegen beim LKA schon übersetzt worden, mit der Bemerkung, dass es sich um Weißrussisch handle, was durch die phonetische Rechtschreibung eindeutig belegt sei.

»Will nichts extra. Hat eine Frau und drei Kinder« war bei dem Namen Immendorf notiert. »Ist ganz nett. Hat keine Frau« war der Kommentar bei Wolfgang Winter. Neben dem Namen Anton Schwarz stand auf Deutsch: »Ich frage ihn nicht. Er ist ein Schwein.«

Luca seufzte. Drei weitere Namen, die man überprüfen musste. Und Bakki mussten sie sich auch noch vornehmen. Wie sollten sie das zu zweit schaffen? Er hatte keine Ahnung. Nur, dass sie jetzt losmussten, war klar. Pia musste die Vernehmungsprotokolle, an denen sie noch saß, später fertigmachen.

2

Die Leute von der KTU waren schon zugange, als sie im Fasanenhof ankamen. Sie waren rund um die Häuserblocks ausgeschwärmt und drehten jeden Stein um. Sie hatten offenbar auch bereits den ganzen Hühnerhaufen aufgescheucht. Die Frauen sahen zum Teil noch sehr verschlafen aus. Alle wirkten verstört und eingeschüchtert. Das Anrücken der Kriminaltechniker schien mächtig Eindruck auf sie gemacht zu haben. Sie hatten sich alle in ihre Zimmer zurückgezogen und blickten ängstlich zu, wie die Männer und Frauen in den weißen Overalls ihre Sachen durchsuchten.

Nur Alena fehlte. Und die Versiegelung des Zimmers, in dem sie und die Tote gewohnt hatten, war aufgerissen.

»Die ist abgehauen«, meinte Pia trocken. »Die hat ihren falschen Pass geschnappt und sich verdünnisiert.«

»Scheiße«, entfuhr es Luca. Er konnte sich vorstellen, was Andreas Bialas dazu sagen würde. Aber hatten sie denn eine Wahl gehabt? Unter welchem Vorwand hätten sie die junge Frau denn drei Tage festhalten sollen? Oder doch den Pass einbehalten und überprüfen lassen und damit die Abschiebung riskieren?

Ein älterer Kollege im weißen Berufsdress begrüßte sie nun. »Ich hab schon reingeschaut«, meinte er und deutete auf die aufgebrochene Versiegelung. »Wir müssen hier alles noch mal dokumentieren.« Er reichte ihnen Handschuhe, öffnete die Tür und bat sie einzutreten.

»Ich war am Samstag schon hier drin«, meinte der Kriminaltechniker. »Da sah es noch anders aus. Hier muss irgendetwas vorgefallen sein. Die Mädels waren schon völlig verstört, als wir angekommen sind. Und dieses Zimmer ist noch mal auf den Kopf gestellt worden. Wenn wir euch die Bilder liefern, werdet ihr das sehen.«

Das war fast nicht nötig. Luca sah auch so, dass hier das Unterste zuoberst gekehrt worden war.

»Die Sachen der Mädchen sind aber alle noch da«, informierte der KTU-Mann. »Zwar nichts an seinem Platz. Aber ich bin sicher, dass da nicht viel fehlt.« Zum Glück mal ein Gründlicher mit Erfahrung.

»Also doch nicht abgehauen«, meinte Pia. »Sonst hätte sie die Sachen da mitgenommen.« Sie deutete auf einige Kosmetikartikel, die auf dem Fensterbrett standen.

Wo war Alena?

Luca ging von Zimmer zu Zimmer. »Wo ist Alena? Kalina Stoikova?«

Die meisten Frauen gaben vor, nichts zu verstehen.

»Wer hat diese Sauerei da angerichtet? Wer war heute Morgen in dem Zimmer nebenan?«

Einige fingen an zu weinen. Langsam kannte Luca die Gesichter. Zur einen oder anderen fiel ihm sogar der Name ein. Eigentlich sahen sie so ungeschminkt und gewöhnlich gekleidet eher durchschnittlich aus. Nur ein paar wenige hätte er als hübsch bezeichnet. Ihr Plus war vor allem, dass die meisten von ihnen noch verdammt jung waren. Als Schönheit hätte er aber keine bezeichnet – bis auf Alena.

Luca hatte schon aufgegeben. Aus diesen blöden Weibern brachte er nichts raus. Da kam die Frau auf den Flur zu ihm, die sie gestern Nachmittag gemeinsam mit Alena aus dem Serail geholt hatten. Das bäuerlich-derbe Gesicht, so fiel Luca jetzt auf, hatte durchaus weiche und warme Züge. Sie flüsterte fast, als sie ihm sagte: »Alena Angst. Sie weg.« Dabei hob sie die Arme über den Kopf, als wollte sie sich verstecken. »Sie wieder kommen«, sagte sie und nickte.

»Danke«, sagte Luca nur, und das Bauernmädchen huschte wieder in ihr Zimmer zurück.

Dann schickte er Pia hinunter zu den Leuten der KTU, die im Freien die Gegend absuchten und unter der Fuchtel der KTU-Leiterin standen, die Luca nicht ausstehen konnte.

»Guck denen auf die Finger. Überleg du selbst auch: Wo könnte ein Seil, ein Schal oder sowas hingeworfen werden.« Pia nickte und ging los.

Er selbst ging noch einmal zu dem älteren Kriminaltechnikertechniker, der mit Kollegen nun begonnen hatte, das Zimmer von Alena und der Toten genau zu inspizieren.

»Wenn Sie das hier durcharbeiten, vielleicht können Sie dann schon mal überlegen, was derjenige gesucht hat, der dieses Chaos hier produziert hat.«

Der KTUler nickte: »Bestimmt nichts Großes. Etwas, das man zwischen T-Shirts und Pullovern verstecken kann. Einen Brief, ein Handy, irgendein Dokument, so etwas in der Art. Aber ich werde das in meinem Bericht auf jeden Fall berücksichtigen.«

Der Mann wusste, was er tat. Ihm ständig über die Schulter zu schauen, war sinnlos. Luca beschloss, ebenfalls nach unten zu gehen.

Pia stand, die dünnen Ärmchen in die Seite gestemmt, vor einem bulligen Mann der Kriminaltechnik. »Wenn ich Ihnen sage, dass die Abfallcontainer auf der anderen Straßenseite auch untersucht werden, dann kann Ihre Chefin noch so oft meinen, die seien zu weit weg – dann werden die untersucht.« Obwohl sie vor ihm selbst in ihrer wattierten Jacke wie ein halbes Handtuch wirkte, hatte er sichtlich keine Chance.

»Schauen Sie mal, hier.« Auf Luca kam eine weitere Beamtin im weißen Schutzanzug zu. Sie hielt eine Plastiktüte hoch, darin ein Tuch, wie es die Frauen zurzeit massenhaft um den Hals trugen, in warmen Ocker- und Orangetönen. Luca nahm die Tüte entgegen. Das Tuch sah etwas lädiert aus, war an einer Stelle gerissen. Die Kollegin drehte den Beutel etwas und zeigte mit dem behandschuhten Finger auf eine dunklere Stelle. »Das könnte Blut sein.«

Wenn das wirklich das Tatwerkzeug war, dann waren sie einen Riesenschritt weiter. Und wenn der Täter nicht Handschuhe getragen hatte, dann hätten sie jetzt seine DNA. Es war schlechterdings unmöglich, eine solche Gewalt gegen den Hals eines Opfers auszuüben ohne Hautschuppen am Drosselwerkzeug zu hinterlassen. Luca würde das Beweisstück sofort ins Labor des Landeskriminalamtes schicken lassen. Morgen hatten sie dann eine erste Antwort.

3

Es wurde Nachmittag, bis sie wieder im Präsidium zurück waren. Das Mittagessen fiel aus. Ersatz waren aufgeweichte belegte Brötchen aus der Kantine. Den restlichen Arbeitstag versuchte Luca, die Identität der Luba Petkova zu überprüfen. Solange noch keine Obduktionsergebnisse, keine Fingerabdrücke, DNA oder ein Gebissbefund vorlagen, konnten sie nur mit der Personenbeschreibung Anfragen beim Ausländeramt, bei der bulgarischen Botschaft und bei den Dateien von Landes- und Bundeskriminalamt starten. Vielleicht gab es ja irgendeinen Zufallstreffer.

Eigentlich hätte er auch Kalina Stoikova einbeziehen müssen. Doch er hatte nun endgültig beschlossen, das Mädchen erst mal außen vor zu lassen. Wenn sie wirklich Weißrussin war, musste sie abgeschoben werden. Es sei denn, sie galt als wichtige Zeugin. Aber dafür hatten sie noch zu wenig Fakten und Erkenntnisse.

Pia ließ er erst mal die Vernehmungsprotokolle fertig schreiben. Dann trug er ihr auf, sich um die drei Namen auf dem zerknüllten Zettel zu kümmern, den sie unter der Toten gefunden hatten. Damit verabschiedete er sich. Er wollte ins Jiu-Jitsu-Training, auch wenn Pia eine Schnute zog. Schließlich musste man auch noch leben.

Mittwoch, 13. April

1

Staatsanwalt Friedebald Frenzel stand am Fenster und blickte hinaus. Er drehte sich auch nicht um, als Luca das kleine Besprechungszimmer betrat, sondern hob nur die kurzen Arme und meinte: »Was für ein herrlicher Ausblick.«

Luca fand den Ausblick überhaupt nicht herrlich bei diesem miesen Schmuddelwetter. Man sah ja kaum die Anhöhen auf der anderen Seite des Talkessels. Außerdem hatte Stuttgart einfach zu viele Buckel und Hügel mit netten Aussichten. Wie eben hier auf dem Pragsattel, auf dem das Präsidium thronte. Man war's gewöhnt. Nur die Tatsache, dass die Stuttgarter Staatsanwaltschaft direkt unten in der Senke des Talkessels ihren Sitz hatte, ließ ein gewisses Verständnis aufkommen. Dort sah man wirklich besser nicht aus dem Fenster.

Hanna kam hinzu, und erst jetzt riss sich Frenzel von seinem Ausblick los. Überschwänglich begrüßte er die stellvertretende Leiterin des Dezernats: »Hallo Frau Stankowski! Schön, Sie zu sehen. Leider braucht's halt dafür immer eine Leiche. Wie geht es Ihnen?«

Sie sah heute nicht mehr ganz so fertig aus, befand Luca. Doch der graue Haaransatz wurde immer breiter. Den hatte er bei Hannas mahagonibrauner Kurzhaarfrisur zuvor gar nie wahrgenommen. Sie hatte also nicht einmal mehr Zeit, sich die Haare zu färben.

»Man kämpft sich so durch«, meinte Hanna und schüttelte Frenzel die Hand. Auch sie mochte den Staatsanwalt und hatte wie Luca so einige Fälle mit ihm gemeinsam bearbeitet, bei denen ein recht vertrauensvolles Verhältnis entstanden war.

Frenzel seufzte. »Ich beneide Sie gerade nicht. Und ich bin gottfroh, dass der Kollege Henschler den Fall des kleinen Jonas hat. Kommen Sie denn weiter?«

Hanna setzte sich an den Besprechungstisch. Sie wirkte jetzt doch wieder erschöpft. »Es ist mühsam. Wir arbeiten noch Hinweise aus der Bevölkerung ab. Aber mein Gefühl sagt mir, dass wir da kaum noch etwas Wichtiges zu erwarten haben. Wir halten uns jetzt mehr an die Verweigerer beim Gen-Test.«

Das hieß, sie hatten also mittlerweile die Ergebnisse des großflächigen Massen-DNA-Tests, der die männliche Bevölkerung ab sechzehn Jahren rund um das Körschtal in einem Radius von fünf Kilometern erfasst hatte.

»Also keinen Treffer?«, fragte Luca.

Hanna schüttelte den Kopf. »Nichts. Aber einige, die den Test verweigert haben. Da sind auch welche drunter, die wir uns genauer anschauen müssen. Für die Zwangsanordnung zum Speicheltest brauchen wir aber einen Anfangsverdacht. Wir werden uns jetzt um die Alibis dieser Leute kümmern müssen. Aber lasst uns jetzt mal diesen Fall anschauen.« Sie deutete auf die Akten auf dem Tisch.

»Einen Moment noch«, meinte Luca. »Pia hängt gerade noch am Telefon und versucht ein paar Personalien zu ermitteln. Sie müsste gleich da sein.«

Er hatte kaum ausgesprochen, da schoss Pia auch schon herein, warf eine Aktenkladde auf den Tisch und setzte sich zu ihnen.

»Also, lauter Automobil-Heinis«, sagte sie, ohne die andern zu begrüßen.

»Jetzt mal langsam«, bremste Luca sie ein. »Also, es geht um dieses Stück Papier.« Er fischte das Faksimile des Zettels aus den Akten, den sie unter der toten Luba Petkova gefunden hatten. Mit der Analyse und den Erläuterungen des LKA-Labors reichte er es an Hanna und den Staatsanwalt weiter.

Hanna sah sich die Unterlagen aufmerksam an. »Weißrussisch«, konstatierte sie. »Kann man davon ausgehen, dass sie Weißrussin war? Habt ihr Papiere bei ihr gefunden?«

»Nichts«, informierte Luca. »Ihr Pass soll angeblich bei ihrem Boss liegen. Wer das sein soll, wissen wir nicht. Die Frau, die im selben Zimmer mit der Toten gewohnt hat, hat einen bulgarischen Pass im Serail abgeholt. Dort arbeiten die. Aber bei der gehen wir auch davon aus, dass sie Weißrussin ist.«

»Noch keine Ergebnisse der DNA-Analyse des Bluts an dem Papier?«, fragte Hanna

»Nein. Das hilft uns ja auch erst weiter, wenn wir die DNA der Toten haben. Und wenn weitere DNA-Spuren an der Leiche gesichert worden sind. Und am Tatwerkzeug.« Luca reichte die Akten mit Bildern und Berichten an Hanna und Frenzel weiter.

»Das Tatwerkzeug – das haben Sie also tatsächlich noch gefunden? Na, das ist doch schon mal was«, freute sich der Staatsanwalt.

»Ist noch nicht amtlich«, meinte Luca. »Wie gesagt: Wir brauchen die DNA-Analysen. Und die Bestätigung des Gerichtsmediziners, dass das Tuch zu den Würgemalen passt. Obduktion ist übrigens heute Nachmittag.«

»Oioioi«, jammerte Frenzel. »Ich finde Morde faszinierend – wenn's dabei nur keine Leichen geben würde. Vielleicht sollte ich mich doch zu den Vermissten-Fällen versetzen lassen. Dann heißt es: Ein Regenwurm wird arg vermisst, weil er heut zum Angeln ist. Ha, ha.«

»Und was ist jetzt mit den Namen auf dem Zettel?« Hanna blieb ernst. Sie las vor: »Jens Immendorf, Wolfgang Winter, Anton Schwarz. Frau Grampp, wer ist das?«

Hanna war mit Pia immer noch per Sie. Als Luca ins Dezernat gekommen war, da war er nach etwa drei Monaten von Andreas Bialas persönlich und ein paar weiteren Kollegen in deren Stammkneipe abgeschleppt und ordentlich mit Bier abgefüllt worden. Man hatte ihm erklärt, dass dies das übliche Ritual sei und er ab sofort alle, einschließlich des Chefs und dessen Stellvertreterin duzen müsse. Für solche Riten war in der Abteilung wohl momentan weder die Zeit noch die Stimmung.

Pia störte sich nicht daran. Sie duzte von vornherein alle außer Bialas und Hanna Stankowski. Und jeder nahm es wie selbstverständlich.

»Also, dieser Jens Immendorf ist Geschäftsführer bei einem Laden, der heißt KATA-Technik. Das war einfach. Steht ja ›KATA‹ auf dem Zettel. Die stellen Katalysatoren her. Die Firma ist in Waiblingen und hat etwa 300 Mitarbeiter. Und gehören tut sie zur Langenfelder Gruppe, an die sie die Katalysatoren liefern. Die Langenfelder GmbH & Co. KG macht damit dann ganze Auspuffe. Oder heißt es Auspüffe? Also sogenannte Abgasanlagen.«

»Vielleicht Auspuffs«, meinte Frenzel verschmitzt. »Die Mehrzahl von Puff ist jedenfalls laut Duden Puffs.«

Der Name Langenfelder sagte Luca etwas. Ein großer Arbeitgeber der Region mit Hauptsitz in Neuhausen auf den Fildern.

»Und dieser Wolfgang Winter … Also, die Winter-Wolfgangs, die gibt's wie Sand am Meer. Ich hab mal geschaut, ob da einer auch was mit Autos zu tun hat. Und guck mal an«, meinte Pia stolz, »ein Wolfgang Winter hat in Deizisau ne kleinere Firma, die stellt irgendwelche ganz speziellen Materialien für Katalysatoren her. Winter CatMaterials heißen die. Ich habe auf der Homepage mal geschaut. Und tatsächlich – bei den Referenzen steht's: Die arbeiten auch für diese KATA-Technik GmbH und direkt für die Langenfelder GmbH & Co. KG. Da wette ich doch, dass das der richtige ist. Drei Herren machen sich nach einem guten Geschäftsabschluss einen netten Abend im Puff. Wieso interessiert Sie eigentlich die Mehrzahl von Puff, Herr Frenzel?«, wandte sie sich abrupt an den Staatsanwalt.

»Und wer ist der dritte Herr?«, wollte Frenzel wissen, ohne auf die Frage von Pia einzugehen.

»Anton Schwarz. Ist ja klar. Da steht ja auch auf dem Zettel dabei, dass der bei NAU ist, der Neckarsburger Auto-Union. Und da ist er ein hohes Tier im Einkauf. Also genau gesagt im Strategischen Einkauf. Keine Ahnung, ob's noch einen unstrategischen Einkauf gibt und ob das wichtig ist. Auf jeden Fall ist er da stellvertretender Boss. Und da hab ich was gefunden … Das ist ein Artikel in so einem Automobil-Fachblättchen.« Sie schob Ausdrucke zu den Kollegen hinüber. Luca stellte fest, dass es sich um ein seriös aufgemachtes Magazin handeln musste.

»Also, da wird sinngemäß gesagt, dass dieser Anton Schwarz ein ganz harter Hund ist, der die Zulieferer in der Automobilindustrie richtig rannimmt und ihnen – also, wie formulieren die das? – ›ihnen preislich und von den Konditionen her einiges abverlangt.‹ Na, und das passt doch zu der Bemerkung, da auf dem Zettel, dass der ein Schwein ist.«

»Und warum sollten Prostituierte daran interessiert sein, wie dieser Mensch seine Geschäftspartner behandelt?«, fragte Hanna nachdenklich. Sie sah sich die Übersetzung der Anmerkungen auf dem Zettel und dann das Faksimile noch mal genau an. »Diese Anmerkung bei Anton Schwarz«, meinte sie dann, »ist in Deutsch geschrieben. Ist das dieselbe Handschrift wie das Kyrillische? Und diese Druckbuchstaben. Mit kommt das so vor, als sei das auch mit einem anderen Stift geschrieben. Oder täusche ich mich da? Im Bericht des Kriminaltechnischen Instituts wird da gar nichts erwähnt.«

Luca sah sich die Abbildung des Zettels aufmerksam an. Hanna hatte recht. Zwar liefen durch die Schrift die Knitterfalten des geknüllten Blattes, sodass man schon genau hinschauen musste. Aber der sorgfältige schräge Schwung der Schrift bei der deutsch geschriebenen Bemerkung »Er ist ein Schwein« passte weder zu den kantigen Druckbuchstaben noch zu den geraden, etwas krakeligen kyrillischen. Das musste noch mal zurück in die Urkundenuntersuchung des Landeskriminalamtes.

»Alle drei in der Automobilindustrie«, überlegte Hanna laut. »Und alle drei haben sie etwas mit Katalysatoren und Abgasanlagen zu tun. Das ist jetzt vielleicht sehr spekulativ. Aber wenn man quasi täglich etwas über den Abgasskandal von VW liest … Könnte es da einen Zusammenhang geben? Hängt da NAU nicht auch mit drin?«

Luca war kein ausgesprochener Technik-Fan. Aber so viel wusste er, dass der Skandal bei VW mit einem Softwareprogramm zusammenhing, das erkennt, wenn ein Auto auf dem Prüfstand steht. Dann regelte das Programm die Abgase so, dass bestimmte Grenzwerte eingehalten wurden. Auf der Straße wurde dagegen sehr viel mehr Gift in die Luft geblasen. Wie das genau funktionierte, verstand er nicht. Aber er war sich ziemlich sicher, dass es nichts mit der eigentlichen Auspuffanlage oder dem Kat zu tun hatte, sondern irgendwo im Motorbereich angesiedelt war. Trotzdem sagte er erst mal nichts zu der These.

»Wobei auch hier wieder die Frage wäre, wie die Abgasmanipulation wiederum mit dem Mord an einer Prostituierten zusammenhängen sollte«, meinte Frenzel.

»Das gilt es zu klären«, sagte Hanna. »Ich möchte, dass ihr die drei Herren unter diesem Gesichtspunkt auch mal anschaut. Luca, du rufst bei Gerd Stoevesandt im LKA an. Vielleicht hat die Inspektion Wirtschaftskriminalität ja zum einen oder anderen Informationen.« Sie war jetzt ganz Chefin. »Und das Umfeld des Opfers müsst ihr unter die Lupe nehmen. Noch mal die Frauen befragen. Schauen, ob es einen Zuhälter gibt. Was ist mit diesem Bakir Sušić? Habt ihr den schon vernommen?«

»Wie denn, Hanna? Wann denn?« Machte die jetzt auch schon so Druck, fragte sich Luca. »Und vor allem wer. Wir sind zu zweit.«

Frenzel mischte sich wieder ein: »Ich habe mir die Akte dieses netten Herrn mal genauer angeschaut. Mein Bauchgefühl, ha, ha …« – er klopfte sich auf den wohlgewölbten Leib und sah dabei aus wie ein chinesischer Glücks-Buddha – »sagt mir, dass dieser angenehme Zeitgenosse ein Gespräch mit der Kriminalpolizei höflichst ausschlagen wird. Deshalb würde ich doch sagen, dass ich den Herrn Sušić ganz freundlich zu mir einlade. Und Sie beide natürlich auch.« Er strahlte Luca und Pia an.

»Okay«, sagte Hanna und stand abrupt auf. Sie stand unter Strom. »Ihr wisst, was zu tun ist. Und ihr haltet mich auf dem Laufenden.« Sie fügte hinzu: »Ihr macht eine gute Arbeit. Wirklich. Und ich tu, was ich kann, um euch Verstärkung zu besorgen. Glaubt's mir. Ich muss leider wieder zurück. Wir haben gleich Soko-Besprechung.« Damit verließ sie die Runde.

2

Sie sprachen noch einige Details mit Frenzel durch. Dann klappte dieser seinen Laptop auf, legte sein Handy demonstrativ daneben und erklärte den Besprechungsraum zur temporären staatsanwaltlichen Dienststelle, da er die kurze Zeit bis zur Obduktion nicht mit unnützen Fahrten durch die Baustellen Stuttgarts verbringen wollte.

Luca und Pia arbeiteten in ihrem Büro weiter. Eine E-Mail der bulgarischen Polizeibehörden ließ Luca mal wieder verzweifeln. Seine Anfrage nach Amtshilfe zur Aufklärung des Todes einer Luba Petkova mit Personenbeschreibung, ungefährem Alter und allem, was er sonst noch über sie wusste, wurde mit der Bitte beantwortet, das Geburtsdatum und den Geburtsort der betreffenden Person sowie deren letzte Adresse in Bulgarien anzugeben. Nach wie vor war die Zusammenarbeit mit den Kollegen der osteuropäischen EU-Länder schwierig. Allerdings würde er deren Hilfe wohl ohnehin nicht brauchen, weil die Tote mit großer Wahrscheinlichkeit Weißrussin gewesen war. Aber von den weißrussischen Behörden Unterstützung zu erwarten, war noch aussichtsloser.

Zum Mittagessen holten sie Frenzel ab und gingen mit ihm in die Kantine. Einen Stern bekam das Essen hier nicht, aber es war genießbar und man hatte eine gewisse Auswahl.

Frenzel war bester Laune. Sorgfältig beäugte er das Angebot an Speisen.

»Blumenkohl«, meinte er. »Wissen Sie wie Blumenkohl am besten schmeckt? Wenn man ihn kurz vor dem Verzehr durch ein großes Steak ersetzt.« Er entschied sich für etwas anderes. »Mein Arzt hat mir ja zu leichter Gymnastik geraten. Wegen meines Übergewichts. Wobei ich mein Gewicht eigentlich in Ordnung finde. Ich bin eben zwanzig Zentimeter zu klein. Das ist alles. Und die leichte Gymnastik, die er meinte, das sei nur ein Kopfschütteln, wenn mir jemand etwas zu Essen anbietet. Dabei ist das gar nicht das Problem. Ich müsste mich weniger bewegen. Das ist es. Vor allem die Hände. Dann würde ich nämlich weniger Weinflaschen öffnen. Und wie Sie vielleicht wissen, sind zwei Glas Rotwein eben auch ein Schnitzel.« So plapperte er munter vor sich hin. »Ach ja, und ich habe gerade mit dem Herrn Bakir Sušić telefoniert. Ein echtes Herzchen, dieser Mann. Er hat sich so gefreut über die Einladung, dass er gleich noch jemanden mitbringen will, nämlich seinen Anwalt, ha, ha. Wissen Sie, Anwälte – das sind diese Sorte Mensch, die ich jetzt schon gerne vermissen würde. Na ja, wird halt morgen dann nicht ganz so lustig. Morgen Nachmittag, sechzehn Uhr, in meinen hehren staatsanwaltlichen Räumen.«

Erst als es hieß, dass man sich nun zur Obduktion aufmachen müsse, wurde er sehr still.

3

Draußen regnete es leicht, und es war kühl. Luca besorgte Regenschirme. Pia ließ ihren stehen und zog sich nur die große Kapuze ihrer Windjacke über den Kopf. Dann machten sie sich auf den Weg durch die Reben, hinüber zum Robert-Bosch-Krankenhaus. Eine Stuttgarter Besonderheit war es nun mal, dass das Polizeipräsidium und die Gerichtsmedizin der Universität Tübingen in den Katakomben des Robert-Bosch-Krankenhauses nur fünfhundert Meter Luftlinie voneinander entfernt lagen. Über Fußwege brauchte man für die Strecke gerade mal zehn Minuten, während man bei entsprechendem Verkehr mit dem Auto durchaus auch mal zwanzig Minuten unterwegs war.

In den gerichtsmedizinischen Hightech-Räumen im Kellergeschoß des Krankenhauses empfing sie ein noch recht junger Arzt, den Luca bislang nur als Assistenten der eigentlichen Koryphäen kannte. Auch hier bekam die tote Nutte wohl nur die zweite Garnitur.

Der schmalbrüstige Mann führte sie zu der Toten auf der Bahre. Mit monotoner Stimme leierte er seine Befunde herunter und sprach hemmungslos von der Carotis externa und der Carotis interna, subkutanen Läsionen und der Fraktur des Os nasale. Zum Glück war Dr. Schwalbes Befund am letzten Samstag schon so gut gewesen, dass kaum etwas Neues hinzukam und Luca trotz des Fachlateins verstand, was die junge Frau erlitten hatte.

Die Verletzungen waren Hämatome durch stumpfe Traumata, also Prellungen und Blutergüsse durch Gewalteinwirkung, der Bruch eben des Os nasale, also des Nasenbeins, und Hautunterblutungen an den Oberarmen, die eindeutig als Griffspuren zu interpretieren waren. Sie hatte Abwehrverletzungen an den Händen und mehrere gebrochene Fingernägel am Pollex und Digitus anularis der rechten Hand, also dem rechten Daumen und Ringfinger, sowie am Mittelfinger der linken Hand. Der Gerichtsmediziner nahm die Hände der Toten hoch und deutete so auf die bezeichneten Körperteile, dass es selbst der unerfahrenste Kriminalbeamte trotz Latein noch verstanden hätte. Wenigstens war der Langweiler gründlich gewesen. Er hatte brav unter allen Fingernägeln Abstriche gemacht, die er ins Labor schicken würde.

Luca stellte fest, dass sich Pia auch hier wacker neben ihm hielt und interessiert den Aus- und Vorführungen des Gerichtsmediziners folgte. Wo Frenzel sich herumdrückte und ob der überhaupt die Augen offen hatte, wollte er erst gar nicht wissen.

Auch die Todesursache hatte Dr. Schwalbe bereits richtig diagnostiziert. Die junge Frau auf dem Edelstahltisch vor ihnen war mehrmals gewürgt worden. Schließlich war die Arteria carotis interna, die innere Halsschlagader, die für die Blutversorgung des Gehirns zuständig ist, derart gequetscht worden, dass durch den Sauerstoffmangel im Gehirn der Tod eingetreten war. Der Arzt hatte sich die Asservate, das Tuch, das sie in dem einem Müllcontainer gefunden hatten, in die Rechtsmedizin bringen lassen. Er hatte auch, wie er nüchtern referierte, Abstriche vom Hals gemacht, in denen er bereits selbst eindeutig Faserspuren gefunden hatte. Halstuch und Abstrich würden nun ans kriminaltechnische Institut zurückgehen, um Übereinstimmungen endgültig zu belegen. Der Gerichtsmediziner erläuterte dann so ausführlich und akribisch, warum das Tuch und die Strangmarken genau zueinander passten, dass es Luca schon auf den Wecker ging. Dass dieses Tatwerkzeug keine scharf abgegrenzten Drosselmarken wie etwa eine Schnur oder Draht erzeugen würde, war wohl jedem klar, der schon mal mit solchen Todesfällen zu tun gehabt hatte.

Dann kam er zu den Untersuchungen im Genitalbereich. Detailliert schilderte er wieder, welche Abstriche er gemacht und dass er eindeutig Sperma in der Vagina gesichert hatte. Die Frau hatte nicht allzu lange vor ihrem Tod noch Sex gehabt, und zwar ungeschützten Sex.

Dann wurde er plötzlich seltsam sentimental. Er sprach sogar in ganz normalem Umgangsdeutsch mit ihnen: »So wie das aussieht – das muss ich Ihnen wohl sagen – war der Sex zwar einvernehmlich. Aber viel Spaß hat sie dabei wohl kaum gehabt. Sie war wund. Im Genitalbereich meine ich. Eine Infektion konnte ich nicht feststellen. Ich würde eher eine chronische Belastung der Haut annehmen. Vielleicht auch Irritationen durch Enthaarungscremes oder zu häufiges Waschen. Und sie hatte Analverkehr, der nur bedingt einvernehmlich war, wie die radiären Einrisse in diesem Bereich zeigen.«

Luca wurde wieder von einer seltsamen Wehmut ergriffen. Vor ihm, in dieser sterilen Atmosphäre des gekachelten Raumes, lag auf der Edelstahlbare ein makelloser weiblicher Körper. Trotz der Obduktionsschnitte und der Verletzungen im Gesicht war klar, dass dies mal eine wirklich hübsche junge Frau gewesen war. Jetzt lag sie da wie eine Wachsfigur, als ob sie nie gelebt hätte.

Als sie wieder im Freien standen, musste Luca erst mal tief Luft holen. Auch wenn er diese Prozeduren vergleichsweise locker überstand, ging es doch unter die Haut. Auch Pia war schweigsam und ernst. Und Friedebald Frenzel war so bleich, dass sein billiger grauer Anzug noch grauer wirkte.

Zurück am Präsidium verabschiedeten sie sich hastig. Luca und Pia gingen zurück an ihre Schreibtischarbeit.

Donnerstag, 14. April

1

Luca gingen verschiedene Gedanken durch den Kopf, als er am nächsten Morgen wieder am Schreibtisch saß. Er blätterte die Akte durch, die Pia am Vorabend noch über die drei Automobil-Manager zusammengestellt hatte. Er solle die Wirtschaftskriminalität am Landeskriminalamt einschalten, hatte Hanna gemeint. Aber irgendwie ging ihm das gegen den Strich. Da war einfach das Gefühl, dass es nichts mit dem Abgasskandal zu tun hatte. Natürlich war der auch bei der Neckarsburger Auto-Union ein Thema. Auch bei der VW-Tochtergesellschaft war die Betrugssoftware eingebaut worden. Aber – da war er sich doch ziemlich sicher – die Software regelte das Verhalten des Motors. Mit dem Auspuff und dem Katalysator hatte das nichts zu tun.

Er hatte die ganze Skandalgeschichte rund um die Manipulationen bei VW recht genau verfolgt. Selbst fuhr er ja auch einen Diesel, wenn auch von der bayerischen Konkurrenz. Und er bekam mit, wie alle plötzlich aufs Elektro-Auto starrten. Wenn sich dieser Trend durchsetzte, würden die Auspuff-Hersteller ein richtiges Problem bekommen. Man würde sie einfach nicht mehr brauchen. Ein Thema für die Wirtschaftskriminalität war das allerdings nicht. Und mit wem er darüber sprechen sollte, wusste er auch nicht so richtig

Gerd Stoevesandt wäre der Richtige gewesen. Die Zusammenarbeit mit ihm hatte immer wunderbar geklappt. Damals, als sie den toten Bauarbeiter gefunden hatten, der im Beton hätte verschwinden sollen. Oder als manche Leute den mysteriösen Tod eines Abgeordneten des Europa-Parlaments unbedingt zum Selbstmord deklarieren wollten. Doch der alte erfahrene Wirtschaftskriminalist war aufgestiegen zum Chef der ganzen Abteilung Wirtschafts-, Kunst- und Umweltkriminalität und daher nicht mehr der direkte Ansprechpartner. Seine Nachfolgerin, eine Frau Zahn, war farblos und spröde und überhaupt nicht Lucas Fall. Und die anderen Mitarbeiter in der Inspektion hatten auch so ihre Macken. Nicole Marinescu, eine Frau in seinem Alter, war zwar ziemlich schlau, aber zickig. Und Rudolf Kuhnert, ein Spezi von Gerd Stoevesandt, war der typische Nerd, irgendetwas zwischen Genie und völlig verpeilt. Mit beiden hatte er schon lange nichts mehr zu tun gehabt und hätte auch gar nicht gewusst, was er sie eigentlich konkret fragen sollte. Wenn es im weiteren Verlauf der Ermittlungen Sinn machte, Kontakt aufzunehmen, würde er das tun. Aber nicht jetzt.

Er nahm sich die Vernehmungsprotokolle der Frauen noch mal vor, die mit dem Opfer in der Wohnung untergebracht waren. Sie gaben verdammt wenig her. Eigentlich müsste man jede Einzelne noch mal in die Mangel nehmen. Dass die Frauen mehr wussten, als in diesen Protokollen stand, war klar wie Kloßbrühe. Vor allem Kalina Stoikova alias Alena. Doch wie kam man an sie heran ohne sie zu gefährden? Man musste noch mal in ihrer Sprache mit ihr reden. Unter Bedingungen, unter denen sie überhaupt bereit war, etwas zu sagen. Das junge Mädchen hatte furchtbare Angst, das hatte Luca sehr wohl gespürt. Nur vor der Abschiebung? Oder wusste sie etwas, das auch sie in Gefahr brachte? Dio solo sa – das wussten nur die Götter.

Dann überlegte er, wie sie die Vernehmung von Sušić angehen sollten, die am Nachmittag in der Staatsanwaltschaft stattfinden sollte. Bakir Sušić, genannt Bakki, hatte sicher eine Schlüsselposition. Er war Mieter der Wohnung, in der die Frauen untergebracht waren. Er war Präsident eines Chapters der United Tribuns. Die Streetgang war schon mehrmals im Zusammenhang mit Prostitution und Gewalt gegen Frauen in die Schlagzeilen geraten. Mit Sicherheit wäre Bakki ein wichtiger

Zeuge – wenn der denn irgendetwas rauslassen würde. Doch der Mann wusste genau, wie man Polizei und Justiz das Leben schwermachte.

2

Pia und er waren beizeiten losgefahren, zur Staatsanwaltschaft in die Neckarstraße. Hier, wo die Feinstaubbelastung der Stadt am höchsten war, hatte Stuttgart nur bedingt einen Reiz. Die Staatsanwälte mussten hier lediglich arbeiten, hinter schalldichten Fenstern und mit dem Blick auf ältere Backsteinhäuser aus der Gründerzeit. Die Leute, die in diesen Häusern leben mussten, konnten jedoch mit diesem Verkehrslärm und dem Dreck und Gestank auch nach Feierabend die Fenster nicht öffnen. Luca wusste den Standort seines Arbeitsplatzes und erst recht seinen Wohnort sehr zu schätzen, wenn er hier in der Behörde zu tun hatte.

Frenzel empfing sie wie immer fröhlich in seinem Büro. Ein vorbildlich aufgeräumter Schreibtisch, akkurat gefüllte Aktenschränke und gut gepflegte Topfpflanzen bestimmten die Atmosphäre. Luca starrte auf diesen Schreibtisch. Er war zwar kein solcher Chaot wie sein Chef Andreas Bialas. Doch wie man so eine Ordnung am Arbeitsplatz halten konnte, war ihm ein Rätsel.

»Das sieht nur so aus, als würde ich nichts arbeiten«, grinste Frenzel, der seinem Blick gefolgt war, ihn an. »In Wirklichkeit bin ich so schnell, dass ich immer fertig bin. Ha, ha. Ich brauch das so. Sonst kann ich nicht denken. Aber kommen Sie.«

Er ging mit ihnen in einen Vernehmungsraum, in dem sie nun auf Bakki warteten. Doch wer nicht kam, war Bakki. Anfangs konnten sie noch einiges besprechen. Doch dann wurde es zäh. Frenzel versuchte, Bakir Sušić telefonisch zu erreichen. Weder bei der Festnetznummer noch auf seinem Handy meldete sich jemand. Auch mit einem Anruf in der Anwaltskanzlei, die Sušić vertrat, hatte er keinen Erfolg. Man sagte ihm nur, der Anwalt sei bei einem Termin und man könne ihn momentan nicht erreichen.

»Ich will den Mann hier haben«, meinte Frenzel ungehalten. Wenn ihn jemand verarschte – das hatte Luca schon einmal erlebt –, konnte der fröhliche Staatsanwalt zur echten Kampfassel werden. »Sind Sie bereit zu Überstunden?«, fragte er die beiden Kriminalbeamten. »Dann versuchen wir doch mal, ob wir den Kerl erwischen und ihn zwangsweise vorführen lassen können.«

Luca fuhr sich mit beiden Händen durchs schwarze Haar und seufzte. Also wieder Mehrarbeit. So oder so. Wenn sie Glück hatten und ihn zuhause antrafen, konnten sie die Vernehmung vielleicht heute noch durchführen. Wenn man ihn suchen lassen musste, würde er heute und vielleicht auch morgen noch eine Fahndung an der Backe haben. Er rief die Kollegen von der Bereitschaft an. Pia kramte die Adresse der noblen Eigentumswohnung aus den Akten. Drei Kollegen beorderte Luca nach Möhringen. Und er selbst und Pia würden auch hinfahren. Was sollten sie auch hier herumsitzen?

3

Um diese Zeit, am späten Nachmittag, quer durch die Stadt nach Möhringen zu fahren, war der helle Wahnsinn. Wie zäher Grießbrei floss der Verkehr durch die Adern der Stadt. Als sie endlich in dem Neubaugebiet beim Probstsee ankamen, war es bereits halb sieben. Das kleine Viertel war in einheitlicher, rechteckiger Bauweise angelegt. Man hatte Platz gelassen zwischen den in freundlichen Farben gehaltenen Häuserblocks. Die frischgepflanzten Bäume würden sich ausbreiten können. Auch die Wohnungen mit ihren geräumigen Loggien waren – man sah es der Architektur an – großzügig ausgelegt. Hier wohnten Assistenzärzte, Ingenieure und Abteilungsleiter in Eigentumswohnungen.

Die drei Kollegen vom Bereitschaftsdienst warteten bereits am Hauseingang der angegebenen Hausnummer. Luca suchte nach dem Namen Sušić. Überall waren neben den Klingeln Namen angegeben, bis auf eine Ausnahme. »Sušić« fand sich nicht unter den Familiennamen.

»Das ist er«, meinte Pia trocken und tippte auf das leere Namensschild. Sie drückte auf den Klingelknopf.

»Ja, bitte«, ertönte recht schnell eine hohe Frauenstimme aus der Sprechanlage.

Noch bevor Luca nach dem Namen fragen konnte, hatte Pia schon geantwortet: »Ein Paket für Sie. Zalando …«.

Sofort wurde der Türöffner betätigt. Pia grinste breit.

Zu Fuß gingen die fünf Beamten hoch in den zweiten Stock. In der Tür der Wohnung stand eine aufgetakelte dünne Frau und starrte sie erschrocken an. »Was, was …«, stammelte sie, da tauchte hinter ihr ein Mann auf, der gut und gerne das dreifache ihres Volumens hatte. Er schob die Frau mit seiner Pranke beiseite, als ob sie aus Papier wäre.

»Du blöde Kuh, du bescheuerte«, herrschte er sie an. »Kann nicht bis drei zählen, die blöde Nutte.«

Bakki stellte sich in den Türrahmen und füllte ihn aus. Der Mann war fast so breit wie hoch, bestand aus nichts anderem als Muskeln, tätowierter Haut und überdimensioniertem Goldschmuck. Luca war sprachlos angesichts dieser Karikatur eines bodybuildenden Gorillas. Der Mann musste Anabolika futtern wie andere Leute Schokolade. Hinter dem Mann tauchte ein Hund auf, eindeutig eine Kampfrasse. Luca hatte keine Beziehung zu Hunden, aber diese Viecher mit ihren Schweinsäuglein und den Dinosaurier-Köpfen fand er ausgesprochen widerlich. Er würde Bakki auch mit den drei Kollegen nicht festnehmen können, wurde ihm plötzlich klar. Pia zählte da ohnehin nicht. Man musste die Taktik ändern.

»Herr Sušić, Sie hatten heute einen Termin beim Staatsanwalt, den Sie nicht wahrgenommen haben. Wir müssten Ihnen aber dringend ein paar Fragen stellen.«

Bakki sah die Männer einen nach dem anderen an. Pia beachtete er gar nicht. »Mein Anwalt hat keine Zeit gehabt«, meinte er. »Und ohne Anwalt sag ich euch nicht mal meinen Vornamen.« Er sprach mit dem hiesigen Dialekteinschlag, ohne Akzent.

Luca versuchte es noch einmal: »Ihr Vorname interessiert uns auch nicht. Uns interessiert eine tote Frau in einer Wohnung, die Sie gemietet haben. Wir können darüber hier auf dem Hausflur sprechen und Ihren Nachbarn eine Show bieten. Oder wir lassen Sie samt Anwalt mit einer Hundertschaft abholen und besprechen das dann doch beim Staatsanwalt. Oder Sie ersparen sich und uns den Ärger und lassen uns kurz rein.«

Bakki dachte nach. Der schnellste war er darin nicht. »Du kannst reinkommen. Die Affen in ihren Trachten nicht.« Er deutete mit seinen Anabolika-Fingern auf die uniformierten Kollegen.

Luca überlegte kurz. »Okay, wenn wir die Wohnungstür offen lassen …«

Bakki gab die Tür frei, und Pia schlüpfte wie ein Wiesel in die Wohnung.

»Was ist das denn, verdammte Scheiße?«, fluchte Sušić. »Was will der Pickel hier?«

Pia feixte ihn an und hielt ihm die Polizeimarke vor die Nase. Der Köter, der seinem Herrchen in den Wohnungsflur gefolgt war, knurrte. Pia machte tatsächlich einen Schritt auf den Hund zu und sprach die Worte »Was bist du denn für ein süßes Hündchen«, was so klang, als würde sie sagen: »Du weißt genau: Mit mir ist nicht zu spaßen.« Tatsächlich verdrückte sich der Hund, und Bakki starrte Pia ungläubig an.

»Also«, nahm Luca den Faden wieder auf. Man musste hier so schnell wie möglich wieder zur Sache kommen. »Es geht um die Wohnung, die Sie im Fasanenhof gemietet haben. Dort sind drei Frauen gemeldet. Trotzdem wohnen dort zwölf Frauen.«

»Nur kurzfristig. Wir bringen da Leute unter, die mal zu Besuch hier sind. 'n paar Wochen, höchstens.«

»Und wer wohnt momentan außer den drei Gemeldeten dort? Wir brauchen die Namen.«

»Keine Ahnung. Fabiola!«, brüllte er plötzlich in die Tiefen der Wohnung, in die sich die schlanke Frau verdrückt hatte. Sie standen immer noch in dem geräumigen Flur, und Bakki machte keine Anstalten, sie weiter in sein Reich vordringen zu lassen.

Eine der Türen öffnete sich einen Spalt, und die überschminkte Frau, die er Fabiola genannt hatte, lugte hervor.

»Was weiß ich«, meinte sie widerspenstig. Sie hatte eine hohe, unangenehme Stimme. »Ich glaube Sandra und Michelle. Sonst, glaub ich, niemand.«

Bakki wandte sich wieder Luca zu. »Sandra und Michelle. Du hast's gehört. War's das?«

Luca sah aus den Augenwinkeln, wie Pia hinter dem Rücken des Muskelprotzes zu Fabiola huschte und mit ihr hinter der Tür verschwand.

»Wir brauchen die vollen Namen und die Anschriften.«

»Haben wir nicht. Die sind kurz da, zahlen ihre Miete und verschwinden wieder.«

»Okay, also eine Art Ferienwohnung«, meinte Luca. »Und die andere Wohnung in dem Häuserblock, wird die auch so vermietet?«

Bakki kratze sich die Stoppeln auf seinem rasierten Kopf. »Kann schon sein. Ich kümmere mich da nicht drum.«

»Und wer kümmert sich drum?«

»Meine Freundin.« Der Koloss wollte sich schon umsehen, wo Fabiola abgeblieben war.

»Dann werde ich mich mal beim Gewerbeamt erkundigen«, sagte Luca schnell. »Ferienwohnungen oder Herbergen müssen ja angemeldet sein. Und die Leute, die Sie dort unterbringen, die müssen Sie ja auch melden. Da schauen wir einfach mal, wer da aktuell und in der Vergangenheit so alles gemeldet wurde. Oder Ihre Freundin kommt gleich mit zu uns, nimmt die Unterlagen mit, wir machen Kopien, und alles ist gut.«

Bakki merkte langsam, dass er sich aufs Glatteis begeben hatte. Und jetzt fiel ihm auch auf, dass Pia in die Wohnung verschwunden war. Er drehte sich um, riss eine Tür auf und brüllte: »Du dämliche Pisskuh! Was hast du mit der Bullenfotze da rumzuquatschen. Raus hier! Ohne Anwalt und ohne Durchsuchungsbefehl passiert hier gar nichts mehr.«

Fabiola verdrückte sich rasch in ein anderes Zimmer, und man hörte, wie sie den Schlüssel umdrehte. Pia verließ zufrieden das Wohnzimmer und schob sich an Bakki vorbei Richtung Wohnungstür. Dort drehte sie sich plötzlich noch einmal um und drückte den Zeigefinger auf Bakkis Bizeps. »Nicht schlecht«, sagte sie. »Das hab ich jetzt einfach gebraucht.« Dann verließ sie schnell die Wohnung. Luca folgte ihr rasch. Bakki sah ihnen verblüfft nach.

4

Sie hatten die drei Kollegen von der Bereitschaft aus der Pflicht entlassen und saßen wieder im Auto auf der Fahrt Richtung Präsidium.

»Hast du diese Wohnung gesehen? Völlig überladen. Und überall Gold und Kitsch. Hauptsache teuer«, meinte Pia

Luca nickte. Schon der Flur war mit barocken Geschmacklosigkeiten vollgepfropft gewesen. Wenn primitive Leute zu Geld kamen, dann waren der Protzerei meist keine Grenzen gesetzt. Und Geld hatte Bakir Sušić ganz offensichtlich.

»Ich hab noch was«, meinte Pia, nachdem Luca Frenzel telefonisch über die Lage informiert hatte. »Ich weiß jetzt, dass es Fabiola war, die den Notruf am Samstag frühmorgens gemacht hat. Ich hab mir das Band mal angehört, das die in der Notrufzentrale mitgeschnitten haben. Die Stimme kam mir so bekannt vor. Die Ermittlung der Handy-Nummer können die sich sparen.«

»Und? Hat sie was dazu gesagt?«

»Ich hab gesagt: ›Das war ja bestimmt ein furchtbarer Anblick da am Samstag früh.‹ Und sie gleich: ›Hach, wie furchtbar, hach, wie schrecklich!‹ Ich hab sie gefragt, ob jemand von den Mädchen gefehlt hat. Und sie: ›Nein, die waren alle schon zuhause.‹ Deswegen sei sie da noch mal hingefahren. Um zwei Mädchen noch mal zu holen. Die hätten sie noch mal gebraucht. Naja, und dann hat Bakki ja auch schon losgebrüllt.« Pia lachte zufrieden.

Es dämmerte bereits, als sie am Präsidium ankamen. Für heute hatten sie beide genug. Pia ging erst gar nicht mehr rein ins Gebäude. Luca wollte doch noch mal rasch ins Büro. Er würde heute mit Sicherheit keine Akten mehr führen. Handschriftlich machte er sich aber ein paar Notizen über den Besuch bei Bakir Sušić und seiner Fabiola. Erstaunlicherweise tat er sich dabei viel leichter als beim Tippen der Berichte. Vielleicht sollte er das öfters mal machen. Morgen früh würde er schauen, ob er die Notizen einfach mal so in die Dokumentation übernehmen konnte.

Alena

Warum waren gerade diese drei Namen auf dem Zettel? Einen davon kannte sie gar nicht. Die andern beiden waren meist zusammen dagewesen, manchmal auch mit weiteren Männern.

Und dann war auch fast immer noch ein anderer Mann mit dabei. Ein widerlicher, ein dicker, der irgendwie schmierig wirkte. Einer, der viel zu sagen hatte. Der die andern in der Hand hatte.

Das spürte sie. Er aß mit den andern, trank mit ihnen, aber nie zu viel. Doch wenn es in die Räume ging, in denen sie zu Diensten sein mussten, war er nie dabei. Alena hatte sich auch mal vorsichtig umgehört. Er ging auch zu keiner anderen Frau in eines der Einzelzimmer.

Ruthenau kannte ihn gut. Die hatten ein vertrautes Verhältnis. Und da ging auch Geld hin und her. Auf jeden Fall war er sehr, sehr gut mit ihrem Peiniger, diesem Schwein. Und schon deshalb hasste sie auch diesen Mann.

Freitag, 15. April

1

Am Vorabend war Luca durch den Kopf gegangen, dass er langsam ein richtig alter Sack wurde. Er hatte sich Abendbrot gemacht und sich damit plus einer Flasche Bier aufs Sofa geflackt. Rumzappen in diversen TV-Sendern, Hängenbleiben in einer ziemlich doofen Action-Komödie und trotzdem vor der Glotze einschlafen – das war sein Abendprogramm gewesen. Da man auf dem Sofa nicht wirklich gut schlief, war er bald ins Bett gegangen.

Jetzt, am Morgen, fühlte er sich ausgeschlafen. Er sah sich noch mal die handschriftlichen Aufschriebe an und fand sie gar nicht schlecht. Er würde es einfach mal probieren und genau das in den Bericht schreiben, was hier stand.

Pia kam spät und sah überhaupt nicht ausgeschlafen aus. Wortkarg und brummig machte sie sich an ihrem Computer zu schaffen. Sie hatte das dunkle Haar am Hinterkopf zusammengebunden. Wenn sie es offen trug, sah sie damit zwar nicht aus wie Miss Germany, aber doch irgendwie smart. Das Haar war gerade mal so lang, dass es, zum Pferdeschwanz gebunden, wie die Borsten eines Pinsels nach hinten stand, und ihr Gesicht wirkte so recht herb.

Gegen zehn brachte ein Kollege den Bericht aus dem Kriminaltechnischen Labor des Landeskriminalamtes. Offenbar hatten die Labormäuse kein Problem gehabt, jede Menge genetischen Materials an der toten Luba Petkova zu sichern. Das Ergebnis sah so aus:

Das Blut auf dem Zettel stammte von der Toten.

Untersuchungen im Genitalbereich hatten ergeben, dass sich in der Scheide der jungen Frau Spermien von drei verschiedenen Männern fanden, die alle am Vorabend ihres Todes ungeschützten Sex mit ihr gehabt hatten. Luca musste sich Assoziationen zu den drei Namen auf dem Zettel verkneifen.

Der Schal war – nun wissenschaftlich einwandfrei nachgewiesen – tatsächlich das Drosselwerkzeug. Fasern am Hals der Toten stimmten mit dem Gewebe überein. Am Schal, dort wo er auch am Hals Drosselmarken hinterlassen hatte, waren Hautpartikel gesichert worden, die aufgrund der DNA eindeutig der Toten zugeordnet werden konnten.

Außerdem war DNA aus Hautpartikeln extrahiert worden, die sich an den Enden des Schals befunden hatten. Sie stammten unzweifelhaft von einem männlichen Täter. Der hatte also keine Handschuhe getragen. Somit kam auch eine Tötung im Affekt in Frage. Interessant war, dass die DNA-Spuren des Täters mit keinem der drei genetischen Fingerabdrücke aus den Spermien übereinstimmten. Also ein vierter Mann, der mit der Toten keinen oder geschützten Sex hatte. Luca nahm das erstere an.

Natürlich – wie konnte es auch anders sein – fand sich keines der DNA-Profile in einer genetischen Datenbank. Weder von der Landespolizei noch vom Bundeskriminalamt. Es wäre auch zu schön gewesen.

Luca reichte den Bericht an Pia weiter, die ihn aufmerksam las und nun doch ein bisschen munterer wurde. Er selbst telefonierte mit Frenzel und bat ihn um eine richterliche Anordnung für Speichelproben. Auch wenn man vorsichtig sein musste mit Assoziationen – die drei Automobilmanager mussten sich die Wangenschleimhaut abpinseln lassen, das war klar.

Luca hatte das Telefonat gerade beendet, da schaute Pia auf und fragte: »Und was ist mit Darth Vader?«

Luca verstand nicht.

»Bakir Sušić im Star-Trek-Universum«, meinte Pia. »Die dunkle Seite der Macht. Damit hast du's doch immer. Es gibt bisher keinen genetischen Fingerabdruck von ihm. Hab ich überprüft. Und da hat einer seine Spuren beim Zuziehen an dem Schal gelassen. Der muss auch Kraft gehabt haben.«

»Darth Vader ist Star Wars – nicht Star Trek«, murrte Luca.

»Ist doch alles eins.«

»Überhaupt nicht eins. Ganz im Gegenteil. Star Wars ist in der Vergangenheit, Star Trek spielt in der Zukunft. Und wie der Name schon sagt: Da geht's immer um Krieg und um Diktatur, um Todessterne und Waffen und solches Zeug. Bei Star Trek geht es um Respekt und Toleranz. Und Bakki wäre da ein Klingone.«

»Auf jeden Fall alles alte Klamotten vor meiner Zeit. Aber die DNA brauchen wir.«

Da hatte sie recht. Luca griff wieder zum Telefon. Dabei hatte er den anabolika-gemästeten Body von Bakir Sušić vor Augen. Um von dem eine Speichelprobe zu bekommen, brauchte es wohl eine Spezialeinheit.

2

Am Nachmittag hatten sie die richterlichen Beschlüsse. Pia bestand darauf, dass sie mit einem Kollegen vom Erkennungsdienst und ein paar harten Jungs einer Spezialeinheit noch mal nach Möhringen zu Bakir Sušić durfte, um dessen DNA abzugreifen. »Weil er mich so mag«, grinste sie

»Pass bloß auf, dass er dich nicht mal zusammenfalten lässt. Die Typen sind unberechenbar.«

Pia blieb unbeeindruckt. Sie hielt sich wohl für unverwundbar. Was niemand war, wie Luca sehr wohl wusste.

Er selbst fuhr mit der Unterstützung eines weiteren Beamten vom Erkennungsdienst nach Deizisau. Jetzt, am Freitagnachmittag, kam man über die B 10 stadtauswärts im absoluten Stau-GAU nur mühsam voran. Aber wenn sie heute überhaupt noch einen ihrer Zeugen vor die Flinte bekommen konnten, dann war es Wolfgang Winter, der Eigentümer von Winter CatMaterials. Luca hatte überlegt, ob er seinen Besuch ankündigen oder auf den Überraschungseffekt setzen sollte. Beides hatte seine Vor- und Nachteile. Das Gesicht des Überrumpelten beim Anblick des blutverschmierten Zettels zu sehen war es ihm wert, die Unsicherheit in Kauf zu nehmen, dass sie den Mann nicht antreffen würden. Luca hatte es dann wenigstens nicht weit nach Hause. Ein kleines Stück zurück durchs Neckartal und hinüber auf die andere Seite des Flusses war alles.

Er hatte sich vor der Abfahrt die Recherchen von Pia noch mal angeschaut. Die Kollegin war gewissenhaft, wie er ihr zugestehen musste. Sie hatte einiges über die Firma zusammengestellt, was Luca erst mal nichts sagte und Pia wahrscheinlich erst recht nicht. Aber man wusste nie, ob man im Laufe der Ermittlungen nicht doch mal wissen musste, dass die Winter CatMaterials GmbH & Co. KG irgendein patentrechtlich geschütztes Katalysepulver herstellte, bei dem man 40 bis 60 Prozent weniger Edelmetall einsetzen musste und sich dabei auch noch die Schadstoffemissionen verringerten.

Deizisau lag am linken Neckarufer kurz vor dem Neckarknie, dort, wo der Fluss in einem 90-Grad-Winkel von Tübingen im Südwesten kommend in Richtung Esslingen und Stuttgart abbog. Außer durch den etwas eigenartigen Namen glänzte der Ort durch keinerlei Besonderheiten. Es gab keine wirkliche Altstadt, und schon gar keine mit Gässchen und Giebeln. Ein paar alte Fachwerkhäuser in der Marktstraße hatte man wieder aufgemöbelt und in der Nähe ein modernes Gemeindezentrum gebaut, um eine Art neuen Ortskern zu schaffen. Das eigentlich Beachtliche an Deizisau mit seinen knapp siebentausend Einwohnern waren seine Industriegebiete, die sich am Neckar entlangzogen und fast übergangslos in das Industriegebiet von Sirnau übergingen.

Dort, ganz in der Nähe der Ortsgrenze, lag die CatMaterials GmbH, ein moderner Flachbau mit einem abgesetzten kubischen Bürotrakt, weiß und hellgrau gestrichen mit dunkelroten Fenster- und Türrahmen. Das Unternehmen hatte vor nicht allzu langer Zeit neu gebaut. Man durchquerte nach der Eingangstür einen größeren Windfang. Dann stand man vor einer Glaswand, die durch einen Tresen unterbrochen war. Dahinter saßen zwei Frauen an Schreibtischen, eine ältere und eine ganz junge.

Die ältere Frau erhob sich sofort, als die Besucher vor dem Tresen standen, und fragte freundlich, was sie für die Herren tun könne.

»Wir würden gerne Herrn Wolfgang Winter sprechen, wenn das möglich ist.« Auch Luca bemühte sich, höflich zu sein.

Um was es gehe, wollte sie natürlich wissen. Luca und der Kollege vom Erkennungsdienst, ein älterer, sehr ruhiger Mann, wiesen sich aus. Luca versuchte sofort, die Reaktion zu mildern, die diese Ausweise auslösten. »Es geht um eine rein private Sache. Es könnte sein, dass Herr Winter ein Zeuge bei einem Fall ist, zu dem wir gerade ermitteln.«

»Herr Winter ist momentan nicht im Hause. Aber warten Sie einen Moment …« Schon hatte sie zum Telefonhörer gegriffen. »Laura, kannst du mal kurz kommen? Da sind zwei Herren von der Polizei.«

Keine dreißig Sekunden später stand sie da. Sie!

Hüftige Jeans, ein Gürtel mit großer silberner Schnalle, locker in den Hosenbund gesteckt ein petrolgrüner Oversize-Pullover, darunter kleine feste Brüste. Das Petrol des Pullovers schien sich in den blaugrünen Katzenaugen zu spiegeln. Langes blondes Haar mit einem Stich ins Rote ergänzte das spektakuläre Farbenspiel.

Luca hoffte inständig, dass niemand der Anwesenden seine Reaktion auf die Frau bemerkt hatte. Sie entsprach fast perfekt seinem Beuteschema, hatte jedoch ein paar Züge, die das Klischee gründlich brachen. Das rötlichblonde Haar war leicht gekräuselt, sodass es die Frau eher wild als anschmiegsam erscheinen ließ. Der volle Schmollmund hatte einen trotzigen Zug, und die blaugrünen Augen sahen die Besucher selbstbewusst, fast herausfordernd an.

»Das ist Frau Winter«, meinte die Dame hinterm Tresen. »Vielleicht kann sie Ihnen weiterhelfen.«

Die Frau gab ihnen die Hand, ein angenehm weicher und doch energetischer Händedruck. Luca schätzte sie auf um die dreißig. Er warf einen verstohlenen Blick auf ihre Finger. Einen Ehering trug sie nicht. Doch das musste nichts bedeuten. War das die Ehefrau von Wolfgang Winter? Und was sollte er ihr sagen? Dass die Polizei davon ausgeht, dass Herr Winter mit einer Prostituierten zu tun hatte?

Sie führte sie umgehend in einen kleinen Konferenzraum und bat sie, sich zu setzen.

»Mein Vater ist momentan nicht da. Aber vielleicht kann ich Ihnen ja helfen? Sind Sie wegen des Unfalls hier?« Sie sah die beiden Beamten misstrauisch an.

Ihr Vater. Luca erschrak fast, wie erleichtert er sich fühlte. Und dies, obwohl die Situation dadurch keineswegs weniger pikant geworden war. Sollte er der Tochter sagen, dass der Papa vielleicht im Puff gewesen war? Und sie würde es der Mama erzählen und die ganze Familie brach auseinander? Und außerdem: Er war im Job, und diese junge Frau würde ihm vielleicht nie wieder begegnen.

»Welcher Unfall? Also, um es gleich klarzustellen, ich glaube, da sollten wir klarstellen …« Die Frau machte ihn ganz kirre. »Also Frau Winter, wir bräuchten die Zeugenaussage Ihres Vaters zu einer Sache. Die hat mit Ihrem Betrieb überhaupt nichts zu tun.« Ob das so stimmte, wusste er eigentlich gar nicht. »Also nichts mit einem Unfall.«

Sie lehnte sich etwas beruhigt im Stuhl zurück. »Wir hatten letzte Woche einen Betriebsunfall. Das Gewerbeaufsichtsamt war schon da. Sie haben keine Unregelmäßigkeiten festgestellt. Aber der Mitarbeiter will klagen. Deswegen dachte ich …«

Luca verspürte den Drang, sie zu beruhigen.

»Damit haben wir gar nichts zu tun, Frau Winter. Wie gesagt, Ihr Vater könnte Zeuge sein in einer ganz anderen Sache. Und wir müssten das direkt mit ihm besprechen. Können wir ihn zuhause antreffen? Wir bräuchten möglichst rasch eine Auskunft von ihm.«

»Er ist in den USA. Geschäftlich. Am Montag kommt er zurück.«

»Ist er schon länger weg?« Dann hätte der Mann eventuell fürs letzte Wochenende ein Alibi.

»Seit Dienstag. Warum?«

Also konnte Winter doch nicht als Täter ausgeschlossen werden. Luca ging nicht weiter darauf ein und folgte einer plötzlichen Eingebung: »Sagen Sie, kennen Sie einen Herrn Anton Schwarz? Oder einen Jens Immendorf?«

Laura Winter saß mit einem Schlag wieder aufrecht auf ihrem Stuhl und sah die Polizisten argwöhnisch an. Luca war froh, dass der Kollege vom Erkennungsdienst sich ruhig und stoisch im Hintergrund hielt.

»Schwarz und Immendorf. Natürlich kenne ich die. Kunden von uns. Oder man könnte auch sagen: Halsabschneider. Was ist mit denen?«

»Darüber würden wir eben gerne mit Ihrem Vater sprechen.« Luca zog eine Visitenkarte hervor und reichte sie der Firmentochter. »Könnten Sie Ihren Vater bitten, uns so rasch wie möglich anzurufen, sobald er wieder da ist?«

»Kapitaldelikte?«, fragte sie nach dem Blick auf die Karte. »Gehört Korruption auch zu den Kapitaldelikten?« Offenbar ging ihr Denken in eine ganz bestimmte Richtung.

»Tut mir leid. Wie gesagt, wir müssten das wirklich mit Herrn Wolfgang Winter direkt besprechen.«

Luca erhob sich, fast widerwillig. Aber er würde jetzt nur noch Unsinn zusammenreden, wenn er noch länger mit dieser sinnenverwirrenden Frau zusammensaß. Und es brachte ja nichts. Die richterliche Anordnung in seiner Tasche musste warten.

Laura Winter begleitete die beiden Polizisten zum Firmenausgang. Ihr Händedruck war nun fast intensiver als bei der Begrüßung. Und sie warf Luca einen Blick zu, der ihn bis in den Beckenboden traf – vielleicht sogar etwas tiefer.

3

Sie hatten gerade das Gebäude verlassen, als Pia anrief. Sie und die Kollegen hatten Bakir Sušić zwar wieder in seiner mit Kitsch überladenen Eigentumswohnung angetroffen. Doch dieser Gangster kannte seine Rechte sehr genau. Er hatte sich geweigert, eine Speichelprobe abzugeben und die richterliche Anordnung als reine Schikane beschimpft. Ganz plötzlich war dann sein Rechtsanwalt aufgetaucht und hatte gemeint, der Richter habe ja nicht einmal einen ordentlichen Anfangsverdacht formuliert. Und dann müsse er erst mal ein Ordnungsgeld festsetzen, weil er erst danach Zwangsmaßnahmen anordnen könne. Rein rechtlich war Sušić tatsächlich auf der sicheren Seite. Hier bissen die Beamten auf Granit.

Den Kollegen vom Erkennungsdienst lieferte Luca an der S-Bahn-Station in Plochingen ab. Er würde mit nur einmal Umsteigen und ohne Stau direkt vor dem Präsidium ankommen und dann auch Feierabend machen können. Luca konnte feststellen, dass der Verkehr auf der B 10 stadteinwärts nun doch etwas nachgelassen hatte. Und es waren ja nur vier Ausfahrten, um nach Obertürkheim und Uhlbach zu kommen. Dann hatte er für heute Feierabend.

Alena

Fabiola hatte sie wieder abgeholt und ins Serail gebracht. Aber dieses Mal hielt die Freundin vom Oberboss sie am Arm zurück. »Du gehst hoch, ins Büro vom Chef. Dem Chef von dem gan-

zen Laden hier, mein ich«, sagte sie, als die andern in den Umkleideräumen verschwunden waren. Fabiola schob sie einen Gang entlang und in einen Aufzug. »Den obersten Knopf drücken.«

Oben fand sie sehr schnell den Weg zum Chefbüro. Männerstimmen wiesen ihr den Weg. Ruthenau unterhielt sich angespannt mit dem Oberboss.

»Komm rein«, meinte der Serail-Chef, als sie zaghaft an die offenstehende Tür klopfte. Ruthenau stand, an einen furchtbar hässlichen Schreibtisch gelehnt. Bakki saß in einem rosaroten Sessel, der durch seine Körperfülle auseinanderzubersten drohte.

»So, und nun sag mal. Deine Freundin, die Luba, hatte die einen Freund?«, fragte Ruthenau. »Da war doch einer, der war oft bei ihr. War das ihr Freund? Ein großer, jüngerer.«

Sie zog die Schultern hoch und sagte nur: »I nix versteh.«

Während der Chef mit den Kunden immer freundlich und geradezu kumpelhaft umging, war er nun sehr ungeduldig. »Luba, hatte sie einen Freund?« Er machte Kussgeräusche und hakte die Zeigefinger ineinander. »Hat Luba einen Mann gehabt?«

Alena schüttelte ängstlich den Kopf. »Luba viele Mann, viele … Luba gut arbeit.«

Ruthenau winkte verärgert ab. »Völlig useless, die Tusse. Mach, dass du fortkommst. Los, an die Arbeit.« Er winkte sie energisch hinaus.

Die Tür blieb offen. Alena blieb nach ein paar Schritten stehen. Sie hörte jedes Wort. Und verstand. Diese Männer – ja, keiner durfte wissen, dass sie fast alles verstand. Fremde Sprachen flogen ihr zu. Aber es war gut so, dass alle dachten, sie würde nichts mitbekommen. Es war ein Schutz davor, auch noch geistig völlig ausgeliefert zu sein.

»Ich bin mir bei der nie ganz sicher, ob die nicht viel mehr versteht, als sie zugibt«, meinte Ruthenau.

»Die ist dumm wie ein Brötchen«, antwortete Bakki.

»Auf jeden Fall will ich, dass du sie im Auge behältst. Und wenn es auch nur den geringsten Verdacht gibt, dass die mit der andern unter einer Decke gesteckt hat, dann muss die weg.«

»Die bringt gutes Geld, das weißt du. Auf die sind viele scharf.«

»Das ist mir scheißegal. Ich hab hier einen Riesentrouble mit einem Kunden. Ich sag dir, der ist not amused. Wenn so etwas noch mal vorkommt, dann haben wir alle zusammen ein Riesenproblem. Beim leisesten Verdacht wird die entsorgt. Ist das klar?«

Sie ging auf Zehenspitzen zurück zum Aufzug. Der stand noch offen. Sie hoffte, dass die Aufzugstür sich leise genug schloss und fuhr hinunter in die Umkleiden.

Wieder hatten sie nach dem Freund von Ludmilla gefragt. Was hatte der Typ der Freundin nur versprochen? Was hatten die beiden zusammen ausgeheckt?

Ludmilla war wie ausgewechselt gewesen, geradezu euphorisch. »Ich komm hier raus. Er wird mich heiraten. Und Geld hab ich dann auch. Ich hol dich hier auch raus. Du kannst fahren, wohin du willst.«

»Er wird dich nicht heiraten. Er macht dir was vor. Das ist kein Guter, Ludmilla!«

Der Mann war nicht so alt und sah wirklich gut aus. Er war oft bei Ludmilla, und sie sagte, dass er erträglich war, nichts Perverses von ihr wollte. Aber er hatte kalte Augen, Fenster, die in eine selbstsüchtige Seele schauen ließen.

»Der denkt nur an sich, Ludmilla. Mach dir keine Hoffnungen.«

»Ich habe ihn in der Hand. Er muss mich hier rausholen. Ich habe etwas, wenn das an die Öffentlichkeit kommt, dann ist er dran.«

Sie war sich ihrer Sache sehr sicher. Und nun war sie tot. Die ganzen letzten Tage hatte Alena darüber nachgegrübelt, was dieses Etwas sein konnte, das Ludmilla meinte in der Hand zu ha-

ben. Es musste ein Gegenstand sein. Und derjenige, der Ludmilla umgebracht hatte, hatte danach gesucht. Auch ein zweites Mal war danach gesucht worden. Und nun vermuteten Ruthenau und Bakki, dass sie dieses Etwas vielleicht hätte.

Sie hatte alles verstanden bis auf das Wort »entsorgt«. Sie schlug es nach. Dann kroch die Angst ihr in den Magen, das Herz, die Schultern und den Nacken und in alle Glieder.

Wochenende, 16. und 17. April

1

Einkaufen und den leeren Kühlschrank füllen, die Wäsche waschen – es lag nur noch eine saubere Jeans im Schrank –, die Wohnung gründlich durchsaugen und vor allem die Bettwäsche endlich mal wieder wechseln. Dabei in voller Lautstärke Fabrizio Moro und Nek hören und damit die Nachbarn ärgern. Die sollten sich einkriegen – er war ja ohnehin so selten zuhause. Noch eine Kleinigkeit essen – und schon war wieder Zeit, die Klamotten fürs Training zusammenzuklauben.

Das Jiu-Jitsu-Training lief heute wesentlich besser als am letzten Samstag. Luca fühlte sich zentrierter und führte das auch auf die Situation im Job zurück. Natürlich war der Tod der jungen Prostituierten grausam gewesen. Aber er konnte sich ganz gut abgrenzen, und er führte in diesem Fall die Regie. Auf jeden Fall war Willi zufrieden mit ihm, während er an Çelik heute mehr herummäkelte. Dem war das sichtlich egal. Seine Schnecke würde heute Abend kochen – und sie kochte wohl ganz lecker. Und dann wollten sie ins Kino. Der war mit seinem Kopf schon bei dem, was nach dem Kinobesuch laufen würde.

Luca ging also nach dem Training allein in den Neuen Pfefferer. Nur für sich selbst etwas zu kochen, dazu hatte er null Bock. Und der einsame Abend würde auch so schon wieder allzu lang werden. Sein Single-Dasein machte ihm zunehmend Probleme.

Den ganzen Tag über hatte er immer wieder mal dieses Gesicht mit den blaugrünen Katzenaugen und den weichen Lippen mit dem trotzigen Zug vor Augen gehabt. Was seine Not nur verstärkte.

Er verbot sich bestimmte Gedanken. Sie war die Tochter eines Zeugen, und wenn's ganz dick kam, sogar die eines Tatverdächtigen. Und außerdem: So eine Frau war zu neunundneunzig Prozent in festen Händen. Er sollte sie sich schnellstens aus dem Kopf schlagen.

2

Auch am Sonntag konnte er seinen Widerwillen nicht überwinden, für eine einsame Single-Mahlzeit den nötigen Aufwand zu betreiben. Doch Dosenfutter war ihm einfach zuwider. Er lud sich kurzerhand zu seinen Eltern zum Mittagessen ein, worüber seine Mutter überschwänglich jubilierte, sodass er es fast gleich wieder bereute. Es würde anstrengend werden. Aber wenigstens hing er dann nicht wieder den ganzen Tag alleine herum.

Es wurde anstrengend. Kaum war er angekommen, machte la mamma an ihm herum. Wie dünn und abgemagert er sei. Was völliger Quatsch war. Er war einfach nur durchtrainiert. Was sie nicht hören wollte. Es sei höchste Zeit, dass er endlich wieder cucina casalinga in ordentlichen Portionen vorgesetzt bekam. Außerdem sei seine Hose nicht gebügelt. Warum er in aller Welt nicht die Wäsche zu ihr bringe. Und sie lamentierte mal wieder, wie gefährlich doch sein Beruf sei und wie furchtbar es war, dass er Tag aus Tag ein mit schrecklich zugerichteten Mordopfern zu tun hatte. Luca hatte es längst aufgegeben, ihr zu erklären, dass er die meiste Zeit am Schreibtisch saß und die Mehrzahl der Toten, die er sah, am Alter oder an Selbstmord gestorben waren. Dann beschwerte sie sich über ihre beiden Schwiegersöhne. Der eine erzog die Kinder nicht richtig, der andere hatte noch keine gemacht. Beides Dinge, die sie keinesfalls tolerieren konnte. Wenigstens krittelte sie heute nicht beständig an ihrem Ehemann herum, was ihre Lieblingsbeschäftigung war, wenn kein Sohn, keine Tochter und kein Schwiegersohn zur Verfügung stand.

Was seine Mutter zu viel redete, glich sein Vater durch Schweigen aus. Er hatte ihn nur brummig begrüßt und ihm freundschaftlich auf den Rücken geklopft. Luca hatte immer das Gefühl gehabt, wenn es ihm mal wirklich dreckig gehen sollte und er voll in der Scheiße saß, dann würde sein patri alles für ihn machen. Darauf konnte er sich verlassen. Doch über alltäglichen Krimskrams, über Lucas Beruf oder gar sein Privatleben zu sprechen, das war nicht drin.

Als schließlich noch seine Schwester mit den beiden Kindern und dem erziehungsuntauglichen Ehemann eintrudelte, wurde es vollends turbulent. Der kleine Marco, gerade mal ein Jahr alt, schrie ziemlich bald aus vollem Halse. Die vierjährige Patricia rannte in der Küche der Oma zwischen den Beinen herum, sodass diese in astreinem Sizilianisch zu fluchen begann, was nicht sehr oft vorkam. Seine Schwester Eliana plapperte derweil auf die mamma ein und erzählte voller Entzücken über erste Worte und erste Schritte und volle Windeln des schreienden Kleinkinds, das sie auf ihrem Arm zu beruhigen versuchte.

Nur Stefan, ihr Ehemann, zog sich sogleich zurück, setzte sich zu seinem schweigenden Schwiegervater aufs Sofa, nahm eine Fernsehzeitung und blätterte höchst aufmerksam darin herum.

Irgendwann saßen – grazie a dio – alle am großen Esstisch vor der Pasta alla norma aus Penne rigate, Auberginen, selbst eingemachten passierten Tomaten, frischem Basilikum und Ricotta. Der Geräuschpegel wurde allerdings trotz der hungrigen Mäuler nicht wesentlich geringer. Luca ärgerte sich über seine Mutter, die plötzlich nur noch Italienisch sprach und damit Schwiegersohn Stefan demonstrativ aus der Konversation ausschloss. Aber kochen konnte sie einfach genial. Und Stefan schien es nichts auszumachen – eher im Gegenteil.

3

Luca hatte sich nach dem opulenten Mahl möglichst rasch aus dem Staub gemacht, natürlich nicht ohne das Lamento seiner Mutter, dass sie ihn quasi gar nicht mehr sähe und vermuten müsse, dass er sie nicht liebte.

Nun saß er wieder allein in seiner Bude und wusste nichts mit sich anzufangen. Er nahm den Laptop und gab das Stichwort »Partnervermittlung« ein. Luca war mal bei zwei Partnerbörsen angemeldet gewesen. Er hatte auch drei Dates gehabt, alles wirklich nette Frauen, und mit einer war sogar eine kurze Affäre zustandegekommen. Aber gefunkt hatte es einfach nicht.

Dann war er eine Zeitlang so mit einem Fall beschäftigt gewesen, dass er die Einsamkeit vergessen hatte, und prompt war er aus den Portalen geflogen. Er überlegte, ob er sich wieder einschreiben und hinter die Sache klemmen sollte. Aber das machte ihm ein eher schales Gefühl. So richtig überzeugte ihn diese Art der Partnersuche nicht. Es hatte so etwas von Amazon-Versandhandel-Atmosphäre an sich. Und Frauen kennenzulernen und aufzureißen war eigentlich nie sein Problem gewesen.

Luca wusste, dass er nicht George Clooney oder Brad Pitt war. Er war nicht der Schönling, der in der Werbung Männerkleidung und maskuline Parfums präsentierte. Sein Kinn war etwas zu kräftig, die Nase zwar schmal, aber etwas zu groß, die Proportionen seines Gesichts nicht ganz ideal. Doch er wusste auch, dass seine samtbraunen Augen und sein dichtes dunkles Haar, durch das er gerne mit einer lässigen Handbewegung fuhr, Wirkung zeigten. Eine Zeitlang war es fast ein Sport von ihm gewesen, Frauen, die ihn faszinierten, so anzuschauen, dass sie sich ihm regelrecht an den Hals warfen. Sie waren immer hell- bis dunkelblond, sie hatten immer einen Schmollmund und eine Ausstrahlung, die Beschützerinstinkte in Luca weckten.

Doch dann begann das Elend – früher oder später. Mit der Zeit fand Luca heraus, dass es wohl ein unumstößliches Naturgesetz sein musste: Je hilfloser eine Frau wirkte, umso zickiger wurde sie, wenn sie meinte, den Mann sicher um den Finger gewickelt zu haben. Dann wurde plötzlich an allem herumgemäkelt. Kleinigkeiten wurden zu Dramen hochstilisiert. Es ging regelmäßig in die Brüche.

Er hatte es dann bewusst mit Brünetten versucht. Aber irgendwie konnte er die nicht so anfunkeln. Seine Augen wirkten nicht. Sie flogen einfach nicht auf ihn. Und bei den selbstbewussten Frauen, da hatte er immer das Gefühl, dass er bei denen erst recht nicht landen konnte, weil die ihn gar nicht brauchten oder sogar den Macho in ihm sahen und ihn ablehnten.

Wieder dachte er an Laura Winter. Da war alles etwas anders. Sie wirkte souverän und stolz, und doch hatte sie etwas Weiches. Und er spürte immer noch den Blick, der die Schmetterlinge im Bauch bis in den Beckenboden geschickt hatte. Sie hatte ihn angefunkelt – nicht umgekehrt.

Montag, 18. April

1

Am Montagmorgen war er froh, dass er wieder zur Arbeit durfte. Die blöden Gedanken ans Alleinsein hatten keinen Raum mehr.

Als Pia kurz nach ihm kam, erzählte sie in schillerndsten Farben, wie Bakki sich aufgeregt hatte. Wüste Beschimpfungen hatte sie über sich ergehen lassen müssen.

»Die schreib ich jetzt alle auf und lass sie von den Kollegen bestätigen«, sagte sie siegesgewiss. »Wer weiß, wann man's noch mal brauchen kann. Und außerdem will ich die OK-Leute bei der Kripo in Rottweil und in Pforzheim mal anhauen. Villingen-Schwenningen scheint auch ne Hochburg von denen zu sein. Mal sehn, was die Kollegen über Bakir Sušić und die United Tribuns wissen.«

Das war keine schlechte Idee. In letzter Zeit hatten auch die örtlichen Abteilungen für Organisierte Kriminalität die Rocker- und Street-Gangs auf dem Radar. Die rekrutierten immer mehr Mitglieder und waren plötzlich auch im öffentlichen Bild mancher Klein- und Mittelstädte präsent. Dabei machten sie sich zunehmend Reviere streitig, in denen die jeweilige Gang die Türsteher-Szene beherrschte. Auf YouTube und Facebook gingen sie verbal so aufeinander los, dass literweise virtuelles Blut floss. Aufrufe zum gegenseitigen Kaltmachen grassierten. Immer öfter gab es Tote und Verletzte im Zuge von Auseinandersetzungen zwischen rivalisierenden Gruppen.

Friedebald Frenzel meldete sich bei Luca. Er hörte fast durchs Telefon das Zähneknirschen des Staatsanwalts, als der erfuhr, wie Bakki sich um die Abgabe der DNA-Probe gedrückt hatte. Und er überlegte, wie man bei der Beschaffung der DNA der Auto-Manager Anton Schwarz und Jens Immendorf vorgehen könnte.

»Meinen Sie, ich sollte da vielleicht mitgehen?«, fragte Frenzel nachdenklich. »Der eine ist immerhin Geschäftsführer von einem 500-Mann-Betrieb. Dieser Immendorf von der KATA-Technik. Und dieser Anton Schwarz scheint mir doch ein ziemlich hohes Tier bei der NAU zu sein. Ich meine, Manager sind auch nur Menschen wie ich und Sie. Nur leider wissen sie es nicht. Und wenn ich dann so meinen Staatsanwalt heraushänge, so dass sie's richtig sehen, mit wem sie zu tun haben ... Was meinen Sie?«

»Absolut gerne, Herr Staatsanwalt.« Luca war es gleich recht. Obwohl Frenzel durch sein Äußeres weder Furcht noch übermäßigen Respekt einflößte, war sein ungeniertes Auftreten äußerst wirksam bei Leuten, die meinten, sich nicht mit einfachen Polizisten abgeben zu müssen.

»Dann werde ich am besten auch die Termine machen«, meinte Frenzel. »Solche Leute sollte man nicht überfallen.«

2

Bereits am Nachmittag durften sie bei NAU in Neckarsburg vorsprechen. Aber nur, weil auch Herr Schwarz am nächsten Tag auf Geschäftsreise musste. Die Herren reisten wohl allesamt recht viel.

Frenzel kam zum Präsidium. Von dort fuhren der Staatsanwalt, Luca und eine Kollegin vom Erkennungsdienst über die B 27 nach Norden durchs Neckarbecken zwischen Stromberg, Heuchelberg und den Löwensteiner Bergen nach Neckarsburg, einer Industriestadt, die im Wesentlichen durch den Produktionsstandort der NAU-Werke geprägt war. Das Firmengelände war hervorragend an die Autobahn angebunden, sodass sie kaum etwas von der Stadt zu sehen bekamen.

»Wussten Sie, dass Neckarsburg mehr Arbeitsplätze als Einwohner hat? Sozusagen das El Dorado der schwäbischen Schaffer und Tüftler, ha, ha«, klärte Friedebald Frenzel die beiden Polizeibeamten auf. »Übrigens, Herr Mazzaro: Ich habe nur mit der Sekretärin von Herrn Schwarz gesprochen. Ich habe ihr gesagt, dass wir annehmen, Herr Schwarz könnte Zeuge eines Unfalls mit tödlichem Ausgang geworden sein. Der Mann weiß also nicht wirklich, was auf ihn zukommt. Da müssen Sie sich entsprechend rantasten.«

Anton Schwarz war ein schlanker, großer Mann um die sechzig. Er hielt sich sehr gerade, wirkte fast soldatisch steif. Das graue Haar war noch recht voll, das Gesicht kantig, die Augen ausgesprochen unterkühlt.

Er gab den Beamten, die in einen kleinen Konferenzraum geführt worden waren, sofort das Gefühl, dass sie ihm die Zeit stahlen.

»Was kann ich für Sie tun?«, fragte er ohne jede Begrüßung.

Frenzel strahlte ihn in seiner unnachahmlichen Art an und nahm sich alle Zeit der Welt, sich selbst, Staatsanwalt bei der Stuttgarter Staatsanwaltschaft in der Abteilung elf für Kapitaldelikte, den Hauptkommissar Luca Mazzaro vom Dezernat Kapitaldelikte am Polizeipräsidium Stuttgart sowie die Kollegin vom Erkennungsdienst vorzustellen. Luca wusste nicht, ob es der Diebstahl seiner kostbaren Zeit oder aber die Fachressorts der Beamten war. Aber dass Schwarz leicht nervös wurde, entging ihm nicht, auch wenn der nun ein Pokerface aufsetzte.

»Und worum geht es?«, fragte der Manager kurz angebunden.

»Herr Schwarz, können Sie uns sagen, wo Sie am Freitag, den 8. April, abends und am Samstag, 9. April, waren?«

»Nein. Schon gar nicht, wenn Sie mir nicht sagen, worum es geht.«

»Okay«, meinte Luca und legte ihm ein Foto der toten Luba Petkova vor. Es war so bearbeitet, dass die geöffneten Augen einen lebenden Menschen suggerierten. »Kennen Sie diese Frau? Oder sagt Ihnen der Name Luba Petkova etwas? Oder vielleicht auch der Künstlername Natascha?«, fragte er den Manager und sah in ein versteinertes Gesicht.

»Nein, nicht dass ich wüsste. Tut mir leid, da kann ich Ihnen nicht helfen.«

»Wir müssten trotzdem wissen, wo Sie in der Nacht vom 8. auf den 9. April waren.«

»Ich werde Ihnen gar nichts sagen, solange ich nicht weiß, warum Sie das wissen wollen.«

»Luba Petkova kam am frühen Samstagmorgen ums Leben, und wir haben diesen Zettel bei der Toten gefunden.« Luca schob dem Mann das Faksimile zu.

Schwarz starrte auf die Namen auf dem Papier. Für einen kleinen Moment schien die soldatische Haltung des Mannes ins Wanken zu geraten. Dann fing er sich. »Keine Ahnung, was das soll. Wer ist diese Frau?«

»Eine Mitarbeiterin des Serails in Echterdingen«, informierte Frenzel freundlich. »Sie verkehren doch auch dort, oder?«

»Moment mal. Worauf wollen Sie eigentlich hinaus? Was wird das hier eigentlich?«

»Also, es ist so …« Frenzel strahlte den Manager an und schob ihm die richterliche Anordnung zu. »Um ausschließen zu können, dass Sie etwas mit der Sache zu tun haben, hat ein Richter angeordnet, dass Sie zur Abgabe einer Speichelprobe verpflichtet sind. Hier, die nette Beamtin …« Frenzel deutete auf die Kollegin vom Erkennungsdienst, die sich bisher dezent im Hintergrund gehalten hatte und nun begann, an ihrem Koffer zu hantieren.

»Die freundliche Frau Merz hier, die wird das hier und jetzt ganz diskret in wenigen Minuten über die Bühne bringen«, fuhr Frenzel fort. »Und es tut nicht weh«, grinste er.

Schwarz starrte auf die richterliche Anordnung. Dann stand er abrupt auf. »Wenn Sie dazu überhaupt das Recht haben, dann ist das eine rein persönliche Angelegenheit. Ich werde Ihnen hier und jetzt überhaupt nichts dazu sagen und schon gar keine Speichelprobe abgeben. Ich lasse das von meinem Rechtsanwalt prüfen. Der wird Ihnen sagen, wie es weitergeht. Und jetzt entschuldigen Sie mich.«

Frenzel seufzte, faltete die Hände vor dem Bauch und sah Schwarz traurig an. »Wissen Sie, uns muss der gar nicht sagen, wie es weitergeht. Wir wissen das schon. Ihnen wird er sagen, dass wir mit einem größeren Aufgebot an Beamten, zum Teil sicher auch in Uniform, bei Ihnen zuhause aufkreuzen, Sie notfalls fixieren und Ihnen Blut abzapfen. Das könnten dann natürlich auch Ihre Nachbarn mitbekommen. Oder Ihre Frau. Und die Fragen nach dem Serail vielleicht ja auch.«

Schwarz bekam nun einen roten Kopf vor Zorn. Seine Stimme wurde unangenehm scharf. »Wir leben immer noch in einem Rechtsstaat. Auch wenn Sie sich Staatsanwalt nennen, haben Sie nicht das Recht, unverschämt zu werden. Und ich werde prüfen lassen, ob Ihr Auftritt hier überhaupt eine rechtliche Grundlage hat.«

»Das machen Sie, das machen Sie! Und dann werden Sie sehen, dass es vielleicht gar keine schlechte Idee wäre, ins Polizeipräsidium zu kommen und eine Speichelprobe abzugeben. Und dann auch gleich für eine Vernehmung zur Verfügung zu stehen. Mit Herrn Mazzaro und mit meiner Wenigkeit. Nicht wahr?« Frenzel war nun auch aufgestanden. »Wollen Sie für Ihren Rechtsanwalt noch eine Kopie machen?«, fragte er, während er nach der richterlichen Anordnung griff.

Schwarz drückte einen Knopf auf der Kommunikationsanlage auf dem Besprechungstisch und wies eine Mitarbeiterin an, ein Dokument zu holen, überlegte es sich aber rasch wieder anders: »Oder nein, lassen Sie's. Ich mach das selbst.«

Ob er wohl einen Kopierer bedienen konnte, ging Luca durch den Kopf.

3

Wie kamen sie an die Speichelproben? Ohne martialischen Aufwand?

»Am besten wär's«, wandte sich Luca an Frenzel neben ihm auf dem Beifahrersitz, »wenn Sie alle einen nach dem andern einbestellen würden. Zu Immendorf müssen wir gar nicht erst hin, wenn Sie mich fragen. Schwarz hat jetzt die Namen auf dem Zettel gesehen. Die kennen sich doch alle untereinander. Und bevor der Anwalt von Schwarz eine Ansage gemacht hat, wie sie sich verhalten sollen, fängt da keiner an zu singen. Vielleicht hätte ich ihm den Zettel gar nicht zeigen sollen.«

»Machen Sie sich keinen Kopf«, meinte Frenzel nur. »Solchen Leuten ist immer schwer beizukommen. Ich würde jetzt auch keinen von denen groß vernehmen. Wir brauchen die DNA. Wenn die nicht übereinstimmt mit den Spuren, die wir haben, dann sind die Leute erst mal keine Tatverdächtigen und müssen ohnehin nichts sagen.«

Sie fuhren eine Zeitlang schweigend; jeder war mit den eigenen Gedanken beschäftigt. Dann meinte Frenzel plötzlich: »Haben Sie eigentlich zu den Firmen oder zu den Personen irgendetwas von den Wirtschaftskriminalisten beim Landeskriminalamt bekommen?«

Luca seufzte: »Nicht dazu gekommen, bisher.« Verdammt – der Auftrag, den ihm Hanna Stankowski gegeben hatte. Dass Frenzel mit seinem phänomenalen Gedächtnis so etwas auch nicht vergessen konnte. Trotz des Widerwillens gegen diesen Auftrag kam er da nicht mehr drum rum. Er musste Nicole Marinescu anrufen.

Dienstag, 19. April

1

Wenn es unausweichlich war, erledigte Luca unangenehme Dinge sofort. Aber dass es so unangenehm werden würde, hatte er dann doch nicht gedacht. Kaum hatte er in seinem Telefonat mit Nicole Marinescu die Namen Schwarz, Immendorf und Winter erwähnt, da fuhr sie ihm auch schon dazwischen:

»Was haben Sie mit diesen Leuten zu schaffen? Haben Sie da schon etwas unternommen?«

»Wir hatten ein kurzes Gespräch mit Herrn Schwarz. Immendorf und Winter haben wir noch nicht erreicht.«

»Mit Anton Schwarz? Lassen Sie den in Ruhe, um Himmels willen! Was wollen Sie denn von dem?«

»Wir brauchen von ihm eine Speichelprobe.«

»Was brauchen Sie? Sie machen unsere ganzen Ermittlungen zunichte!«

Luca versuchte ihr zu erklären, dass sie eine richterliche Anordnung hatten und die drei Herren möglicherweise in so ein »banales« Kapitalverbrechen wie Mord verwickelt waren. Doch die Frau am andern Ende der Leitung war viel zu aufgeladen, als dass sie ihm wirklich zuhören konnte.

»Wer ist der ermittelnde Staatsanwalt?«, wollte sie wissen.

»Friedebald.«

»Herr Frenzel? Okay. Ich werde mit ihm sprechen.« Sie verabschiedete sich kurz und legte auf.

Nicole Marinescu – ein typischer Fall für Lucas Nöte mit gewissen Frauen. Er wusste, dass sowohl Andreas Bialas als auch der ehemalige Inspektionsleiter und jetzige Abteilungsleiter des gesamten Bereiches Wirtschaftskriminalität am LKA, Gerd Stoevesandt, große Stücke auf die WiKri-Expertin hielten. Sie war klug, ehrgeizig und hoch motiviert, wenn sie irgendwo eine soziale Ungerechtigkeit witterte. Dass dies einem WiKri-Chef zusagte, verstand er vollkommen.

Nicole Marinescu konnte aber auch ausgesprochen zickig werden, und zwar immer dann, wenn man ihre Intelligenz und ihre Leistungen in Frage stellte. Im Grunde genommen – das wusste Luca – wurde sie dann extrem unsicher. Doch kaschierte sie das mit einem unangenehmen, fast aggressiven Ton. Und irgendwie hatte Luca die Gabe, bei ihr ins Fettnäpfchen zu treten.

Eigentlich entsprach sie perfekt dem weiblichen Typ, auf den Luca stand. Sie war zierlich, blond und ausgesprochen hübsch. Sie war in seinem Alter, und sie war Polizistin mit Leib und Seele wie er selbst. Trotzdem siezten sie sich, obwohl sie schon einige Male zusammengearbeitet hatten, und das aus gutem Grunde. Sie war genau die Art von Frau, bei der Luca immer das Gefühl hatte, als sexistischer Chauvi dazustehen, obwohl er sich selbst überhaupt nicht so sah. Und es wunderte ihn nicht, dass sie ihn so runtergebürstet hatte, ohne ihm überhaupt zu erklären, was das Problem war.

Er erfuhr es von Staatsanwalt Friedebald Frenzel. »Herr Mazzaro. Da haben wir wohl in ein Wespennest gestochen. Gegen Anton Schwarz laufen am LKA Ermittlungen wegen Korruptionsverdacht. Aber bevor ich Ihnen mit langen Erklärungen komme, die ich ohnehin nicht geben kann, weil ich selbst nicht ganz verstanden habe … Ich habe vorgeschlagen, dass wir uns alle mal an einen Tisch setzten und besprechen, worum es geht. Ich hatte den Eindruck, dass auch Frau Marinescu nicht ganz die Tragweite unserer Ermittlungen verstanden hat. Heute Nachmittag um fünfzehn Uhr bei Ihnen im Präsidium. Wären Sie damit einverstanden?«

Luca war es gleich recht. Und er würde Hanna informieren und sie bitten, wenn möglich dabei zu sein. Sie und Nicole Marinescu konnten ganz gut miteinander, wohl weil Hanna natürlich über jeden Verdacht erhaben war, ein Macho zu sein.

2

Er hatte kaum aufgelegt, da meldete sich die Zentrale: Ein Herr Winter wolle ihn sprechen. Sieh mal an, der Mann kam freiwillig auf sie zu.

»Meine Tochter hat mir gesagt, dass Sie am Freitag bei uns waren. Ich habe ehrlich gesagt nicht verstanden, worum es geht. Wohl nicht um den Unfall bei uns. Ich soll bei irgendetwas Zeuge sein?«

Luca überlegte, wie er am wenigsten Misstrauen erwecken konnte. »Es geht um einen Todesfall, Herr Winter. Es könnte sein, dass Sie die junge Frau gekannt haben, die zu Tode gekommen ist. Wahrscheinlich nur sehr oberflächlich. Trotzdem könnte es sein, dass Sie uns wichtige Hinweise geben könnten.«

»Okay. Um wen geht's denn?«

»Wäre es möglich, dass Sie zu uns ins Präsidium kommen? Am Telefon ist das etwas schwierig zu erklären.«

Winter überlegte einen Moment. »Heute Nachmittag, sagen wir um fünfzehn Uhr?«

Da hatten sie das Meeting mit den LKA-Kollegen und dem Staatsanwalt angesetzt. Luca bedauerte, dass gerade dieser Termin schon belegt war.

»Wissen Sie was?«, meinte Winter. »Ich mag es nicht, mir den Kopf zu zerbrechen, um was es gehen könnte. Ich komme gleich bei Ihnen vorbei.«

Besser konnte es nicht kommen. Wenn ein Zeuge sofort so kooperativ und wohl auch neugierig war, dann musste man das nutzen. Auch wenn Nicole Marinescu vielleicht toben würde. Luca konnte nur hoffen, dass sie es hauptsächlich auf den Einkäufer der Neckarsburger Auto-Union Anton Schwarz abgesehen hatte.

Wolfgang Winter entsprach Lucas Vorstellungen von einem Unternehmer, der einen kleinen, aber technologisch anspruchsvollen Betrieb führte. Mitte fünfzig, graumeliertes Haar, sportlich, aber mit Bauchansatz, Hemd und Jackett, aber keine Krawatte. Seine Tochter musste nach der Mutter kommen. Er war eher der dunkle Typ mit entsprechendem Teint und braunen Augen.

Luca hatte ihn an der Pforte abgeholt und ihn in einen Raum gebracht, der ihnen für die Vernehmungen diente und doch – ohne die Glasscheiben und Aufnahmegeräte – nicht nach Verhörzimmer aussah. Er hatte Pia gebeten, ihre Recherchen rund um die United Tribuns und Bakir Sušić zu unterbrechen und zu ihnen zu stoßen, um die Vernehmung vorschriftsgemäß zu zweit vorzunehmen. Sie wartete bereits auf Luca und den Zeugen.

»Herr Winter, es geht um den Tod dieser jungen Frau.« Luca schob ihm das Foto der ermordeten Prostituierten zu und beobachtete den Mann genau. Er starrte betroffen auf das Bild und schwieg eine Weile.

»Auf Ihrer Visitenkarte, Herr Mazzaro, da stand drauf, dass Sie für Kapitaldelikte zuständig sind. Das ist ja wohl was Ernsteres. Was ist mit ihr passiert?«

»Sie müssten uns schon zuerst sagen, ob Sie die Frau kennen.«

»Ich habe sie schon mal gesehen, meine ich.« Er nickte.

»Im Serail?«

Es war Winter sichtlich peinlich. »Das ist ja nun doch eine sehr persönliche Sache.«

»Also Sie kennen sie von dort?«, hakte Luca nach.

»Haben Sie sie auch mal gef… Also, waren Sie auch mal ihr Kunde?« mischte sich Pia nun ein. Und nun bekam sie von Luca tatsächlich eine vors Schienbein. Sie quietschte kurz auf und war von da an Gott sei Dank still. Luca würde ihr die Leviten lesen. Wie konnte man einen Zeugen, der halbwegs kooperationswillig war, so vor den Kopf stoßen?

»Herr Winter, das interessiert uns nicht.« Luca versuchte zu retten, was zu retten war. »Es interessiert uns im Grunde auch nicht, welche Etablissements Sie aufsuchen. Wissen Sie, wie die Frau hieß? Oder wie Sie sich nannte?«

Winter war nun zugeknöpft. Trotzdem antwortete er: »Ich glaube, sie hatte einen russischen Namen. Aber die Frauen heißen wohl nie wirklich so.«

»Können Sie uns sagen, wo Sie am Abend und in der Nacht vom 8. April bis zum Morgen des 9. April waren?«

»Ist sie umgebracht worden?«, fragte Wolfgang Winter.

Luca nickte. »Wir möchten ausschließen, dass Sie etwas damit zu tun haben, Herr Winter.«

Der Mann überlegte. »Das wäre vor etwa zehn Tagen gewesen? Vorletztes Wochenende?«

»Genau.«

»Das kann ich Ihnen sagen. Da bin ich mit Freunden in die Berge gefahren. Ins Allgäu, nach Nesselwang, zum Wandern. Ist so ne jährliche Tradition. Das Wetter war leider ziemlich mies. Am Freitagnachmittag ging's los. Am Sonntagabend sind wir zurückgekommen. Wollen Sie die Namen?«

»Das wär gut. Und wir bräuchten von Ihnen eine Speichelprobe.«

Winter stutzte. »Was wollen Sie damit?«

»Ausschließen, dass Sie etwas mit der Tat zu tun haben.«

»Fragen Sie meine Freunde.«

»Herr Winter, das mit der Speichelprobe müssen wir machen. Es gibt dafür sogar eine richterliche Anordnung. Der Vorteil davon …« Luca überlegte, wie er es dem Mann schmackhaft machen konnte. »Also, wir müssen Ihre Freunde nicht belästigen. Die stellen dann schon keine blöden Fragen. Wenn es keine Übereinstimmung mit unseren Spuren gibt, dann ist für uns die Sache geklärt.« Das war gelogen, denn immerhin stand der Name des Zeugen auf dem blutverschmierten Zettel.

»Meine Tochter sagte irgendwas davon, dass Kunden von uns auch damit zu tun hätten.« Er klang sehr gespannt. Das war es wohl, was ihn so neugierig gemacht hatte.

»Es geht um Besucher des Serails. Ob das Kunden von Ihnen sind, das ist uns im Moment eigentlich egal.«

Pia schaltet sich nun doch wieder ein. »Na ja, man geht halt schon mal gerne nach guten Geschäftsabschlüssen zusammen aus, um sich gemeinsam zu entspannen«, brummte sie leise vor sich hin.

Luca wollte ihr schon wieder einen Tritt verpassen, stellte aber an der Reaktion von Winter fest, dass sie ins Schwarze getroffen hatte.

»Das war ein Mal. Und das ist Wochen her.«

»Dann würde Sie eine Speichelprobe entlasten«, bemerkte Luca wie nebenbei.

Winter rutschte auf seinem Stuhl hin und her. »Können Sie das zeitlich so genau eingrenzen? Ich meine mal gehört zu haben, solche Spuren halten sich ewig.«

Luca würde ihm nun nicht erklären, dass es ein großes Problem bei Vergewaltigungen war, wenn nicht innerhalb von 48 Stunden eine gynäkologische Untersuchung stattfand. Danach waren Spermien nur noch in Ausnahmefällen und dann auch nicht mehr lange nachweisbar. Im lebenden Frauenkörper wurden die fremden Zellen schnell zersetzt und abgebaut. Er sagte nur: »Die Spuren, die wir haben, die sind ganz eindeutig zeitlich zuzuordnen. Das ist so. Die können nur an diesem Wochenende dahin gekommen sein, wo wir sie gefunden haben.«

Auch auf die DNA-Spuren an dem Schal, mit dem die junge Frau erdrosselt worden war, traf das ja zu. Nur wenn die Hände den Stoff sehr fest anpackten, fand man Hautpartikel in den Mengen, wie sie an dem Drosselwerkzeug festgestellt worden waren.

Der Unternehmer sah Luca misstrauisch an. »Und was passiert dann mit meiner DNA, wenn Sie feststellen, dass ich mit der Sache nichts zu tun habe?«

Luca erklärte es ihm: »Also, die Proben werden sofort vernichtet, wenn wir sie mit den Spuren verglichen haben und es keine Übereinstimmung gibt. Und die DNA-Muster werden natürlich nicht gespeichert. In keiner Datenbank. Es wird dokumentiert, dass es keine Übereinstimmung gibt. Und dann müssen wir alles vernichten.«

Winter sah Luca kritisch an und überlegte. Dann willigte er ein. »Wenn die Sache dann erledigt ist. Ich habe nichts zu verbergen. Ich hoffe nur, dass es genauso ist, wie Sie sagen. Ich habe diese Frau mal gesehen. Ja, im Serail. Aber wie gesagt, das ist schon ne ganze Weile her. Und ich habe nicht mal mit ihr geschlafen.«

»Wenn das so ist, dann finden wir auch nichts.«

Sie brachten Wolfgang Winter in den Gebäudeteil, in dem die KTU und der Erkennungsdienst untergebracht waren. Die Formalitäten dauerten länger als die eigentliche Speichelprobe, die Winter mehr wider- als willig über sich ergehen ließ. Lucas Gefühl sagte ihm, dass der DNA-Vergleich negativ ausfallen würde.

3

Sie hatten plötzlich eine richtige kleine Sonderkommission beieinander. Die Leute, die sich am Nachmittag zusammenfanden, passten kaum mehr in den kleinen Besprechungsraum des Dezernats für Kapitaldelikte. Natürlich war Friedebald Frenzel da. Nicole Marinescu hatte Rudolf Kuhnert bei sich, einen farblosen Mann aus der Wirtschaftskriminalität am LKA, den man jedoch, wie Luca sehr wohl wusste, nur allzu leicht unterschätzte.

Vor allem aber hatte Hanna Stankowski zwei Kollegen mitgebracht. Einen älteren Mann aus dem Dezernat für Sexualdelikte, in dem eine Arbeitsgruppe auch regelmäßig die Prostitution in Stuttgart im Auge behielt. Obwohl Luca den Kollegen Enderle schon eine ganze Zeit lang kannte, war er mit ihm per

Sie, einfach, weil Enderle auf ihn so prüde und bieder wirkte. Luca fragte sich, ob der überhaupt etwas mit Sex am Hut hatte. Aber wahrscheinlich musste man so sein, wenn man fast täglich in Stundenhotels und Bordelle eindrang und die Nutten kontrollierte. Leider gehörte das Serail nicht zur Stadt, sondern zum Landkreis Esslingen, sodass Enderle sicher keinen direkten Einblick in den Edel-Puff hatte. Aber immerhin kannte er das Milieu.

Die zweite Person war eine kernige Kollegin aus dem Dezernat für Banden- und Organisierte Kriminalität, kurz OK, mit einem kantigen Kinn und Adleraugen. Sie mochte um die fünfzig sein. Luca kannte auch sie, allerdings nur vom Sehen. Ihr Name war ihm bisher nicht geläufig gewesen, aber irgendwie passte er voll zu ihrem Typ. Gertrud Sieg war Mitglied einer Ermittlungsgruppe von LKA und dem Polizeipräsidium Stuttgart, die seit längerem die Aktivitäten der United Tribuns im Visier hatte. So stellte Hanna sie der Gruppe vor. Pia und Frau Sieg kannten sich offenbar bereits, wie ein vertrautes Zunicken zeigte.

Beide würden ab sofort für die Dauer der Ermittlungen mit Luca und Pia zusammenarbeiten, erklärte Hanna. Sie hatte also ihr Versprechen gehalten. Chef der kleinen SoKo, der an sie berichtete, würde Luca Mazzaro bleiben.

Luca schilderte zunächst den Fall: Ein Mord an einer Prostituierten, deren nationale Identität nicht vollständig geklärt war. Angeblich eine Bulgarin. Papiere lagen jedoch nicht vor, und es deutete einiges darauf hin, dass es sich um eine Weißrussin handelte. In der Wohnung, in der die Tote gefunden worden war, lebten elf weitere Frauen auf engstem Raum. Alle arbeiteten im Serail. Die Wohnung gemietet hatte Bakir Sušić, ein einschlägig bekannter Chapter-Häuptling der United Tribuns. Es sah alles nach Zuhälterei aus. Das Zimmer hatte jemand verwüstet. Auch später war die Versiegelung noch einmal aufgebrochen worden. Sie mussten davon ausgehen, dass hier etwas gesucht worden war.

Unter der Toten war ein zerknüllter, mit Blut beschmutzter Zettel gefunden worden. Darauf Notizen, zum Teil in lateinischer, zum Teil in kyrillischer Schrift, und drei Namen, die sich nach kurzer Recherche alle drei als Manager aus der Automobil- und Zulieferindustrie herausstellten.

Eigentlich wollte Luca noch darauf eingehen, was sie über die Beziehung der drei Manager zueinander wussten. Doch da fiel ihm Nicole Marinescu auch schon ins Wort. »Verstehe ich das richtig? Sie haben diese Namen auf dem Zettel gefunden und haben nur deswegen sofort eine DNA-Untersuchung angeordnet? Das ist doch völlig überzogen, Herr Mazzaro.« Sie war bereits leicht echauffiert. Wie immer, wenn Nicole Marinescu sich aufregte, war ihr eine Strähne des feinen blonden Haars aus der hochgesteckten Frisur ins Gesicht gerutscht.

»Das hat meine Wenigkeit angeordnet, Frau Marinescu«, schaltete sich Friedebald Frenzel ein. »Aus der Sicht der Todesermittlungen war dies durchaus angesagt. Wir konnten ja nicht wissen, dass Sie da auch ein Eisen im Feuer haben«, meinte er versöhnlich.

»Haben Sie Anton Schwarz tatsächlich schon vernommen?«, fragte Marinescu scharf.

»Ja«, antwortete Luca. »Aber die Speichelprobe hat er verweigert. Und die brauchen wir noch.«

»Auf gar keinen Fall. Unter keinen Umständen!« Nicole Marinescu hatte nun vor Aufregung rote Flecken auf Hals und Wangen bekommen. »Sie wecken schlafende Hunde. Sie machen unsere ganzen Ermittlungen zunichte«, fuhr sie Luca an, als ob der persönlich dafür verantwortlich wäre, dass Schwarz in den Ermittlungen aufgetaucht war.

Luca wurde langsam zornig. Die Frau sah nur ihre eigenen Interessen, nur die Wirtschaftskriminalität und sonst gar nichts. »Wir haben einen Mordfall aufzuklären, porca miseria.«

Pia sprang ihm bei. »Da ist ein junges Mädchen von vielleicht gerade mal achtzehn Jahren brutal zusammengeschlagen worden. Die hat man mehrfach bis zur Bewusstlosigkeit stranguliert. Wahrscheinlich um irgendwas aus ihr rauszupressen. Bis sie jämmerlich erstickt ist.«

Hanna schaltete sich nun ein. »Nun mal langsam. Eins nach dem andern. Frau Marinescu, worum geht es eigentlich bei Ihren Ermittlungen?«

Nicole Marinescu schien regelrecht erleichtert zu sein, dass endlich jemand ihre Arbeit ernst nahm. Sie nahm einen tiefen Atemzug und legte dann los: »Wir haben eine anonyme Anzeige gegen Anton Schwarz wegen Bestechlichkeit. Es gibt Hinweise, dass er bestimmte Zulieferer bevorzugt. Und das, obwohl die Konkurrenten teilweise bessere Angebote machen. In Bezug auf die Technologie und den Preis. Auch Termingründe gibt es nicht – etwa, dass die bevorzugte Firma schneller liefern könnte. Anton Schwarz ist strategischer Einkäufer bei der NAU. Letztendlich entscheidet er, wer einen Auftrag erhält.«

»Was ist eigentlich ein ›strategischer‹ Einkäufer?«, wollte Pia wissen

Rudolf Kuhnert, den bisher wohl kaum jemand im Raum wirklich wahrgenommen hatte, räusperte sich nun. Für Luca war er der Prototyp eines Nerds. Mausbraunes dünnes Haar ohne eigentliche Frisur, eine langweilige Brille und ebenso langweilig gekleidet, aber eine Koryphäe, wenn es um Finanzen und wirtschaftliche Verstrickungen ging.

»Ähm, also … Es gibt bei den großen Automobilherstellern eine untere Ebene, die normalen Einkäufer. Die verhandeln mit den Zulieferern die Preise und Konditionen, meist rein nach monetären Kriterien. Die endgültige Entscheidung trifft dann aber oft der strategische Einkauf. Quasi die Vorgesetzten der Einkäufer. Da spielt dann auch eine Rolle, mit welchem Zulieferer der Automobilhersteller langfristig zusammenarbeiten will und ähnliches. Ein solcher strategischer Einkäufer entscheidet über Millionen.«

»Er ist bei der NAU im Bereich Antriebsstrang – also Motor und alles was zum Antrieb sonst noch gehört – für die Abgasanlagen und die Kühlsysteme zuständig«, ergänzte Marinescu. »Das klingt vielleicht nach nem kleinen Bereich. Aber er ist für die Beschaffung solcher Komponenten fürs ganze Unternehmen, also auch die Werke der NAU in Bayern und international, in Ungarn, in Mexiko, in China und so weiter, zuständig. Und teilweise sogar konzernübergreifend. Die NAU gehört ja zu den Wolfsburgern – mit etlichen anderen Marken. Da, wo NAU eine Plattform entwickelt hat, auf der auch andere Automobilhersteller Wagen bauen, da bestimmt Anton Schwarz genauso, welcher Auspuff von welchem Zulieferer eingebaut wird.«

»Ein Mann mit großer Macht also«, sinnierte Friedebald Frenzel.

Nicole Marinescu nickte. »Er entscheidet über Wohl und Weh ganzer Zuliefer-Unternehmen, zum Teil mit mehreren Tausend Mitarbeitern.«

»Und Sie haben Anhaltspunkte, dass sich Schwarz schmieren lässst?« Der Staatsanwalt zeigte sich interessiert.

Rudolf Kuhnert räusperte sich wieder. Mit fast monotoner Stimme leierte er Zahlen und Fakten herunter, Beispiele von Automodellen, deren Abgassystemen, das entsprechende Auftragsvolumen und die Angebote von Zulieferern. Dabei sahen seine kurzsichtigen Augen in irgendeine Ferne, in der er die Daten abzulesen schien. »Ähm – das sind Fälle, bei denen wir eben … also, äh, wir können das belegen … Da haben Konkurrenten eindeutig die günstigeren Angebote abgegeben und sind trotzdem leer ausgegangen. Und wir haben Beweise …, also es ist so, dass die Anbieter schon in der Angebotsphase ihre Konstruktionen und technologischen Entwicklungen vorstellen müssen. Ähm, also die gehen da in erhebliche Vorleistungen, was die Entwicklungskosten angeht. Uns liegen Beweise vor, dass diese Konstruktionsdaten an Langenfelder weitergegeben worden sind, vom Automobilhersteller. Weil, ähm … Eigentlich kann er die nur von Anton Schwarz bekommen haben. Langenfelder hat plötzlich genau dieselben Konstruktionsdaten als Basis für seine eigene Entwicklung genutzt. Und das ist strafrechtlich verfolgbar. Nach einem Urteil des Oberlandesgerichts Jena kann dafür die Zahlung von Schadensersatz eingeklagt werden.«

»Wobei das eigentlich fast schon normal ist in der Automobilindustrie«, meinte Nicole Marinescu. »Da geht es teilweise zu wie im Wilden Westen. Die Zulieferer sind in der Regel komplett abhängig von der Automobilbranche. Die Autobauer dagegen haben für alle wichtigen Komponenten mindestens drei bis vier Zulieferer. Und die treiben sie in gegenseitige Konkurrenz zueinander. Sie spielen sie im Preiswettbewerb gegeneinander aus.«

»Wenn der Cost-Breakdown ausgereizt ist«, bemerkte Rudolf Kuhnert leise.

»Der was?«, fragte Friedebald Frenzel

»Das ist vollständige Offenlegung der Kalkulation bis hin zum Preis der Vormaterialien.« Nicole Marinescu kam voll in Fahrt. Man hörte ihr schon bei Beginn ihrer Erklärung an, wie empörend sie die Praktiken fand. »Da werden die kleinen Einkäufer drangesetzt. Die haben bestimmte Vorgaben, aber keine Ahnung von Technik. Die klopfen jeden Posten des Zulieferers ab und rechnen ihm vor, wo er noch einsparen könnte. Die Werkzeuge bekommt man in China sehr billig. Bei der Konstruktion legt man indische Stundensätze zugrunde. Bei den Löhnen gilt das Niveau von Osteuropa. Daimler kalkuliert zum Beispiel mit Lohnkosten einer rumänischen Musterfirma. Aber die Produktivität und die Qualität sollen deutsch sein.«

»Warum sollte man den Kürzeren ziehen, wenn man am längeren Hebel sitzt?« Frenzel lachte.

Marinescu ereiferte sich zunehmend: »In der Automobilindustrie gibt es keinen regulierenden Markt mehr. Wenn Rohstoffpreise sinken, verlangen die Autobauer, dass dieser Vorteil an sie durch sinkende Preise weitergegeben wird. Wenn Rohstoffpreise steigen, bekommen die Zulieferer dadurch aber keine höheren Preise. Wenn der Markt für Autos schwächelt, sollen Zulieferer die Preise senken. Wenn der Markt für Autos boomt, bekommen sie dadurch keinen Penny mehr.«

Luca hatte Respekt vor dem Wissen der Wirtschaftskriminalistin. Aber einen Zusammenhang mit ihrem Mordfall sah er kaum. Trotzdem wagte er nicht, der LKA-Kollegin in die Parade zu fahren und war froh, als Pia es auf den Punkt brachte. »Und was hat das alles mit unseren drei Jungs zu tun, die gerne mal ein paar Zwangsprostituierte bumsen?«

»Frau Grampp, ob das Zwang ist …«, schaltete sich nun Enderle von den Sexualdelikten ein. »Das wird halt immer schnell mal poschduliert. Ischd aber nicht immer so. Des müssen Sie halt beweisen.« Enderle sprach sauberes Honoratioren-Schwäbisch.

»Mir geht es vor allem um Anton Schwarz«, meinte Marinescu. »Er gilt als knallhart in der Branche. Er liebt das Internet-Bidding. Eine Art Versteigerung von Aufträgen. Nur dass man nicht hoch-, sondern runtersteigert. Du siehst als Zulieferer im Internet, dass irgendein anonymer Konkurrent mit dem Preis runter ist. Dann musst du dich entscheiden, ob du unterbietest. Das geht so lange, bis alle – bis auf einen – ausgestiegen sind. Den Auftrag bekommt der, der ihn am nötigsten braucht, um Entlassungen zu vermeiden. Ob der damit auf seine Kosten kommt, steht auf einem anderen Blatt.« Sie driftete schon wieder ab.

Wenigstens Rudolf Kuhnert versuchte, auf Pia einzugehen: »Also, ob das alles mit dem Mord an dieser jungen Frau zu tun hat, ähm, das wissen wir natürlich leider nicht. Es ist eben so, dass Anton Schwarz regelmäßig einer bestimmten Firma Aufträge zuschanzt, nämlich der Langenfelder GmbH & Co. KG von Dietmar Langenfelder. Abgasanlagen, Abgasturbolader und Schalldämpfung.«

»Wir haben eine anonyme Anzeige gegen Anton Schwarz«, erläuterte Marinescu. »Und nach unseren Recherchen gelten für einen die harten Regeln der Auftragsvergabe nicht. Und das ist Langenfelder. Die Langenfelder GmbH & Co. KG liefert für mehrere Modelle von NAU die Abgasanlagen. Und für einige Automodelle der Muttergesellschaft von NAU. Und bei allen diesen Auftragsvergaben hat Anton Schwarz seine Finger im Spiel und entscheidet, welcher Zulieferer zum Zuge kommt.«

»Langenfelder …«, überlegte Pia laut »… der ist uns doch auch schon untergekommen.«

»Dietmar Langenfelder ist eine obskure Gestalt«, informierte Marinescu. »Er ist öffentlichkeitsscheu. Er gibt keine Interviews, ist nicht in den sozialen Medien. Im Internet gibt es kein einziges Bild von ihm. Aber er gilt in der Branche als graue Eminenz, als Strippenzieher mit Beziehungen bis in die höchsten Kreise verschiedener deutscher Automobilhersteller. Und er soll immer wieder versuchen, mit fragwürdigen Methoden Leute in die Hand zu bekommen.«

Luca hatte in den Akten nachgeschlagen. »Die KATA-Technik gehört zur Langenfelder-Gruppe, die Firma, in der Jens Immendorf Geschäftsführer ist und der gemeinsam mit Wolfgang Winter und Schwarz auf dem Zettel steht. Wer hat Anton Schwarz eigentlich angezeigt?« Luca bereute die Frage sofort.

»Es ist ein anonymes Meldesystem, und das mit gutem Grund«, fauchte Nicole Marinescu ihn an.

Luca war es langsam leid, ständig von ihr gedisst zu werden. »Man wird sich ja doch noch ein paar Gedanken machen dürfen, mannaggia!«

Marinescu reagierte, als ob er sie persönlich angegriffen hätte. »Ich sage nur, wie es ist. Wir müssen Vertraulichkeit zusagen. Gerade in der Automobilbranche. Sie werden da niemanden finden bei den Zulieferern, der öffentlich Kritik äußern würde. Noch nicht mal in der Fachpresse oder in Internet-Foren. Wer aufmuckt, bekommt keine Aufträge mehr. Der sägt den Ast ab, auf dem er sitzt.«

Rudolf Kuhnert versuchte zu vermitteln. »Da bitten wir um Verständnis, Herr Mazzaro. Wir haben auf unserer Homepage eben dieses ›Anonyme Hinweisgebersystem‹. Für, äh, Korruption und Wirtschaftskriminalität. Wir vermuten, dass es sich um einen wichtigen Konkurrenten von Langenfelder handelt. Aber mehr können wir Ihnen dazu leider nicht sagen.«

»Und was heißt das jetzt für unsere Ermittlungen?«, fragte Frenzel. »Wir würden doch sehr gerne wissen, ob der Herr Schwarz mit der geschädigten Luba Petkova in der Nacht ihres Todes noch Geschlechtsverkehr hatte.«

»Auf keinen Fall!« Nicole Marinescu war sofort wieder alarmiert. »Sie können Schwarz jetzt nicht vorladen. Und auch keine Vernehmung, bitte. Wir sind dabei, bestimmte Annahmen zu prüfen. Sobald sich die bestätigen, können wir eine Hausdurchsuchung beantragen. Bei der NAU und bei Schwarz privat. Sie müssen diese Durchsuchung unbedingt abwarten!«

»Und die Suche nach einem Mörder solange einstellen?« Luca wurde sauer.

»Haben Sie eigentlich außer diesem Zettel noch andere Hinweise drauf, dass diese drei Männer zusammen im Serail waren?«, fragte plötzlich Gertrud Sieg. Sie hatte dem Disput bisher nur distanziert zugehört.

»Wir haben von Wolfgang Winter eine indirekte Bestätigung bekommen«, sagte Pia. »Der hat nicht dementiert, dass die drei gemeinsam dort waren. Und der meinte, das sei schon ein paar Wochen her gewesen. Die kennen sich, machen miteinander Geschäfte und gehen dann zusammen in den Puff.«

»Und wer zahlt das?«, wollte Frau Sieg wissen.

»Was muss man für so einen Bordell-Besuch veranschlagen?«, wandte sich Hanna Stankowski an Enderle.

»Na ja, das Serail ischd gehobene Klasse. Je nachdem, welche Getränke da auf den Tisch kommen, oder je nachdem, welche Dienstleistungen man sich da gönnt …« Enderle überschlug im Geiste die gängigen Tarife. »Da können schon mal ein paar Tausend Euro zusammenkommen.«

Nicole Marinescu rutschte plötzlich ganz aufgeregt auf ihrem Stuhl herum. »Sie meinen, dass die Herren das gar nicht privat bezahlt haben?«

Einen Moment herrschte Ruhe im Raum. Dann setzte Gertrud Sieg zu einer Erklärung an: »Also, bevor ich Ihnen jetzt etwas sage, muss ich darauf bestehen, dass alles, aber auch wirklich alles, was Sie jetzt hören, in diesem Raum bleibt.« Sie taxierte mit ihrem stechenden Blick einen der Anwesenden nach dem andern. Bei Nicole Marinescu blieb sie hängen. »Das gilt auch für die Kollegen vom LKA. Sie werden auch gegenüber Ihren Vorgesetzten die Klappe halten. Wir können uns hier keinen Lapsus und erst recht keine Eigennützigkeiten von einzelnen Ämtern oder Abteilungen leisten.«

Marinescu wurde rot. Die andern sahen Gertrud Sieg gespannt an.

»Es laufen gegenwärtig Ermittlungsverfahren wegen des Verdachtes des Menschenhandels zum Zweck der sexuellen Ausbeutung, der Zuhälterei und der Vergewaltigung. Wir arbeiten da eng mit der Abteilung Organisierte Kriminalität am LKA zusammen. Im Mittelpunkt stehen die United Tribuns. Eine Gang, die sich immer mehr im Rotlicht-Milieu breit macht. Ist vor allem für junge Männer mit Wurzeln in den Balkan-Staaten attraktiv. Die sind oft hier schon aufgewachsen oder sogar geboren. Sind aber immer noch drauf wie zu Draculas Zeiten. Absolute Chauvinisten.«

»Unser Bakki, Bakir Sušić«, warf Pia ein.

Gertrud Sieg ging nicht drauf ein. »Die Gang rekrutiert junge Frauen, vor allem aus Bulgarien und Rumänien. Denen versprechen sie das Blaue vom Himmel, und hier werden sie dann gefügig gemacht. Mit Drohungen, und wenn's nicht nützt, auch mit Gewalt. Sie nehmen aber auch sonst alles. Auch deutsche Mädchen, die irgendwie in ausweglose Situationen gerutscht sind und denen sie erst mal die große Liebe vorspielen.

Vermittelt werden die Frauen an alle möglichen Varianten des gleichen Themas. Laufhäuser, Wohnungsbordelle, Edel-Clubs – je nach Qualität der Ware. Vor allem in den Groß-Bordellen tun die Besitzer so, als wüssten sie davon nichts. Dabei blicken sie es ganz genau. Schließlich wissen sie, mit wem sie abrechnen. Sicher nicht mit den Frauen.«

»Das ischd im Serail aber, soweit wir wissen, schon ein bissele anders«, meinte Enderle von den Sexualdelikten. »Da mieten sich die Damen, mein ich, schon persönlich ein und rechnen direkt mit dem Unternehmen und den Herren ab.«

»Die Mär von der selbstbestimmten Hure«, schimpfte Pia vor sich hin. »Wir haben die Frauen doch gesehen, die dort arbeiten. Wenn da auch nur eine sich das freiwillig antut, dann lass ich mich von Bakki knutschen.«

»Ich muss der jungen Kollegin leider recht geben, Kollege Enderle«, bestätigte Gertrud Sieg. »Wir haben handfeste Hinweise, dass Harald Ruthenau, der Chef vom Serail, sehr genau Bescheid weiß. Unser Problem ist, dass die Beweise angeblich nicht ausreichen, um einen Richter dazu zu bewegen, uns eine Hausdurchsuchung machen zu lassen. Irgendjemand im Amtsgericht nimmt es da hypergenau. Wir beißen auf Granit. Aber das könnte sich jetzt ändern.«

»Welcher Staatsanwalt ist denn mit den Ermittlungen betraut?«, fragte Friedebald Frenzel. Er wurde plötzlich ganz lebendig. »Ich möchte dem Kollegen sehr gerne anbieten, gemeinsam mit ihm Überzeugungsarbeit zu leisten.«

Luca verstand jetzt erst, worauf es hinauslief, was Frau Sieg auch sofort bestätigte: »Wir haben jetzt einen Mordfall, der mit dem Serail und den United Tribuns irgendwie zusammenhängt. Und wir haben einen Automobil-Manager, der im Serail verkehrt, mit der Toten irgendwie zu tun hatte und der Bestechlichkeit verdächtigt wird. Das ändert die Lage.«

»Und wir können mehrere Fliegen mit einer Klappe schlagen«, schloss Luca. »Ich gehe jede Wette ein, dass wir im Serail auch den falschen Pass von Luba Petkova finden.«

»Wir müssen ja auch unbedingt die Frauen noch mal vernehmen«, meinte Pia ganz aufgeregt. »Da haben wir dann auch einen Grund dafür.«

»Aber Sie lassen Schwarz erst mal in Ruhe!« Nicole Marinescu hörte sich an wie ein trotziges Kind. Immerhin wusste sie zu schätzen, was eine Hausdurchsuchung im Serail für ihren Fall bringen konnte. »Sie würden dabei auch Unterlagen beschlagnahmen, mit denen wir sehen, wer die Puffbesuche bezahlt hat?«, fragte sie Frau Sieg gespannt.

Gertrud Sieg ging auf all das nicht ein. »Wir müssen jetzt abwarten, ob endlich mal ein Richter das genauso sieht wie wir. Dann können wir die Razzia vorbereiten.« Sie machte einen Moment Pause und ließ ihren Raubvogelblick wieder über die Anwesenden gleiten. »Ihnen ist klar, dass Sie alle im Moment keine Ermittlungen in ihren jeweiligen Fällen führen können, die irgendeine wie auch immer geartete Zusammenarbeit mit Außenstehenden beinhaltet?« Es war eigentlich keine Frage, sondern eine Anweisung.

Einen Moment schwiegen alle. Dann fasste Hanna das Ganze routiniert zusammen. Die Sitzung war beendet, und Pia ging mit Gertrud Sieg zum Rauchen.

Mittwoch und Donnerstag, 20. und 21. April

Der Rest der Woche war langweilig. Ihnen waren die Hände gebunden. Sie durften nicht in Richtung der beiden Automobilmanager Anton Schwarz und Jens Immendorf ermitteln. Bei Immendorf hatten sie noch keinerlei Vorstellung, welche Rolle er in dem Ganzen spielte.

Luca versuchte weiterhin die Identität der Toten und ihrer mutmaßlichen Freundin Kalina Stoikova alias Alena herauszubekommen. Da die beiden mit an Sicherheit grenzender Wahrscheinlichkeit keine Bulgarinnen waren, konnte er auf die zähe Zusammenarbeit mit den bulgarischen Behörden verzichten. Doch mit den Weißrussen war es noch schwieriger. Natürlich veranlasste er, dass die Fingerabdrücke, die DNA und der Gebissbefund ans Bundeskriminalamt gingen, mit dem Auftrag, über Interpol eine Amtshilfe bei den weißrussischen Behörden zu beantragen. Doch beim BKA machte man ihm wenig Hoffnung. Die Weißrussen reagierten in der Regel nur, wenn es um Regimegegner ging, die sie suchten. Eine junge Prostituierte interessierte die kaum.

Er wandte sich notgedrungen seiner »Lieblings«beschäftigung zu, dem Berichteschreiben. Wobei er immer mehr Gefallen daran fand, sich erst mal handschriftliche Notizen zu machen. Im Geiste überlegte er sogar, wie er seinem Kumpel Çelik Erkan das Ganze verklickern würde, und schrieb es so auf. Einen Literatur-Preis würde er dafür nicht bekommen, aber irgendwie funktionierte es besser. Und als er Pia mal wieder drum bat, sein Werk kritisch zu begutachten, meinte sie nur: »Kann man so lassen.«

Alena

Die Muskelmänner holten sie ab. Mit einem Transporter und einem Pkw wurden alle hinüber in das Bordell gekarrt. Fabiola war heute nicht dabei, dafür aber Ándscheo.

Ándscheo beobachtete sie. Sie spürte seinen Blick, als würde der sie verbrennen. Doch er sagte kein Wort.

Anfangs hatten sie gedacht, sie hätten Glück gehabt mit ihm. Er war es, der bei Ruthenau für sie und zwei weitere Frauen abkassierte und ihnen ab und an ein bisschen etwas zusteckte. Er war sogar etwas großzügiger als die Gebieter anderer Frauen, was nur deren Neid beförderte. Ándscheo hatte warme Augen und weiche Gesichtszüge, fast wie der Heilige Thomas auf einer Ikone, die bei ihnen zuhause im Wohnzimmer gehangen hatte. Und er vergriff sich nie an ihnen. Sie mussten ihm nie zu Diensten sein.

Doch dann nahm er Ludmilla und Alena mit auf diese Party. Es waren nur Männer dort. Die hatten, schon als sie ankamen, jede Menge getrunken. Sie mussten auf dem Tisch tanzen und sich ausziehen. Dann machte sich einer nach dem anderen über sie her, manche auch zweimal. Die andern schauten zu und befeuerten den Kollegen mit Lachen und Zurufen, was für Alena das Allerschlimmste war. Ándscheo kassierte.

Das machte er noch drei weitere Male. Dann bekam es Bakki mit und tobte. Nicht etwa, weil sie beide ihm leidtaten, sondern weil Ándscheo das Geschäft an ihm vorbei gemacht und er keinen Anteil abbekommen hatte. Danach war ihr Gebieter nicht mehr so großzügig mit dem Geld.

Freitag, 22. April

Am Freitag war so wenig los, dass Luca schon am frühen Nachmittag überlegte, ob er heute mal ein paar Überstunden abfeiern sollte. Dann nahmen der Papierkram und einige Abstimmungen mit der Ermittlergruppe von der Organisierten Kriminalität doch wieder mehr Zeit als erwartet in Anspruch. Die OK-Leute brauchten insbesondere noch Infos über die diversen Wohnungen und Besitzverhältnisse von Bakir Sušić, die Pia ermittelt hatte.

Aber immerhin war es erst halb fünf, als er seinen Computer abschaltete. Doch da meldete sich die Pforte: »Hallo Herr Mazzaro, da will jemand zu Ihnen. Wissen Sie davon?«

Er hatte keine Ahnung, wer das sein sollte.

»Eine Frau Winter. Laura Winter. Holen Sie sie ab?«

Luca hatte plötzlich das Gefühl, dass der Hörer des Telefons elektrisch war. Er ließ alles liegen und stehen und rannte fast durchs Treppenhaus.

Laura Winter – was wollte die von ihm? Kam einfach unangemeldet hierher zum Präsidium? Draußen nieselte es, der Himmel war grau, und Luca merkte erst jetzt, dass er gar keine Jacke übergezogen hatte. Er ging die breite Außentreppe hinunter zur Pförtnerloge und passierte das Drehkreuz. Da stand sie, in einer Art übergroßer Parka-Jacke, ebenfalls fröstelnd. Die feuchte Luft schien ihr rotblondes Haar noch mehr zu kräuseln, sodass es aussah wie eine Löwenmähne

»Frau Winter, Sie hier? Kommen Sie rein. Sie haben doch bestimmt einen Ausweis dabei.«

»Ich geh da nicht rein«, sagte sie trotzig. »Ich will Ihnen nur kurz was sagen.«

»Aber hier draußen können wir nicht stehen bleiben. Sie frieren ja schon. Und ich gleich auch.«

»Ich werde da nicht reingehen, Herr Mazzaro. Ich mache keine offizielle Aussage. Ich will nur, dass Sie etwas wissen.«

Luca war ratlos. Er durfte eigentlich nicht quasi privat mit einer Zeugin sprechen. Aber ihm war auch vollkommen klar, dass er sie nicht würde bewegen können, mit ihm das Präsidium zu betreten.

»Eigentlich darf ich überhaupt nicht alleine mit Ihnen sprechen, Frau Winter. Worum geht es denn?«

Einen Moment zögerte sie. »Ich glaube, dass mein Vater erpresst wird. Ich weiß nicht warum, und ich weiß nicht wie. Aber ich will, dass Sie das wissen. Ich habe keine Ahnung, warum Sie gegen meinen Vater ermitteln. Aber vielleicht hilft es ja, wenn Sie wissen, dass da irgendetwas nicht stimmt.«

Luca war fast bestürzt. »Aber wir ermitteln doch gar nicht gegen Ihren Vater. Wie kommen Sie drauf, dass er erpresst wird?«

»Er benimmt sich idiotisch. Er trifft Entscheidungen, die dem Unternehmen schaden. Und er weiß das. Trotzdem macht er's. Ich kann es mir nicht erklären, und wenn ich ihn darauf anspreche, blockt er alles ab und ist völlig zugeknöpft. Und so ist er normalerweise gar nicht.«

»Aber ...« Fast hätte er sie beim Vornamen genannt. »Aber Frau Winter, wenn jemand etwas gegen Ihren Vater in der Hand hat, dann ist das doch sicher etwas Kompromittierendes. Verstehen Sie?« Luca dachte an die Bordell-Besuche. »Wollen Sie wirklich, dass wir da nachbohren?«

»Ich hasse diese Unehrlichkeiten.« Sie wurde richtig emotional. »Diese Unsicherheit, dieses Rumgeeiere. Vor allem, wenn es um die Existenz der Firma geht. Ach ...« Sie winkte plötzlich ab. »Ich glaube, es war ein Fehler, hierher zu kommen. Entschuldigen Sie, Herr Mazzaro. Vergessen Sie's einfach.« Sie wirkte durcheinander und geknickt.

Sie gab ihm kurz die Hand, drehte um und ging schnell davon.

Luca blickte ihr nach. Den blonden wilden Haaren und den engen Jeans. Selbst ihr Gang machte ihn an. Da merkte er plötzlich, dass Andreas Bialas neben ihm stand.

»Wer war das?«, fragte der Chef grimmig.

»Eine Zeugin … Nein, eigentlich die Tochter eines Zeugen.«

Bialas sah ihn kritisch von der Seite her an. »Und mit der unterhältst du dich hier draußen, außerdienstlich oder wie?«

Luca hob mit hilfloser Geste die Hände. »Sie wollte um nichts in der Welt mit reingehen. Was soll ich denn da machen?«

»Reiß dich bloß zusammen, Luca. Ich bin nicht blind. Geh in ne Disko und reiß dir da eine auf. Zeuginnen sind tabu, das weißt du genau. Schönes Wochenende noch.« Damit stapfte Bialas davon, ohne ihn auch nur anzusehen.

Himmelhoch jauchzend, zu Tode betrübt … Von wem war das noch mal? Auf jeden Fall begriff Luca zum ersten Mal, was damit gemeint war.

Wochenende, 23. und 24. April

1

Die Frau ging ihm nicht mehr aus dem Kopf. Immer wieder hatte er die blonde Mähne und die engen Jeans vor Augen. Was hatte sie eigentlich gewollt? War ein Bordellbesuch heutzutage tatsächlich noch so ein Skandal, dass man die eigene Firma schädigte, weil man damit erpresst wurde? Und wer profitierte davon? Luca fiel wieder ein, wie Laura Winter auf die Namen Schwarz und Immendorf reagiert hatte. Die Worte »Halsabschneider« und »Korruption« waren gefallen. Was waren das für Entscheidungen, die dem Unternehmen schadeten? Vor lauter Grübeln vergaß er beim Einkauf für die kommende Woche die Milch. Ein ordentlicher Cappuccino war jedoch so unentbehrlich, dass er noch mal lostigerte. Zum Glück fiel ihm im Supermarkt noch ein, dass auch die Butter zur Neige ging.

2

Am Nachmittag hatte die Grübelei endlich ein Ende, weil er sich unter Willis kritischem Auge auf Empi-Uchi, den Ellenbogenschlag und die Kombination verschiedener Atemi-, Wurf- und Haltetechniken konzentrieren musste. Dann hielt Willi wieder einen seiner berühmten Vorträge. Dieses Mal ging es um »Mushin no kokoro«, einen philosophischen Leitsatz aus dem japanischen Bushido, was so viel heißen sollte wie »den Geist befreien«.

Der Geist des Kämpfers muss leer werden, um in einer Situation oder einem Kampf unabhängig und damit richtig reagieren zu können. Nur so kann eine Reaktion mit der richtigen Technik erfolgen. Weil sonst die Entscheidungen durch

Angst oder Wut oder andere Emotionen beeinflusst werden. Angst lähmt, Wut verführt zu überstürztem Handeln. Nur wenn der Geist leer ist von allen Gedanken und Emotionen, dann wird die Fähigkeit des Körpers zur automatischen Reaktion auf einen Angriff nicht gestört. Dann erst ist »Kan ni hatsu o irezu« möglich: »Kein Raum, nicht einmal für ein einziges Haar«, wie Willi fast salbungsvoll referierte. »Zwischen dem Erkennen einer Situation und dem entsprechenden Handeln im Kampf darf keine Zeit verstreichen. Es soll kein Zögern herrschen.«

Luca verstand sehr wohl, worum es da ging. Vor einigen Jahren hatte er mal eine Situation erlebt. Er und Andreas Bialas waren nichtsahnend in einer Wohnung auf illegale Bauarbeiter gestoßen. Und plötzlich hatte einer von ihnen ein Messer in der Hand, das auf Luca zusauste. Lähmende Angst war es gewesen, die ihn zur Salzsäule hatte erstarren lassen, unfähig, auch nur eine der Selbstverteidigungstechniken anzuwenden, die er bis dahin ja auch schon immer fleißig geübt hatte. Wäre da nicht ein anderer Arbeiter gewesen, der dem Messerstecher in den Arm gefallen wäre – es hätte richtig böse ausgehen können. Bialas hatte die Situation dann sehr schnell mit Dienstwaffe und Handschellen in den Griff bekommen, bevor Schlimmeres passieren konnte. Doch tagelang war Luca fassungslos seiner eigenen Unfähigkeit gegenübergestanden. Er hatte Willi davon erzählt, der danach immer wieder mal Spontanangriffe auf ihn verübte und schon damals etwas vom leeren Geist daherredete, ohne dass Luca begriffen hätte, worum es da ging.

Mittlerweile verstand er durchaus, dass Angst, Panik, Wut, Hass und Aversionen verdammt schlechte Ratgeber im Kampf, ja eigentlich in jeder Art von Auseinandersetzung waren. Doch wie man den Geist leer bekommen sollte, das war ihm vollkommen schleierhaft. Und wenn man Willi danach fragte, dann sagte der nur: »Durch unablässiges Üben«. Doch was und wie man üben sollte, konnte er einem doch nicht richtig sagen.

Nach dem Training ging Luca mit zwei seiner Kämpfer-Kollegen rüber in den Neuen Pfefferer, auch wenn die beiden nicht unbedingt seine Freunde waren. Er hatte null Bock, sich zuhause noch irgendetwas zu kochen. Çelik hatte sich wieder schnell verabschiedet, um zu seiner Freundin zu kommen. Sie philosophierten eine Weile über Willis leeren Geist, wobei der eine überhaupt nichts damit anzufangen wusste und das alles für Humbug hielt, während der andere großspurig die Zen-buddhistische Philosophie erläuterte, nach der alle Vielfalt nichts anderes als Illusion sei und alles nur der eine leere Geist sei, den man einfach wiederfinden müsse.

Beide – das war Luca vollkommen klar – hatten noch nie eine Situation erlebt, in der sie dafür gebetet hätten, automatisch richtig zu reagieren und die Kampftechniken tatsächlich einzusetzen, die sie übten, egal ob mit leerem Humbug-Geist oder Zen-buddhistischer Verklärung.

Am Nebentisch hatte inzwischen eine Truppe Platz genommen, die großspurig die miserablen Leistungen des VfB erörterten und genau wussten, was Jürgen Kramny alles falsch machte. Einige Gesichter kannte Luca. Es waren Leute, die in dem Fitness-Center weiter oberhalb der Straße regelmäßig trainierten. Die Unterhaltung war so rücksichtslos laut, dass sie die philosophische Erörterung von Willis Vortrag vergessen konnten.

Luca war froh, als das Essen kam, und noch froher, als er bezahlen und gehen konnte.

Leider führte die Einsamkeit wieder zu der Fata Morgana von Katzenaugen und stramm sitzenden Jeans und zu den elenden Gefühlen der Einsamkeit.

Am Sonntag machte Luca nicht denselben Fehler wie letztes Wochenende. Er wusch selbst seine Klamotten, nahm sich die Zeit, ein richtig leckeres Risotto zu kochen, so wie er es mochte, mit Schinken, Rucola und viel Parmesan.

Er blätterte am Nachmittag in ein paar Polizei-Fachblättchen herum, um auf dem Laufenden zu bleiben, und hörte die alten Gassenhauer von Lucio Dalla und Francesco De Gregori, die ihm irgendwie nie über wurden. Dann schaute er sich den Tatort an, der zum Glück so jenseits jeder Realität war, dass er sich gar nicht erst über die absurden Ermittlungsmethoden aufregen musste. Und verwoben mit dem allem blieb die Leere und Einsamkeit, verstärkt durch das Bild einer verdammt attraktiven Frau, von der er nicht mal wusste, ob sie überhaupt noch frei war, und von der er ohnehin die Finger lassen musste.

Montag, 25. April

1

Ihnen waren die Hände gebunden. Solange die Leute von der Organisierten Kriminalität kein grünes Licht gaben, konnten sie weder DNA-Proben einholen noch Automobilmanager oder Prostituierte oder potenzielle Zuhälter oder Bordellbesitzer vernehmen. Blieb also nur, die Aktenführung aufs Laufende zu bringen. Was Luca denn auch mit aller Gründlichkeit tat. Trotzdem wurde es ihm zum ersten Mal in seinem Berufsleben langweilig.

Pia recherchierte zwar noch ein bisschen herum, um doch noch etwas mehr über Schwarz, Immendorf und Winter zu erfahren, kam aber nicht viel weiter. »Sind beide bisher aus Polizeisicht nicht in Erscheinung getreten. Bis auf ein paar saftige Punkte von Immendorf in Flensburg. Der fährt wohl gerne ein bisschen zu schnell. Ansonsten: Blackbox. Außer dem Artikel, in dem Schwarz als harter Hund bezeichnet worden ist, gibt's überhaupt nichts in den Medien über die. Nix bei Facebook oder Twitter. Bei LinkedIn haben sie Einträge. Aber zumindest die Infos, an die man problemlos rankommt, sind ziemlich langweilig. In den geschützten Bereich müsste man sich reinhacken. Kriegen wir da ne Genehmigung?«

»Kannst du vergessen.« Luca winkte ab. »Da müssten die WiKri-Leute vom LKA zustimmen.«

»Die beiden Maschinenmenschen? R2-D2 – so hieß doch der eine dicke bei Star Trek, dieser kleine steife Roboter mit dem astronomischen Datenspeicher. Und das Goldpüppchen. C-3PO, das zu viel quasselt und alle kirre macht. Gell, ich kenn mich aus.« Sie grinste breit.

Luca überlegte, ob er sie darüber aufklären sollte, dass es sich mal wieder um Star Wars handelte, und dass es bei Star Trek nur funktionale Roboter und Androiden gab. Er ließ es sein, es hatte ja doch keinen Zweck.

Pia hatte auch begonnen, die Langenfelder-Gruppe unter die Lupe zu nehmen. Doch wie Marinescu schon gesagt hatte: Dietmar Langenfelder, der Boss des Ganzen, tauchte praktisch nie in der Öffentlichkeit auf. Alles, was sie herausbekam, war, dass die Langenfelder GmbH & Co. KG über sechstausend Mitarbeiter weltweit hatte und praktisch jeden größeren Automobilhersteller in Europa mit Abgasanlagen und Katalysatoren belieferte.

Luca nahm sich die anderen Unternehmen vor. Über die Neckarsburger Auto-Union gab es natürlich jede Menge Informationen in den Medien. Da ging es jedoch in erster Linie um den Abgasskandal bei VW und inwieweit das Tochterunternehmen da auch Dreck am Stecken hatte. Klar war, dass natürlich auch in die NAU-Fahrzeuge die betrügerische Software eingebaut worden war. In den USA mussten alleine 85 000 Dieselfahrzeuge von der NAU zurückgerufen werden. Interessant fand Luca, dass es wohl die NAU-Werke in Bayern waren, die sich als erste darüber Gedanken gemacht hatten, wie man die lästigen Grenzwerte austricksen konnte.

Über KATA-Technik gab es nur ein paar nichtssagende Wirtschaftsmeldungen. Und die Winter CatMaterials GmbH & Co. KG tauchte lediglich in einen längeren Artikel in einem sehr speziellen Fachmagazin auf, in dem es um irgendein patentiertes Verfahren für Nano-Materialien ging.

Pia hatte sich mittlerweile einem anderen Thema zugewandt. Sie recherchierte wie eine Besessene alles, was sie in den polizeilichen Datensystemen und über das Internet über die United Tribuns und den Nobelschuppen »FKK- und Sauna-Club Serail« in Echterdingen finden konnte.

Sobald ihr etwas unterkam, das sie spannend fand, unterbrach sie Luca bei seiner Arbeit und teilte sich ihm lauthals mit. Zum Beispiel, dass das Serail im Durchschnitt jeden Tag von etwa hundertfünfzig Männern besucht wird. »Gilt als schick bei Fußballprofis, der Laden. Und bei Geschäftsleuten. Wenn das Geld mal nicht für Lustreisen nach Budapest oder sogar nach Jamaika reicht, dann laden deutsche Versicherungen ihre Top-Vertreter auch mal ins Serail ein.«

»Alle deutschen Versicherungen?« fragte Luca kritisch.

»Bei einer ist es aufgeflogen«, grinste Pia. »Ein Schienenhersteller ist mit seinen Kunden von der Bahn lieber in ein Berliner Nobel-Bordell gegangen. Fünfunddreißig mal. Hat mindestens siebzigtausend Euro dafür ausgegeben. Ich bin mal gespannt, was im Serail nach der Razzia so alles rauskommt.«

Sie stand auf und baute sich vor Lucas Schreibtisch auf. »So, und dann haben wir im Serail Tag für Tag hundertfünfzig notgeile Männer, die von etwa vierzig Frauen bedient werden müssen. Da hat dann jede an jedem Tag in der Woche drei bis vier Freier zu befriedigen. Wenn mal viel los ist oder wenn sie mal freimachen, dann sind's wahrscheinlich fünf oder sechs. Fette und Dünne und Stinkende und Gemeine und was weiß ich was für Typen. Die musst du ranlassen an dein Allerheiligstes. Und ihr tut alle so, als wäre das ein ganz normaler Job.«

»Pia, hör auf! Sonst beantrag ich sofort deine Versetzung zur Sitte! Madonna mia, ich find das auch nicht toll, aber kann's halt auch nicht ändern!«

»Jaja, die Madonna, die Unbefleckte. Die braucht ihr auch. Und zum Ausgleich halt die gefallenen Mädchen.«

»Schluss jetzt. Du gehst mir langsam echt auf den Senkel.« Luca wurde plötzlich klar, dass er schon ganz schön abgestumpft war. Vor ein paar Jahren hatte er sich noch tierisch darüber aufgeregt, dass illegale Arbeiter selbst bei lebensbedrohlichen Krankheiten außer von ein paar völlig überarbeiteten Idealisten von keinem Arzt behandelt wurden. Jetzt nahm er solche Dinge eben hin. »Geh als Sozialarbeiterin meinetwegen zu ›La Strada‹. Aber als Kriminalpolizistin brauchst du da Distanz. Sonst bist du im falschen Beruf. Sonst gehst du dran kaputt.«

Pia verzog sich, halb beleidigt, halb resigniert, wieder hinter ihren Schreibtisch.

2

Dann stand plötzlich Andreas Bialas bei ihnen im Raum. Luca bemerkte schnell, dass der heute besser drauf war. Andreas zog einen der Besucherstühle heran und setzte sich.

»Wie läuft's bei euch?«

»Momentan zäh«, meinte Luca. »Wir müssen warten, bis die Razzia im Serail gelaufen ist. Wir halten Hanna auf dem Laufenden.«

»Und die hält mich auf dem Laufenden. Sie hat aber für ein paar Tage Urlaub genommen. Wir kommen gerade auch nicht weiter.«

»Gar nichts Verwertbares bei dem Massen-Gentest?«

Bialas schüttelte den Kopf. »Die Verweigerer haben wir jetzt alle durch. Zwei haben doch noch eingewilligt. Ergebnis: Negativ. Und die anderen haben ein stichhaltiges Alibi. Wir sind quasi am Ende unseres Lateins.« Er wirkte resigniert und müde.

»Wie ist das eigentlich?«, fragte Pia, die aufmerksam zugehört hatte. »Dieser Gentest – ist der auch auf dem Fasanenhof durchgeführt worden?«

»Natürlich«, meinte Bialas.

»Und in Möhringen ja sowieso – oder?«

»Worauf wollen Sie raus?«

»Ach nichts … Wollte ich nur mal wissen.«

Bialas sah sie nachdenklich an. Dann stand er auf. »Wenn ihr noch Leute braucht – meldet euch bei mir. Wir verkleinern die Soko Körschtal. Zumindest solange sich nicht ein neuer Ansatzpunkt ergibt. Wir versuchen, bei XY reinzukommen. Dann sieht's wieder anders aus. Aber im Moment …«

»Wie gesagt: Wir sitzen auch in der Warteschleife.« Luca hob ratlos die Hände. »Da sitzen jetzt die Leute von der OK und der WiKri am Drücker.«

»Lasst euch von denen nicht das Heft aus der Hand nehmen«, meinte Bialas im Hinausgehen. Plötzlich wandte er sich an Pia: »Und Sie, Frau Grampp, Sie passen ein bisschen auf diesen Kollegen auf.« Er deutete auf Luca. »Dass der seine Hormone im Zaum hält.«

Pia riss den Mund auf und starrte Bialas staunend an.

»Es gibt da eine sehr hübsche Zeugin, von der er seine Finger lassen sollte«, setzt Bialas hinzu und verließ das Büro.

»Was war das jetzt?«, fragte Pia entgeistert, als sich die Tür geschlossen hatte. »Wen meint der?«

Luca erzählte ihr, wie Laura Winter plötzlich vor dem Präsidium gestanden hatte. »Ich weiß nicht, was Andreas gesehen haben will. Ich hab mich ganz normal mit ihr unterhalten.«

»Und ich dachte schon, der meint, du baggerst mich an.«

»Ich dich anbaggern?« Luca war ehrlich empört.

»Meinst du, das würde mir gefallen?« Auch für sie schien der Gedanke vollkommen abwegig zu sein.

»Na, dann hätten wir das ja geklärt.«

»Und was wollte die Winter von dir?« Auch Pia ging zur Tagesordnung über.

Luca überlegte, ob er die Kollegin einweihen sollte. Vielleicht war das besser, wenn er ohnehin schon ohne Zeugen mit ihr gesprochen hatte. Er erzählte, wie sie über den Verdacht erzählt hatte, ihr Vater würde erpresst.

»Und sie hat nicht gesagt, womit er erpresst wird?«

»Das weiß sie wohl selbst nicht.«

»Vielleicht wollte ja die tote Luba Petkova ihren Schnitt mit ihm machen. Und da hat er sie umgebracht.« Pia wurde ganz aufgeregt. »Auf jeden Fall müssen wir mit der noch mal reden. Die muss kommen.«

»Die kriegst du nicht hierher, Pia. Und wir haben rein gar nichts, um sie durch den Staatsanwalt einzubestellen.«

»Dann gehen wir zu ihr hin. Irgendwas ist da faul. Wir müssen doch wissen, was dieser Wolfgang Winter tut oder lässt. Irgendetwas, was komisch ist, was er sonst nicht machen würde. Sonst wäre seine Tochter nicht zu dir gekommen. Oder wir laden den alten Winter noch mal vor.«

»Wir dürfen vor der Razzia gar niemanden vorladen oder vernehmen.«

»Die Tochter schon. Das kriegen die Sieg und die Marinescu doch gar nicht mit.« Pia wurde bockig.

»Wir warten ab, bis das Labor das Ergebnis von der Speichelprobe von Winter geliefert hat«, entschied Luca.

Dienstag, 26. April

Das Ergebnis kam am Dienstagnachmittag und war negativ. Die DNA von Wolfgang Winter stimmte weder mit einer der Spermaspuren überein, die sie an der toten Luba Petkova gefunden hatten, noch mit den Hautpartikeln an dem Tuch, mit dem sie erdrosselt worden war.

Pia war richtig enttäuscht. Dann fiel ihr ein: »Aber mit der Tochter von Winter, mit der können wir jetzt sprechen. Wir können ihr jetzt sagen, dass ihr Papa mit den beiden anderen Namen auf dem Zettel stand. Vielleicht kriegen wir da ja noch was raus. Irgendwie müssen die ja mit der Toten in Verbindung gestanden haben.«

Sie kramte in den Akten herum, schließlich fand sie wohl, was sie gesucht hatte. Sie nahm den Telefonhörer und wählte. Sie nannte nur ihren Namen, als am andern Ende abgenommen wurde

»Also, ich müsste Frau Winter sprechen … Nein, das ist eine private Angelegenheit. Das müsste Frau Winter schon selbst entscheiden … Ja, ich warte … Ja, Sie waren doch am Freitag bei meinem Kollegen. Und da müssten wir Sie noch etwas fragen … Nein. Sie müssen nicht hierher kommen. Der sitzt mir gegenüber. Wollen Sie mit ihm sprechen? Wir machen doch keine Vernehmung. Sie haben offensichtlich eine Sorge, und die greifen wir auf, weil wir uns davon auch für unsere Arbeit etwas versprechen … Nein, wir müssen auch nicht zu Ihnen in dem Betrieb kommen. Sie sagen, wo wir uns treffen können. Und wir kommen dorthin.«

Irgendwann hatte sie Laura Winter tatsächlich weichgeklopft.

»Sie will es sich überlegen. Sie sagt uns Bescheid, wo wir hinkommen sollen. Ich glaub, die hat irgendetwas auf dem Herzen. Die will mit uns reden.«

Luca war es nicht wohl in seiner Haut. Sobald Nicole Marinescu oder Gertrud Sieg oder gar Andreas Bialas von dieser Aktion erfuhren, würde es Ärger geben.

»Ich pass schon auf dich auf«, meinte Pia.

»Das fehlt mir noch, dass der Youngster in Dezernat meinen Aufpasser spielt.«

»Ich hab dafür den offiziellen Auftrag vom Chef.« Wie Pia grinsen konnte! Ihre schmalen Lippen bildeten einen Strich vom einen Ohr bis zum anderen.

Mittwoch, 27. April

Mitte der Woche kam endlich die richterliche Genehmigung einer Hausdurchsuchung im FKK- und Sauna-Club Serail, in einem weiteren kleineren Bordell in Villingen-Schwenningen und in einer Reihe von Privatwohnungen.

Gertrud Sieg war trotzdem sauer. »Irgendjemand beim Amtsgericht torpediert die Sache. Da muss es heiße Auseinandersetzungen gegeben haben. Da hat jemand bis zum Schluss versucht, diese Razzia zu verhindern. Mein Staatsanwalt hat fast die Krise bekommen.«

Doch die Genehmigung war da. Und damit begann eine aufgeregte Geschäftigkeit.

Die so coole Gertrud Sieg war plötzlich angekurbelt wie ein Aufzieh-Äffchen. Sie düste quer durchs ganze Präsidium, forderte überall Akten an, berief kurzfristige Meetings für den Informationsaustausch ein und gab Anweisungen.

Luca wurde jetzt erst richtig bewusst, dass eine ganze Phalanx von verdeckten Ermittlern bereits über lange Zeit Observationen durchgeführt hatte. Ein Mobiles Einsatzkommando hatte in Zusammenarbeit mit bosnischen und rumänischen Ordnungskräften durch Telefonüberwachung, vereinzelt sogar Abhöraktionen, Hinweise darauf zusammengetragen, dass reihenweise Frauen in Rumänien mit Versprechungen auf lukrative Jobs angeworben worden waren. Was für Jobs das waren und für wen sie lukrativ waren, stand auf einem anderen Blatt.

Bakir Sušić jedenfalls ging es blendend. Die Goldkettchen, die dicke Rolex und die schicke Eigentumswohnung waren nur die Spitze des Eisbergs. Einen Fuhrpark mit einem Porsche Cayenne, einem BMW X5, einem Ferrari Spider und ein paar weiteren Luxus-Wägelchen nannte er ebenfalls sein Eigen. In Villingen-Schwenningen besaß er ein komfortables Zweifamilienhaus. Und Pia war besonders beeindruckt von den Bildern seiner völlig überdimensionierten Villa in einem kleinen Kaff in Bosnien. Fotos zeigten einen verschachtelten Bau im Stil amerikanischer Südstaaten-Villen, der ganz und gar nicht zu bosnischer Kultur und Landschaft passten.

Einige Gangmitglieder waren in den Akten aufgelistet, mit Personalien und teilweise auch Fotos. Es waren alles die gleichen Anabolika-Mutanten wie der Chapter-Häuptling selbst. Die bisherigen Ermittlungen legten nahe, dass jeder ein paar Frauen hatte, die für ihn anschaffen gingen. Und Sušić bekam von deren Einnahmen wiederum eine anteilmäßige Provision.

Eine Frau aus Villingen-Schwenningen, deren Identität selbst vor den Kriminalbeamten geheimgehalten wurde, war wohl bereit, als Kronzeugin aufzutreten. Ihre Aussagen ließen erahnen, mit welchem brutalem Zwangsregime die Frauen gefügig gemacht wurden. Sie war zuvor schon als Prostituierte unterwegs gewesen, hatte sich dann von Bakki belabern lassen, der ihr mehr Schutz vor übergriffigen Freiern und eine super bezahlte Arbeit in einem Nobel-Schuppen versprochen hatte. Die Realität war, dass sie jahrelang regelrecht eingesperrt wurde und nur mit der Zustimmung des Zuhälters das Etablissement verlassen durfte. Zehn bis sechzehn Freier am Tag hatte sie zu bedienen, auch dann, wenn sie krank war. Als sie einmal aufmuckte, ließ Bakki sie brutal zusammenschlagen. Das Geld, das sie von den Freiern bekam, wurde ihr umgehend abgenommen. Um die 500 Euro, manchmal mehr, manchmal weniger, bekam sie monatlich als eine Art Taschengeld, von dem sie jedoch sämtliche Kosmetika und die Arbeitskleidung, die Reizwäsche, die High Heels und die Kondome bezahlen musste.

Gertrud Sieg wies Luca und Pia an, noch einmal die Fakten rund um den Mordfall zu dokumentieren, um sie allen Beteiligten zur Verfügung zu stellen. Die beiden taten dies auch brav.

Doch das alles interessierte dann eigentlich niemanden mehr richtig. Bei der großen Lage- und Aktionsbesprechung, in der die Durchsuchungen bis ins Detail vorbereitet wurden, spielte der Mord keine Rolle mehr. Es ging um Strategie und Taktik beim Einsatz von nahezu 200 Polizeibeamten und die zeitgleiche Durchsuchung von mehreren Objekten in verschiedenen Städten. Mehr als vierzig Beamte, Gruppenführer der Bereitschaftspolizei, der Verdeckten Ermittler, zwei Staatsanwälte, Kriminalbeamte der Abteilung Organisierte Kriminalität, vom Dezernat für Sexualdelikte und von der Inspektion Wirtschaftskriminalität am Landeskriminalamt saßen in dem großen Lagebesprechungsraum des Präsidiums zusammen. Das Dezernat für Kapitaldelikte war ganz alleine durch Luca und Pia vertreten. Selbst Frenzel hatte sie im Stich gelassen. »Ich glaube, ich würde da nur stören«, hatte er gemeint. »Diese paramilitärischen Aktionen sind einfach nicht mein Ding.«

Nicole Marinescu dagegen hatte Rudolf Kuhnert, drei weitere Mitarbeiter und eine lange Liste mit Wünschen mitgebracht, was beschlagnahmt werde sollte, damit sie die Korruptionsvorwürfe erhärten konnte. Für Gertrud Sieg war oberstes Ziel, die Abhängigkeit der Frauen von ihren Zuhältern zu beweisen und die Geschäftskontakte zwischen den Gangmitgliedern und dem Besitzer des Serails, Harald Ruthenau, aufzudecken. Die Vernehmung der Frauen, die sie bei der Razzia antreffen würden, übertrug Gertrud kurzerhand an Enderle und sein Dezernat für Sexualdelikte. Auch hier hatten die Kapitaldelikte nichts zu melden.

Luca stellte erstaunt fest, dass er kaum wagte, die toughen Ladies einzubremsen. Da sollte noch mal einer sagen, die Polizei sei noch immer männlich dominiert.

Alena

Der Mann war im Haus. Die andern hatten es ihr gesagt. Schon der Gedanke an ihn versetzte sie in Panik.

Am Anfang hatte man sie in ein Bordell in einer kleineren Stadt gebracht. Außer einem Raum mit einer Bar gab es dort nur Ein-

zelzimmer. Alles war ein wenig heruntergekommen, einschließlich der Männer, die sie bestiegen. Manchmal war Alena schlecht geworden vom Gestank und den Fettwänsten der Kunden.

Als man sie dann ins Serail gebracht hatte, dachten Ludmilla und sie, es würde besser. Hier war alles sauber. Die Männer waren gepflegter und mussten sogar duschen, bevor sie zu den Frauen gingen. Doch die Reichen und Mächtigen benahmen sich zum Teil noch schlimmer und rücksichtsloser als die armen Schlucker in dem kleinen Bordell im Schwarzwald. Sie meinten, sich mit ihrem Geld alles erlauben zu können. Sie benutzten oft keine Kondome, diese dünnen Häutchen, mit denen man sich doch noch der Illusion einer Grenze zwischen dem intimsten Bereich ihres Körpers und den Männern hingeben konnte. Im sauberen Serail war Gruppensex der große Renner, bei dem man keinerlei Einfluss mehr darauf hatte, wer einen bestieg, während andere Männer ungeniert zuschauten und sich daran aufgeilten. Die Scham, die sie dabei empfand, wurde nicht geringer mit der Zeit. Niemand, auch nicht der feine Herr Ruthenau, fand etwas dabei, als ein Mann Mirena mitten im großen Saal zwischen die Beine fasste, ihr den Finger in die Scheide rammte und sich an ihrem Entsetzen und ihrer Qual ergötzte. Und es gab Männer wie jener, der heute wieder im Haus war, die mit ihnen Sachen machten, die sie keiner Ehefrau und keiner Freundin zumuten würden und die sich keine normale Frau gefallen lassen würde.

Er kam nicht. Mirena sagte ihr später, er hätte einen furchtbaren Streit mit Ruthenau gehabt und sei mit wutverzerrtem Gesicht abgezischt. Eigentlich sagte ihr Mirena gar nichts. Sie hätte sie auch kaum verstanden. Rumänisch war nun doch sehr viel anders als Deutsch oder die slawischen Sprachen.

Mirena spielte es ihr vor. Und sie spielte gut. Alena hätte ihr das gar nicht zugetraut.

Der Kelch war für heute an ihr vorübergegangen. Alles, was heute kam, war weniger schlimm.

Donnerstag und Freitag, 28. und 29. April

Die Nebenrolle blieb ihnen. Die Zeit bis zur Hausdurchsuchung mussten sie fast totschlagen. Pia machte denn auch am Donnerstag und am Freitag relativ früh Schluss und meinte, jetzt komme sie endlich mal früher in den Stall.

»Gehst du Kühe melken?«, fragte Luca boshaft.

Pia verzog den Mund und grunzte: »Ich geh reiten.«

Die schmächtige Pia auf einem hochbeinigen Pferd? Das konnte sich Luca gar nicht richtig vorstellen. Er selbst war auf Sizilien mal geritten und hatte sich dem Tier völlig ausgeliefert gefühlt.

Auch Luca konnte Ende der Woche ein paar Überstunden abbauen. Es war einfach nichts zu tun. Doch dass der Mord so gar keine Rolle mehr spielte, ging ihm gegen den Strich. Er besuchte Enderle im Dezernat für Sexualdelikte.

»Sie müssen Ihre Leute briefen. Die Kollegen, die die Frauen vernehmen. Vor allem diejenigen, die in dieser Wohnung auf dem Fasanenhof leben. Da müssen gezielt Fragen gestellt werden in Bezug auf die Mordnacht.«

»Ach wisset Se. Wir haben des schon so oft gemacht. Wir wissen, wie wir mit denne Mädle umgehen müssen«, antwortete der nur, ohne Luca überhaupt richtig zuzuhören.

»Aber das ist doch eine besondere Situation«, meinte Luca ungehalten. Er legte dem Kollegen eine Liste mit den Namen der Bewohnerinnen der Fasanenhof-Wohnung auf den Schreibtisch und eine Reihe von Fragen, die die Ermittler diesen Frauen stellen sollten.

»Setzt ihr Dolmetscher ein?«, wollte er wissen.

Enderle sah ihn abwesend an und meinte: »Also, normalerweise könnet mir uns gut auch so mit dene Damen unterhalten.«

»Gehen Sie die Fragen mit Ihren Leuten durch? Kann ich mich darauf verlassen?«

Enderle sah sich die Listen kurz an und nickte. Ob das wirklich klappen würde – da war sich Luca absolut nicht sicher.

Alena

Wenn es irgendwie möglich war, ließ sie sich hier unten Zeit. Wenn die andern alle fertig waren, geduscht hatten und geschminkt waren und das bisschen Fummel angezogen hatten, das man ihnen gerade noch zugestand, dann hatte sie hier in den Umkleideräumen ein paar Minuten für sich alleine. Sie brauchte das, um nicht völlig vor die Hunde zu gehen. Selbst in der Wohnung hatte sie ja keine Privatsphäre mehr, seit sie nicht mehr gemeinsam mit Ludmilla in dem Zimmer wohnte. Um nichts in der Welt hätte sie dort noch schlafen wollen. Den beiden, die jetzt dort wohnten, machte es nichts aus.

Irgendwann würde sie von den Damen schimpfend herausgeholt, die angeblich ihre Sozialarbeiterinnen waren, und nach oben geschickt. Aber solange die Männer davon nichts mitbekamen, versuchte sie immer wieder, ein paar dieser wertvollen Minuten herauszuschinden.

Sie wunderte sich schon, dass keine der Aufpasserinnen auftauchte, als sie auf dem langen Gang vor den Frauenräumen laute Männerstimmen hörte.

»Hier, da drinnen.« Das war offensichtlich Ruthenau. »Hier muss alles raus.«

Die Männer machten sich in einem der Räume zu schaffen, die vom Gang abgingen und immer geschlossen waren. Ruthenau blieb an der Tür stehen und gab Anweisungen.

»Das kommt in meinen Wagen. Die Anlagen ladet ihr auf den Transporter. Das kommt erst mal zu mir ins Büro.«

Dann sprach er jemanden an: »Amir, dein Pferdchen, Kalina, die muss weg.«

Es war Ándscheo, der antwortete: »Warum? Du verdienst gutes Geld mit ihr. Und ich auch.«

»Die Aufnahmen sind schon wieder aufgetaucht. Und ich geh davon aus, dass die da mit drauf ist. Ich will hier kein Risiko. Schaut, dass ihr sie irgendwo anders unterbringt.«

»Aber hier bekommen wir am meisten für sie. Hier legen die Leute was hin für so ein leckeres Schnittchen.«

»Dann steckt sie doch in einen eurer Flatrate-Läden. Da bringt sie über den Tag gesehen genauso viel. Nein, lasst euch was einfallen. Die muss hier weg.« Die Stimme Ruthenaus war so herrisch, dass Ándscheo darauf offenbar nichts zu erwidern wusste.

Eine Weile waren die Männerschritte und -stimmen noch zu hören. Dann wurde der Raum wieder verschlossen, und auf dem Gang wurde es still.

Noch eine Weile kauerte sie sich auf einer Bank zusammen, bevor sie doch nach oben ging. Sie wusste, was ein Flatrate-Bordell war. Im Zwanzigminutentakt musste man Männer befriedigen, und das oft über viele Stunden. Sie würde so etwas nicht aushalten. Dann würde sie lieber ein Ende machen …

Samstag, 30. April

Es gibt keinen besseren Zeitpunkt als die Nacht von Samstag auf Sonntag, um in einem Puff eine Hausdurchsuchung durchzuführen. Der Laden war proppenvoll.

Kurz vor zwölf fuhr vor dem Serail in Echterdingen eine Armee von Polizei- und Zivilfahrzeugen auf. Über achtzig Bereitschaftspolizisten und fast noch einmal so viele Beamte aus verschiedensten polizeilichen Behörden, Abteilungen und Dezernaten schwärmten in dem großen Gebäude aus, nachdem ein Staatsanawalt einem der Gorillas den Durchsuchungsbefehl unter die Nase gehalten hatte.

Luca hatte als junger Polizist kurz nach der Ausbildung als Mitglied der Hundertschaft schon mal eine größere Hausdurchsuchung mitgemacht. Da war es um ein Spielcasino gegangen, in dem auch illegale Glückspiele angeboten worden waren. Aber das was er jetzt erlebte, war selbst für ihn etwas Neues.

Nachdem die Bereitschaftspolizisten in die Räume vorgedrungen waren, erfüllte sich das ganze Gebäude mit weiblichem Gekreische und fluchenden Männerstimmen. Luca, der zunächst mit den Kollegen von der »Sitte« abwartete, bis das Terrain gesichert war, beobachtete fast mit Erstaunen, wie das normale Neon-Deckenlicht in den Räumen anging und die zuvor rot beleuchteten orientalischen Ornamente sich plötzlich als billige Gipsformen entpuppten. Der große Saal, der quasi öffentliche Bereich mit Bar, Tabledance-Bühne mit Stangen und Loungemöbeln in kleinen Nischen, verlor ohne das Schummerlicht plötzlich jede Erotik.

Luca und Pia gingen nach der Sicherung des Gebäudes mit den Kollegen von Raum zu Raum, um die Frauen einzusammeln, die sie befragen wollten. In einem Separee liefen Pornos. Ein Gang führte zu der Sauna und den Whirlpools sowie zu weiteren Klubräumen mit Bars und riesigen Polsterflächen, die offenbar für größere Partys mit Gruppensex gedacht waren. Auch die Frauen, die in diesen Bereichen tätig waren, brachte man zunächst einmal in den großen Saal mit der Bar und den Loungemöbeln. Enderle wollte sie, bewacht von uniformierten Kollegen und Kolleginnen, erst mal warten lassen.

Pia, die bisher mit offenem Mund und wortlos durch die Räume gewandelt war, wurde plötzlich laut. »Sie können die doch nicht so hier sitzen lassen«, beffte sie Enderle an. Die Frauen waren nicht angezogen. Manche hatten gerade mal ein oder zwei Teile Reizwäsche am Leib, andere waren immer noch vollkommen nackt und saßen mit zusammengekniffenen Beinen, die Arme überm Schoß oder der Brust, auf Barhockern und in Sesseln herum.

Auch Luca hatte ein ungutes Gefühl. Enderle hatte etwa ein Dutzend Kollegen in seiner Truppe, zum guten Teil auch aus dem Dezernat für Sexualdelikte an der Kriminalpolizeidirektion in Esslingen, das für Leinfelden-Echterdingen und damit für das Serail zuständig war. Er hatte auch beobachtet, wie diese Leute den Chef des Großbordells begrüßt hatten, und das passte ihm nicht. Harald Ruthenau war zunächst nicht da gewesen. Er kam erst eine halbe Stunde nach Beginn des Einsatzes. In edlem Zwirn und mit Schawatte, diesen bescheuerten Männerschals, die schon wieder nicht mehr modern waren und die Luca sich nie und nimmer um den Hals gebunden hätte. Der Chef des Serails sah gar nicht mehr jovial aus, sondern beobachtete die Szenerie wie ein misstrauisches Krokodil, das lauernd im Wasser lag. Doch ein paar der Esslinger Kollegen schienen sehr vertraut mit ihm zu sein. Man hatte sich die Hände geschüttelt, einer riss Witze, die anderen lachten.

Der Umgang mit den Frauen war dagegen eher abschätzig. Erst als auch Luca darauf bestand, dass die Prostituierten von uniformierten Kolleginnen in die Umkleideräume gebracht wurden und angezogen wieder im großen Saal erscheinen sollten, gaben Enderle und seine Sexualdeliktler entsprechende Anweisungen.

Während Pia mit in die Umkleiden ging, nutzte Luca die Zeit und ging in den hinteren Bereich des ehemaligen Bürohauses, wo auf mehrere Stockwerke verteilt die individuellen Beischlafzimmer verteilt waren. Die meisten Türen standen offen. Vereinzelt klopften die Bereitschaftspolizisten noch an und sagten fast brüllend ihren Vers auf: »Hier ist die Polizei. Bitte ziehen Sie sich sofort an, bleiben Sie im Zimmer und halten Sie Ihre Papiere bereit.«

In anderen wurden die Dokumente bereits kontrolliert. Die Männer durften, nachdem sie sich ausgewiesen hatten, das Etablissement verlassen. Man notierte noch nicht einmal ihre Namen, weil dafür auch jede Handhabe fehlte. Es gab kein Gesetz, das einem Freier verboten hätte, jedes auch noch so unsittliche Dienstleistungsangebot von Prostituierten anzunehmen. Die Frauen, so hatte Enderle es verfügt, sollten dagegen erst mal auf ihren Zimmern bleiben und warten, bis sie vernommen wurden.

Luca kehrte in den großen Serail-Saal mit den pseudoarabischen Kitsch-Stuckaturen zurück. Hier hatten sich die Prostituierten wieder eingefunden, bekleidet zumeist mit einfachen Jeans und T-Shirts. Es waren, bis auf die übertriebene Schminke, die manche noch trugen, durchschnittliche junge Frauen, die in dem kühlen Neonlicht auf Luca nicht sonderlich erotisch wirkten.

Pia war ebenfalls wieder aufgetaucht. »Sechs von den Frauen, die in der Fasanenhof-WG wohnen, hab ich identifiziert«, meinte sie und hielt ihm die Liste mit den entsprechenden Namen vor die Nase. »Dann müssen fünf auf den Zimmern sein.«

Luca bat Enderle, diese sechs nacheinander zu befragen, sodass er bei jeder Vernehmung dabei sein konnte. Der nickte nur und schickte einen Teil seiner Truppe in die Einzelzimmer, um die Frauen dort zu befragen.

»Pia, du gehst da mit«, wies Luca die Kollegin an. »Schau, dass du die restlichen fünf noch findest. Und auch da muss die Kollegin bei jeder Vernehmung dabei sein, wenn es sich um Frauen aus der Tatort-Wohnung handelt«, sagte er so laut wie möglich an die Beamten von den Sexualdelikten gewandt. Auch die nickten. Aber so wirklich ernst schienen sie die Sache nicht zu nehmen. Pia hänge sich ihnen an die Fersen.

Luca stellte schnell fest, dass es ihm nicht gefiel, wie die Kollegen die Frauen befragten. Der Ton war eher despektierlich, die Befragungsart inquisitorisch, als hätten die Mädchen etwas ausgefressen. Schon die Tatsache, dass die Mehrheit von Enderles Leuten, ja sogar die Rumänisch- und Bulgarisch-Dolmetscher, Männer waren, prägte die Gespräche. Die Personalien wurden aufgenommen. Dann ging es um die Papiere und deren Echtheit. Die Herkunftsländer und Orte wurden überprüft. Die Reisewege nach Deutschland wurden akribisch abgefragt. Wer hatte ihnen geholfen, hierher zu kommen, und für wen arbeiteten sie hier? Welche Männer kannten sie hier in Deutschland und in welcher Beziehung standen sie zu ihnen? Bilder von Mitgliedern der United Tribuns wurden ihnen vorgelegt, die sie identifizieren sollten.

Wenn Luca dann bei seinen Kandidatinnen dazu kam, seine Fragen zu stellen, waren die Frauen bereits völlig eingeschüchtert. Wer in der Mordnacht wann gegangen und nach Hause gekommen war, konnte er noch ganz gut nachvollziehen. Doch sobald es um die soften Themen ging, um die Beziehungen der Frauen untereinander, um Konkurrenzverhältnisse oder um die Tote, ihre Eigenschaften, ihre Freund- und Feindschaften, waren die Frauen verstockt und ließen kaum etwas heraus. Nur das Bauernmädchen, das ebenfalls in den Gemeinschafträumen aufgegriffen worden war, sagte ihm, dass Luba Petkova und Kalina Stoikova nicht zu ihnen dazu gehört hätten. Sie seien aus einem anderen Land. Woher, wusste sie nicht. Sie hätten sich auch immer ferngehalten von den restlichen Bewohnerinnen. Die beiden seien wie Schwestern gewesen. Und sie machte eine Bemerkung, dass beide das gar nicht hätten machen wollen, was man von ihnen verlangt hätte.

»Wer hat das verlangt?«, fragte Luca.

»Na, die Männer«, übersetzte die Dolmetscherin, die Luca für sich gekrallt hatte.

»Welche Männer?«

Das Bauernmädchen schüttelte den Kopf und sagte nichts mehr. Sie hatte sichtlich Angst.

Pia rief ihn nun an, völlig außer sich. »Was die mit den Frauen machen, das ist unmöglich. Sie behandeln sie, als hätten die irgendetwas verbrochen. Die schüchtern die total ein. Und auf mich scheißen die doch. Ich bin denen nur lästig, diesen Sittenwächtern.«

»Kannst du bei allen Befragungen dabei sein, die für uns wichtig sind?«

»Ich kämpfe drum, aber hier sind über dreißig Zimmer. Und in fast jedem sitzt ne Frau. Ich hab bisher vier gefunden. Eine fehlt noch. Die müsste bei dir sein. Ich bin jetzt nämlich durch. Ich hab den Kollegen eingebläut, dass sie auf mich warten müssen, bis ich alle gefunden hab. Aber die haben trotzdem schon eine von unseren in die Mangel genommen.«

»Eine fehlt?«, fragte Luca. »Hier sind nur sechs. Definitiv. Hast du Kalina Stoikova, also Alena, gefunden?«

»Nein. Ist die nicht unten bei dir?«

»Such sie nochmal, Pia. Vielleicht warst du doch noch nicht in allen Zimmern.«

»Ich geh noch mal durch. Ich melde mich wieder.«

Luca hatte plötzlich ein ganz komisches Gefühl. Dass ausgerechnet Alena nicht da sein sollte? An einem solchen Abend, wo jede Frau gebraucht wurde und richtig Kohle einspielte? Er ging noch mal zu dem Bauernmädchen und fragte sie, ob sie wusste, wo Kalina Stoikova jetzt war. Doch sie schüttelte nur den Kopf. Ob sie nichts sagen konnte oder wollte, war schwer zu beurteilen.

Pia meldete sich wieder: »Ich hab mir ein paar Leute von der Bereitschaft geschnappt. Wir haben noch mal alles durchsucht. Keine Alena. Und rausgekommen ist sie mit Sicherheit auch nicht. Hier gibt's kein Schlupfloch mehr, das offen wäre.«

Wo war Alena?

Luca wurde nervös. Er verließ den Saal und ging nach draußen zu dem großen Befehlsfahrzeug, in dem der Einsatzleiter saß.

»Wir suchen dringend nach einer Frau, die hier normalerweise arbeitet. Könnten Sie mal Kontakt aufnehmen zu der Einheit, die die Wohnung im Fasanenhof durchsucht? Vielleicht ist die Frau ja einfach zuhause geblieben.« Vielleicht war Alena ja so krank, dass sie nicht arbeiten konnte.

Der Einsatzleiter nickte und nahm Kontakt zu den Kollegen am Fasanenhof auf.

»In der Wohnung ist niemand«, informierte er Luca.

»Porca miseria«, entfuhr es dem. Er ging zurück ins Serail, drängte sich zwischen den Kollegen hindurch, die kistenweise Ordner und Computer aus dem Serail schleppten, und ging noch einmal systematisch durch alle Räume des Hauses, die nicht für die Kundschaft zur Verfügung standen. Selbst jede Putzkammer hatte für die Polizei geöffnet werden müssen, was Ruthenau und seine Gorillas nur zähneknirschend hingenommen hatten. Luca ging von den Umkleideräumen und Duschen für die Frauen bis hinauf in die Büro- und Verwaltungsräume. Selbst im Keller schaute er noch einmal in jeden Winkel, obwohl kaum vorstellbar war, wie bei diesem Polizeiaufgebot und der systematischen Durchsuchung sich jemand hier noch verstecken konnte. Kalina Stoikova war mit an Sicherheit grenzender Wahrscheinlichkeit nicht in diesem Gebäude.

Luca ging frustriert zurück in den großen Saal des Serails. Natürlich hatten die Kollegen von der »Sitte« keine Rücksicht auf ihn genommen und die Befragungen weitergeführt. Er schnappte sich noch einmal drei der Fasanenhof-Bewohnerinnen und fragte nach Alena. Doch die Frauen waren entweder eingeschüchtert oder völlig gleichgültig. Er bekam keine halbwegs vernünftige Antwort.

Die Aktion nahm ihr Ende. Freier waren längst keine mehr im Haus. Jetzt konnten auch die Prostituierten eine nach der anderen nach Hause entlassen werden.

Pia hatte sich wieder zu Luca gesellt. Auch sie hatte praktisch nichts Neues erfahren, nichts, was ihnen bei der Aufklärung des Mordes an Luba Petkova weitergeholfen hätte. Sie waren beide müde und genervt. Luca wollte schon zum Aufbruch blasen, da meldete sich der Einsatzleiter noch einmal auf seinem Diensthandy.

»Die Kollegen oben am Fasanenhof haben gerade eine junge Frau aufgegriffen, die in die Wohnung wollte.«

»Wissen Sie, wie sie heißt?« Die Fasanenhof-WG-Frauen warteten alle noch vor dem Serail. Offenbar war ihr Fahrdienst noch nicht erschienen, und Luca vermutete auch, dass die Damen erst abgeholt werden würden, wenn die Polizei verschwunden war.

»Kommen Sie hierher und sprechen Sie selbst mit der Kollegin«, meinte der Einsatzleiter. Schnell gingen Luca und Pia zum Einsatzfahrzeug.

»Ich glaub, die versteht kein Wort Deutsch. Aber ihren Namen gibt sie mit Kalina Stoikova an. Papiere hat sie allerdings keine.« Es war eine warme Frauenstimme.

»Bringt sie zum Präsidium, in den Polizeigewahrsam.« Luca hatte plötzlich das Gefühl, dass dies die Gelegenheit war und die richtige Entscheidung. Auf jeden Fall konnten sie Alena so für einige Stunden in Schutzgewahrsam nehmen, vielleicht sogar, ohne dass irgendjemand in diesem Rotlicht-Sumpf es mitbekam. »Und bewahren Sie Stillschweigen darüber. Sie bringen die Frau sonst in erhebliche Gefahr.«

»Wir sind hier nur noch zu dritt«, meinte die Kollegin am Fasanenhof. »Außer uns hat niemand mitbekommen, dass die Frau hier aufgetaucht ist. Also keine Sorge. Die ist ja noch blutjung. Ich wette, die ist noch minderjährig.« Die Frau begriff wohl ungefähr, worum es hier ging.

Sonntag, 1. Mai

1

Zu gerne wäre Luca nach Hause gegangen und ins Bett gefallen. Doch er wollte mit Alena kurz noch sprechen, bevor man sie in eine der ungemütlichen Zellen des Polizeigewahrsams brachte.

Pia stellte er frei, heimzufahren. Aber auch sie wollte dabei sein, wenn sie die junge Prostituierte in Empfang nahmen.

Es wurde schon hell, als sie oben am Pragsattel ankamen. Alena war bereits abgeliefert und hinter Gitter gebracht worden. Es waren spartanische Zellen mit ihren schmalen, harten Betten, der Toilette und dem Waschbecken und einem blechernen Spind – Ausnüchterungszellen eben.

Pia setzte sich sofort zu dem Mädchen aufs Bett, nahm ihre Hand und redete beruhigend auf sie ein. Sie hatte ohnehin eine eher dunkle Stimme. Jetzt klang sie wie ein heiserer Kontrabass. »Sie müssen keine Angst haben. Heute Abend können Sie wieder gehen. Aber wir müssen Sie noch mal was fragen – wegen Luba Petkova. Am Nachmittag vielleicht. Schlafen Sie erst mal, versuchen Sie sich auszuruhen.«

Verstand die junge Frau, was Pia ihr sagte? Irgendwie hatte Luca den Eindruck, dass die Worte ankamen. Doch das Mädchen war völlig erschöpft. Sie mussten sie jetzt einfach mal in Ruhe lassen. Und selbst ins Bett gehen.

Als er schließlich in der eigenen Falle lag, war Luca so aufgedreht, dass er eine ganze Zeit lang nicht einschlafen konnte. Der Wecker riss ihn nach nur vier Stunden aus einem Tiefstschlaf. Aber es half alles nichts. Er musste Friedebald Frenzel erreichen und der wiederum den Richter in Bereitschaft informieren. Einen Dolmetscher brauchten sie, zumindest einen für Russisch, am besten eine Frau. Das alles musste in Angriff genommen werden. Und das an einem Sonntag, der dazu noch ein Feiertag war

Er erlebte Friedebald mal richtig muffig, weil der sich seinen Sonntag auch anders vorgestellt hatte. Doch als er am frühen Nachmittag im Präsidium aufschlug, machte er schon wieder Scherze.

»Na ja, es heißt ja Tag der Arbeit. Und Sie haben also die ganze Nacht mal im Puff verbracht. War es denn befriedigend?«

Luca brummte vor sich hin: »Absolut unbefriedigend. Die Sieg und die Marinescu, die hatten da ihren großen Auftritt. Für uns ist gar nichts rausgesprungen.«

Außer Alena, die sie jetzt in Ruhe noch einmal befragen konnten, und die mit Sicherheit eine Schlüsselrolle spielte.

2

Kalina Stoikova war ja ohnehin schon ein graziles Persönchen. Aber nun, auf dem Stuhl in Lucas Büro, wirkte sie wie zusammengeschrumpft. Sie hatte abgenommen, seit er sie das letzte Mal gesehen hatte. Tiefe Ringe unter den Augen und angeknabberte Fingernägel zeugten von dem Stress, unter dem sie in letzter Zeit gestanden haben musste. Doch immer noch war sie mit den strahlend blauen Augen und dem ebenmäßigen Gesicht eine Schönheit.

Er hatte das Mädchen in die Räume des Dezernats gebracht. Keine Aufnahmegeräte, nichts, was Misstrauen oder Angst erzeugt hätte, wollte er haben. Noch nicht einmal das Besprechungszimmer hatte genügend Vertrauensatmosphäre. Das eigene Büro, in dem immerhin einige kränkelnde Topfpflanzen standen und ein paar persönliche Sachen herumlagen, war das Heimeligste, was sie zu bieten hatten.

Die Beamten verzichteten auf die Aufnahme der Personalien. Frenzel erklärte ihr noch nicht mal ihre Rechte. Sie taten alles, damit eine möglichst zwanglose Atmosphäre entstand. Das Mädchen sollte sich auf keinen Fall ängstigen.

Pia erklärte ihr erst mal, dass ihr nichts passieren würde. »Sie können ganz beruhigt sein. Sie sind nicht festgenommen. Und niemand hat mitbekommen, dass Sie hier bei uns sind. Nachher können Sie einfach gehen. Oder wir lassen Sie nach Hause bringen, wenn Sie wollen. Aber wir müssen ihnen doch ein paar Fragen stellen. Wegen Luba. Wir wollen doch ihren Mörder bekommen. Bitte helfen Sie uns dabei. Sie war doch Ihre Freundin, oder?«

Luca hatte leider doch nur einen Mann als Russisch-Dolmetscher bekommen. Doch der übersetzte mit ruhiger, leiser Stimme, fast unauffällig, und machte seine Sache recht gut. Es war schnell klar, dass Alena ihn sehr gut verstand.

»Können Sie uns sagen, ob Luba irgendwelche Probleme hatte?«, fragte Luca

Alena schüttelte den Kopf.

»Wissen Sie, ob sie mit jemandem Streit gehabt hat?«

Wieder Kopfschütteln.

»War Luba in der Nacht im Serail, bevor sie …?«

Keine Antwort.

»Wir wissen, dass sie in der Nacht Kunden hatte. Wissen Sie, wer das war?«

Keine Antwort. Das Mädchen sank immer weiter in sich zusammen

»Sie kennen Bakir Sušić.« Luca legte ihr ein Foto des Ganoven vor die Nase. »Das wissen wir. Müssen Sie für ihn arbeiten? Und Luba, musste die für ihn arbeiten?«

Alena war langsam den Tränen nahe. »Ich kann nichts sagen, ich kann nichts sagen. Die bringen mich um«, war die Übersetzung der Worte, die sie leise stammelte.

Pia beugte sich nun vor und legte sanft ihre Hand auf den Arm der jungen Frau. »Hat Luba jemandem etwas gesagt? Hat sie jemanden um Hilfe gebeten?«

Hilfloses Schulterzucken

»Aber es gibt die Möglichkeit, dass Frauen geholfen wird. Wissen Sie das? Es gibt da eine Organisation. Die hilft beim Ausstieg. Die helfen, wenn Sie einen Neuanfang machen wollen.«

Die Antwort der Prostituierten klang aufgeregt und verzweifelt. »Wie denn? Ohne Papiere? Sie bringen mich um, wenn sie mich finden.«

Frenzel erklärte nun: »Dann müssen wir Sie in ein Zeugenschutzprogramm nehmen. Wir können Sie in Schutzhaft nehmen. Natürlich nicht wie heute Nacht. In eine komfortable Zelle, aber eben in ein Gefängnis. Bis zum Prozess. Danach bekommen Sie eine neue Identität, neue Papiere, Tarndokumente Ihrer Wahl. Und Sie können in ein Ausstiegsprogramm. In einer anderen Stadt, wo Sie ganz neu anfangen können. Oder Sie verlassen Deutschland, wenn Ihnen das lieber ist.« Der Staatsanwalt bemühte sich, freundlich und beruhigend zu sprechen.

Doch Alena machte dicht. Sie sagte gar nichts mehr. Es war hoffnungslos.

Plötzlich bat sie jedoch um Schreibzeug. Luca angelte einen Notizblock und einen Stift von seinem Schreibtisch. Schnell notierte sie etwas und schob den Block zu Luca zurück. Auf dem Zettel stand ein Name. »Thorben Brennscheider«.

Alena stand abrupt auf. Der Dolmetscher übersetzte ihre nervösen Worte. »Sie sagt, sie muss jetzt unbedingt zurück. Wenn herauskommt, wo sie war, dann geht es ihr sehr schlecht. Sie will heim. Aber auf gar keinen Fall mit der Polizei.«

Es blieb nichts anderes übrig, als sie an der U-Bahn-Station am Pragsattel in die U6 zu setzen. Es war glücklicherweise die Linie, die quer durch die Stadt direkt auf den Fasanenhof fuhr.

Alena

Sie hatte sich krank gestellt, und Fabiola hatte es ihr abgenommen. Sie hatte wohl furchtbar ausgesehen. Zunächst war sie so froh gewesen, dass sie sich einen Abend und eine Nacht Ruhe erschlichen hatte.

Doch dann war diese Unruhe in ihr aufgekommen. Es war nicht mehr logisch, was ihr durch den Kopf gegangen war. Die Panik trieb die Gedanken durch ihr Gehirn. Wenn jemand mitbekommen würde, dass sie fehlte, wenn einer von den Freiern gerade sie verlangte, dann würden sie sie holen. Und Ruthenau würde zu Ándscheo sagen, dass sie zu nichts zu gebrauchen sei, dass sie kein Geld mehr einspielen würde, dass sie weg muss, egal wohin, einfach »entsorgen«. Oder Ándscheo würde gleich hierher kommen, sie mitnehmen und in ein Flatrate-Bordell stecken. Und niemand, noch nicht einmal Mirena, würde mehr wissen, wohin sie verschwunden war. Sie hatte das Gefühl gehabt, den Verstand zu verlieren.

Sie war hinausgegangen und die halbe Nacht auf der Straße herumgeirrt. Sie hatte sich das Gehirn zermartert. Wie konnte sie nur entkommen? Sie hatte keine Papiere und kein Geld. Einfach wegzulaufen und auf der Straße zu leben führte auch nur wieder in die Prostitution. Sie wusste sehr wohl, dass dies für viele drogenabhängige Mädchen die letzte Station war und man dort vergewaltigt wurde, ohne dass jemand dafür zahlte. Und wenn sie einfach zu einer deutschen Behörde ging? Sagen, dass sie keine Papiere hatte, dass sie aus Weißrussland war? Sie würden sie sofort zurückschicken. Zurück in die Trostlosigkeit und Existenzangst. Wenigstens würde sie sich dort vielleicht nicht mehr prostituieren müssen. Aber wenn Bakki das mitbekam und Pjotr auf sie ansetzte, um sie zurückbringen zu lassen? Sie hatte auch solche Geschichten schon gehört. Und sie hatte mitbekommen, wie Heimkehrerinnen von den Landsleuten und der Familie behandelt wurden, wenn herauskam, was sie im reichen Westen getrieben hatten. Wohin, wohin, wohin? Irgendwann war sie so erschöpft und müde gewesen, dass sie einfach nur wieder in die Wohnung und in ihr Bett wollte.

Dann war sie den Gendarmen in die Arme gelaufen. Die hatten sie in das Gefängnis gebracht. Und obwohl es eng und unbequem war, hatte sie seit langem wieder ruhig geschlafen. Sie war alleine. Niemand störte sie. Niemand holte sie ab. Niemand verlangte wieder Dienste von ihr, die sie kaputt machten.

Die Polizisten, die sie dann vernahmen, waren eigentlich ganz nett. Aber die verzweifelte Angst, die Muskelmänner könnten davon Wind bekommen, wo sie steckte, beherrschte sie fast vollkommen. Die wussten ja nicht, ob sie der Polizei etwas sagen würde oder nicht. Die würden sie »entsorgen«, so oder so.

Es war eine völlig spontane Entscheidung, denen den Namen dieses Typen zu geben. Sie wusste nicht, was der mit Ludmilla ausgeheckt hatte. Aber er hatte sie in die Sache verwickelt. Das Ergebnis war, dass Ludmilla sterben musste.

Was hatte sie damit nun angerichtet? Was würden die damit machen? Auf der Fahrt mit der Straßenbahn quer durch die Stadt überlegte Alena fieberhaft, ob sie sich nicht erst recht reingeritten hatte. Was würde passieren, wenn die Polizei Brennscheider findet und weiß, wer es ist? Vielleicht hatte sie dann aber auch eine Chance. Ruthenau hatte von Aufnahmen gesprochen, die aufgetaucht seien. Vielleicht würde die Polizei herausbekommen, was damit gemeint war und dass Brennscheider dahintersteckte. Und wenn das alles aufflog, vielleicht würden die sie dann in Ruhe lassen. So etwas wie Hoffnung keimte in ihr auf.

Sie war froh, als sie nun am frühen Abend in die Wohnung zurückgekehrt war, unbemerkt von den andern. Hier bei diesen Frauen herrschte Misstrauen. In dem kleinen Bordell im Schwarzwald, da gab es doch so eine Art Zusammenhalt. Man konnte sich ausheulen über die ekeligen Freier. Aber hier waren sie und Lud-

milla wie Aussätzige behandelt worden, und manche der Frauen meinten tatsächlich, dass sie freiwillig taten, was sie taten, obwohl auch sie nur aus vollkommener Perspektivlosigkeit hier gelandet waren.

Nur Mirena bekam es mit, als sie ins Zimmer huschte. Die nickte ihr zu und legte ihren Finger auf den Mund, zum Zeichen, dass sie schweigen würde. Sie war momentan das einzige mitfühlende Wesen auf dem ganzen verdammten Erdball.

Montag, 2. Mai

1

Wer war Thorben Brennscheider? Luca machte sich am Montagmorgen sofort an die Arbeit. Er betrachtete die Notiz, die Kalina Stoikova wie gehetzt hingekritzelt hatte. Trotz ihrer Heidenangst war die Schrift klar und gradlinig. Luca hatte plötzlich eine Eingebung. Da lag der Bericht des Kriminaltechnischen Instituts mit der Schriftanalyse, der offenbar am späten Freitagnachmittag noch auf seinem Schreibtisch gelandet war. Er öffnete die Akte, betrachtete das Faksimile des Notizzettels, den sie unter der Leiche von Luba Petkova gefunden hatten, und las, zu welchen Ergebnissen die Experten gekommen waren. Die Zeichen auf dem zerknitterten und verschmierten Zettel stammten von drei verschiedenen Personen. Eine hatte in Druckbuchstaben die Namen geschrieben. Die kyrillische Schrift war von einer zweiten Person, die deutsche Bemerkung von einer dritten. Aufmerksam verglich er Wörter und Buchstaben. Er war sich fast sicher: Der deutsche Schriftzug war identisch mit dem auf Kalinas Zettel mit dem Namen »Thorben Brennscheider«. Luca überlegte. Das würde bedeuten, dass auch Kalina alias Alena die Männer kannte, deren Namen da festgehalten worden war. Und sie war diejenige, die bei dem Namen Anton Schwarz die Bemerkung gemacht hatte: »Ich frage ihn nicht. Er ist ein Schwein.« Und sie konnte besser Deutsch, als sie zugab.

Er nahm eine Asservatenhülle und steckte den Alena-Zettel vorsichtig hinein. Dann füllte er die entsprechenden Formulare für das Kriminallabor am LKA aus.. Er brachte Beweismittel und Antrag auf den Weg. Dann wandte er sich wieder dem Namen Brennscheider zu.

In den Dateien der verschiedenen Behörden fand Luca nichts. Polizeilich war Thorben Brennscheider offenbar ein unbeschriebenes Blatt. Noch nicht mal in Flensburg war er auffällig geworden. Aber eine Facebook-Seite hatte er. Der Familienname war eher selten, sodass Luca schnell fündig geworden war. Die sozialen Netzwerke waren mittlerweile unersetzlich für ihre Arbeit. Die Leute posaunten Dinge in die Welt, die sie der Polizei nie und nimmer mitteilen würden. Luca war ziemlich schnell klar, mit wem er es da zu tun hatte. Und der Typ war ihm sofort unsympathisch.

Schon auf der öffentlichen Seite wurde deutlich: Brennscheider war VfB-Fan, schüttete aber über jedem Spieler und dem Trainer den Dreckskübel aus. »Timo Werner: Voll versemmelt! Harnik: Die Pfeife schielt wohl. So voll am Pfosten vorbei – das geht ja gar nicht. Schafft nur ein Vollpfosten, hä, hä.«

Musikmäßig stand er auf Mainstream-Disco-Pop, nichts Originelles. Erörtert wurden die angesagtesten Discos der Region und wie man dort Schnallen aufriss. Lieblingsbücher gab es keine, offenbar war Lesen nicht sein Ding. Bei Sport hatte er angegeben »Mucki-Training, Poppen und Fußball gucken«.

Brennscheider hatte an der Hochschule Esslingen BWL studiert und gehörte einer Facebook-Gruppe von Absolventen an. Sie schienen alle noch nicht so alt zu sein. Auf der Gruppenseite tauschten sich die ehemaligen Studenten vor allem über die »Chefgrüßer« unter den neuen Kollegen und ihre assigen Arbeitgeber aus, auch das mit wenig Respekt. Luca fiel eine Bemerkung von Brennscheider auf: »Meiner hat den Arsch offen, dieser Blindgänger. Schwarz hat mir doch tatsächlich den Abschluss versaut. Nimmt einfach nen anderen Anbieter. Die Provision kann ich mir jetzt in die Haare schmieren.« Ansonsten ging es vor allem um Aufstiegschancen und Verdienstmöglichkeiten.

Eine weitere Gruppe beschäftigte sich mit dem VfB und noch eine mit schnellen und teuren Autos. Irgendwie entsprach der Typ voll dem Klischee des karrieregeilen Yuppies, in dessen Lebensmittelpunkt vor allem er selbst stand.

Er war offenbar ein Fan von Bildverzerrungs-Apps. Jede Menge Fotos waren gepostet, von einzelnen, aber auch Gruppen. Alle waren jedoch so bearbeitet, dass sie wohl witzig aussehen sollten, aber man niemanden wirklich erkennen konnte.

Luca nahm den Telefonhörer und rief Çelik an. Er wusste genau, dass der ein nettes Programm hatte, mit dem man problemlos auch in die Chats unter Freunden bei Facebook reinkam.

Çelik lehnte die Anfrage rundweg ab. »Bist du wahnsinnig? Wann, denkst du, soll ich das machen? Ich hab schon mit den regulären Aufträgen alle Hände voll zu tun. Und da kommst du mit so krummen Geschichten? Die Marinescu von der WiKri hat uns gerade voll zugepflastert mit Computern und Dateien von eurem Fall. Mit Scheiß-Passwörtern. Bevor ich das nicht geknackt habe, geht gar nichts.«

»Unser Fall geht gerade unter«, wehrte sich Luca. »Weil nämlich die Marinescu wieder mal irgendwelchen korrupten Schlipsträgern hinterherhechelt. Und was ist dagegen schon so ein popeliger Mord? Sie grätscht uns ständig zwischen die Beine. Wir müssen bei unseren Ermittlungen ständig Rücksicht auf sie nehmen und kommen nicht voran.«

Çelik blieb scheinbar hart. Doch wenig später hatte Lucca ein paar nette Dialoge aus dem Facebook-Freundeskreis von Thorben Brennscheider auf dem Bildschirm.

Es ging ums Poppen. Die »Freunde« waren Freunde von zotigen Sprüchen. Ihr Frauenbild sprach für sich.

»Man muss die Frauen feiern, wie sie fallen.«

»Warum kann eine Frau beim Sex besser denken? Weil sie am Zentralrechner angeschlossen ist!«

»Zieh dich aus, leg dich hin, ich muss mit dir reden.«

Thorben Brennscheider tat sich mit solchen Bekenntnissen hervor:

»Ich brauch's unkompliziert … Das Herumgezicke der Weiber geht mir so was auf die Eier … Vorspiel ist was für Flachzangen.«

Klar: Woher auch sollte Kalina Stoikova diesen Kerl kennen? Er war ein Bordellgänger – so viel stand fest.

In einem weiteren Chat-Verlauf übertrumpften sich die Teilnehmer dabei, wie sie am fiesesten Lieferanten über den Tisch ziehen konnten:

»Ich hab den Alten ganz schön runterlaufen lassen mit seiner Technologie-Scheiße. Will mir immer was erzählen, dass ich keine Ahnung vom Spritzguss hab. Was geht mich der Spritzguss an, wenn ich Kunststoffteile einkaufe, hä? Runter mit dem Preis! Ist doch nicht mein Problem, wenn die zu viel Ausschuss haben. Die sollen die Teile liefern und fertig.«

»Technologie-Geschwätz – kenn ich auch. Die bilden sich immer weiß Gott was ein, was sie erfunden haben. Ich geb das Konzept einfach an die Konkurrenz weiter, und die machen mir dafür super Konditionen. Gut für die Provisionen und die Karriere …«

»Ich mach das so: Ich bestell die ein. Dann lass ich ganz kurzfristig den Termin platzen und mach nen neuen aus. Und da lass ich die Typen mit ihren Zündanlagen einfach ne Stunde sitzen und schwitzen. Ich komm erst, wenn sie mürbe sind. Dann zerpflück ich das Angebot. Und sobald sie anfangen zu diskutieren, hab ich den nächsten Termin … eine rauchen gehen, zum Beispiel. Wissen die ja nicht. Und zieh'n frustriert ab. Die geben einen Nachlass – das isso sicher wie der Furz nach den Bohnen.«

Luca googelte zwei Firmennamen, die in dem Chat vorkamen. Beides waren Automobilzulieferer. Brennscheiders Chef hieß offenbar Schwarz. Ein häufiger Name. Aber vielleicht doch kein Zufall?

Er suchte die Nummer der NAU-AG in Neckarsburg heraus. Eine dunkle Männerstimme in der Zentrale des Konzerns protestierte nicht, als er nach Herrn Brennscheider im Einkauf fragte, sondern verband ihn umgehend in die Abteilung. Dort war es eine Frau, die sich auch nicht wunderte, sondern freundlich fragte, worum es denn gehe.

»Spritzguss.« Luca fiel auf die Schnelle nichts Besseres ein.

»Dafür ist aber Herr Schneider zuständig. Nicht Herr Brennscheider. Soll ich Sie mit dem mal verbinden?«

»Okay. Machen Sie mal.« Luca legte rasch auf, sobald die Dame versuchte, die Verbindung herzustellen. Er wusste alles, was ihn interessierte.

Über sein privates Handy schickte er eine kurze WhatsApp-Nachricht: »Volltreffer! Grazie tanto.« Und einen zufriedenen Smiley.

Kurz darauf rief ihn Çelik auf dem Handy an. »Hey, du Maultaschen-Mafioso. Das ist nicht gerichtlich verwertbar. Reit mich bloß nicht rein. Wozu brauchst du diesen Brennscheider?«

»Reg dich ab, Kümmeltürke. Weiß gar nicht, wovon du redest. Da bin ich ganz alleine drauf gekommen. Meine grandiose mafiose Inspiration. Brennscheider hat nen Chef, den wir auf der Kandidatenliste haben. Hätt ich auch ohne dich rausgekriegt.«

Pia, die an ihrem Schreibtisch einen Bericht in die Tasten hackte, sah ihn mit offenem Mund an.

»Thorben Brennscheider, der Name, den Alena uns gestern aufgeschrieben hat«, erklärte Luca, nachdem er das Telefonat mit Çelik beendet hatte. »Der Typ arbeitet bei der NAU im Einkauf. Und sein Chef heißt Anton Schwarz.«

»Dann sind die zusammen in den Puff gegangen?«, fragte Pia.

»Glaub ich eher nicht. Brennscheider scheint nicht so gut zu sprechen sein auf seinen Chef. So stellt's sich zumindest auf seiner Facebook-Seite dar. Aber wer weiß. Vielleicht schleimt er sich ja gleichzeitig bei dem ein.«

»Auf jeden Fall brauchen wir dem seine DNA auch.«

»Ich rufe Frenzel an.«

2

Am späten Nachmittag waren alle wichtigen Köpfe der wild zusammengewürfelten Sonderkommission versammelt, die sich »Soko Fasanenhof« nannte. Der Staatsanwalt hatte sie mit sanfter Gewalt zusammengetrommelt. Luca fragte sich zum wiederholten Male, ob es bei dieser Soko eigentlich noch um den Mord ging. Er war echt froh, dass Friedebald sich darüber ebenfalls äußerst unzufrieden zeigte. In einem langen Telefonat hatte Luca sich darüber ausgelassen, wo überall die Ermittlungen blockiert waren, weil andere Interessen in den Vordergrund gerückt worden waren. Sie durften nicht an die Automobilmanager ran. Die Befragung der Frauen im Serail – da verwettete er seinen Kopf – hatte für ihren Fall nichts gebracht, so wie sie durchgeführt worden war. Und Luca hatte keinen Bock, mit der Wirtschaftskriminalität am LKA oder mit dem Organisierten Verbrechen im eigenen Haus Zoff zu bekommen, wenn sie sich jetzt Thorben Brennscheider vorknöpften oder nochmal mit der Tochter von Wolfgang Winter sprechen würden.

In einem größeren Besprechungsraum saßen nun eine leicht genervte Nicole Marinescu, die ihren Daten-Nerd Rudolf Kuhnert wieder im Schlepptau hatte, die zackige Gertrud Sieg von der OK und von den Sexualdelikten der Kollege Enderle und sein Konterpart von der Polizeidirektion Esslingen, ein älterer, säuerlich dreinblickender Beamter. Vom Dezernat für Todesermittlungen waren wieder nur Luca und Pia anwesend. Hanna Stankowski war immer noch im Kurzurlaub, und Andreas Bialas hatte alle Hände voll zu tun, da die Soko Körschtal einen Hinweis darauf bekommen hatte, dass sich in Vaihingen ein Mann stundenlang auf einem Kinderspielplatz herumgetrieben und die Kinder beobachtet hatte. Wenigstens hatten sie eine füllige Rückenstärkung in Person von Friedebald Frenzel. Der Staatsanwalt in seinem grauen, zerknitterten Anzug und mit rosaroter Krawatte hatte sich vor das große Whiteboard gepflanzt, auf dem Luca zuvor noch mal alle bisher bekannten Personen und Zusammenhänge dargestellt hatte. Frenzel hatte die Hände über dem runden Bauch gefaltet und sah alle freundlich an. Dennoch ließ sein Habitus nicht daran zweifeln, dass er die Zügel in der Hand behalten wollte.

»So, meine verehrten Damen und nicht weniger verehrten Herren. Sie wissen, welche Art von Delikten ich bearbeite. Kaptalverbrechen, öffentlicher Dienst und Ärzte, also die ganz hartgesottenen Halunken, ha, ha. Und deshalb bitte ich Sie, die Ermittlungen Ihrer Abteilungen nun insbesondere unter dem Gesichtspunkt der Geschädigten, also der Luba Petkova zu sehen. Herr Mazzaro, bitte, führen Sie uns ein.«

Luca hielt sich kurz. Es war ja auch kaum was Neues hinzugekommen. Außer Thorben Brennscheider. Als er der Runde seine ersten Erkenntnisse über diesen Mann mitteilte und dass er wohl Einkäufer bei der NAU war, fing Nicole Marinescu wieder mal an, herumzuzappeln. Und als er die nächsten Ermittlungsschritte benannte – Schwarz und Immendorf vorladen, ihre DNA abgreifen und eventuell dasselbe bei Brennscheider – da fing sie an zu quietschen:

»Sie können diese Leute jetzt nicht vernehmen. Wir brauchen die Ergebnisse der Razzia. Ich bin sicher, wenn wir nachweisen können, wer die Puffbesuche bezahlt hat, dann bekommen wir auch das Okay für die Durchsuchung der Geschäfts- und Privaträume von Schwarz und Immendorf.«

»Das ist doch nicht Ihr Ernst, dass wir so lange einen Mordfall auf Eis legen sollen«, meinte Pia entrüstet.

»Nein, das geht wirklich nicht«, stimmte ihr Frenzel zu. »Frau Marinescu, Ihr Engagement in allen Ehren, aber wir können die Fälle nicht vollkommen aneinanderkoppeln. Wir versichern Ihnen, dass wir so diskret wie möglich vorgehen. Aber die Namen stehen nun mal im Zusammenhang mit einem Kapitaldelikt.«

»Sie wissen, dass Sie damit unsere Arbeit von Wochen gefährden«, empörte sich Marinescu. »Und dass damit ein Riesenskandal unter den Teppich gekehrt wird, nur wegen so einer …« Sie sprach es nicht aus

»Nur wegen so ner toten Nutte«, ergänzte Pia grimmig.

Nicole Marinescu bekam rote Flecken auf Hals und Wangen. Es war ihr sichtlich peinlich.

»Tja«, meinte Frenzel mit ernstem Gesicht. »Sie wissen ja, ich neige zu Scherzen. Vor allem fällt mir gerade immer irgendetwas Blödes zum Thema Männer und Sex ein. Wobei es laut Marylin Monroe Unsinn ist, dass Männer dauernd an Sex denken. Nur wenn sie denken, denken sie an Sex.« Kam jetzt sogar schon der Staatsanwalt mit männerfeindlichen Sprüchen? Luca war überzeugt, dass er kein Macho war, aber man konnte es mit dem Feminismus auch übertreiben. Frenzel grinste verlegen, wurde dann aber wieder sehr ernst. »Also, wir sollten uns gerade in diesem Falle Scherze und gewisse Stigmatisierungen verkneifen. Und vor allem nicht vergessen, dass Prostituierte Menschen sind, deren Würde – wie heißt es so schön? – wie die von uns allen unantastbar ist.«

»Entschuldigung«, murmelte Nicole Marinescu.

»Und die vor allem Opfer von Verbrechen geworden sind«, ereiferte sich Pia. »Die machen das doch nicht freiwillig. Diese Alena, Kalina Stoikova, wie sie offiziell heißt, das ist ne Zwangsprostituierte, da könnt ihr einen drauf lassen. Und die anderen in der Wohnung genauso. Auch wenn sie tatsächlich aus Rumänien und Bulgarien sind.«

»Da wäre ich mal vorsichtig, junge Kollegin«, meinte der Esslinger Kollege von der Sitte. »Die meisten sind hier, weil sie genau den Job machen wollen. Die haben sich oft nur damit verkalkuliert, was man damit verdienen kann.«

»Was man damit verdienen kann? Wo liegen denn die Preise im Serail? Bei hundert Euro die Stunde? Das ist mit Sicherheit das Minimum! Dann rechnen Sie sich das doch mal aus! Was das im Monat macht. Locker fünftausend Euro nach Abzügen! Und dann wohnen die zusammengepfercht in dieser Assi-Wohnung? Da stimmt doch was nicht.« Pia war aufgestanden und hatte sich, die dünnen Arme in die Seite gestemmt, in Kampfposition gebracht.

»Wir kennen das Serail seit Jahren«, meinte der Esslinger verärgert. »Mir ist das sowieso schleierhaft, warum ausgerechnet hier angesetzt wird. Zuhälter spielen da keine Rolle. Die Frauen machen alle Verträge direkt mit dem Betreiber des Hauses. Da kommt regelmäßig ein Frauenarzt. Sie haben da zwei Frauenbeauftragte, eine Art Sozialarbeiterinnen. Da können die Mädchen mit jedem Problem hin, das sie haben. Ich kenne kaum ein anderes Etablissement, in dem es so korrekt zugeht.«

Pia stand immer noch. »Was ist denn korrekt? Das, was bei uns die Gesetze regeln? Was können Sie denn noch strafrechtlich verfolgen? Ermittlungstatbestand ›Förderung der Prostitution‹ – ist weggefallen. Durch ein ach so nuttenfreundliches liberales Gesetz, das liberalste in ganz Europa. Und was nicht mehr verfolgbar ist, das wird auch nicht mehr kontrolliert. Ist alles legal bei uns. Die Frauen müssen sich nirgends mehr regelmäßig melden. Das ist doch alles nur noch eine Blackbox. In andern Ländern bist du als Freier dran, wenn sie dich bei ner Prostituierten erwischen. Bei uns darf jeder mit den Frauen machen, was er will, sogar wenn er weiß, dass es ne Zwangsprostituierte ist. Bei uns hat der Bordellbetreiber sogar das Recht, den Frauen Weisungen zu geben: Du musst diesen widerlichen Kerl bedienen … Halt deinen Hintern hin … Blas dem einen …«

Pia kam in Fahrt. Sie hatte ja recht damit, dass die Gesetze, obwohl es mal anders geplant war, den Frauen nicht genügend Schutz boten. Aber Luca fragte sich, ob deshalb das gesamte Gewerbe verteufelt werden musste und jede Hure gleich eine Zwangsprostituierte war.

»Sie haben ja recht, Frau Grampp«, beschwichtigte Enderle. »Wir sind da ja selbscht nicht zufrieden damit. Das Gesetz von 2002 hat vor allem den Betreibern von Bordellen genutzt. Wir kontrollieren, so gut wir können. Aber wenn die Frauen keine Anzeige machen, was sollet mir dann mache?«

Jetzt mischte sich Gertrud Sieg ein. »Was haben die Befragungen der Frauen denn erbracht?«

»Des müsset mir erscht mal auswerten«, meinte Enderle

»Wann krieg ich die Protokolle von den Befragungen?«, fragte Sieg.

»Ende der Woche.«

»Die brauch ich früher.«

»Da werden Sie ohnehin nicht viel Erhellendes finden«, meinte der Esslinger Kollege.

Enderle pflichtete ihm bei: »Versprechet Sie sich davon net zu viel. Die haben nicht viel g'redet. Die Mädle sind halt au net besonders gscheit.«

Pia hatte sich zwar mittlerweile gesetzt, sprang jetzt aber wieder auf. »Aha, man wird also Nutte, weil man für was anderes zu blöd ist.«

»Frau Grampp, jetzt bleibet Sie mal auf dem Teppich. Des hab i net g'sagt.«

Gertrud Sieg übernahm jetzt das Ruder mit energischer Stimme: »Wie wird abgerechnet? Direkt mit den Frauen oder über das Bordell?«

»Da haben die nichts dazu gesagt«, meinte der Esslinger Kollege lapidar.

»Weil Sie sie nicht danach gefragt haben«, grollte Pia.

»Ähm, also nicht alle haben einen Vertrag direkt mit dem Serail«, meldete sich nun Rudolf Kuhnert vom LKA leise zu Wort. »Eigentlich sogar die wenigsten, was ich so auf den ersten Blick gesehen habe. Ich mein: Verträge zwischen den Frauen und dem Bordell. Wie da dann die Abrechnung des Honorars ist, müssen wir erst mal rausbekommen.«

»Wie sind die Arbeitszeiten?«, wollte Sieg wissen. »Haben sie freie Tage oder müssen sie jeden Tag arbeiten?«

Von den Kollegen der Sitte kam keine Antwort.

»Was ist mit Kondomen?« Sieg machte weiter. »Können die Frauen selbst bestimmen, welchen Freier sie bedienen und was sie mit sich machen lassen?«

Enderle winkte ab. »Wenn du diese Fragen schdellst, Gertrud – du bekommscht keine Antworten.«

»Weil ihr die total eingeschüchtert habt«, bruddelte Pia wieder, wenn auch nicht mehr ganz so unter Strom. »Und die Freier habt ihr laufen lassen, ohne auch nur die Personalien aufzunehmen.«

»Sie wisset genau, dass es keinerlei gesetzliche Regelung gibt, dass die des net dürfet – selbscht wenn die Frauen tatsächlich zu was gezwungen werden.«

»Also, wir haben im Serail Pässe gefunden, und zwar eine ganze Menge«, machte Sieg dem Geplänkel ein Ende. »Nach dem ersten Check kann ich sagen, dass der von Kalina Stoikova dabei war, der von Luba Petkova allerdings nicht. In der Wohnung auf dem Fasanenhof haben die Frauen nur schlecht gemachte Fälschungen ihrer Papiere gehabt. Und das in einer Wohnung, die Bakir Sušić, der Chef der United Tribuns, gemietet hat. Das alles deutet durchaus auf Zuhälterei, wenn nicht gar Zwangsprostitution hin. Ich denke, wir haben das wohl falsch vorbereitet. Uns zu wenig abgesprochen«, stellte Gertrud Sieg energisch fest. »Das heißt aber jetzt, dass wir abwarten, bis die Auswertung der Unterlagen da ist. Wenn wir darin konkrete Anhaltspunkte dafür finden, dass die Frauen nicht selbstständig arbeiten, müssen wir sie noch mal vorladen und können dann gezielte Fragen stellen. Und was man die fragt, geben wir dann vor.«

Irgendwie hatte hier jeder nur seine eigenen Angelegenheiten im Schädel, stieß es Luca auf. War nicht er der offizielle Leiter dieser Soko? Gertrud Sieg hatte ja eventuell nicht Unrecht.

Aber sie führte sich auf wie die Chefin des Ganzen. Glücklerweise war Friedebald auf seiner Seite. Der ergriff das Wort, noch bevor Luca aufbegehren konnte.

»Also meine Damen und Herren …« Der sonst so freundliche Glücks-Buddha wurde langsam ärgerlich. »Noch mal in aller Deutlichkeit: Wir haben es mit einem Mord zu tun. Und zwar mit einem ziemlich abscheulichen. Die junge Frau wurde mehrmals fast zu Tode gewürgt, also gefoltert, bis sie schließlich starb. Ich sage Ihnen jetzt klipp und klar, dass ich als der zuständige Staatsanwalt alle notwendigen Schritte, Vernehmungen, Einbestellungen und so weiter vornehmen werde, wenn sie meines Erachtens nach zur Aufklärung dieses Verbrechens führen. Gerne stimmen wir uns hier mit Ihnen ab und werden nichts Unnötiges unternehmen, das Ihre Ermittlungen gefährden könnte. Aber das Nötige werden wir tun!«

Es herrschte Stille. Luca hatte den Eindruck, dass den Kollegen jetzt erst bewusst geworden war, warum man hier eigentlich zusammensaß. Er nutzte die Pause:

»Und das heißt für mich: Vorladung von Schwarz und Immendorf. Befragung der Tochter von Wolfgang Winter, Laura Winter. Wenn dabei irgendetwas rauskommt, was euch helfen könnte, dann behalten wir es nicht für uns. Und da möchte ich bitten, dass das andersrum auch so passiert. Diesen Thorben Brennscheider möchte ich lieber direkt mal besuchen. Ohne Vorwarnung sozusagen.« Er sah sich fragend nach Frenzel um. Der nickte.

»Die Frauen vernehmen wir nur, wenn's irgendwas bringen könnte«, fuhr Luca fort und wandte sich an Gertrud Sieg: »Ich glaub, so arg kommen wir uns da gar nicht in die Quere. Und auch diese Rotlicht-Häuptlinge – Bakki und Ruthenau … Macht wahrscheinlich auch erst dann Sinn, die nochmal durchzuzwiebeln, wenn wir aus der Datenauswertung was Neues bekommen. Nur die Freundin von Bakki, diese Fabiola, die würde ich mir doch gerne noch mal vornehmen. Die weiß am ehesten, was da in der Mordnacht genau gelaufen ist. Wenn's keine wichtigen Einwände gibt.«

Keiner der Anwesenden wagte einen Widerspruch. Luca war zufrieden. Sie hatten endlich wieder Ermittlungsoptionen. Und er war wieder Soko-Leiter.

Dienstag, 3. Mai

1

Am folgenden Tag war Luca hauptsächlich damit beschäftigt, die Vernehmungen vorzubereiten. Er wollte die Fakten im Kopf haben. Gerade bei solchen aalglatten Typen wie Anton Schwarz musste man sofort merken, wenn die sich in Widersprüche verwickelten. Von Andreas Bialas hatte er gelernt, wie wichtig es war, sich eine Vernehmungsstrategie zurechtzulegen. Wie stieg man ein in das Gespräch? Welchen Ton schlug man an? Welche Fakten legte man auf den Tisch und welche behielt man für sich?

Am Nachmittag bekam er Bescheid aus der Staatsanwaltschaft: Die beiden Herren waren für den Tag darauf einbestellt, der eine kurz vor Mittag, der andere am Nachmittag. Beide hatten keine triftigen Gründe für ein Nichterscheinen vorbringen können. Luca ließ sich vom Erkennungsdienst die Kits vorbeibringen, um die Speichelproben zu entnehmen.

Dann kümmerte er sich um Thorben Brennscheider. Über das Einwohnermeldeamt erfuhr er rasch, dass Brennscheider eine Wohnung in den Maybach-Quartieren besaß. Die nagelneue Siedlung war etwas für die urban orientierte Mittelschicht. Einigermaßen zentral gelegen mit direktem Anschluss an den öffentlichen Nahverkehr, kam man von hier in wenigen Minuten in die City. Zugleich war der Höhenpark »Killesberg«, die Jogger-Glückseligkeit schlechthin, quasi um die Ecke. Und wer Bildung und Feinsinn durch den Besuch von Theatern, Bibliotheken und Galerien beweisen wollte, hatte entsprechende Einrichtungen ebenfalls fast vor der Haustür.

Luca holte sich eine Karte auf den Bildschirm und sah sich die Lage der Maybach-Quartiere genauer an. Um nach Neckarsburg zu den NAU-Werken zu gelangen, nahm man die B 10 zur

A 81 Richtung Norden. Und wenn man Glück hatte, kam man ohne Stau an Ludwigsburg vorbei in einer halben Stunde nach Neckarsburg. Sonst war die B 27 eine gute Alternative.

Er sah sich auch den zweiten Bezugspunkt zu Thorben Brennscheider an, die Lage des Serails in Leinfelden-Echterdingen. Das war schon etwas weiter weg. Das Leonhardtsviertel mit seinem Rotlichtmilieu war sicher schneller zu erreichen. Aber wer nicht nur einen Schnellfick brauchte und auf das edlere Ambiente Wert legte, der nahm die Strecke durchaus in Kauf.

Pia hatte unterdessen Kontakt zu Laura Winter aufgenommen. Sie redete am Telefon noch einmal auf sie ein. Und tatsächlich stimmte die Tochter des CatMaterial-Chefs einem Treffen zu.

»Wir fahren heute Abend zu ihr in die Wohnung«, verkündete sie.

»In die private Wohnung?«

»Jepp. In der Firma will sie uns auf keinen Fall haben, weil ihr Papa was mitbekommen könnte. Hierher ins Präsidium – das hat sie auch glatt abgelehnt. Und ne Kneipe kommt nicht in Frage, hab ich im Studium der Kriminalistik gelernt. Wegen der Ohren, die da so rumsitzen.«

Luca war etwas mulmig bei der Vorstellung, diese Wahnsinnsfrau in ihrer privaten Umgebung zu treffen. Aber Pia hatte ja recht und war schließlich als Aufpasserin dabei. Dann hatte er plötzlich die Vision, dass sie bei Laura klingeln würden und ein Mann die Tür öffnete. Danach hatte er bis zum Abend schlechte Laune.

2

Laura Winter wohnte in der Halbhöhenlage von Plochingen. Das Dreifamilienhaus stammte der Bauweise nach aus den fünfziger Jahren, war aber schmuck renoviert und absolut gepflegt, versehen mit Klappläden und leicht verschnörkelten Zaunelementen und Balkongittern.

Es war kein Mann, der ihnen öffnete. Laura Winter trug eine lockere graue Hose im Jogging-Stil. Darüber ein eng anliegendes, lachsfarbenes Langarm-Shirt. Eine silberne, modische Kette lag um ihren schmalen Hals. Wie sie es machte, durch die Farben ihrer Kleidung die blaugrünen Augen zur Geltung zu bringen, haute Luca fast um. Zumal sie ihm wieder einen Blick zuwarf, der ihm durch Mark und Bein ging.

Sie bat die beiden Kriminalkommissare ohne Handschlag einzutreten. Die Räume waren trotz des Alters des Hauses großzügig geschnitten und hell. Die Dämmerung hatte bereits eingesetzt, und das Wetter machte alles grau. Trotzdem hatte man von dem Wohnzimmer aus, in das sie geführt wurden, einen super Blick auf die schnuckelige Altstadt von Plochingen und den Turm des Hundertwasser-Hauses mit seinen vier goldenen Kugeln. Warum Friedensreich Hundertwasser ausgerechnet in einem Kaff wie Plochingen eines seiner bizarren Häuser gebaut hatte, war Luca schleierhaft. Und noch verwunderlicher war es, dass die Plochinger sich in den Neunzigern des zwanzigsten Jahrhunderts diese Zumutung hatten gefallen lassen. Luca jedenfalls fand das Wohn- und Geschäftsgebäude mit seinen bunten und schrägen Strukturen einfach nur genial.

Die Einrichtung der Wohnung wies nicht darauf hin, dass hier auch ein Mann lebte. Sie war mit älteren, restaurierten Möbeln etwas auf Vintage gemacht und durch moderne Elemente aufgepeppt, sodass sie zwar feminin, aber nicht kitschig wirkte.

Laura Winter bat sie, an einem massiven Esstisch aus Holz Platz zu nehmen. Durch einen Durchgang und eine Durchreiche sah man in eine Küche, die eher modern in Steingrau und hellem Aubergine gehalten war.

»Darf ich Ihnen etwas anbieten?«

»Ein Wasser. Gerne«, meinte Pia, und Luca nickte zustimmend.

Als die gefüllten Gläser auf dem Tisch standen, setzte sich Laura Winter ihnen gegenüber und sah die beiden Besucher nun doch etwas unsicher an. »Wie kann ich Ihnen helfen?«

»Frau Winter«, begann Luca das Gespräch, »Sie haben mir neulich da was mitgeteilt, und ich möchte Sie einfach bitten, uns das noch mal zu sagen. Sie haben gemeint, Ihr Vater wird erpresst?«

Sie sah zwischen den beiden Beamten hin und her und überlegte.

»Eigentlich weiß ich gar nicht, ob er erpresst wird.«

»Aber Sie vermuten es. Warum?«

Sie sah Luca an. Wurde sie tatsächlich verlegen, ja fast ein bisschen rot? Luca musste sich zusammennehmen, dass er selbst nicht aus der Fassung geriet.

»Na ja, mein Vater verhält sich halt komisch. Fast schon geschäftsschädigend.«

»Und wie äußert sich das?«, fragte Pia.

»Das sind technische Dinge. Das ist nicht ganz einfach.«

»Probieren Sie's.«

»Wir … also die CatMaterials stellen Nano-Partikel her. Wir haben darauf ein Patent. Und die werden in einer bestimmten Art von Katalysatoren für Dieselmotoren eingesetzt. Für die sogenannte Abgasnachbehandlung. Dafür braucht man in diesen modernen Katalysatoren Platin-Partikel. Und die sind verdammt teuer. Mit dem Verfahren, das wir entwickelt haben, brauchen die Hersteller von Katalysatoren nur noch die Hälfte an Platin, bei gleicher Wirkung. Oder man kann etwas mehr von unserem Material verwenden, und dann wird die Wirkung des Katalysators verbessert. Hilft also ohne zusätzliche Kosten die Abgaswerte zu verbessern. Und die werden immer strenger. Jetzt sowieso, wo die ganzen Schweinereien mit den Abgasmanipulationen aufgeflogen sind.«

»Okay, hab ich kapiert«, meinte Pia. »Und was macht ihr Vater, was so geschäftsschädigend ist?«

»Wir hätten einen Auftrag bekommen können. Von einem Katalysator-Hersteller, der BMW beliefert. Den hat er vermasselt. Er hat gesagt, wir hätten Lieferschwierigkeiten. Und das ist das Aus für einen Automobilzulieferer. Obwohl das überhaupt nicht stimmte. Wir hätten liefern können. Und wir hätten diesen Auftrag dringend gebraucht. Wir brauchen Geld, das wir in die Forschung stecken können.«

Laura Winter entrüstete sich regelrecht. Es war, als wäre sie froh, dass ihr endlich mal jemand zuhörte. »Wie lange wird das denn jetzt noch gehen, dass diese Drecksschleudern unsere Luft verpesten dürfen? Jeder in der Branche hat gewusst, dass etwas nicht stimmen kann. Der Dieselverbrauch, die Luftwerte, alles hat nicht zusammengepasst. Jetzt ist der Betrug bei VW aufgeflogen, und Sie werden sehen, dass alle anderen auch Dreck am Stecken haben. Und was wird die Konsequenz sein? Jahrelang hat man den Diesel als sauber hingestellt, und die Bosse haben deswegen die Entwicklung völlig verpennt. Jetzt kommt Tesla mit einem Elektroauto, und noch bevor die Karre auf dem Markt ist, haben sie mehrere hunderttausend Vorbestellungen. Die Chinesen setzten voll auf Elektromobilität. Nur die großartige deutsche Automobilindustrie hat gemeint, man könnte sich ruhig Zeit lassen mit der Entwicklung von Elektroautos. Man war ja so erfolgreich mit der Vertuschung der wahren Abgaswerte. Und bei der Verhinderung strengerer Abgaswerte in Brüssel.«

Sie machte eine Pause und sagte dann hilflos: »Jetzt hab ich den Faden verloren.«

»Sie wollten uns erklären, warum Ihre Firma den Auftrag von BMW so dringend brauchte«, half ihr Luca.

»Genau. Das wollte ich sagen. Was denken Sie, was jetzt passiert? Alle tun so, als ob die Elektromobilität noch in den Sternen stehen würde, als ob man jede Menge Zeit hätte für die

Entwicklungen. Aber ich garantiere Ihnen: Das geht alles viel schneller, als wir uns das vorstellen können. Wartet nicht jeder gerade drauf, dass ein vernünftiges E-Auto auf den Markt kommt? Die Reichweiten der Batterien – da sind die Entwickler voll dran. Da findet jetzt schon ein mörderischer Wettbewerb statt. Und die Ladestationen werden auch kommen. Und dann braucht man keine Katalysatoren mehr. Und keine Verbrennungsmotoren und keinen Auspuff und keinen Kraftstofftank. Der gesamte Antriebsstrang fällt weg. Nicht von heute auf morgen, aber schneller, als wir denken. Und was machen dann die ganzen Zulieferbetriebe? Und was machen wir mit unseren Nano-Partikeln?«

Luca fand die Frau in ihrer ganzen Emotionalität hinreißend. Die Katzenaugen sprühten geradezu Funken, und der trotzige Zug um den Mund, der noch mehr hervortrat, machten die vollen Lippen eher noch anziehender.

Sie wurde ein bisschen ruhiger. »Es gibt auch andere Anwendungen für unsere Partikel. Zum Beispiel für bestimmte Batterien und Kondensatoren. Mit unserem Material kann man leitfähige Metalle bei einem niedrigen Schmelzpunkt löten. Das ist kompliziert, aber letztlich könnte man dadurch kleinere und billigere Solarzellen oder Antennen bauen. Doch dazu müssten wir viel in die Entwicklung stecken. Da braucht man lange Versuchsreihen, bis man die Prozesse beherrscht. Und dafür fehlt jetzt das Geld.«

»Und was sagt Ihr Papa, warum er den Auftrag abgelehnt hat?«, wollte Pia wissen. Die beiden Frauen am Tisch hätten aus Lucas Sicht nicht unterschiedlicher sein können. Trotzdem schienen sie einen Draht zueinander zu finden. Wohl, weil jede auf ihre Art authentisch war.

»Er sagt, er kann nicht anders. Wenn wir den Auftrag angenommen hätten, würde es dem Unternehmen noch mehr schaden.« Sie hob hilflos die Hände. »Irgendwann hat er mal angedeutet, dass ihn jemand unter Druck setzt.«

»Haben Sie irgendeine Idee«, fragte Luca, »womit man ihn erpressen könnte?«

Sie schüttelte nur den hübschen Kopf. »Keine Ahnung. Ich hab schon hin- und herüberlegt. Wenn Sie mir sagen könnten, warum Sie gegen ihn ermitteln … Vielleicht könnte da ja was sein …«

»Wir ermitteln ja gar nicht gegen Ihren Vater.« Luca versuchte, überzeugend zu klingen. »Der Name von Ihrem Vater ist im Zusammenhang mit einem Fall aufgetaucht, den wir gerade bearbeiten.«

»Sie arbeiten beide beim Dezernat für Kapitalverbrechen«, stellte Laura fest. »Dann geht es um einen Todesfall, oder?«

Pia blickte Luca an. Das musste er entscheiden. Was lässt man raus, was behält man für sich? Und der war sich unsicher, wie er vorgehen sollte.

»Und die Namen Anton Schwarz und Jens Immendorf, sind die auch im Zusammenhang mit diesem Fall aufgetaucht?« Laura Winter sah die Besucher wachsam an.

Luca zögerte. »Ja. Und Ihnen sagen diese Namen etwas?«

»Allerdings.« Die Katzenaugen begannen wieder Funken zu sprühen. »Immendorf, na ja, das ist eine Marionette. Angestellter Geschäftsführer der KATA-Technik. Das ist unser direkter Kunde. Die stellen die Katalysatoren her. Und die rasiert es hundertprozentig in den nächsten Jahren, wenn keiner mehr Verbrennungsmotoren will. Das Unternehmen gehört zur Langenfelder-Gruppe. Ansaug- und Abgasanlagen, Klimatisierung und Kühlung. Denen geht demnächst auch die Muffe. Achtzig Prozent der Produkte für den Verbrennungsmotor. Langenfelder war immer einer von denen, die sich über die ›grüne‹ Automobilindustrie lustig gemacht haben, einer, der alles, was weg vom fossilen Kraftstoff ging, als Kinderkram und leistungsschwach hingestellt hat.«

»Warum ist Immendorf eine Marionette?«, fragte Pia.

»Er tanzt nach Langenfelders Pfeife. Wenn Sie den hören, dann ist er völlig von dem Abgasskandal überrascht worden. Als ob die nicht alle miteinander gewusst oder zumindest geahnt hätten, was da abgeht.«

»Könnten die etwas mit dem Abgasskandal zu tun haben?«, fragte Luca.

»Nicht direkt. Die Betrugssoftware setzt ja an der Steuerung des Motors an. Nicht an den Abgasanlagen. Aber die Hersteller von diesen Dingern haben genau gewusst, was ihre Anlagen leisten und was nicht. Da kann mir keiner erzählen, dass die nicht gewusst hätten, dass da was nicht stimmen konnte.«

»Und was ist mit Schwarz?«

»Anton Schwarz.« Sie gab dem Namen eine besondere Betonung. »Anton Schwarz ist Chefeinkäufer des gesamten Konzerns für Abgasanlagen. Klingt gut. Nicht wahr? Aber die Wahrheit ist: Er ist auch nur eine Marionette von Langenfelder. Die beiden sind dicke Freunde. Gehen zusammen auf ne Jagdhütte von Langenfelder. Es gibt Leute, die sagen, die dicken hässlichen Golduhren, die Schwarz so gern trägt, das seien Geschenke von Dietmar Langenfelder. Eigentlich ist es ein offenes Geheimnis, dass Langenfelder den Schwarz vollkommen in der Hand hat. Es gibt da so Geschichten, die in der Branche kursieren. Zum Beispiel lädt Langenfelder jemanden zu einem All-inclusive-Geschäftsessen ein und schiebt ihm zum Abschluss noch ein Fläschchen Grand Cru zu. Dann geht das Spiel weiter. Man geht gemeinsam in eine Sauna und bespricht Geschäfte wie die Finnen. Der Geschäftspartner, ein passionierter Münzsammler, findet in der Tasche seines Bademantels eine Goldmünze. Wenn er dann nicht protestiert, weiß Langenfelder: Da ist die Gier da, die er braucht. Und schließlich landet man gemeinsam im Puff.«

Einen Moment herrschte Stille. Dann fragte Luca vorsichtig: »Könnte es sein, dass auch Ihr Vater mit Schwarz und Immendorf in ein Bordell gegangen ist?«

Laura Winter sah ihn groß an. »Das kann ich mir eigentlich nicht vorstellen«, meinte sie dann. In ihrem Kopf arbeitete es jedoch. »Wieso meinen Sie, er geht in ein Bordell?«

Luca entschloss sich nun doch, eine Karte offen zu legen. »Wir untersuchen den Tod einer jungen Frau, die als Prostituierte tätig war, Frau Winter. Wir haben bei ihr einen Zettel gefunden. Mit eben diesen drei Namen: Schwarz, Immendorf und Wolfgang Winter.«

»Was wär', wenn ihr Vater ins Bordell geht?«, wollte Pia wissen.

Laura Winter sah sie eine Zeitlang schweigend an. In ihrem Kopf arbeitete es. »Mein Vater ist erwachsen«, meinte sie dann trotzig. »Er kann tun und lassen, was er will.«

»Aber was sagt Ihre Mutter dazu? Kann es sein, dass er so erpresst wird?«

»Meine Mutter lebt nicht mehr. Sie ist vor fünf Jahren gestorben. Er hat auch keine neue Partnerin. Ich find's nicht schön, aber wenn er meint, dass er nur so seine Bedürfnisse befriedigen kann … Was weiß ich, wie er seine Triebabfuhr bewerkstelligt. Geht mich ja nichts an.«

Luca hinterfragte nochmal: »Kann es nicht sein, dass er durch diese Bordellbesuche mit Immendorf und Schwarz in eine gewisse Abhängigkeit geraten ist?«

»Er hasst Anton Schwarz. Und Immendorf ist ihm auch nicht gerade sympathisch. Die verlangen immer nur Leistungen, für die sie nicht zahlen wollen, und machen Preise, mit denen es einfach kein Auskommen gibt. Auch deswegen wär der BMW-Deal so wichtig gewesen.«

Einen Moment schwiegen sie alle. Dann fragte Laura Winter bedrückt: »Und diese tote Frau … Ist sie umgebracht worden?«

Luca nickte.

»Und mein Vater … der könnte damit etwas zu tun haben?«

»Wahrscheinlich nicht.« Luca dachte an die Ergebnisse der Speichelprobe von Wolfgang Winter, und dass er diese recht willig abgegeben hatte. »Aber eigentlich darf ich darüber gar nicht mit Ihnen sprechen.«

Lauras Finger trommelten leicht auf der Tischplatte herum. Ihr Gesicht war sehr nachdenklich. Pia hatte die Arme vor der schmalen Brust verschränkt und sich zurückgelehnt. Sie hatte offenbar keine Fragen mehr. Und auch Luca wusste, dass alles, was jetzt geklärt werden konnte, auf den Tisch gekommen war.

Je mehr das eigentliche Thema in den Hintergrund trat, umso mehr verspürte Luca wieder die Anziehungskraft dieser aufregenden Frau am Ende des Tisches, der er sich kaum entziehen konnte. Er stand auf. »Ich glaube, wir haben das meiste besprochen. Und ich denke auch, dass Sie uns geholfen haben, wenn ich auch noch nicht genau sagen kann, was genau wir mit Ihren Informationen anfangen können.«

Laura Winter sah ihn an. Auch sie schien nicht mehr von dem geführten Gespräch, sondern vielmehr durch seine Anwesenheit in Beschlag genommen zu sein. Wurde sie tatsächlich wieder ein bisschen rot? Luca verabschiedete sich schnell, auch um seine eigene Verlegenheit zumindest etwas zu übertünchen. Laura brachte sie zur Wohnungstür und verabschiedete sich. Einen Tick zu lange hielt sie Lucas Hand.

Vor der Haustür zündete sich Pia eine Zigarette an, obwohl es nur wenige wenige Meter zum Wagen war, ja, sie versuchte sie sogar in den Wagen zu schmuggeln.

»Du kommst mir mit der Flumme nicht hier rein, keine Chance!« Schließlich war es ja sogar sein 3er-BMW, sein Privatwagen.

Pia brummte etwas von autoritärem Gehabe, nahm ein paar hastige Züge und trat die Kippe dann aus, bevor sie sich auf den Beifahrersitz fallen ließ und lauthals feststellte: »Die steht auf dich!«

Sie schnallte sich an und wiederholte: »Ich glaub's ja nicht. Das ist ja echt krass. Die steht auf dich. Na, und du, du guckst sie an wie nen Weihnachtsbaum an Ostern. Jetzt begreife ich erst, was Bialas gemeint hat. Lass dich bloß nicht erwischen von dem.«

»Du glaubst doch nicht, dass ich die anrühre«, brummte Luca.

Pia schwieg eine Weile, während sie zur nächsten S-Bahn-Station fuhren, an der Luca sie absetzen wollte, um dann direkt nach Hause zu fahren.

»Na, da mach dir mal bloß nichts vor«, meinte sie, bevor sie den Wagen verließ. »Das klappt nicht. Das kannst du vergessen. Da war ja die Luft elektrisch zwischen euch. Und ich würd' mir sowas nicht entgehen lassen.«

Sie schlug die Wagentür hinter sich zu und ließ Luca mit seinen wilden Gedanken und Gefühlen allein. In der Tat wusste er nicht, ob er sich bei einer heiklen Gelegenheit im Griff haben würde. Er musste der Frau aus dem Wege gehen.

Mittwoch, 4. Mai

1

Hatte ihnen das Gespräch mit Laura Winter irgendeine neue Erkenntnis gebracht? Das ging Luca im Kopf herum, als er am nächsten Morgen wieder an seinem Schreibtisch saß. Die drei Namen auf einem Stück Papier schienen ihm ein Hinweis darauf zu sein, dass Anton Schwarz, Jens Immendorf und Wolfgang Winter gemeinsam das Serail besuchten und alle drei das Mordopfer gekannt hatten. Aber warum gingen sie zusammen in ein Bordell, wenn sie sich nicht ausstehen konnten?

Er überlegte auch, ob man heutzutage einen Firmenchef wie Winter noch damit erpressen konnte, dass man seine Bordellbesuche offenlegte. So skandalös war das nun auch wieder nicht, zumal Winter keine Ehefrau und keine Freundin hatte. Es sei denn, er hatte die Bordellbesuche nicht selbst bezahlt, sondern als Vorteilsnahme angenommen.

Der Name Langenfelder ging ihm durch den Kopf. Immer wieder tauchte dieser Name auf. Doch mit dem Fall der toten Prostituierten musste der, und möglicherweise auch die anderen Automobilmanager, nichts zu tun haben. Vielleicht ließen sie sich ja auch durch den Zettel irreleiten.

Bevor Luca hinunter in den Stuttgarter Kessel zur Staatsanwaltschaft fuhr, bekam er aus dem Sprachlabor am Landeskriminalamt das Ergebnis der Analyse des Zettels mit dem Namen »Thorben Brennscheider«, den Alena ihnen am Sonntag zugeschoben hatte. Es bestätigte sich voll und ganz, was Luca schon vermutet hatte. Auch auf dem Stückchen Papier, dass sie zerknittert unter der toten Luba gefunden hatten, war Alenas Handschrift.

2

Luca fuhr alleine los. Er war sich mit Frenzel schnell einig, dass es vollkommen ausreichen würde, wenn nur ein Ermittler sich gemeinsam mit dem Staatsanwalt die beiden Autobosse vorknöpfen würde. Bei der dünnen Personaldecke, die ihnen zur Verfügung stand, musste nicht auch noch Pia dabei sein. Sie konnte so lange gemeinsam mit Gertrud Sieg die ersten Ergebnisse der Razzia sichten und bewerten.

Die beiden Firmenhäuptlinge hatten ohnehin angekündigt, mit ihren Anwälten aufzukreuzen. Damit war klar, dass sie nicht allzu viel erfahren würden.

Bei Jens Immendorf und seinem Rechtsbeistand war die Rollenverteilung eindeutig: Immendorf plapperte offensichtlich gerne, und so war es die Aufgabe des bierernsten, hohlwangigen Anwalts, ihn einzubremsen. Immendorf wirkte leutselig, aber unverbindlich. Er war groß, hatte einen runden Kopf mit Halbglatze, einen runden Bauch, aber dünne Arme und Beine, die zum Rest des Körpers im Kontrast standen. Die Speichelprobe ließ er sich anstandslos von Luca abnehmen ohne groß zu fragen. Wahrscheinlich wusste er von Schwarz schon ungefähr, worum es ging.

Auch die Frage nach seinem Alibi für die Nacht vom 8. auf den 9. April brachte ihn nicht aus der Ruhe. Er strich auf seinem Smartphone herum, vergrößerte etwas mit zwei Fingern und schob das Gerät dem Staatsanwalt hinüber. »Ich war Skifahren. Mit der ganzen Familie. Ein teurer Spaß mit drei Kindern in der Schweiz.« Er lachte.

Wieder griff er das Smartphone und suchte etwas. »Hier: Die Buchung des Hotels. Zermatt. Alpenhotel Beau Site. Hat man ja glücklicherweise heutzutage alles parat«, freute er sich. »Reicht Ihnen sowas als Beweismittel?«

Frenzel antwortete nicht, sondern schob ihm ein Foto der toten Luba Petkova zu. »Herr Immendorf, kennen Sie diese Dame? Haben Sie sie schon mal gesehen?«

»Darauf antworten Sie jetzt nicht«, wies ihn sein hagerer Anwalt barsch an.

»Nun ja, Herr Immendorf ist ja ab und an Gast des Serails in Echterdingen«, stellte Frenzel wie selbstverständlich fest. »Da die Dame dort tätig war, könnte er ja durchaus ein Kunde von ihr gewesen sein. Weiß Ihre Frau darüber Bescheid?« Frenzel strahlte bei dieser Frage den Manager an, als wollte er ihm zum Geburtstag gratulieren.

Für einen Moment fiel Immendorf das Gesicht runter. Doch er fing sich schnell wieder. »Ach, wissen Sie…« Er winkte ab. »Wir leben ja nicht mehr in so prüden Zeiten. Man kann ja nicht immer nur pragmatisch Geschäfte machen. Das Menschliche gehört eben auch dazu. Und das Serail ist ein ausgesprochen seriöses Haus. Alles picobello sauber, alles clean. Oft geht es da nur ums Entspannen. Außerdem haben die ein wirklich hervorragendes Restaurant. Man kann dort wirklich sehr gut essen.«

Frenzel lachte herzerfrischend. »Ha, ha, ha. Wie sagte schon Konfuzius? ›Essen und Beischlaf sind die beiden großen Begierden des Mannes.‹«

Immendorf machte das keineswegs verlegen: »Wenn es mal etwas mehr wird, dann sind da professionelle Damen, die das Ganze sehr diskret machen, sehr professionell, sodass es eigentlich auch nicht anders ist, wenn man mal nicht zu Hause, sondern zum Beispiel im Fitnessclub duscht.«

»Und wer bezahlt das Ganze dann?«, fragte Luca.

Kurz überlegte Immendorf und eierte dann herum: »Naja, bei mir ist es ja quasi der Chef … der lädt halt dazu ein …« Dann bekam er aber doch noch die Kurve: »Das ist dann natürlich trotzdem eine private Sache. Und entsprechend zahlt da auch jeder selbst.«

»Und der Chef, das ist dann Herr Langenfelder?« Frenzel schien höchst interessiert.

Doch jetzt ging es dem hageren Anwalt entschieden zu weit. »Sie antworten darauf jetzt nicht mehr, Herr Immendorf. Das Gespräch ist hiermit beendet.«

3

Bei Schwarz und seinem Anwalt lief er es gerade andersherum. Anton Schwarz gab sich vollkommen zugeknöpft und wortkarg. Sein Anwalt dagegen, ein korpulenter Mann in feinem Zwirn, war durchaus gesprächig. »Sie sind also der berühmt-berüchtigte Friedebald Frenzel. Ehrlich gesagt, habe ich Sie mir ganz anders vorgestellt.«

»Wahrscheinlich klein, dick und stilvoll gekleidet, nicht wahr?«, konterte Frenzel augenzwinkernd. Er war, wenn auch kaum weniger füllig als der Anwalt, doch einen Kopf kleiner als dieser. Er trug wie üblich einen seiner billigen grauen Anzüge und eine türkisblaue Krawatte mit großen rosa Punkten. An Selbstironie fehlte es ihm wirklich nicht.

»Tja, der Staat zahlt eben einfach nicht gut«, meinte der Schwarz'sche Anwalt herablassend. »Da reicht's eben nur für eine Garderobe aus der Altkleidersammlung. Oder wo bekommt man sonst solche Krawatten?«

»Maßgeschneidert«, erwiderte Frenzel und wurde plötzlich ungewohnt barsch. »Schließlich trage ich nur aus einem einzigen Grunde Krawatte. Ich will behandelt werden wie jemand, der eine Krawatte trägt. Und deswegen nennt Herr Schwarz mir jetzt seine Personalien und ich kläre ihn über seine Rechte auf.«

Schwarz hatte das Geplänkel missbilligend mit zusammengepressten Lippen verfolgt. »Also, los«, meinte er jetzt schroff. »Ich sage, was ich sagen muss und damit basta. Ich habe meine Zeit nicht gestohlen.« Er antwortete auf alle Fragen zu seiner Person knapp und präzise. Frenzel legte ihm dagegen in epischer Breite und genüsslich seine Rechte und Pflichten dar. Schwarz ließ es stoisch über sich ergehen. Auch die Speichelprobe gab er in soldatischer Manier ab. Als Frenzel dann jedoch begann, Fragen zu stellen, wusste Schwarz genau, dass er zu seinem Alibi keine Angaben machen musste. Mit einem knappen »kein Kommentar« berief er sich auf sein Auskunftsverweigerungsrecht. Sein Gesicht war während des ganzen Gesprächs zur Maske versteinert. Eigentlich gab es kaum noch eine Steigerung, und dennoch verhärteten sich die Züge noch mehr, als Frenzel ihm das Foto der ermordeten Luba Petkova zeigte. Doch alle Fragen nach Puffbesuchen, nach dem Serail, nach Kollegen und Geschäftspartnern prallten an Schwarz' »kein Kommentar« ab.

4

Nachdem sich Schwarz und sein Anwalt verabschiedet hatten, stand Luca auf, ging zum Fenster und sah hinaus auf die Neckarstraße mit ihren feinstaubgrauen Häusern. Der Feierabendverkehr zwängte sich durch die wichtige Verkehrsader. Sie war mit ihrem Knotenpunkt, dem Neckartor, weit über die Grenzen Stuttgarts berühmt für ihre hohen Schadstoffwerte. Die Stadt kämpfte seit Jahren – nicht nur hier – gegen die Emissionen aus dem Autoverkehr an. Doch die ganzen Tempolimits auf den Ausfallstraßen, die ganzen Appelle an die Autofahrer, all die Anreize, auf öffentliche Verkehrsmittel umzusteigen, halfen nichts. Wohl wurde immer wieder gesagt, dass in Stuttgart die Grenzwerte für Schadstoffe wie Schwefeldioxid, Kohlenmonoxid, Benzol und Blei im Großen und Ganzen eingehalten würden. Aber die Stickoxide lagen an vielen Orten regelmäßig weit über den Grenzwerten. Vor allem eben hier am Neckartor und am Autobahnkreuz Stuttgart-Vaihingen. Luca hatte sich schon oft gefragt, wie solche Grenzwerte zustande kamen. Dass das Zeug aus den Auspuffanlagen in geringen Mengen der Gesundheit förderlich sei, hatte er noch nie gehört. Und dass es an 35 Tagen im Jahr erlaubt war, den Tageswert für Feinstaub zu überschreiten und sich die Oberen erst dann Sorgen machten, wenn – wie eben hier in der Neckarstraße – an wesentlich mehr

Tagen diese Grenzwerte deutlich überschritten waren, das fand er geradezu abenteuerlich.

Er dachte daran, was Laura Winter gestern Abend über das Gebaren der Automobilmanager und -bosse erzählt hatte. Wenn es wahr war, was sie vermutete, dann hatten ganze Führungsriegen von Automobilherstellern und deren Zulieferern billigend in Kauf genommen, dass durch den groß angelegten Abgasbetrug die Städte weltweit systematisch verpestet wurden. Solchen Leuten wie Schwarz und Immendorf traute er das ohne Weiteres zu. Aber hatten sie auch mit dem Tod von Luba Petkova zu tun?

Luca drehte sich zu Frenzel um, der noch am Besprechungstisch saß und sich Notizen machte.

»Irgendwie werde ich das Gefühl nicht los, dass wir auf dem Holzweg sind«, meinte Luca und raufte sich mit der Hand das dichte schwarze Haar. »Die gehen wohl zusammen in den Puff und feiern da ihre Geschäfte. Aber ich sehe einfach kein Motiv, warum sie das Mädchen umbringen sollten.«

Frenzel sah auf. »Wir haben halt diese Verbindung über den Zettel, Herr Mazzaro. Der folgen wir ja eben, oder?«

»Der aber nur zerknüllt wurde. Man hat ihn nicht vernichtet. Wenn einer von den dreien an der Tat beteiligt gewesen wäre, dann hätte er dieses Beweisstück doch nicht da liegen lassen. Auf jeden Fall, hat der Mörder noch was anderes gesucht.«

Frenzel seufzte. »Ja, alles recht mühsam.« Er fuhr sich nachdenklich mit der drallen Hand über die Glatze. »Eigentlich müssten wir Kalina Stoikova noch mal verhören. Warum hat sie euch Brennscheider genannt?«

»Herr Frenzel, ich kann's nur mit meinem sizilianischen Bauchgefühl für mafiose Milieus begründen. Aber ... Wenn wir die noch mal holen, dann bringen wir sie in Gefahr. Ich meine, richtig in Gefahr.«

Frenzel nickte verstehend. » Sprechen Sie mit Brennscheider. Und ich besorge Ihnen gleich eine richterliche Anordnung für die

Speichelprobe von ihm. Er hatte Kontakt zu den Frauen. Davon können wir ausgehen. Und irgendwie will es mir nicht in den Kopf, dass es ein ein Zufall sein soll, wenn der auch bei der Neckarsburger Auto-Union im Einkauf sitzt und Anton Schwarz sein Chef ist.«

5

Als Luca am späten Nachmittag ins Präsidium zurückkam, fand er Pia und Gertrud Sieg im kleinen Besprechungszimmer inmitten von Papieren und Akten. Das Fenster hatten sie weit aufgerissen, obwohl es draußen kalt und feucht war. Trotz der Frischluft waberte noch immer der Gestank von Zigaretten durch den Raum. Pia hätte er jetzt den Kopf gewaschen. Aber Gertrud stand in der Hierarchie doch einiges über ihm. Wenn sie die Regeln nicht beachtete, was sollte er dann Pia, den Youngster, zusammenscheißen?

Die beiden waren noch einmal die Unterlagen durchgegangen, die bei der Razzia beschlagnahmt und die bereits gesichtet worden waren. Das meiste Material, einschließlich der Computer und Finanzunterlagen, war ans LKA gegangen. Dort saßen eben Leute wie Çelik Erkan, die auch verschlüsselte Dateien knacken konnten, und Rudolf Kuhnert, für den selbst verwickeltste Geschäfte kein Problem waren. Man würde auf ihre Ergebnisse warten müssen. Doch Gertrud Sieg hatte sich ein paar Unterlagen aus Ruthenaus Büro geschnappt. Vor allem Personaldokumente und Pässe, die dort stapelweise in einem Safe herumgelegen hatten, den Harald Ruthenau, der Chef des Serails, nur außerordentlich widerwillig und nur nach Androhung einer Sprengung des Schlosses geöffnet hatte.

»Außer den Pässen von den Frauen aus der Fasanenhof-Wohnung haben wir Pässe von sechzehn weiteren Frauen gefunden«, informierte Gertrud Sieg. »Das macht insgesamt zwei Drittel des horizontalen Personals des Serails aus. In dem angeblich nur selbstständig arbeitende Frauen unterwegs sein sollen. Außerdem haben wir drei alte Bekannte gefunden, die offensichtlich jetzt hier in Echterdingen eingesetzt werden. Die Namen sind mir bekannt. Sie waren alle auch in einem Bordell in Villingen tätig, das Bakir Sušić selbst gehört. Dort war auch die Frau, die anfangs aussagewillig war. Die haben sie inzwischen so eingeschüchtert, dass sie nach Rumänien zurück und nicht mehr auffindbar ist. Ich hoffe, die lebt noch.« Selbst die coole Gertrud Sieg klang jetzt ein bisschen sentimental. »Aber kein Pass von Luba Petkova. Weder im Serail noch in der Wohnung. Da brat mir doch einer nen Storch, wenn der Ruthenau oder Bakki nichts mit dem Mord zu tun haben.«

»Wir müssten an die Freundin von Bakki rankommen, diese Fabiola«, überlegte Luca laut.

»Die weiß alles, da verwette ich meinen Hintern«, meinte Pia. »Die weiß auch, was in der Mordnacht passiert ist.«

»Aber wenn wir uns die krallen«, überlegte Luca, »dann macht Bakki die vorher so zur Schnecke, dass die keinen Laut mehr von sich gibt.«

»Da kommen wir nicht weiter.« Sieg klang wirklich deprimiert. Dann fiel ihr noch etwas ein: »Die sechzehn Frauen dürfen wir nicht vergessen. Die müssen irgendwo untergebracht sein. Im Serail gibt es Übernachtungsmöglichkeiten. Habt ihr die mal gesehen, diese Kabuffs? Jugendherberge ist Luxus dagegen. Aber da wohnen nur die wirklich Freiberuflichen. Sie müssen da sogar pro Übernachtung zahlen. Aber wenigstens können sie gehen, wenn es ihnen nicht mehr passt.«

Pia hob wie ein Erstklässler den Finger: »Die zweite Wohnung! Da gibt es in dem Gebäudetrakt doch noch eine Wohnung, die auch Bakki gemietet hat.«

Gertrud Sieg stand auf und sah um sich wie eine wilde Walküre. »Warum weiß ich davon nichts? Ist die bei der Razzia durchsucht worden?«

»Stand alles in den Akten. Und die Razzia habt ihr organisiert.« Luca hatte keine Lust mehr auf ein Geplänkel. »Außerdem: Da sollen laut einmütigen Nachbarschaftsangaben nur wüste Kerle aus- und eingehen. Keine Frauen.«

»Wir müssen die Unterkünfte der anderen Frauen finden«, sagte Sieg bestimmt. »Ihr müsst das prüfen: Hat Sušić sonst noch was in der Umgebung des Serails angemietet?«

Pia schüttelte den Kopf. »Hab's ziemlich weiträumig überprüft. Halt seine Eigentumswohnung noch. Aber die ist zu fein für Nutten. Und dann halt in Rottweil die schöne Villa und in Bosnien das Anwesen.«

»Er hat ja auch seine Jungs. Das Geschäft mit den Mädchen wird unseres Wissens ohnehin hauptsächlich über seine Lakaien abgewickelt. Ich schicke euch mal ein paar Namen rüber. Ihr überprüft sofort, ob da einer noch was gemietet oder gekauft hat, was in Frage kommen würde.« Sieg führte sich schon wieder auf wie die Soko-Chefin persönlich.

»Wir werden jetzt erst mal überprüfen, ob wir Thorben Brennscheider vor die Flinte kriegen«, opponierte Luca und sah auf die Uhr. Es war schon kurz nach sieben, die beste Zeit, um die Leute zuhause anzutreffen. »Auf, Pia, wir haben noch was vor. Alles andere sehen wir morgen.«

Pia hüpfte hoch, und Sieg gab sich zunächst mal geschlagen.

6

Eigentlich hatte Luca für heute die Schnauze voll. Er war müde und hätte liebend gerne Feierabend gemacht. Doch andererseits interessierte ihn dieser Thorben Brennscheider. Zu den Maybach-Quartieren war es vom Präsidium aus ein Katzensprung. Es lohnte sich gar nicht, ins Auto zu steigen. Über den Pragsattel, die Siemensstraße entlang, vorbei an der imposanten Mercedes-Benz-Bank und dem Theaterhaus war man zu Fuß in zehn Minuten in der Maybachstraße.

Luca musste zugeben, dass er hier auch ganz gerne gewohnt hätte. Die modernen Gebäude mit ihren klaren Linien waren hell gehalten und hatten trotz der Quaderbauweise eine wohnliche Ausstrahlung. Doch mal abgesehen von den Preisen, die man hier pro Quadratmeter zahlen musste, fand er Eigentumswohnungen, wie sie hier ausschließlich angeboten wurden, ziemlich spießig. Wer wusste schon, wohin ihn Beruf und Schicksal noch führten. Sich so zu binden war nicht sein Ding.

Der richtige Hauseingang war schnell gefunden. Die Wohnung von Brennscheider lag im ersten Stock über dem Parterre, das sogar kleine Vorgärten vor den Wohnzimmern hatte. Auf ihr Klingeln hin rührte sich nichts.

»Blöd«, meinte Pia knatschig. »Ich hab null Bock, morgen Abend wieder hier zu stehen.«

»Dann müssen wir ihn eben doch morgen früh in der Firma anrufen und ihn zu uns einbestellen.« Sie traten gerade den Rückweg an, als eine ältere, gepflegte Frau in ihren Vorgarten trat und sie ansprach: »Zu wem wollen Sie denn?«

»Brennscheider. Sie wissen nicht zufällig, wann man den am besten antrifft?«, fragte Luca.

»Zurzeit wohl gar nicht. Aber wer sind Sie denn? Verwandte?«

Luca zückte seinen Ausweis. »Wir bräuchten ein paar sachdienliche Hinweise von ihm.« So was klang immer unverfänglich und plausibel.

»Aber haben Ihnen Ihre Kollegen nichts gesagt?«, meinte die Frau, nachdem sie den Ausweis eine Weile verwundert betrachtet hatte. »Die haben ihn doch selbst dazu verdonnert, ins Krankenhaus zu gehen. Obwohl er sich zuerst geweigert hat. Aber so wie der ausgesehen hat, bleibt der da auch ne Weile.«

Auch Pia hielt der Frau nun ihren Ausweis unter die Nase und fragte artig: »Können wir einen Moment reinkommen. Wir müssten klären … hier auf dem Weg ist das irgendwie doof.« Manchmal war sie ganz schön dreist. Doch Luca musste ihr auch zugutehalten, dass sie so etwas wie einen siebten Sinn besaß. Auch er selbst hatte plötzlich das Gefühl, dass Brennscheider nicht nur einen einfachen Unfall gehabt hatte.

Die Frau betätigte die den Türöffner, erwartete sie im Treppenhaus und führte sie sofort einen Stock höher. »Hier. Herr Brennscheider wohnt direkt über uns. Das war eine Randale gestern. Wir haben die Polizei gerufen. Aber das haben Ihre Kollegen sich ja aufgeschrieben.«

Sie standen vor Brennscheiders Wohnungstür. Sie war versehen mit einem amtlichen Siegel der Polizei. Man sah, dass jemand versucht hatte, die Tür gewaltsam, wahrscheinlich mit einem Stemmeisen zu öffnen. Luca notierte sich die Dienststelle, die auf der Banderole angegeben war.

»Frau …«

»Müller. Ganz profan Müller.«

»Frau Müller, können Sie uns sagen, was hier gestern passiert ist?«

»Funktioniert wohl nicht richtig, die Kommunikation bei der Polizei. Na ja, Sie erfahren es ja ohnehin von Ihren Kollegen. Es war am frühen Abend. Da ging das Getöse los. Herr Brennscheider war gerade nach Hause gekommen. Es müssen zwei oder drei Männer gewesen sein. Und die haben geschrien und getobt. Einer hat ständig gebrüllt ›Rück das Zeug raus!‹ Es hat sich angehört, als hätten sie die ganze Wohnung auseinandergenommen. Und Herr Brennscheider, wie der ausgesehen hat. Die müssen den brutal zusammengeschlagen haben. Aber das haben wir erst später gesehen, als die Polizei dann kam. Da waren diese Typen aber dann schon weg. Da traut sich ja keiner vor die Tür, wenn es da so zugeht.«

»Und jetzt ist Herr Brennscheider im Krankenhaus?«, fragte Luca.

»Die Polizei hat den Notarzt geholt. Wie gesagt: So wie der ausgesehen hat …«

Luca bedankte sich bei der Frau. Er nickte Pia zu. »Okay, dann wissen wir ja, was wir morgen früh als erstes zu tun haben.«

»Morgen ist Feiertag«, protestierte Pia auf dem Weg zurück zum Präsidium.

»Gute Besuchszeit im Krankenhaus«, meinte Luca nur. Aber auch er war überhaupt nicht begeistert. »Wenigstens haben wir jetzt Feierabend.«

Luca rief trotzdem von seinem Büro aus noch die Dienststelle an, die am Abend zuvor hier im Einsatz war, und hatte Glück. Einer der Beamten, die Dienst hatten, war auch am Tag zuvor bei dem Überfall auf Brennscheider im Einsatz gewesen.

»Das hat nach nem ziemlich gezielten Anschlag auf das Opfer ausgesehen«, schilderte der Mann. »Die haben zwar alles durchwühlt. Aber das Mobiliar haben die nur zertrümmert, um dem eine reinzuwürgen. Oder um was aus ihm rauszuholen. Sonst bricht man doch jemandem nicht gezielt die Finger. Und dann haben sie seinen Laptop und sämtliche digitalen Datenträger mitgenommen. Sonst nichts. Keinen Fernseher und keinen Kaffeeautomaten und keine Cartier-Armbanduhr für zehntausend. Hat zwar die Fresse vollbekommen, der junge Mann, aber auf die war er trotzdem mächtig stolz. Und froh, dass sie ihm die nicht abgenommen haben.«

»Der Mann ist für uns eventuell ein Zeuge in einem Mordfall«, erklärte Luca dem Kollegen. »Könnten wir uns die Wohnung mal anschauen?«

»Wenn der Staatsanwalt nichts dagegen hat. Dieser Brennscheider, also der Geschädigte, der wollte keine Anzeige erstatten. Wir haben es trotzdem der Staatsanwaltschaft gemeldet. Wegen Körperverletzung und so. Und die meinten, wir sollen versiegeln. Vielleicht soll da noch mal die KTU rein. Müssten

Sie also mit dem Staatsanwalt … äh, Moment mal … Das ist der Hergenthaler.«

»Okay, klären wir. Und in welches Krankenhaus wurde Brennscheider gebracht?«

»Gleich bei euch um die Ecke, ins Robert-Bosch.«

»Ist er ansprechbar?«

»Wenn sie ihm nicht irgendeine Spritze verpasst haben, mein ich schon. Gestern jedenfalls … Dafür, wie die den vermöbelt haben, hat er uns noch ganz schön angekoffert.«

Donnerstag, 5. Mai. Christi Himmelfahrt

1

Er war zwar so k. o. gewesen, dass er sich nur noch eine Kleinigkeit zum Abendessen gemacht und sich dann mit einem Bier vor die Glotze gepflanzt hatte. Trotzdem hatte er unruhig geschlafen. Zwei Dinge gingen ihm ständig durch den Kopf. Zum einen »Laura non c'è« von Nek, zum andern die Frage, warum Thorben Brennscheider zusammengeschlagen worden war. Vor allem nachts war dieses Gedankenwälzen echt ätzend. Wenn das Karussell mal angelaufen war, kam man kaum noch runter.

Erst gegen Morgen war er noch einmal in einen Tiefschlaf gefallen, und er war froh, dass er Pia gnädigerweise erlaubt hatte, wenigstens am Feiertag auszuschlafen.

Sie trafen sich um halb elf im Präsidium und packten das Teströhrchen und ein paar Unterlagen ein. Frenzel hatte tatsächlich geliefert und ihnen auch die Bewilligung des Speicheltests besorgt. Dann gingen sie durch die Reben zum Robert-Bosch-Krankenhaus, dieses Mal jedoch nicht in die Katakomben, wo in ihrem Kühlfach noch immer Luba Petkova auf die Aufklärung ihres Todes wartete, sondern in ein Obergeschoss eines Seitenflügels, in dem die Patienten der Unfallchirurgie versorgt wurden.

2

Brennscheider saß in einem Einzelzimmer auf der Bettdecke seines Krankenbettes und hantierte, sichtlich genervt, mit einem Handy. Zwei Finger der rechten Hand waren geschient. Er trug Jeans und nur ein Unterhemd am Oberkörper, der verbandagiert war. Seine Oberlippe war geplatzt und genäht. Ein veritables Veilchen schillerte in den Farben rot über lila bis blau.

Als die beiden Kriminalkommissare ins Zimmer traten, sah er unwillig auf und sagte dann zu Luca: »Was willst du denn hier?«

Nachdem Pia und Luca ihm ihre Ausweise gezeigt hatten, ging er jedoch schnell zum ›Sie‹ über. »Sie sind von der Polizei?«, fragte er abweisend.

Auch Luca hatte ganz klar das Gefühl, dass er den Mann kannte. Wo sollte er ihn einordnen? »Herr Brennscheider, wir haben ein paar Fragen zu dem Überfall auf Sie.«

»Kann ich nichts zu sagen. Keine Ahnung, wer das war.« Thorben Brennscheider sah nicht aus wie ein Opfer, das man schnell mal zusammendrosch. Er war um die dreißig, wahrscheinlich ein bisschen größer als Luca, mit breiten Schultern. Sein Body war durchtrainiert, die Muckis geschmückt mit dezenten Tätowierungen. Auch seine Ausstrahlung war unterschwellig aggressiv und in keiner Weise eingeschüchtert. Luca fiel der Chat über Frauen auf Facebook ein, und er konnte sich diesen Typen durchaus auch in der Rolle eines Zuhälters vorstellen.

»Können Sie die Männer beschreiben?«, fragte Luca.

»Ich hab keine Anzeige erstattet.« Brennscheider versuchte, sich in eine herausfordernde Pose zu bringen und stöhnte lauf auf. Seine Rippen hatten wohl einiges abbekommen.

»Körperverletzung ist keine Kinderparty. Da übernimmt die Staatsanwaltschaft, ob Sie wollen oder nicht. Wie viele waren es denn?«

»Zwei.«

»Und? Groß, klein, dick, dünn?«

»Ich hab mir die nicht so genau angeschaut. Irgendwelche Spacken, die mal jemanden in die Mangel nehmen wollten. Vielleicht war's denen langweilig.«

»Herr Brennscheider, die haben Sie ganz gezielt überfallen. Und die haben etwas Bestimmtes gesucht. Was war das?«

»Woher soll ich das wissen? Kriegen Sie's doch raus.« Er war in keiner Weise kooperativ.

»Okay«, schaltete sich nun Pia ein und legte Brennscheider das retuschierte Foto von Luba Petkova vor.

»Die kennen Sie ja. Sie sind ja oft genug Gast im Serail.« Pia ging wieder mal in die Vollen, und Thorben Brennscheider war einer jener Männer, die das unscheinbare Wesen erst jetzt wahrnahmen. Er sah sie perplex an. Die Verunsicherung, die die Offensive ausgelöst hatte, ließ sich nicht verleugnen. Doch er ging schnell wieder zum Gegenangriff über.

»Was geht Sie das an, wie oft und in welchen Puff ich gehe?«

»Kommen Sie anders nicht zum Schuss?« Pia war derartig frech, dass Luca große Lust hatte, ihr wieder eine vors Schienbein zu treten.

»Ich hab einfach keinen Bock auf das ganze Drumherum. Ich habe kein Problem mit Frauen, verkehrstechnisch gesehen. Ich hab Geld, ein geiles Auto, mein Astralkörper ist momentan ein bisschen lädiert, aber sonst ganz fit. Aber reden, kuscheln, den großen Frauenversteher spielen, das geht mir extrem auf die Nerven. Ich geh in den Puff, such mir eine Frau aus, und dann geht's zur Sache.«

»Mit ihr auch?« Pia schob ihm noch einmal das Bild der toten Luba Petkova unter die Nase.

»Kenne ich nicht.« Brennscheider schaltete wieder auf stur.

»Ihr Künstlername ist Natascha. Hatten Sie Kontakt zu ihr?«

»Mich interessieren die Frauen in erster Linie vom Hals an abwärts«, meinte Brennscheider feixend und betrachtete Pia in ihrem übergroßen Regenmantel abschätzig.

Luca hatte langsam die Faxen dicke. »Also, Herr Brennscheider. Ich werde Ihnen jetzt mal den Sachverhalt erläutern. Wir sind nicht hier, weil Sie vorgestern zusammengeschlagen worden sind. Da kümmern sich andere Kollegen drum. Für uns ist interessant, dass Sie zusammengeschlagen worden sind.« Luca holte Luft und konnte feststellen, dass Brennscheider äußerst aufmerksam zuhörte.

»Diese junge Frau … Sie hat im Serail als Prostituierte gearbeitet. Sie wurde vor vierzehn Tagen umgebracht. Man hat sie erdrosselt.«

Auf Brennscheider schien dies keinen besonderen Eindruck zu machen.

»Wir wissen, dass Sie und Ihr Chef, Herr Anton Schwarz, beide Kontakt zu dem Opfer hatten.« Das konnte man ja einfach mal so behaupten, auch wenn Luca wusste, dass sie dafür eigentlich noch keine Beweise hatten.

Die Reaktion von Brennscheider war diesmal jedoch erstaunlich. Er wurde reichlich nervös. »Ich habe mit Schwarz überhaupt nichts zu schaffen. Ist blöderweise mein Vorgesetzter, dieses Arschloch. Das ist aber auch alles.«

»Bis auf ein paar gemeinsame Besuche im Puff«, meinte Pia sarkastisch.

»Kann ich was dafür, dass der ab und zu in denselben Schuppen geht wie ich?«

»Wer bezahlt? Sie oder er?«, fragte Pia unbeeindruckt.

»Moment mal.« Brennscheider wurde immer unsicherer. »Das ist ne ganz andere Party. Da hab' ich nichts mit zu schaffen. Da bleiben die Großkopferten schön unter sich.« Ihm wurde bewusst, dass er eigentlich schon zu viel gesagt hatte. »Ich hab Schwarz mal gesehen im Serail. Mehr nicht. Und jetzt lassen Sie mich in Ruhe. Dürfen Sie das überhaupt? Mich so verhören? Mir geht's nämlich nicht besonders gut.« Plötzlich spielte er den sterbenden Schwan.

»Herr Brennscheider, wir lassen Sie sofort in Ruhe«, übernahm Luca wieder die Gesprächsführung. »Wir müssen aber ausschließen, dass Sie in der Nacht vom 8. auf den 9. April Kontakt zu Luba Petkova, alias Natascha hatten. Wir brauchen deshalb eine Speichelprobe von ihnen.« Er hielt dem halbseidenen Automobileinkäufer die richterliche Anordnung unter die Nase.

In Brennscheiders Gehirn arbeitete es sichtlich. Er überflog die Anordnung nur. »Und wie wollen Sie das eingrenzen auf genau diese Nacht?«

»Die DNA des Täters kann nur in dieser Nacht auf den Spurenträger gekommen sein, den wir gefunden haben.«

»Vor vierzehn Tagen, sagen Sie?«

Brennscheider entschied, dass es wohl unverfänglicher war, wenn er einwilligte. Mit schmerzverzerrtem Gesicht öffnete er widerwillig den Mund, während Luca ihm die Wangenschleimhaut abstrich.

»Und Ihr Handy brauchen wir noch. Sie bekommen es noch heute zurück.« Probieren konnte man es ja mal, auch ohne richterlichen Beschluss.

»Das ist nicht meines«, sagte Brennscheider weinerlich. »Das haben mir diese Alpakas auch abgenommen. Das ist nur ein Prepaid mit nix drauf. Meine ganzen Apps und Kontakte. Alles weg.« Er hielt Luca demonstrativ das Handy hin.

Der nahm es, schaute kurz die Einstellungen und bisherigen Aktionen durch und notierte sich die beiden Telefonnummern, die Thorben Brennscheider als einzige von diesem Gerät aus angewählt hatte. Das Gerät war in der Tat so gut wie unbenutzt.

»Okay, Herr Brennscheider. Vielen Dank erst mal. Die Kollegen werden dann sicher auch noch einen Krankenbesuch bei Ihnen machen. Wie gesagt: Schwere Körperverletzung ist keine Bagatelle. Da wird ermittelt, bis die Täter gefunden sind.«

»Ich werde mit Sicherheit nicht weiter hier rumhängen. Sagen Sie das Ihren Kollegen. Und die sollen mich gefälligst vorher anrufen, wenn sie was von mir wollen. Meine Nummer haben Sie ja jetzt. Vorläufig mal.«

Luca hatte keine Lust, diesen Flegel über irgendwelche Pflichten als Zeuge zu belehren. Das Gespräch hatte einiges gebracht, worüber er jetzt erst mal nachdenken musste. Und er fragte sich, woher der Mann ihn kannte.

Dann fiel es ihm ein. Er war einer der Typen, die regelmäßig in der Fitness-Bude ihre Muskeln stählten, die einige Meter oberhalb des Sportzentrums am Schnarrenberg lag, in dem Luca trainierte. Samstags kamen diese Leute regelmäßig in den Neuen Pfefferer und machten ein Riesenpalaver, allen voran der großmäulige Thorben Brennscheider. Man kannte die Gesichter, ohne genau zu wissen, mit wem man es zu tun hatte.

Gemeinsam mit Pia machte er sich vom Acker.

»Müssten wir den nicht observieren?«, fragte Pia auf dem Fußweg durch die Weinberge. Bei besserem Wetter war das eine schöne Strecke mit tollen Aussichten auf die Stadt im Talkessel. Bei diesem Nieselregen sah man hier auch nur Grau in Grau.

»Wäre nicht schlecht«, überlegte Luca. »Aber ich glaube, dafür haben wir einfach nicht genug gegen ihn in der Hand.« Observationen waren aufwändig. Und ob das genehmigt werden würde, war mehr als fraglich. Er hatte auch keine Lust, sich darüber noch den Kopf zu zerbrechen. Schließlich war Feiertag. »Lass uns das morgen mit Frenzel besprechen. Wir machen Schluss für heute.«

Freitag, 6. Mai

1

Die kleine Erholungspause hatte ihm gutgetan, auch wenn es nur ein Nachmittag gewesen war. Er war früh zu Bett gegangen und hatte gut geschlafen. So war er am Freitag schon recht früh wieder am Schreibtisch.

Luca meinte sich zu erinnern, dass der Staatsanwalt mal gesagt hatte, dass er ein ausgesprochener Frühaufsteher war. Also rief er sofort Frenzel an. Der klang denn auch vollkommen munter, als Luca ihn über den Einbruch bei Thorben Brennscheider informierte, und dass der Fall schon bei der Staatsanwaltschaft lag.

»Der Herr Hergenthaler, ja, ja. Wissen Sie, das ist einer von der Sorte, denen man empfehlen müsste, in eine andere Zeitzone auszuwandern. Auf den Kapverden beispielsweise könnte er zwei Stunden länger schlafen und wär trotzdem pünktlich um acht Uhr Mitteleuropäischer Zeit im Büro, ha, ha. Sobald er wach ist, bekommen Sie Bescheid.«

Das dauerte dann auch in der Tat noch anderthalb Stunden. Wenigstens gab es genügend Zeit, die KTU anzufordern. Pia, die heute offenbar ebenfalls in einer anderen Zeitzone lebte, trudelte um viertel vor neun ein. Zugleich kam der Rückruf von Frenzel.

»Brauchst die Jacke gar nicht auszuziehen«, wies Luca die Kollegin an, die in einer viel zu weiten Regenjoppe steckte, in der sie noch spackeliger aussah, als sie ohnehin war. »Wir gehen gleich noch mal rüber zu den Maybach-Quartieren. Die KTU macht die Wohnung von Brennscheider auf.«

Draußen nieselte es. Dieses Jahr wollte es einfach nicht Frühling werden. Trotzdem gingen sie wieder zu Fuß. Sie warteten keine zehn Minuten am Hauseingang zu Brennscheiders

Wohnung, da fuhren auch schon die weißen Kleinbusse der Kriminaltechnik vor. Ein Mann stieß zu ihnen, der sicher so etwas wie eine Art Hausmeister war. Er schloss die Haustür auf und im ersten Stock die Wohnungstür, nachdem die Beamten das Siegel entfernt hatten.

Die Wohnung von Thorben Brennscheider war wirklich den Vandalen zum Opfer gefallen. Das Chaos war gigantisch. Nicht nur, dass jemand den massiven weißen Couchtisch als Karate-Objekt missbraucht und ihn zertrümmert hatte, nicht nur, dass Kaffee über die weißen Polstermöbel und den knallroten Teppich geleert worden war, und nicht nur, dass an die weißen Wände Marmelade- und Honiggläser geworfen worden waren. Das Chaos bestand vor allem darin, dass keine einzige Schublade, kein Regal und kein Schrankfach mehr eingeräumt waren. Alles lag wild auf dem Boden herum, in der Schleiflackküche auch in Form von Scherben, im Schlafzimmer in einem wilden Durcheinander von Socken, Unterhosen, Seidenhemden und Boss-Anzügen, Sportbekleidung und Freizeitklamotten. Jemand hatte die Wohnung systematisch durchsucht.

Das Team der Kriminaltechniker wurde – zu Lucas Erleichterung – nicht von der Ziege geleitet, die ihm so auf den Keks ging, sondern von dem älteren Mann, der auch schon in der Wohnung der Prostituierten auf dem Fasanenhof gute Arbeit geleistet hatte. Routiniert gab er den Kollegen Anweisungen und stellte seine Nummerntäfelchen auf.

»Könnten Sie sich hier so nebenher auch mal überlegen, was die Täter hier gesucht haben könnten?«, bat Luca den KTU-Kollegen.

Der sah ihn an und erinnerte sich sofort. »Hat das was mit dem Fall auf dem Fasanenhof zu tun?«

»Könnte sein. Es gibt Hinweise auf Verbindungen.«

»Also, was ich jetzt schon sagen kann …« Der Mann ließ den Blick über das Tohuwabohu schweifen. »Hier wurde auch ein eher kleinerer Gegenstand gesucht. Sonst muss ich nicht die Schreibtischschublade mit der Ablage für die Stifte und den ganzen Kleinkram ausräumen. Außerdem haben die Kollegen vom Revier im Protokoll angegeben, dass der Laptop und alle digitalen Speichermedien weg sind. Wohl auch ne externe Festplatte. Ich tippe darauf, dass die irgendetwas Elektronisches gesucht haben. Ein Handy, einen Stick, ne DVD … So was in der Art.«

Ganz ähnlich also wie bei der ermordeten Luba Petkova. Pia, die neben ihm stand und aufmerksam alles verfolgte, sagte leise zu ihm: »Hatten wir das nicht schon mal?«

2

Zurück im Präsidium bat Luca die Kollegin, sich um den ganzen DNA-Kram zu kümmern. Die Ergebnisse des Gentests von Schwarz und Immendorf waren noch nicht da. Und die Speichelprobe von Brennscheider sollte so schnell wie möglich untersucht werden. Da musste man nachfassen.

Pia freute sich fast über den Auftrag. »Ich fahr mal runter ins LKA. Da arbeitet ein Kumpel am Kriminaltechnischen Institut. Der ist mir noch was schuldig. Und hier gibt's eh nichts zu tun.«

»Lass dir nicht zu viel Zeit«, mahnte Luca, obwohl auch er nicht wusste, wie sie jetzt weitermachen sollten. Er ging daran, sich handschriftlich Notizen über das Gespräch mit Brennscheider zu machen und dachte nach. Hatte irgendeine Bemerkung des NAU-Einkäufers sie weitergebracht? Das Verhältnis zwischen Brennscheider und seinem Chef Anton Schwarz schien tatsächlich nicht gut zu sein. Aber ob es wirklich nur ein Zufall war, dass die beiden in demselben Erotik-Club verkehrten, das hätte er nicht beschwören wollen. Und wer zahlte für Brennscheiders Sexvergnügen?

Die handschriftlichen Notizen halfen ihm heute wirklich, die Gedanken zu ordnen und die Dokumentation in ein halbwegs verständliches Deutsch zu bringen. Er brauchte dadurch zwar etwas länger. Aber wenigstens würden die Kollegen ihn nicht mehr ständig aufziehen oder verständnislose Fragen stellen.

Pia kam erst einige Zeit nach Mittag zurück. Sie schien in angeregter Laune zu sein. Aber warum sollte nicht auch so ein Floh, wie sie es war, einen Lover finden. Luca würde es ihr gönnen. Langsam begann er sie zu mögen. Nicht als Frau, aber durchaus als Kollegin.

Alena

Der Mann hatte Nerven. Plötzlich stand er vor der Wohnungstür und fragte nach ihr. Was, wenn da gerade einer der Muskelmänner herübergekommen wäre? Was, wenn Ándscheo das mitbekommen würde? Oder wenn die böswillige Bulgarin, die die Tür geöffnet hatte, es Fabiola steckte, nur um sich bei der einzuschmeicheln?

»Los, zieh dir was über. Komm mit. Ich muss mit dir reden.«

Der Typ sah schlimm aus, wie sie mit einiger Genugtuung feststellte. Ein blaues Auge, gebrochene Finger und eine aufgeplatzte Lippe. Den hatte jemand ziemlich heftig verprügelt. Rasch zog sie eine Jacke über. Es war besser, möglichst schnell aus dem Haus zu kommen, bevor einer der Männer es mitbekam.

Sie gingen in das moderne Stadtteilzentrum, wo die Post, ein Lebensmittelgeschäft und andere Läden untergebracht waren. Der Typ wollte mit ihr doch tatsächlich in das kleine Steh-Café.

»Nein, nein. Männer Kaffee trinke. Hier.«

Wenigstens das begriff er. Sie gingen in einen Hinterhof.

»Pass auf: Ich weiß von Natascha, dass du jedes Wort verstehst.«

Warum hießen bei deutschen Männern alle russischen Prostituierten Natascha? Der Name war überhaupt nicht erotisch. Und Ludmilla hatte nicht nur den falschen bulgarischen Na-

men Luba gehasst, sondern noch viel mehr diesen sogenannten Künstlernamen.

»Pass auf: Ich hab Natascha einen Stick gegeben. Wo ist der?«

Sie hob nur hilflos die Hände.

»Irgendwo muss der sein. Die haben mich ständig gefragt, ob ich der Nutte die Dateien gegeben hätte.« Er hob die geschienten Finger. »Ich hab denen sogar gesagt, dass Natascha diesen Stick hat. Aber die haben den ganz klar noch nicht gefunden. Der muss noch da sein. Wo könnte Natascha den hingetan haben?«

Ihr wurde wieder angst und bange. Einen Stick hatte Ludmillas Mörder gesucht. Und nicht gefunden. War es nicht klar, dass der ihn jetzt bei ihr vermutete?

»Nix Stick«, sagte sie und schüttelte heftig den Kopf.

»Der muss irgendwo sein. Die Polizei hat ihn auch nicht gefunden. Das hätten die mir sonst gesagt. Und die hat den nicht weggeschmissen. Da verwette ich mein halbes Gehalt … Das ich mir jetzt sowieso in die Haare schmieren kann. Ich flieg sowieso raus aus dem Laden, so wie die mich mobben. Ich hab eh nichts mehr zu verlieren.«

»Nix Stick!«, sagte sie noch einmal. Zweimal war das Zimmer von dem Mörder durchwühlt worden, zweimal von der Polizei. Die beiden Bulgarinnen, die jetzt in dem Zimmer wohnten, hatten es ausgeräumt. Die Kleider von Ludmilla passten denen nicht, und so hatten sie alles wahllos durcheinander in Tüten gepackt und in das Zimmer geworfen, in dem Alena nun mit Mirena und einer weiteren Rumänin lebte. Sie überlegte, ob in den Sachen von Ludmilla, die sie einfach nicht wegwerfen konnte, irgendwo ein Versteck war, das alle bisher nicht gefunden hatten.

Brennscheider interpretierte ihre Nachdenklichkeit sofort als Zustimmung. »Du suchst noch mal gründlich alles durch. Ja? Und wenn du den Stick findest, dann rufst du mich an. Hier …« Er kritzelte seine Nummer auf einen Zettel. Und sogar Geld gab er ihr. »Du hast auch kein Handy, oder? Da hinten hab ich irgendwo ne Telefonzelle gesehen. Du suchst den Stick. Sofort. Und gibst ihn mir.«

»Was du dann machen?« Das war wirklich die Frage. Wenn sie ihn denn je finden sollte.

»Was ich damit mache? Ich geb ihn der Polizei! Dann ist Schluss mit der ganzen Chose. Dann nehmen die euren Laden auseinander, sag ich dir. Und mich lassen sie in Ruhe. Und den Alten reiß ich auch noch mal rein, dieses Arschloch!«

Sie überlegte fieberhaft, was das für sie bedeuten könnte. Dass der Typ sich darüber keinerlei Gedanken machte, war ihr klar. Sie wurde trotzig. »I nix suche«, sagte sie.

Er packte sie mit seiner gesunden Hand am Arm. »Such diesen verdammten Stick. Wenn der erst mal bei der Polizei ist, dann fliegt das Ganze auf. Wenn du Glück hast, kommst du dann sogar raus aus der Scheiße. Du suchst den. Und du rufst mich an. In jedem Fall. Sonst sag ich deinen Luden, du hättest das Ding. Hast du verstanden?«

Er war so böse. Es war klar, was passieren würde, wenn er den Muskelmännern wirklich sagen würde, sie hätte den Stick. Wie hatte Ludmilla sich nur mit ihm einlassen können?

Sie gingen zurück in die Fasanenhofstraße. Vor dem Hausaufgang, wo die andere Wohnung war, stand einer der Muskelmänner. Sie fing fast zu rennen an, nur schnell weg von Brennscheider, so dass es vielleicht doch so aussah, als hätte sie mit dem nichts zu tun.

Der Muskelmann sah sie an. Dann beobachtete er nachdenklich, wie Brennscheider auf die andere Straßenseite ging, sich dort in seinen Sportwagen setzte und davonfuhr.

3

Am frühen Nachmittag rief Andreas Bialas ihn über das hausinterne Telefon an und bat ihn, in sein Büro zu kommen. Auch Hanna saß wieder an ihrem Schreibtisch. Sie hatte die dichten Haare fast raspelkurz geschnitten. Vor allem aber:

Sie waren durch und durch grau. Einen Moment starrte Luca, der sie nur mit kastanienbraunem Wuschel-Bob kannte, entgeistert an.

Hanna lachte und fuhr sich mit der Hand über den Kopf. »Ich hatte diese Färberei so satt. Außerdem sehe ich jetzt endlich so alt aus, wie ich bin. Und ich erwarte den entsprechenden Respekt. Und dass man mir abnimmt, dass ich mal altersentsprechend müde und kaputt bin. Setz dich her, Luca. Andreas und ich müssen uns jetzt endlich mal die Zeit nehmen, euren Fall mit dir durchzugehen.«

»Gibt's bei euch was Neues«, fragte Luca. »Habt ihr den Mann da in Vaihingen?«

Hanna schüttelte nur resigniert den Kopf.

Bialas sah finster drein und informierte: »Es war ein Opa, bei dem der Enkel zu Besuch war und der den Jungen nicht aus den Augen lassen wollte.« Er seufzte. »Das heißt, wir sind wieder bei Null, und der Soko Körschtal geht wieder die Arbeit aus. Aber ich glaube, ihr könnt Hilfe gebrauchen.«

Allerdings. »Certamente«, bestätigte Luca.

»Wie macht sich Frau Grampp?«, wollte Bialas wissen.

»Pia? Gut. Muss ich echt sagen. Sie hat manchmal ne freche Gosch. Aber sie ist voll eingestiegen, und ich kann mich auf sie verlassen.«

»Und was sagt sie, wenn sie eine freche Gosch hat?«, wollte Hanna interessiert wissen.

»Es geht einfach nicht, dass sie einen dieser Anabolika-Mutanten von den United Tribuns fragt ›Wo lässt du dich eigentlich aufpumpen?‹ Die verstehen keinen Spaß. Sie riskiert, dass die ihr eine aufs Maul geben. Und das tut dann richtig weh. Oder sie fragt einen Einkäufer von der NAU, warum er in ein Bordell geht, ob er anders nicht zum Schuss kommt.«

»Hilft Sie dir bei den Berichten?«, fragte Bialas und verzog einen Mundwinkel leicht nach oben, was bei ihm schon ein breites Grinsen bedeutete. Dabei hob er die Akte hoch, die aufgeschlagen vor ihm auf dem Schreibtisch gelegen hatte. »Ich verstehe alles, muss ich sagen.«

»Sie hilft mir nicht, sie weigert sich sogar. Ich hab mir da so ne Technik zurechtgelegt …« Luca wusste nicht recht, ob er beleidigt oder stolz sein sollte.

»Habt ihr diese Klingonen, diese Rocker von den Tribuns, eigentlich schon überprüft? Oder kann Gertrud Sieg da schon einiges liefern? Ihr braucht von denen die DNA. Zumindest von diesem Häuptling. Von Bakir Sušić.«

»Das sind keine Klingonen, Andreas. Klingonen haben eine Ehre im Leib. Das sind nur Schläger. Sieg wollte uns Infos zu den einschlägig bekannten Mitgliedern der Tribuns geben. Hat sie noch nicht rübergebeamt. Und die DNA von Sušić, die kriegen wir nur, wenn wir ein Sonderkommando genehmigt bekommen. Ich leg mich mit dem nicht an.«

»Was ist mit der zweiten Wohnung, oben am Fasanenhof?«, wollte Bialas wissen. Er hatte trotz der extremen Belastung durch den Fall des toten Jungen einen guten Überblick über die Akten der Soko Fasanenhof.

»Wir sind zu zweit, Andreas. Wann sollen wir das machen? Bei der Razzia im Serail und in den diversen Wohnungen – das wär eine super Gelegenheit gewesen, in diese Bude auch reinzuschauen. Aber das haben die Kollegen von der OK leider verpennt.«

»Hör mal, Luca«, mischte sich jetzt Hanna wieder ein. »Andreas und ich haben besprochen, dass wir euch ab sofort mehr Leute zur Verfügung stellen. Wir haben vier Kollegen schon darauf vorbereitet. Du weißt: Wenn sich bei uns was Neues ergibt, müssen wir sie wieder abziehen. Aber momentan drehen ein paar nur Däumchen. Und uns ist schon klar, dass ihr so nicht arbeiten könnt. Ich werde mir auch wieder Zeit für euch nehmen.«

Luca spürte Erleichterung. Dann konnte man vielleicht wirklich mal all das systematisch in Angriff nehmen, was laut Handbuch der Kriminalistik längst schon überfällig war.

»Wir sollten gleich am Montag früh eine Soko-Sitzung machen«, schlug Hanna vor. »Ich informiere alle die Kollegen, die ihr als Verstärkung bekommt. Du bereitest ein Briefing vor, Luca. Mach dir schon mal Gedanken, was die nächsten Schritte sind und wie du die Leute einteilen willst. Und könntest du Frenzel fragen, ob er dabei sein kann?«

Luca nickte. Wenn Friedebald Zeit hatte, würde er kommen.

4

Es klopfte kurz an die Bürotür der beiden Dezernatsleiter, dann streckte Pia den Kopf herein.

»Luca, die Marinescu ist am Telefon. Und sie hat's ganz wichtig. Sie will uns die ersten Auswertungsergebnisse der beschlagnahmten Unterlagen sagen. Die von der Razzia, du weißt schon.«

»Legen Sie das Gespräch zu mir hier her, Frau Grampp«, wies Bialas sie an. »Und kommen Sie dann auch wieder zu uns.«

Nachdem die Tür wieder geschlossen worden war, fragte er Luca: »Ist sie gegenüber Kollegen auch despektierlich?«

»Nein, überhaupt nicht. Nur gegenüber Zuhältern und Freiern. Die kann sie nicht ab.«

Das Telefon auf dem Schreibtisch des Chefs klingelte, und kurz darauf kam Pia auch schon wieder zu ihnen. Sie setzte sich wie ein artiges kleines Mädchen auf einen der Besucherstühle.

»Frau Marinescu, hier Andreas Bialas.« Der Chef hatte das Gespräch angenommen. »Entschuldigen Sie. Sie wollten Herrn Mazzaro sprechen. Der sitzt gerade bei mir. Gemeinsam mit Frau Stankowski und Frau Grampp. Wir besprechen gerade den Fall Luba Petkova. Wären Sie einverstanden, dass wir den Lautsprecher einschalten? Dann bekommen wir alle mit, was es bei Ihnen Neues gibt.« Er wartete die Antwort gar nicht erst ab und drückte eine Taste.

»Natürlich. Kein Problem. Dann werde ich hier auch auf laut stellen. Herr Kuhnert ist bei mir. Er kann natürlich viel detaillierter Auskunft geben als ich. Falls Sie etwas genauer verstehen müssten.«

Es knackte in der Leitung. Dann meldete sich die monotone Stimme Kuhnerts mit dem berühmten »Ähm«. »Ja, ich grüße Sie, ähm, alle.«

»Ja gut. Dann erst mal einen guten Morgen an alle«, begann Nicole Marinescu. »Ich wollte Herrn Mazzaro vorab schon mal über die ersten Ergebnisse informieren. Von der Auswertung der Daten und Dokumente, die wir im Serail beschlagnahmt haben, meine ich. Sie bekommen selbstverständlich noch einen Bericht. Nur mal fürs Erste. Ich weiß ja nicht, inwieweit das für Ihren Fall von Bedeutung ist. Aber ich wollte mir auch nichts vorwerfen lassen. Dass wir da was zurückhalten würden …« Man merkte der Marinescu an, dass sie verunsichert war. Luca wusste, dass sie vor Bialas enormen Respekt hatte, auch weil der sie einmal recht direkt angegangen war, als sie vor lauter Empörung über wirtschaftskriminelle Machenschaften völlig vergessen hatte, dass ein Mensch gewaltsam zu Tode gekommen war.

»Hallo, Frau Marinescu«, schaltete sich Hanna ein. Mit der mütterlichen Art der älteren Kollegin kam Marinescu besser zurecht. »Lassen Sie uns hören, was Sie haben. Da kann alles hilfreich sein.«

»Okay.« Marinescu nahm hörbar tief Luft. »Wir haben Belege, dass Dietmar Langenfelder, Chef der Langenfelder GmbH & Ko. KG, im Serail etliche Male vierstellige Summen bezahlt hat. Von einem Firmenkonto. Zugleich haben wir keine Belege gefunden, dass Anton Schwarz von der NAU oder Jens Immendorf dort jemals irgendetwas bezahlt hätten. Aber dass sie dort waren, das geht ja aus Ihren Ermittlungen eindeutig hervor, oder?«

»Wir haben von Wolfgang Winter die eindeutige Aussage, dass er einmal in dem Bordell war. Und zwar gemeinsam mit

Kunden«, stellte Luca fest. »Und Immendorf hat auch nicht abgestritten, dass er dort verkehrt. Der hat sogar anklingen lassen, dass der Konzern-Chef dafür aufgekommen ist. Also Langenfelder. Aber ich fürchte, dass der das nicht mehr wiederholen wird.«

»Das wär ja dann aber auch ein Widerspruch«, meinte Pia. »Einerseits gibt er zu, dass er in der Bumsbude war. Aber bezahlt hat er nichts.«

»Ähm, das wissen wir nicht, Frau Grampp«, meldete sich Rudolf Kuhnerts Stimme vom andern Ende der Leitung. »Barbezahlungen können wir nicht erkennen. Allerdings sind die Summen, die Herr Langenfelder ausgegeben hat, nur sehr schwer durch einen einzigen Konsumenten zu erklären. Ich habe die Preise im Serail, äh, also für diverse Leistungen, äh, Essen und Getränke, und für die Dienstleistungen der Frauen, überprüft. Zwanzigtausend Euro an einem Abend – das ist wohl auch beim feinsten Champagner und mit mehreren Frauen, also, eigentlich nicht darstellbar.«

»Zwanzigtausend Euro nur fürs Vögeln?« Pia war außer sich.

»Wir glauben, dass man solche Summen nur zusammenbekommt, wenn irgendwelche Sonderleistungen mit drin sind«, sagte Marinescu. »Sie haben die Räume ja auch gesehen. Da gibt es mit Sicherheit auch Extras. Gruppensex oder ähnliches. Wir würden gerne …« Sie klang wieder unsicher. »Wir kommen da aber nicht weiter. Bei uns, mit den Korruptionsermittlungen. Wir würden gerne die Geschäftsräume durchsuchen. Von Schwarz, Immendorf und Langenfelder. Wir brauchen Hinweise darauf, dass Schwarz tatsächlich dem Langenfelder-Konzern und der KATA-Technik Aufträge zugeschanzt hat, die die nur durch Gefälligkeiten hätten bekommen können. Wir brauchen ne Razzia … Wenn wir Ihnen damit nicht in die Quere kommen.«

Luca dachte nach. So auf die Schnelle konnte er das gar nicht sagen. Die Kollegen im Raum sahen ihn fragend an.

Hanna reagierte als erste: »Frau Marinescu, ich denke, das müssen wir zuerst prüfen. Heute ist Freitag. Am Montagvormittag haben wir eine Soko-Sitzung. Wenn wir Ihnen danach Bescheid geben, reicht Ihnen das dann noch?«

Man hörte durchs Telefon regelrecht, dass Nicole Marinescu am liebsten noch am selben Nachmittag eine ganze Hundertschaft losgeschickt hätte. Doch sie riss sich zusammen. »Am Montag, okay. Es wär halt wichtig für uns. Ach, und noch etwas. Das werde ich auch an die Frau Sieg weiterleiten. Wahrscheinlich ist das vor allem für sie relevant. Aber wenn die Soko Fasanenhof das auch weiß, ist das bestimmt kein Fehler. Am besten erklärt Ihnen das Rudolf, also Herr Kuhnert, mein ich.«

Das Rascheln von Papier war hörbar. Dann Rudolf Kuhnerts temperamentlose Stimme: »Wir haben bei den Auswertungen der Finanzbewegungen festgestellt: Also, nicht alle Frauen zahlen dort Miete. Wahrscheinlich sogar nur der geringere Teil. Sie wissen ja …Also, es ist ja so … Das Geschäftsmodell des Serails ist ja offiziell, dass die Männer Eintritt zahlen und zusätzlich das, was sie konsumieren. Ähm, Getränke und Speisen meine ich. Die Honorare an die Frauen gehen extra. Die werden angeblich zwischen den Prostituierten und ihren Freiern direkt ausgehandelt und bezahlt. Und die Frauen müssen offiziell für die Zimmer, in denen sie ihre Dienstleistungen, ähm … na ja. Aber die Unterlagen zeigen, dass die Mieteinnahmen weit unter dem liegen, was nach den Umsätzen, vor allem den Eintrittsgeldern, an Miete von Frauen gezahlt werden müsste. Verstehen Sie das?«

»Wenn sie keine Miete zahlen, können sie eigentlich das gesamte Honorar behalten«, überlegte Andreas Bialas. »Wär von Vorteil für die Frauen. Aber da ist doch ein Haken dran. Der Chef vom Serail verzichtet doch nicht auf Einnahmequellen.«

»Es ist ein – wie Sie sagen, Herr Bialas – ein Haken dran«, bestätigte Kuhnert. »Wir haben auch Unterlagen gefunden … wobei ich das jetzt mit Vorbehalt sagen muss … Das müssen wir noch sehr genau prüfen, ob wir das absichern können. Aber ich bin da zuversichtlich. Also, ähm, diese Unterlagen weisen darauf hin, dass Harald Ruthenau und seine Angestellten die Honorare für etliche Frauen direkt abkassiert haben. Also direkt bei den Männern, meine ich. Es gibt Listen mit Umsatzzahlen. Und eventuell können wir die einzelnen Posten direkt einzelnen Frauen zuordnen. Also, da bräuchten wir auch Ihre Hilfe. Dass sie uns so viel wie möglich an Informationen über die Frauen geben.«

»Die Pässe im Tresor«, meinte Pia aufgekratzt und hüpfte hoch. »Wetten, dass das die Frauen sind, die er direkt bei den Stechern abkassiert?«

»Wir müssen die Frauen alle noch mal gründlich befragen.« Luca stand ebenfalls auf und fuhr sich nachdenklich durchs Haar. »Das wird eine von den ersten Sachen sein, wenn wir mehr Leute in der Soko haben.«

»Apropos Tresor …«, meldete sich jetzt wieder Nicole Marinescu zu Wort. »In dem Tresor lag auch ein Handy mit sehr interessanten Daten. Über die E-Mail-Accounts des Serails und die persönlichen von Ruthenau gibt es keinerlei Kontakt zu irgendeinem Mitglied der United Tribuns. Auch das Handy von Ruthenau ist absolut clean. Aber auf dem Prepaid-Gerät haben wir jede Menge Gespräche gefunden, die zwischen Ruthenau und vor allem Bakir Sušić liefen. Ein paar wenige auch mit anderen Tribuns-Mitgliedern, aber vor allem mit Sušić. Und es gibt ein paar WhatsApp-Nachrichten, die – vor dem ganzen Hintergrund gesehen – schon auch wichtige Hinweise geben. Zum Beispiel die Frage von Ruthenau an Sušić: ›Wann hast du vor, endlich die neue Ware zu liefern?‹. So …« Marinescu machte eine bedeutungsvolle Pause. »Und am Tag nach dem Mord an dieser jungen Frau schreibt Ruthenau an Sušić: ›Was ist da schief gegangen? Komm sofort her!‹«

Im Polizeipräsidium im Büro des Dezernatsleiters für Kapitaldelikte herrschte einen Moment Stille. Dann sprang Luca wieder auf. Das italienische Blut floss mal wieder in die gestikulierenden Hände und die Zunge: »Ma che sorpresa! Guck mal an. Bakki – Wir brauchen doch das Sonderkommando! So schnell wie möglich. Und was machen wir mit Ruthenau? Der hat dann doch auch etwas mit dem Mord zu tun. Scometto l'oro della mia nonna. Da verwette ich den Goldschmuck meiner Oma.« Ihm wurde jetzt erst richtig bewusst, wie viele Versäumnisse es aufgrund der miserablen Personalsituation in der sogenannten Soko Fasanenhof gab. Das musste jetzt dringend anders werden. Und die Leute von der Organisierten Kriminalität mussten mit ins Boot. »Und wir müssen Gertrud Sieg am Montag früh gleich mit dazu nehmen.«

»Wir werden das alles natürlich noch mal gründlich auswerten«, hörte man Marinescu wieder. »Rudolf und ich arbeiten am Wochenende daran. Dann haben Sie und natürlich auch Frau Sieg spätestens am Montag früh alles auf dem Schreibtisch.« Wenn sie mal auf das richtige Gleis gesetzt war, dann konnte diese Frau Marinescu eine verdammt gute Hilfe sein.

5

Am späteren Nachmittag kam aus dem Kriminaltechnischen Institut des LKA – konkret aus der Dokumentenprüfung – ein Bericht. Drei der Pässe, die man in Ruthenaus Tresor gefunden hatte, waren gefälscht. Darunter auch der von Kalina Stoikova, die mit großer Wahrscheinlichkeit eigentlich Alena hieß. Alle anderen Dokumente – Ausweispapiere aus Bulgarien und Rumänien – waren echt.

Luca konnte es kaum erwarten, auch den Bericht der Wirtschaftskriminalisten in Händen zu halten. Jetzt konnte er nur seine ganze Konzentration darauf richten, die Soko-Sitzung gut vorzubereiten. Und er nahm sich vor, das Wochenende zu nutzen, um Kraft zu tanken. Er hatte das sichere Gefühl, dass die kommende Woche ihm einiges abverlangen würde.

Er war mit seinen Gedanken bei Bakir Sušić und Harald Ruthenau, als das Telefon klingelte. Die Zentrale meldete: »Für Sie, Herr Mazzaro. Eine Frau Winter.« Fast wäre ihm der Hörer aus der Hand gefallen.

»Entschuldigen Sie, Herr Mazzaro, wenn ich Sie noch mal in Beschlag nehmen muss«, meldete sich die leicht belegte, aber doch weiche Stimme von Laura Winter. »Sie müssen noch mal zu mir kommen. Ich muss Ihnen etwas geben.«

»Sie müssen mir etwas geben? Was denn?«

»Eine DVD. Mein Vater hat gesagt, ich soll sie Ihnen geben. Ich hab noch mal mit ihm gesprochen, und so langsam blicke ich es.«

»Und was ist auf der DVD?«

»Da möchte ich nicht drüber sprechen. Holen Sie sie einfach ab und schauen Sie sich's an.«

Luca überlegte. Er war hin- und hergerissen. Zwischen dem Verlangen, die Frau wiederzusehen, und der warnenden inneren Stimme, dass er dann nur noch mehr leiden würde.

»Frau Winter, ich weiß nicht, ob wir es schaffen, heute noch bei Ihnen vorbeizukommen. Warum kommen Sie nicht einfach her? Ich bin heute bestimmt bis sieben hier im Haus.«

»Ich betrete ihr Polizeirevier nur mit einem Anwalt. Erst recht jetzt. Ich habe keine Ahnung, was das für rechtliche Konsequenzen für meinen Vater hat. Bei Ihnen muss ich doch gleich den Perso abgeben. Nur off the record. Ich spreche nur vertraulich mit Ihnen oder gar nicht.«

Luca seufzte. »Ich weiß nicht, ob wir es heute noch schaffen. Sind Sie den ganzen Abend zuhause?«

»Ich warte auf Sie.«

Als er den Hörer aufgelegt hatte, bemerkte er, dass Pia, die ihm gegenüber den Bericht über die Pässe gelesen hatte, ihn fassungslos anstarrte.

»Wen meinst du mit wir?«

»Das war Laura Winter. Sie will uns eine DVD übergeben. Und hat noch Informationen von ihrem Vater. Wir müssen da noch mal hin.« Luca hob bedauernd die Hände.

Pia sprang auf und stemmte die Arme in die Seite. »Du! Kollege Mazzaro! Du musst da vielleicht noch mal hin. Ich nicht.« Sie sah auf die Uhr, die über einem Aktenschrank hing. »Ich werde genau in einer halben Stunde dieses Haus verlassen. Und in genau anderthalb Stunden stehe ich mit meiner Smarty in der Reithalle. Und dann werde ich Roll-backs und Sliding Stops üben.«

Sie war impulsiv. Doch so sauer hatte er Pia noch nie erlebt.

»Was musst du üben?«

»Ich hab vor sechs Wochen ne Ansage gemacht: Am Wochenende vom 6. bis 8. Mai kann ich keinen Dienst machen. Keine Bereitschaft, gar nichts.«

»Wir gehen so früh wie möglich da hin. Dann bist du eben ne Stunde später im Stall und übst deine Rolling Stopps.«

»Wir haben Ute Holm auf der Anlage. Das ist eine der besten Western-Reiterinnen der Welt. Weißt du, wie oft man Gelegenheit hat, bei der zu trainieren? Und das sogar auf dem eigenen Hof. Da kommen heute Leute aus hundert Kilometer Entfernung und noch mehr mit ihren Pferden hin. Bloß um mal mit der zu trainieren. Ich soll da ne Stunde später antanzen?« Sie weinte fast. »Nein Luca, das kannst du mir nicht antun.«

»Du machst dieses Cowboy-Reiten?« Luca hatte mal zufällig in einem Sportsender in die Übertragung eines Reitturniers reingezappt. Fasziniert war er einige Minuten hängen geblieben, obwohl Reitsport überhaupt nicht sein Ding war. Da ritten Leute mit Cowboy-Hüten, Jeans und Fransenjacken in einem Teufelsgalopp halsbrecherische Wendemanöver und ließen ihre Pferde im Kreis rotieren, sodass es einem schon beim Zuschauen schwindelig wurde.

»Western. Es heißt Westernreiten«, meinte Pia bockig.

»So richtig mit Cowboy-Stiefel und Cowboy-Hut?«

»Mit Boots und Buckle. Den Hut tragen wir nur bei Turnieren.«

»Du reitest Turniere?«, fragte Luca ungläubig.

»Nur so Hofturniere in der näheren Umgebung. Für mehr reicht's ja nicht bei diesem beknackten Beruf, den ich habe. Bei überregionalen Wettbewerben, da müsste ich ganz anders trainieren. Ich komm ja ohnehin schon kaum noch in den Stall.«

Luca stand auf und dehnte sich. Auch ihm fehlte der Sport. »Mach das fertig, wo du grade dran bist. Und dann schwirr ab!«

Pia ließ es sich nicht zweimal sagen. Wenige Minuten später war sie weg.

6

Luca arbeitete noch eine Weile, um am Montag gut vorbereitet zu sein. Doch die ganze Zeit ging ihm Laura Winter durch den Kopf. Sie war präsent bei allem, was er tat. Er überlegte, sie anzurufen, um ihr zu sagen, dass er heute nicht mehr bei ihr vorbeikommen konnte. Es würde Montagabend werden, bis man die ominöse DVD bei ihr abholen würde. Doch etwas hinderte ihn daran, den Hörer in die Hand zu nehmen. Vielleicht die Angst, umgehend weich zu werden und doch nicht absagen zu können, sobald er ihre Stimme hörte. Er redete sich ein, dass er ihr ja ohnehin halb abgesagt hatte, weil er keine feste Zusage gemacht hatte. Dabei war völlig klar, dass sie auf ihn warten würde.

Luca fuhr schließlich nach Hause. In dem Teil seines Gehirns, in dem der Verstand sitzt, war er vollkommen davon überzeugt, dass er auf keinen Fall allein zu der Tochter von Wolfgang Winter fahren würde, der schließlich nach wie vor nicht definitiv von der Liste der Verdächtigen gestrichen werden konnte. Es gab zwar durchaus Fälle, bei denen man die eiserne Regel, niemals allein zu einem Treffen mit einem Zeugen zu gehen, schon mal brach. Zum Beispiel, wenn man sich zu fast hundert Prozent sicher war, dass einem niemand ein Messer in den Rücken rammte und man wirklich nur etwas abholen wollte. Oder wenn es zu keinen Gesprächen oder Situationen kommen konnte, bei denen einem das Wort im Munde umgedreht oder Übergriffe unterstellt werden konnten. Aber die Gefahren bei Laura Winter waren ganz andere als die, mit einem Messer bedroht zu werden. Also beschloss der rationale Teil seines Gehirns, direkt nach Hause zu fahren.

Auf der B 10 gingen ihm verschiedene Gedanken durch den Kopf. Sie wanderten von Thorben Brennscheider zu Anton Schwarz und deren Verhältnis zueinander, und weiter zu Langenfelder, dessen Name zwar immer wieder auftauchte, der jedoch nach wie vor ein unbeschriebenes Blatt für sie war und der doch die Puffbesuche bezahlt hatte. Plötzlich merkte er, dass er die Ausfahrt nach Obertürkheim und Uhlbach, die er sonst im Schlaf fand, verpasst hatte. Die Ostausfahrt erwischte er ebenfalls nicht mehr, weil er sich auf der Überholspur befand und bei dem dichten Verkehr, der um diese Zeit herrschte, nicht mehr rechtzeitig auf die rechte Spur wechseln konnte. Was der Grund war, warum er auch bei Mettingen nicht von der Schnellstraße abfuhr, wusste er nicht zu sagen. Immer schön weiter geradeaus fuhr das Auto. Er überlegte, wie er jetzt nach Hause kommen würde. Die nächste Ausfahrt, das war gar nichts. Da musste man durch Esslingen, das am Freitagabend auch zugestaut war.

Schließlich beschloss er doch, die wenigen Kilometer weiter nach Plochingen zu fahren. Er würde die DVD abholen. Er würde an der Haustüre umdrehen und sofort wieder gehen. Dann konnte er am Montag früh gleich schauen, was Laura Winter ihm da mitgegeben hatte. Vielleicht war das ja auch für ihre Sitzung wichtig. Womöglich wäre es sogar unverantwortlich, die Informationen von Laura Winter nicht sofort zu beschaffen.

Vielleicht hätte er es sich noch mal anders überlegt. Vielleicht hätte er dem rationalen Teil in seinem Kopf ja noch Gehör geschenkt, als er sich bewusst wurde, dass er ihre Adresse gar nicht parat hatte. Aber er fand das Haus auf Anhieb, als ob es eine magische Anziehungskraft hätte.

Sie öffnete, kaum dass er geklingelt hatte, und bat ihn sofort und unwiderstehlich herein. Das Haar hatte sie heute hochgebunden, sodass ihr zarter Hals voll zur Geltung kam. Es gab kein Entkommen.

»Kommen Sie. Setzen Sie sich.« Sie wies ihm einen Platz an dem Esstisch mit der schönen Holzmaserung zu, ging in die Küche und kam mit zwei Gläsern und Mineralwasser zurück.

»Also, ich hab noch mal mit meinem Vater gesprochen«, meinte sie zögerlich, nachdem sie ihm im Stehen eingeschenkt hatte. Dann ging sie in einen Nebenraum und kam mit einer CD-Hülle aus Pappe zurück. Diese legte sie vor Luca hin und setzte sich zu ihm.

»Also, ich hab ihn überredet … Also, dass wir das an Sie weitergeben. Auch wenn es bittere Konsequenzen haben kann.«

»Was ist da drauf?«, fragte Luca.

Sie schwieg einen Moment unschlüssig. »Es sind unschöne Szenen«, meinte sie dann. »Ich hab nur kurz reingeschaut … Obwohl ich meinem Vater versprochen habe, es nicht zu tun … Aber ein kleiner Blick hat mir auch schon gereicht. Das Ding wurde in einem Bordell gedreht. Mein Vater ist da mit einer Prostituierten zusammen.«

Sie schlug die Hände vor den Mund, als wollte sie sich selbst am Reden hindern. Dann fuhr sie dennoch fort: »Er war betrunken. Hackedicht. Ich weiß überhaupt nicht, ob er wirklich …«

Luca nahm sein Handy und fotografierte die quadratische Hülle vor sich auf dem Tisch. Dann zog er aus der Innentasche seiner Jacke – die er nicht abgelegt hatte, weil er ja ohnehin gleich wieder gehen würde – eines der Plastiktütchen, die sie für unvorhergesehene Spurensicherungen immer bei sich hatten. Er nahm die Papierhülle, ohne die DVD zu entnehmen, vorsichtig mit zwei Fingern und schob sie hinein. Sorgfältig beschriftete er das Etikett der Tüte. Wenn er schon solche Dummheiten machte und allein eine Zeugin besuchte, dann musste er wenigstens alles genau dokumentieren.

»Wissen Sie, warum wir Ihnen das geben?«, fragte Laura ihn jetzt mit belegter Stimme. »Sie müssen sich mal ansehen, wo das gedreht wurde. Und von wem wurde das aufgenommen?«

Sie regte sich zusehends auf. »Damit wurde mein Vater erpresst. Wo und von wem werden solche Erpresser-Videos gemacht? Dabei ist es gar nicht das Problem, dass er bei einer Prostituierten war. Das hab ich ja schon gesagt. Er ist erwachsen und ungebunden. Das Problem ist, dass der Besuch in diesem Bordell von Langenfelder finanziert worden ist. Und dass diese Frau jetzt tot ist. Er hat sich da auf etwas eingelassen, was er besser nicht hätte tun sollen. Denn jetzt sieht es so aus, als ob er mit Langenfelder und der KATA-Technik unter einer Decke steckt. Und was das bedeutet, weiß in der Branche jeder: Der Chef von CatMaterials ist entweder erpressbar oder korrupt.«

»Warum das denn?«, fragte Luca. Bislang hatte er seine liebe Not gehabt, sich in Anwesenheit der betörenden Frau sachlich und konzentriert zu geben. Das Interesse an dem Fall, das jetzt wieder in sein Bewusstsein drang, erleichterte ihm dies.

»Langenfelder arbeitet so. Und irgendwie hängt er auch in diesen ganzen Betrügereien mit drin. Bei diesem Abgasskandal. Die Hersteller von Katalysatoren haben damit eigentlich nichts zu tun. Und wir schon gleich gar nicht. Das Ganze lief direkt bei den OEMs, also den Automobilherstellern. Aber die Zulieferer von Kats wissen natürlich ganz genau, wie ihre Technologie funktioniert und was sie leistet. So wie wir auch. Niemand kann mir erzählen, dass er nichts geahnt hat. Ganz einfach, weil der Dieselverbrauch und der Stickoxidausstoß nicht zusammengepasst haben. Das wusste jeder. Und mein Vater weiß irgendetwas – er hat nur Andeutungen gemacht –, was auf keinen Fall an die Öffentlichkeit kommen soll. Und auch bei BMW niemand wissen darf. Deshalb hat man ihn unter Druck gesetzt, damit er den BMW-Auftrag nicht annimmt. Damit man bei BMW im Zweifelsfall glaubt, er gehöre zur Seilschaft von Langenfelder.«

Plötzlich legte sie ihm die Hand auf den Arm. Er spürte ihre Berührung durch den festen Stoff der Jacke wie einen elektrischen Schlag. »Bist du eigentlich noch im Dienst? Ich hab vorher einen schönen Barbera d'Asti aufgemacht. Super Wein.«

Luca musste sich zusammenreißen, um nicht aufzustöhnen. »Ich bin noch im Dienst. Ich kann keinen Wein mit Ihnen trinken. Ich dürfte noch nicht mal alleine hier sein.«

Dass er sie siezte, ließ sie ihre Hand zurückziehen. Doch die blaugrünen Katzenaugen sahen ihn immer noch schmachtend an.

»In den Krimis turnt ihr doch auch immer alleine durch die Gegend«, meinte sie lächelnd.

»In den Krimis passiert denen dann auch immer was. Einfach, damit die Spannung steigt. Wir können uns so etwas nicht leisten. Ich verstoße momentan gegen alle Regeln.«

»Ich bin nicht gefährlich«, meinte sie und strahlte ihn an.

Sie war verdammt gefährlich. Luca beschloss, das hier schnellstens zu beenden. Er stand auf.

»Alles was Sie mir sagen, Laura, das kann ich doch nicht verwerten, weil ich keine Zeugen habe, wenn Sie es wiederrufen. So sind nun mal die Regeln in unserem Beruf. Lassen Sie uns das mal analysieren.« Er nahm die DVD und steckte sie in die Innentasche seiner Jacke. »Dann sehen weiter.«

Sie seufzte. Stand dann aber auf und begleitete ihn zur Wohnungstür.

Als sie ihm die Hand zum Abschied reichte, passierte, was passieren musste. Sie lagen sich plötzlich in den Armen. Ihre Lippen und Zungen brauchten nur wenige Sekunden, um eine gemeinsame Sprache zu finden. Durch die Jacke hindurch spürte Luca den weiblichen Körper, der sich an ihn schmiegte.

Die Hormone schossen ihm in alle Glieder. In einem Movie hätten sie sich jetzt die Kleider vom Leib gerissen.

Ganz kurz, bevor er die Kontrolle über sich gänzlich verloren hätte, nahm er sanft ihre Arme, die sie um seinen Hals geschlungen hatte, und schob sie etwas von sich weg.

»Laura, ich bin wirklich noch im Dienst. Und das heißt, dass ich mich unmöglich mit der Tochter eines wichtigen Zeugen einlassen kann. Wenn das mein Chef mitbekommt, reißt er mir den Kopf ab.« Der Gedanke an Andreas Bialas wirkte in der Tat etwas abkühlend auf sein Blut. »Wenn wir das abgeschlossen haben, wenn dieser Fall aufgeklärt ist, dann bin ich am nächsten Tag hier. Glaub mir.«

»Und wir brennen gemeinsam durch.« Sie lächelte ihn schelmisch an. »Wie lange arbeitet ihr an so einem Fall?«

»Das weiß ich nicht, Laura. Das kann ich dir beim besten Willen nicht sagen.« Plötzlich überkam ihn die furchtbare Angst, dass sie ihn fallen lassen würde, angesichts solcher Ungewissheiten. Doch er konnte ihr ja nichts versprechen. »Vielleicht so lange, dass du gar nicht warten magst.«

Sie sah ihn trotzig an. »Weißt du, Commissario, ich werf mich nicht jedem einfach an den Hals. Ich hab schon seit Jahren keine Beziehung mehr gehabt. Manchmal hab ich schon gedacht, dass ich mich gar nicht mehr verlieben kann. Und dann bist du da plötzlich in unserer Firma gestanden ...« Sie sprach nicht weiter, sondern schaute ihn nur unendlich wehmütig an. »Ach, mach, dass du fortkommst. Und löse diesen Fall.«

Sie öffnete die Wohnungstür und schob ihn hinaus. Sie gab ihm einen kleinen Kuss auf die Wange und schloss rasch die Tür hinter sich.

Wie benommen machte sich Luca auf den Heimweg. Zuhause legte er die DVD von Laura in den kleinen Tresor, in dem er auch seine Dienstwaffe aufbewahrte. Dann bereitete er sich eine ordentliche Portion Spaghetti mit einer Bolognese-Fertigsoße zu. Dazu ließ er lautstark Neks »Laura non c'è« laufen. Und weil er das nicht den ganzen Abend hören konnte, kramte er die alten CDs »Musica Italia – momenti felici« heraus. Er hatte sie mal seiner Mutter zu Weihnachten geschenkt, worauf diese völlig entrüstet und beleidigt reagiert und ihn gefragt hatte, ob er meine, dass sie wirklich diese alten Schnulzen hören wollte; die könne er seiner Oma schenken, aber doch nicht ihr!

Luca fand die Musik gar nicht so schlecht, vielleicht weil er das eine oder andere Stück tatsächlich immer wieder mal im Radio gehört hatte, wenn er bei der nonna in Sizilien war. Und bei den alten italienischen Canzoni gab es ein paar Stücke wie die von Paolo Conte oder Gianna Nannini, die er moderner fand als so manchen aktuellen Song. Also hatte er die von la mamma verschmähten CDs an sich genommen.

Jetzt zerriss es ihn fast vor Sehnsucht, als er »Soli« wieder mal hörte: Alleine, wir beide, und die Haut ist uns wie eine Bekleidung … Und »Tornero« – ich kehre zurück – sang er lauthals mit, obwohl er nicht sehr schön singen konnte.

Er musste so schnell wie möglich diesen bescheuerten Fall aufklären. Aber sie hatten ja nicht einmal so etwas wie eine Ahnung, wer der Täter war.

Samstag, 7. Mai

1

Luca hatte unruhig geschlafen. Er fühlte sich schon am frühen Morgen total aufgekratzt, weil er gestern die schönste Frau der Welt geküsst hatte. Oder sie ihn? Sie stand auf ihn, und das kam ihm absolut unwirklich vor. Etwas war anders als bei seinen bisherigen Beziehungen. Da hatte er immer das Gefühl gehabt, dass er die Frauen erobern musste und diese sich ihm dann hingaben. Bei Laura passte dieses Schema nicht. Sie hatte ihn erobert – nicht umgekehrt.

Aber auch die DVD, die sie ihm gegeben hatte, beunruhigte ihn. Er hatte keinen Nerv, den Haushalt zu machen. Der Abwasch würde nicht weglaufen, und es waren noch genügend frische Jeans und Sweatshirts im Schrank. Die Wäsche konnte also auch warten. Er nahm die Disc in ihrer Spurensicherungshülle aus dem Tresor und fuhr ins Präsidium. Dort brachte er das Beweisstück direkt zum Bereitschaftsdienst der Kriminaltechnik und wartete, bis die Kollegen eine Kopie gemacht, das Original auf Fingerabdrücke hin untersucht und alles dokumentiert hatten.

Dann ging er in sein Büro und schob die Kopie der DVD in das Laufwerk seines Computers. Was er sah, war in der Tat wenig erbaulich. Wolfgang Winter war wirklich voll wie hundert Russen und splitternackt. Er lallte herum, konnte kaum die Augen offenhalten und fingerte ein bisschen an einer nackten Frau herum. Als sie einmal ihr Gesicht zur Kamera drehte, erkannte Luca, um wen es sich da handelte, auch wenn er die junge Frau nur tot gesehen hatte. Luba Petkova war, als sie noch lebte, tatsächlich sehr hübsch. Obwohl ihr Blick leer, ja fast depressiv wirkte, waren die braunen Augen und der volle Mund äußerst sinnlich. Und auch ihr Körper wurde sicher von kaum einem Mann verschmäht. Rundungen, wo Rundungen sein mussten, ansonsten schlank mit perfekten Proportionen. Das Mädchen wirkte komplett unbeteiligt bei dem, was Winter mit ihr anstellte. Sie versuchte lustlos, seinen schlaffen Penis zu stimulieren. Doch wahrscheinlich war sie gottfroh, dass der Kunde keinen mehr hochbekommen konnte und sie quasi keine Arbeit mehr mit ihm haben würde.

Luca ging noch einmal ein Stück zurück zu dem Moment, in dem Luba Petkova den Kopf zur Kamera hindrehte. Er stoppte und betrachtete das Standbild. Die traurigen Augen sahen direkt in die Linse. Erst dann begann sie den halbherzigen Versuch, den Freier doch noch irgendwie zu stimulieren. Das Mädchen musste gewusst haben, dass dort ein Aufnahmegerät installiert war.

Luca stand auf und fuhr sich aufgeregt durch sein Haar. Dann setzte er sich wieder und sah sich das Video noch einmal von vorne an. Sein Fokus lag jetzt auf der Örtlichkeit des Geschehens. Laura hatte recht. Das eigentlich Interessante an dieser Aufnahme war der Raum, in dem sich das Ganze abspielte. Luca hätte seinen Kopf verwetten können, dass diese Szene in einem der Bumszimmer des Serails gedreht worden war. Er hatte die Räume bei der Hausdurchsuchung gesehen.

Er stand wieder auf und ging aus seinem Arbeitszimmer über den Gang hinüber zum Chefbüro. Er war sich nicht ganz sicher, doch er meinte, den Privatwagen von Andreas Bialas auf dem Parkplatz gesehen zu haben.

Tatsächlich war der Chef da und arbeitete an seinem Computer.

»Hallo Andreas, auch kein Wochenende? Obwohl ihr an nem toten Punkt seid?«.

Bialas brummte: »Akten aufarbeiten, meine Lieblingsbeschäftigung. Ist sehr viel liegen geblieben. Und du?«

»Kannst du mal kommen? Ich würde dir gerne mal was zeigen.«

Bialas schien nicht traurig über die Unterbrechung. Sie gingen rüber zu Lucas Arbeitsplatz und sahen gemeinsam die DVD an.

»Das ist Wolfgang Winter. Einer der drei, von denen wir die Namen auf dem Zettel bei der toten Luba Petkova gefunden haben. Und das ist die junge Frau, als sie noch gelebt hat.«

»Woher hast du das?«, fragte Bialas. Nicht nur seine Stimme verriet die Spannung. Er zog aus der Hosentasche eines seiner seltsamen Stofftaschentücher und rieb sich damit die markante Nase.

»Hat mir die Tochter von Winter gegeben. Im Einverständnis mit ihrem Vater.« Luca spürte, dass er einen roten Kopf bekam. Er versuchte, es trotzdem so gleichmütig wie möglich klingen zu lassen. »Sie hat gesagt, ihr Vater werde mit dieser Videoaufnahme erpresst, weil er den Puffbesuch nicht selbst gezahlt hat. Er hat sich von Langenfelder aushalten lassen.«

»Ist das die Frau, mit der du dich neulich vor dem Präsidium getroffen hast?« Bialas sah ihn kritisch von der Seite her an.

»Ich hab mich nicht mit ihr getroffen. Sie kam einfach, ohne Ankündigung.«

»Und wann hat sie dir diese DVD gegeben?«

Luca beschloss, bei der Wahrheit zu bleiben. Zumindest nahe dran. »Sie hat mich gestern informiert, dass sie mir die geben will. Ich bin kurz bei ihr vorbeigefahren, auf dem Nachhauseweg. War ja nur ein kleiner Umweg. Hab das Ding abgeholt und bin heimgefahren.«

Bialas sagte nichts mehr dazu, sondern sah nur nachdenklich auf den Bildschirm, wo die letzte Aufnahmesequenz als Standbild eingefroren war.

»Erpresservideos, aufgenommen in einem Bordell«, meinte er dann nachdenklich. »Wo das gedreht wurde, da gibt's noch mehr.«

»Das ist das Serail – jede Wette. Dort hat Luba Petkova gearbeitet. Und die Einrichtung … genauso sehen die Einzelzimmer da aus. Hab bei der Razzia in ein paar reingeschaut.«

»Und die Kameras, die sind euch nicht aufgefallen?«

»Ich glaub, da hat keiner richtig hingeguckt. Das hatten wir einfach nicht auf dem Radar.«

»Das Ding muss sofort zur Analyse ins LKA.« Bialas deutete auf die Szene auf dem Bildschirm. »Veranlasse das gleich mal. Und dann müssen wir am Montag überlegen, was das heißt. Wenn es wirklich das Serail ist, müsstet ihr nochmal ne Razzia machen. Mal sehen, was Gertrud Sieg dazu sagt.« Er erhob sich und seufzte. »Und ich mach mich mal wieder an die Akten.«

Luca erledigte schnell die Formalitäten und informierte die KTU-Kollegen, dass die Original-DVD möglichst rasch ans Kriminaltechnische Institut des Landeskriminalamtes geschickt werden musste. Dann machte er sich wieder auf den Weg nach Hause, um sich den notwendigen Übeln der Hausarbeit zu widmen, untermalt von Lucio Dallas »Caruso«. Und den Refrain musste er natürlich lauthals mitsingen, auch wenn er nicht immer den Ton traf: »Te voglio bene assaje, ma tanto tanto bene sai …« Ich hab dich so sehr lieb, so furchtbar, furchtbar lieb …

Alena

Sie saß auf ihrem Bett, die Knie zum Kinn gezogen, und grübelte. Brennscheider hatte Ludmilla einen Stick gegeben. Und niemand hatte den bisher gefunden.

Wo war dieser Stick? Und was war darauf? Dateien, hatte Brennscheider gesagt. Ruthenau hatte von Aufnahmen gesprochen. Und es war wohl dieser Stick, den Ludmilla als Druckmittel einsetzen wollte, wenn Brennscheider sie hängen lassen sollte.

Doch langsam dämmerte es ihr. Die Kameras waren nicht, wie sie immer gedacht hatte, dafür da, um die Frauen zu kontrollieren und unter Druck zu setzen, damit sie taten, was man von ihnen verlangte. Es gab da einen Richter, und Bakki und Ruthenau hatten sicher ein Interesse daran, dass der bestimmte Urteile fällte oder auch nicht. Es gab Männer, die sehr wichtig waren für das Serail, weil sie in irgendwelchen Gremien saßen. So lief der Hase. Ihr wurde langsam klar, warum dieser Stick so gefährlich war für alle.

Wie waren Brennscheider und Ludmilla an diese Dateien gekommen? Und was hatten sie damit angestellt? Hatten sie wirklich versucht, einen dieser mächtigen Männer zu erpressen? Und – wenn es so war – wie hatte dieser Erpresste dann reagiert? Was, wenn er zu Ruthenau oder Bakki gerannt war und sich beschwert hatte?

Wenn die herausbekommen hatten, wer hinter einer solchen Sache steckte, dann war klar, warum Ludmilla nicht mehr lebte. Und sie wusste intuitiv auch, warum die Freundin selbst angesichts des Todes den Stick nicht herausgerückt hatte. Es machte sie wieder so unendlich traurig, dass ihr die Tränen über die Wangen liefen.

Ludmilla hatte alles auf eine Karte gesetzt. Sie war zuletzt wie eine lebende Tote, ohne Hoffnung, ohne Lebenswillen. Und manchmal hatte sie Sachen gesagt, die Alena in furchtbare Angst versetzten, Ludmilla würde sich das Leben nehmen und sie alleine lassen. Es war ein letztes Aufbäumen gewesen, ein letzter Versuch herauszukommen aus Depression und Elend. Sie hatte nicht mehr zurückgekonnt, und die alte Ludmilla hätte niemals ihren Peinigern den Sieg überlassen. Sie war gestorben als die starke, unbeugsame Ludmilla.

Doch wo war dann der Stick? Ihr ehemaliges Zimmer war zweimal vom Mörder und zweimal von der Polizei auf den Kopf gestellt worden. In der Küche oder im Bad war er sicher nicht. Die Gefahr, dass ihn eine der anderen Frauen gefunden hätte, wäre einfach zu groß gewesen. Und auch ein Versteck außerhalb der Wohnung konnte sie sich nicht vorstellen.

Es war wie eine plötzliche Erleuchtung. Das einzige aus ihrem alten Zimmer, das nicht auseinandergenommen, zerrissen und zerrupft worden war, war die Matratze, auf der sie saß.

Mirena und ihre Freundin waren einkaufen gegangen. Und auch in den anderen Zimmern war es still. Sie zog das Laken von der Matratze und musterte Stoff und Nähte ganz genau. An einer Stelle sah es wirklich so aus, als ob die Naht ein ganz kleines Stück geöffnet und wieder sorgfältig zugenäht worden wäre. Sie tastete die Matratze Stück für Stück rund um die Stelle ab, spürte jedoch nichts. Mit einer Nagelschere öffnete sie die Naht noch einmal, sogar ein bisschen breiter. Dann sah sie den kleinen Schlitz im Schaumstoff. Vorsichtig öffnete sie auch den Schlitz und pulte den kleinen harten Gegenstand heraus. Der Stick brannte in ihrer Hand wie Feuer.

Fieberhaft überlegte sie, was sie damit tun sollte. Für einen Moment ging ihr durch den Kopf, ob sie nicht einfach in die Straßenbahn einsteigen, ans andere Ende der Stadt zu diesem Polizeiquartier fahren und den Stick abgeben sollte. Doch was würden die mit ihr machen? Sie einfach wieder fortschicken? Oder verhaften, um sie dann abzuschieben?

Was hatte der kleine dickliche Mann gesagt? Sie könnte neue Papiere bekommen, man würde sie schützen, wenn sie aussagen würde. Aber was war das wert? Vielleicht meinten die Leute es tatsächlich gut mit ihr. Aber konnte man sich auf sie verlassen? In Weißrussland war das Wort eines Polizisten nichts wert. Selbst wenn einer aufrichtig war, so war sein Vorgesetzter korrupt und steckte mit den Syndikaten unter einer Decke.

Auf keinen Fall würde sie den Stick behalten. Sie war nicht so standhaft wie Ludmilla. Sie musste ihn so schnell wie möglich loswerden. Und ihn einfach wegzuwerfen war keine Lösung. Der Stick musste auftauchen, damit die aufhörten, ihn zu suchen.

Sie kramte den Zettel mit Brennscheiders Handynummer heraus. Das war die beste Lösung. Sie würde dem Typen die Dateien geben. Und es den Muskelmännern auch sagen, wenn wieder Aufnahmen auftauchen sollten und die doch zu ihr kamen. Sollten die Brennscheider ruhig noch mal in die Mangel nehmen. Sie würde kein Mitleid mit ihm haben. Und wenn der Typ tatsächlich zur Polizei ging und den Stick dort ablieferte, dann flog die ganze Sache vielleicht auf. Dann war auch Ruthenau dran. Wie es ihr dann ergehen würde, wusste sie nicht. Aber es würde Veränderung und Unruhe geben. Und vielleicht ergab sich dann auch irgendeine Chance …

Sie zog sich an, ging zu der Telefonzelle und rief Brennscheider an. Der wies sie an, in dem Hinterhof auf sie zu warten, er sei in einer halben Stunde da. Es dauerte fast eine Stunde. Doch es war nicht mehr so kalt. Immer wieder kam die Sonne heraus. Und der Hinterhof war ruhig und sichtgeschützt.

Brennscheider nahm den Stick an sich und verschwand sofort wieder. Alena war unendlich froh, das bedrohliche Teil loszuwerden. Sie kaufte im nahen Lebensmittelgeschäft noch eine Kleinigkeit ein, sodass es so aussah, als hätte sie noch etwas besorgen müssen. Dann ging sie schnell zurück in die Wohnung. Bald würden Fabiola und die Muskelmänner sie abholen und zur Arbeit bringen.

2

Er war gottfroh, dass am Nachmittag Jiu-Jitsu-Training war, und entgegen seiner sonstigen Gewohnheiten war er eine halbe Stunde früher da, wärmte sich durch Falltechniken auf und trainierte Schlagtechniken an den Pratzen. Heute würde er »Mushin no kokoro« üben, also »den Geist befreien«. Was verdammt schwierig war, wenn man vor dem geistigen Auge ständig eine blonde Mähne und kleine, feste Brüste hatte. Das Training selbst half dabei nicht unwesentlich, zumal Willi heute besonders streng war und absolute Konzentration forderte. Der Schwerpunkt lag auf der Verteidigung gegen waffenlose Angriffe mit verschiedenen Nervendruck- und Atemi-Techniken, bei denen der Gegner durch Schläge auf die Vitalpunkte oder Würgegriffe außer Gefecht gesetzt werden soll.

Schwieriger wurde es, als Willi seine philosophischen Vorträge hielt. Da schwebte Laura immer wieder durch den Raum.

Bei Willi ging es mal wieder ums »Siegen durch Nachgeben«. Auf der Tatami, der Übungsmatte, war das klar. Der Angriffskraft des Gegners darf nicht frontal etwas entgegengesetzt werden wie etwa bei den Sumo-Ringern. Die Energie des Gegners muss so umgeleitet werden, dass sie ins Leere geht oder den Angreifer schwächt. Dieses Prinzip war Luca mittlerweile selbstverständlich. Doch jetzt erzählte Willi etwas vom Jiu-Jitsu-Prinzip im Alltag, im Privatleben und im Beruf. Auch da müsse man sein wie die Weide. Die Eiche bricht bei Sturm – die Weide biegt sich. Der Ast des Kirschbaums bricht unter der Last des Schnees – die Weide gibt nach. Willis Interpretation für den Alltag: Das heißt, dass man sich selbst treu bleibt, in der Partnerschaft, mit den Freunden und Kollegen. Dass man keine faulen Kompromisse eingeht, sich nicht gegen seinen Willen zu etwas überreden lässt oder bei Streit umfällt und klein beigibt. Die Weide bleibt die Weide. Es gibt keine gebrochenen Äste, kein gebrochenes Selbstbewusstsein, keinen Gesichtsverlust, weder bei sich noch dem Gegenüber. Es klang verdammt gut, aber wie das in der Realität funktionieren sollte, blieb Willis Geheimnis.

Luca war happy, dass Çelik nach dem Training mit in den Neuen Pfefferer ging und mit ihm zu Abend aß. Er hatte wirklich keine Lust, sich wieder anhören zu müssen, was die andern von Willis Ergüssen hielten. Mit Çelik konnte er zudem auch noch über andere Dinge vernünftig reden. Zum Beispiel über den Polizeiapparat und darüber, welcher Vorgesetzte gerade am meisten nervte. Dann rief Çeliks Freundin an.

»Verdammt«, meinte der, nachdem er das kurze Gespräch beendet hatte. »Hab ganz vergessen: Wir haben uns heute Abend mit Freunden verabredet.« Er aß schnell zu Ende und kippte den Rest seines Biers hinunter. »Ich kann die nicht wirklich leiden«, meinte er dann. »Klassische Freud'sche Fehlleistung. Eigentlich will ich mich gar nicht mit denen treffen. Ich tu's nur meiner Schnecke zuliebe. Bin ich jetzt ne Weide, weil ich mich verbiege, oder soll ich mich nicht verbiegen und mir treu bleiben? Das hat man jetzt von Willis Kopfgeficke.« Er stand schnell auf und verabschiedete sich.

Luca blieb und trank in Ruhe sein Bier aus. Die anderen Jiu-Jitsu-Kollegen waren gegangen, und die Truppe aus dem Fitness-Studio saß weit weg und war heute auch nicht so laut, wahrscheinlich auch, weil der aufgeblasene Thorben Brennscheider fehlte. So konnte er in aller Ruhe seinen Gedanken an Laura nachhängen. Çelik hatte zwar Stress, aber wenigstens in einer festen Beziehung. Er versuchte, die Gedanken zu verscheuchen, zahlte und macht sich auf den Heimweg in sein einsames Zuhause.

Draußen dämmerte es. Die Straßenbeleuchtung am Schnarrenberg und am Burgholzhof war minimalistisch. Daher nahm er die Gestalt erst wahr, als er sich auf den Weg zu seinem Wagen machte, der wegen der vielen geparkten Autos ein ganzes Stück entfernt stand. Auf ihn zu kam eindeutig ein Mann, einen halben Kopf größer als er, mit athletischer Gestalt und breiten Schultern. Trotzdem bewegte sich der Mann ungelenk. Erst als er in den Lichtkegel einer funzeligen Straßenlaterne trat, erkannte er ihn.

Brennscheiders Veilchen wirkte im Halbdunkel schwarz. Die Finger waren natürlich noch geschient. Er hatte sichtlich Probleme bei jeder Bewegung, wahrscheinlich wegen der gebrochenen Rippen.

Luca spürte, wie sein Körper intuitiv in Abwehrstellung ging, die Füße stabil in einem Winkel, die eine Hand zum Schlag bereit, die andere vor der Brust. Brennscheider blieb einen guten Meter vor ihm stehen. »He Bulle, ich muss dir was geben«, meinte er despektierlich. Seine gesunde Hand wollte Luca ein Päckchen übergeben, einen kleinen wattierten Umschlag, der mit Klebeband umwickelt war.

»Was ist das?«, fragte Luca, ohne Anstalten zu machen, das Präsent anzunehmen.

Brennscheider machte einen Schritt auf ihn zu. Lucas Körperspannung stieg.

»Das ist ein Stick. Mit Videos drauf«, erklärte der Mann. »Deswegen haben sie mich zusammengeschlagen. Es waren zwei so aufgepumpte Rambos. Von ner Motorrad-Gang. Schwarze Kutte. Vornedrauf die Ziffern 210, und hinten drauf zwei Popeye-Arme, die so was wie Armdrücken machen. Das wisst ihr doch bestimmt, was das für welche sind. Ihr müsst das veröffentlichen, dass ihr diese Videos habt. Mit ner Presseerklärung oder sowas. Oder ihr sagt's denen am besten direkt. Ihr habt doch V-Leute oder sowas.« Brennscheider klang fast ein bisschen hysterisch.

»Herr Brennscheider, ich kann das nicht nehmen. Und was Sie da erzählen, damit werde ich nichts anfangen. Kommen Sie am Montag ins Präsidium und machen Sie eine vernünftige Aussage.« Luca kam sich langsam vor wie im falschen Film. Gestern Abend war er noch im Dienst, und die Situation war gerade deshalb so bedenklich. Jetzt hatte er eigentlich frei und wurde doch dazu gezwungen, sich als Polizist zu verhalten. In diesem verdammten Job war man quasi immer im Dienst.

»Du musst das nehmen. Die bringen mich um.« Brennscheider klang jetzt weinerlich. Er hatte offenbar richtig Schiss. »Wenn klar ist, dass ihr das Zeug auch habt, dann bin ich für die nicht mehr interessant.« Er sah sich plötzlich wie gehetzt um. Für einen Moment hatte Luca sogar den Eindruck, dass da wirklich jemand hinter den dicken Baumstämmen stand.

»Pass auf«, sagte Brennscheider und machte wieder einen Schritt auf Luca zu. »Ich hab keine Lust mehr. Im Betrieb werd ich gemobbt. Die wollen mir irgendetwas unterjubeln. Die wollen Gründe schaffen, um mich zu feuern. Und dann hetzen sie mir diese Gorillas auf den Hals. Das Material müsst ihr euch anschauen. Da werden Leute erpresst. Am Laufmeter. Schaut euch doch mal richtig um im Serail, was dort los ist.« Es sprudelte richtig aus Brennscheider heraus.

»Herr Brennscheider, hören Sie auf.« Luca wurde langsam sauer. »Ich kann mit all dem nichts anfangen. Ich will davon heute Abend nichts mehr wissen. Gehen Sie meinetwegen zum Kriminaldauerdienst oder in irgendeine Polizeistation, und geben Sie das dort ab. Aber lassen Sie mich in Ruhe.«

»Die bringen mich um. Die beobachten mich doch. Wenn ich zu irgendeinem Polizeirevier gehe, passen die mich doch vorher ab und bringen mich um.« Der Typ hatte wirklich die Hosen voll.

Luca wollte einfach weitergehen. Doch da warf Brennscheider ihm das Päckchen vor die Füße und eilte – so schnell es seine Schmerzen zuließen – in die dämmrige Dunkelheit davon.

Wie belämmert schaute Luca auf das Päckchen vor seinen Füßen. Was glaubte denn dieser Idiot, was er damit jetzt machen würde? Ins Präsidium fahren und eine Pressemitteilung an die United Tribuns rausgeben? Auf jeden Fall war wieder einmal nicht an Feierabend zu denken. Das Päckchen musste in die Kriminaltechnik. Er musste wissen, ob wirklich ein Stick drin war und was auf dem gespeichert sein würde. Luca seufzte, fotografierte das Päckchen vor sich auf dem Boden mit dem Handy und hob es auf. Als er die Straße weiter zu seinem Wagen entlangging, kam ihm der Gedanke, dass Sprengstoff drin sein konnte. Doch dann hätte Brennscheider es wohl kaum so hingepfeffert. Trotzdem legte er das Päckchen vorsichtig in den Kofferraum.

Er konnte im Nachhinein nicht mehr sagen, was er im letzten Augenwinkel wahrgenommen hatte, als er gerade die Heckklappe seines Wagens schloss. Intuitiv wirbelte er herum. Dem Gegner jetzt nicht den Rücken zugewendet lassen … Er stand direkt am Wagen. Da war der Spielraum eng.

Der Kraftprotz in der schwarzen Kutte, der aus dem Dämmerlicht der schlecht beleuchteten Straße auf ihn zugeschossen war und ihn jetzt mit seinen muskelbepackten Armen gegen das Auto drückte, zischte ihn mit wutverzerrtem Gesicht an: »Du rückst jetzt den Stick heraus. Und zwar ganz plötzlich. Ich will das Ding haben. Sonst knallt's.« Zum Nachdruck seiner Worte presste sich eine Hand noch stärker gegen Lucas Brust, während die andere seinen Arm greifen wollte.

Spielraum schaffen … Den Gegner ablenken, verwirren …

»Moment mal«, meinte Luca. »Den hab ich doch hier. Wo hab ich den hin?« Der Mann wollte kein Päckchen. Er wollte einen Stick. Er begann an den Hosentaschen herumzufingern. Erwartungsgemäß ließ der Druck des Muskelarms nach, und der Mann mit der halbrasierten Glatze wich ein klein wenig zurück, um Luca die Suche zu ermöglichen. Die folgenden Bewegungsabläufe kamen automatisch, ohne jeden Gedanken. O-Goshi, der Schritt auf den Gegner zu, das Eindrehen der Hüfte, der Griff unter den Arm des massigen Mannes und das Heranziehen seines Oberkörpers, sodass er das Gleichgewicht verlor, der Wurf über die Hüfte, durch den der Muskelmann mit dem Rücken auf den Boden knallte – das alles war wie eine einzige Bewegung.

Trotz seines fassungslosen Gesichtsausdrucks reagierte der Mann doch erstaunlich schnell und versuchte, wieder auf die Beine zu kommen. Doch auf dem Boden war er ganz klar in einer Position, in der Luca leichtes Spiel hatte. Er zog das Knie hoch, das von unten gegen das Kinn des Gegners schlug, sodass dessen Kopf zurückgeworfen wurde. Der Ellenbogenschlag gegen den Vitalpunkt am Kinn folgte automatisch. Den hatte er wahrlich oft genug geübt in letzter Zeit. Er traf nicht hundertprozentig. Die Lippe des Gegners war schwer in Mitleidenschaft gezogen und blutete heftig. Doch der Mann war für eine kleine Sekunde außer Gefecht.

Bevor Luca jedoch auf ihn zustürzen und ihn am Boden fixieren konnte, sprang der Mann für seine Muskelmasse erstaunlich behände auf und rannte davon. Er verschwand zwischen den Büschen und Bäumen am Straßenrand, aus denen er so plötzlich aufgetaucht war.

3

Luca starrte ihm nach. Langsam ging er um den Wagen herum und setzte sich auf den Fahrersitz. Er fuhr nicht los, er brauchte Zeit. Das musste er erst mal verarbeiten und überlegen, was nun zu tun war. Er spürte jetzt das Adrenalin, das durch seine Blutgefäße schoss. Doch zugleich wunderte er sich über sich selbst. Im entscheidenden Moment hatte er nicht den Bruchteil einer Sekunde so etwas wie Schrecken oder Angst verspürt.

Damals, als er in der Unterkunft der Illegalen gestanden hatte, war es gerade dieser Schock gewesen, der ihn zur Salzsäule hatte erstarren lassen. Ein Zustand, bei dem jeder Angreifer ein leichtes Spiel hatte. Es war glimpflich ausgegangen. Doch wochenlang war er völlig außer sich gewesen, entsetzt über sich selbst. Wozu übte man Selbstverteidigung, wenn man im Ernstfall überhaupt nichts hinbekam?

Dieses Mal hatte er genau richtig reagiert. Obwohl auch dieser Angriff völlig unerwartet gekommen war. Er war in Gedanken gewesen. Doch irgendwo in seiner Birne mussten wohl ein paar der grauen Zellen in Habachtstellung gewesen sein, zugleich jedoch bei leerem Geist, ohne hinderliche Emotionen zuzulassen, die ablenken oder lähmen konnten. Das einzige, was ihn ärgerte, war, dass er den Kerl nicht hatte fixieren können. Doch was dann? Er hatte weder Handschellen noch die Dienstwaffe bei sich. Er hätte einen Vitalpunkt sicher treffen, den Notarzt und die Kollegen rufen müssen.

Es war eindeutig einer der Muskelmutanten von den United Tribuns gewesen. Luca meinte die beiden verschränkten Anabolika-Oberarme, das Emblem der Tribuns, auf dem Rücken dieses Vollpfostens gesehen zu haben. Was hatte der von ihm gewollt? Einen Stick! Das braune Päckchen in seinem Kofferraum. Brennscheider hatte es loswerden wollen, als ob es Giftgas ausströmen würde. Der Typ hatte sie beide offensichtlich beobachtet. Und sicher war dem nicht klar gewesen, dass er sich mit einem Polizisten und Jiu-Jitsuka anlegte.

Luca überlegte. Was war nun zu tun? Er rief den Kriminaldauerdienst an und schilderte den Vorfall. Die versprachen, sofort jemanden zu schicken, er solle warten, wo er war. Jemand von der Kriminaltechnik würde mitkommen und die Spuren sichern. Vor allem das Blut, das aus der aufgeplatzten Lippe des Täters auf den Asphalt getropft war. Die würden ihm dann auch das Päckchen abnehmen und ihm eine forensische Kopie der Daten machen, wenn wirklich ein Stick mit Inhalt darin sein sollte. Er könne dann nach Hause fahren und Feierabend machen. Doch Luca war sich nicht sicher, ob er das wirklich wollte, obwohl es nun doch schon recht spät war. Was war auf dem Stick?

Die Kollegen ließen tatsächlich nicht lange auf sich warten. Zwei Polizeiautos und ein kleiner Kastenwagen der KTU weckten die Aufmerksamkeit der Gäste, die nach und nach aus dem Neuen Pfefferer kamen. Routiniert nahm eine Beamtin, die Luca vom Sehen kannte, seine Aussage und die Täterbeschreibung auf. Sie veranlasste sofort die Fahndung nach dem Kerl. Doch leider war die Kriminaltechnik durch die Ziege vertreten, die Luca schon bei der Spurensicherung am Tatort des Mordes an Luba Petkova auf den Nerv gegangen war. Der KTU-Kollege, der sie begleitete, hatte nichts zu sagen, und die Frau weigerte sich, eine Zusage zu machen, dass das Päckchen noch heute untersucht und geöffnet werden würde. Es könne bis Dienstag dauern. Sie hätten schließlich alle Hände voll zu tun, erklärte sie pampig. Lucas Erklärungen, wie wichtig die Sache war, machte sie nur noch trotziger.

Er versuchte, Andreas Bialas zu erreichen. Doch der ging weder ans Diensthandy noch ans private Telefon. Auch Hanna war nicht zu erreichen. Er rief Çelik an. Vielleicht konnte der veranlassen, dass die Kriminaltechnik am LKA den Job übernahm. Tatsächlich nahm der Kumpel nach nur wenigen Klingeltönen das Gespräch an. »Çelik, ich brauch deine Hilfe.«

»Na sieh mal an, der römische Gladiator braucht den Osmanen. Worum geht's?«

Luca schilderte, was geschehen war. »Ich bin sicher, in dem Päckchen ist ein Stick. Heute Morgen habe ich mir schon ein Erpresservideo angeschaut. Und wenn es stimmt, was dieser Brennscheider gesagt hat, dann haben wir auf dem Stick noch mehr von der Sorte.« Er wusste noch nicht genau zu sagen, was das für ihre Ermittlungen bedeuten würde. Doch es war fast sicher, dass wegen dieser Dateien gemordet und Brennscheider schwer verletzt worden war.

Çelik überlegte einen Moment. Dann sagte er: »Gib mir mal diese Tante von eurer KTU.«

Luca reichte das Handy weiter an die Frau. Die machte ein paar Schritte zur Seite, begann mit Çelik einen Disput, wurde jedoch immer leiser. Als sie das Mobiltelefon wieder an Luca zurückgab, sah sie aus, als hätte sie in eine Zitrone gebissen.

»Okay, Luca«, meinte sein Kumpel. »Die bringen dein Päckchen jetzt zu uns ins Kriminaltechnische Institut. Ich fahr gleich mal rüber. Da nehme ich's in Empfang und erledige die ganzen Formalitäten. Die haben dort aber auch nur den Nachtdienst und brauchen bestimmt eine bis zwei Stunden, bis sie die ganze Litanei der Spurensicherung abgespult haben. Reicht es dir, wenn ich morgen früh die forensische Kopie mache? Du kannst so um halb zehn dazu kommen. Dann schauen wir uns das Ganze mal zusammen an.«

Luca war es recht. Es ging langsam auf halb elf zu und er hatte genug. Jetzt noch stundenlang zu warten, brachte nichts. Er stimmte zu.

Çelik schien es fast recht zu sein, dass er den unliebsamen Gästen entkommen konnte. Luca hörte, bevor die Verbindung von seinem Freund unterbrochen wurde, wie er fast fröhlich sagte: »Sorry, Leute. Es geht um Mord. Ich muss noch mal weg.«

Sonntag, 8. Mai

1

Es war kurz nach neun, als Luca am Sonntagmorgen die Pforte des Landeskriminalamts passierte. Er ging in die Abteilung Cybercrime und Digitale Spuren, wo Çelik bereits in seinem Büroraum konzentriert am Bildschirm arbeitete. Nach kurzer Begrüßung sah Luca dem Freund über die Schulter, auch wenn er nicht nachvollziehen konnte, was der da trieb.

Zwanzig Minuten später meinte Çelik: »So, das haben wir.« Er zog sich Handschuhe über, zog einen Stick aus dem USB-Anschluss des Computers und steckte ihn in eine beschriftete Plastiktüte der Spurensicherung.

»Dann wollen wir mal schauen.« Çelik gab ein paar weitere Befehle ein und öffnete die kopierten Dateien.

Es waren drei Videos.

Das erste zeigte Jens Immendorf. Wieder in einer der Bums-Suiten des Serails.

»Hab ich's mir gedacht«, meinte Luca und erklärte Çelik, der ihn fragend anschaute, dass er schon einmal ein solches Video von einem ähnlichen Raum gesehen hatte und wie er zu der entsprechenden DVD gekommen war.

Immendorf war ebenfalls schon ganz schön knülle, wenn auch bei Weitem nicht so wie Wolfgang Winter. Der Geschäftsführer von KATA-Technik hatte wenigstens noch ein bisschen etwas von dem Service. Eine junge Frau machte es ihm, die Luca als eine der Mitbewohnerinnen in der Tatort-Wohnung auf dem Fasanenhof identifizierte. Sie war allerdings bisher durch nichts aufgefallen.

Immendorf ließ sich fast völlig passiv bedienen, gab seine Anweisungen und stöhnte ein wenig, wenn es passte. Das Mädchen hatte seine liebe Not mit ihm. Er ließ sich einen blasen, dann war wieder Handarbeit nötig und schließlich der Koitus, bis er nach langen, mühevollen Anstrengungen der Frau endlich kam.

»Und du sagst, das sind Erpresservideos?« fragte Çelik. »Meinst du, mit so etwas kannst du heute noch einen erpressen? In solchen Kreisen findet man das doch eher cool, dass man sich mal was gönnt.«

Auch Luca überlegte, was an dem Video wirklich skandalträchtig war. Immendorf hatte ja quasi zugegeben, dass Dietmar Langenfelder, der Chef der Langenfelder-Gruppe, das Vergnügen bezahlt hatte. Aber warum auch nicht. Die KATA-Technik war schließlich ein Unternehmen der Gruppe und Langenfelder damit Immendorfs Chef. Allein die Frau von Jens Immendorf dürfte Probleme mit solchen Bildern haben.

Das zweite Video kannte Luca schon. Es waren die Aufnahmen von Wolfgang Winter mit Luba Petkova, die Laura ihm auf der DVD übergeben hatte.

Das dritte Filmchen auf dem Stick zeigte schließlich Anton Schwarz, Einkäufer der NAU in Neckarsburg. Es war in einer großen, extravagant eingerichteten Suite aufgenommen worden. Die Frau, die bei ihm war, war die splitternackte Alena.

Schwarz schubste das Mädchen unsanft vor sich her.

»Du sollst dich wehren«, zischte er sie an. »Los, wehr dich, du blöde Schlampe.«

Alena hatte schützend die Arme um die Schultern gelegt und zitterte vor Angst.

»Ich sag, du sollst dich wehren!« Er schlug sie so hart ins Gesicht, dass sie seitwärts auf das große Bett fiel. Jetzt begann sie wie befohlen ihn abzuwehren. Sie stemmte die grazilen Arme gegen den großen hageren Mann und versuchte, ihr Knie gegen seinen Oberschenkel zu drücken, natürlich ohne jede Chance. Genau das machte ihn an. Er warf die Frau herum und nahm sie von hinten, hart und hemmungslos. Dann warf er sie wieder auf den Rücken. Wieder schrie er sie an:

»Los, wehr dich. Wehr dich, hab ich gesagt.« Und als sie nicht sofort reagierte, fauchte er: »Ich lass dich sonst von Ruthenaus Gorillas durchbumsen, von einem nach dem andern, und schau dabei zu.«

Man sah in der Kamera nun das Gesicht des Mädchens. In ihren Augen stand der blanke Horror. Sie wehrte sich jetzt wieder, was für sie das Ganze noch entsetzlicher machen und sich wie eine echte Vergewaltigung anfühlen musste. Doch Anton Schwarz törnte offenbar genau dies an. Der ganze Mann war pure Aggression. Brutal drang er jetzt wieder in sie ein und bewegte sich so hart in ihr, dass der ganze zierliche Körper auf- und abgestoßen wurde. Alena hatte nun mit schmerzverzerrtem Gesicht die Augen geschlossen.

Als Schwarz mit einem tiefen Gestöhne endlich fertig war, stand er auf und meinte: »Na also, geht doch.« Dann entfernte er sich aus dem Blickwinkel der Kamera. Das Mädchen blieb wie leblos auf dem Bett liegen. Der Videoclip war zu Ende.

Çelik starrte mit vorgeschobenem Kopf auf den Bildschirm. Es sah fast aus, als ob er seine türkische Hakennase daran plattdrücken wollte.

»Der Typ ist pervers«, meinte er dann.

Luca hielt es nicht mehr auf seinem Stuhl aus. Er musste mehrere Male durch das große Büro zwischen den Tischen mit Bildschirmen und elektronischen Geräten hindurchgehen und sich die Haare raufen, bis er sich halbwegs wieder gefangen hatte.

»Der hat Vergewaltigungsphantasien und lebt sie mit Prostituierten aus«, stellte er dann fassungslos fest. Allein das war schon ein Erpressungsgrund. Dazu aber ließ er sich seine sadistischen Eskapaden noch von einem Zulieferer bezahlen.

»Ihr müsst den Schuppen auseinandernehmen«, meinte Çelik. »Das hat doch Methode. Die Kameras sind dort fest installiert. Auf jeden Fall müsst ihr bei uns beantragen, dass sich die Aufnahmen mal jemand ganz genau anschaut.«

Luca nickte. Dass dies alles einen Rattenschwanz an Ermittlungen nach sich ziehen würde, war klar. Çelik holte einen Stick aus einer Schublade, steckte ihn in den Computer und speicherte darauf routiniert die Videodateien. »Hier, Sizilianer, nimm den mal fürs Erste. Und dann mach so schnell wie möglich die Formalitäten«, bat er den Freund. »Dann schick ich's euch offiziell mit Bericht.«

Luca nickte. Er würde jetzt gleich zum Präsidium fahren, den Antrag ausfüllen und sich Notizen machen. Noch im LKA rief er beim Kriminaldauerdienst an, um sich zu erkundigen, wie es um die Fahndung nach dem Angreifer vom Vorabend stand. Man hatte den Typ natürlich nicht erwischt. Er schrieb eine SMS an Bialas und Hanna, in der er die Situation kurz schilderte.

Kurz darauf rief ihn Bialas an. »Gibt es irgendetwas, das jetzt keinen Aufschub duldet?« Luca fiel nichts ein, was sinnvoller Weise hätte getan werden können. »Okay«, meinte Bialas. »Dann besprechen wir morgen alles Weitere, wenn die andern auch dabei sind.«

2

Obwohl er null Bock hatte, von seiner Mutter betüttelt zu werden, ging er zum Mittagessen zu seinen Eltern, nachdem er im Präsidium das Notwendige erledigt hatte. Er wollte jetzt auf keinen Fall alleine in seiner Bude hocken.

Es war heute wenigstens nicht mehr so laut und chaotisch wie beim letzten Mal. Keine der beiden Schwestern war da, und die Stimmung war etwas gedrückt. La mamma wurstelte unkonzentriert in der Küche rum. Es gab nichts Besonderes, nur Pasta alla puttanesca. Luca setzte sich ins Wohnzimmer zu seinem Vater, der die Sonntagszeitung oberflächlich durchblätterte und ihn wie üblich fragte, ob alles in Ordnung sei. Luca antwortete wie fast immer, dass es bei ihm nichts Besonderes gab, das Übliche, nichts Dramatisches. Sein Vater, der sonst kaum etwas kommentierte, seufzte und meinte: »Sei froh, dass du Beamter bist und ne sichere Stelle hast, Junge.«

»Was ist los?« So kannte Luca seinen patri gar nicht.

»Wir werden verkauft«, meinte der nüchtern.

»Verkauft? An wen?«

»Vielleicht an die Chinesen. Der Chef hat keinen Nachfolger.«

Luca hörte den sorgenvollen Unterton. Sein Vater arbeitete seit einer Ewigkeit in einem kleineren Unternehmen, das Kunststoffschläuche für besondere Anwendungen herstellte. Schläuche für Chemikalien, für Hochdruckgeräte, für extreme Hitzebelastungen. Papa Mazzaro war nur Angelernter, hatte aber mittlerweile ein Spezialwissen über die Bedienung von Extrusionsmaschinen wie kaum ein junger Ingenieur, der frisch von der Uni kam.

»Und was befürchtest du?«

»Weiß nicht. Man hört was von Entlassungen.«

»Aber dich brauchen sie doch. Außerdem hast du bestimmt so was wie nen Kündigungsschutz. Wie ist das denn geregelt?«

»Oh Dio mio, perché questo succede proprio a noi? Warum muss uns das passieren?«, jammerte seine Mutter. Sie holte gerade aus dem Wohnzimmerschrank ein paar Gläser. Das Thema war wohl schon mehrere Male zwischen den beiden erörtert worden.

»Calma ti, cara mia. Beruhige dich, Francesca. Luca hat recht. So einfach können sie mich nicht entlassen.«

»Was wissen wir schon über die Chinesen?«, lamentierte seine Mutter weiter. »Sie kupfern alles ab, und wenn sie die Technik beherrschen, dann verlagern sie das Ganze nach China. Du wirst keine Arbeit mehr bekommen, in deinem Alter. Und es wird nicht mehr reichen. Wie sollen wir die Miete hier noch zahlen? Es geht ja immer nur null zu null auf jeden Monat.« Sie war fast am Weinen, als sie zurück in die Küche ging.

Sein patri seufzte, stand auf und ging ihr nach. »Beruhige dich, Francesca. Es ist ja noch gar nichts entschieden. Es wird schon alles gut.«

Er nahm seine Frau in die Arme, die sich an ihn schmiegte und sich von ihm trösten ließ. Dabei hätte er sicher auch Zuspruch gebraucht, dachte Luca. Er spürte, dass der Vater Angst hatte.

Luca hatte manchmal den Eindruck, dass die Beziehung seiner Eltern in solchen Krisenzeiten am besten funktionierte. Seine Mutter regredierte dann zum hilflosen Kind, und sein Vater war endlich zu etwas nütze. Der konnte den Retter in der Not spielen, an dessen starker Schulter sie Halt fand und sich ausweinen konnte. Wie es ihrem Mann ging, bemerkte sie dabei nicht.

»Keine Angst, Francesca. Ich werde schon für dich sorgen. Komm, lass uns essen.« Natürlich würde er wieder die ganze Last der schwierigen Lage auf sich nehmen, weil sie ihn dann wie ihren Ritter behandelte. Wenn die Krise vorbei war, war er wieder nichts wert. Sie machte an der legeren Kleidung herum, die der Vater gerne trug, weil die nicht schick genug war und er sie damit blamierte. Sie schimpfte, wenn er nicht in ihr Lamento über die Schwiegersöhne einstimmte oder sich nicht genügend Sorgen um die Enkelkinder machte, obwohl sie allein das schon für zwei erledigte.

Die Puttanesca – Spaghetti nach Hurenart – schmeckte vorzüglich, und obwohl seine Mutter heftig lamentierte, weil es heute aufgrund ihres Versagens kein Antipasto und noch nicht mal ein Secondo gab, fehlte Luca nichts. Woher der Name des Gerichts stammte, wusste keiner richtig. Nach einer unter verschiedenen Erklärungen sollte er darauf zurückgehen, dass Prostituierte das Gericht schnell und einfach zwischen Besuchen ihrer Freier zubereiten konnten. Nach einer anderen durften die Huren nur einmal in der Woche einkaufen und kreierten deshalb dieses Resteessen. Womit Lucas Gedanken wieder beim Fall waren.

Er hörte sich noch eine Weile die völlig unnötigen Sorgen von mamma an, die sich vor allem um das Wohlergehen der beiden Töchter drehten, denen es beiden recht gut ging. Er schaute schweigend mit seinem Vater noch ein bisschen fern, solange die Mutter in der Küche zu tun hatte. Dann, nach einem Espresso, machte er sich wieder auf den Heimweg.

Und leider drehten sich seine Gedanken nun wieder ohne jegliche Ablenkung um die Frage, wie lange so ein Fall sich hinziehen konnte und wie lange eine junge Frau mit einem so hübschen Gesicht, solchen Haaren und einer solchen Figur auf ihn warten würde. Warum faszinierte ihn Laura so sehr? Vielleicht auch, weil sie ganz anders war als seine Mutter. Und anders als die meisten Frauen, mit denen er bisher eine Beziehung gehabt hatte. Sie strahlte nicht diese Hilflosigkeit aus, die den Retter in ihm ansprach. Sie manipulierte nicht durch ein kindliches Gebaren, durch das plötzlich die gesamte Verantwortung auf den Schultern des Mannes lastete. Nein, sie war stolz und selbstbewusst und ließ ihn genau wissen, was sie wollte. Sie hatte ihr Leben im Griff. Sie brauchte keinen Erretter, sondern einen ebenbürtigen Partner.

Montag, 9. Mai

1

Die Nacht war ein einziger Albtraum gewesen. Luca hatte hundsmiserabel geschlafen. Immer wieder, wenn er wegdöste, sah er die verzweifelten Augen von Alena vor sich. Einmal wandelten sich die stahlblauen großen Augen plötzlich in die blaugrünen, schräggeschnittenen von Laura. Er wachte schweißgebadet auf.

Er stand deshalb sehr früh auf und war bereits kurz nach sieben im Präsidium. Er versuchte, die neuen Erkenntnisse zu ordnen und damit, wie er es seinerzeit an der Polizeihochschule gelernt hatte, eine erste Ermittlungsplanung aufzustellen. Jedoch ohne eine Chance. Er konnte sich einfach nicht konzentrieren. Die Gedanken sprangen unkontrollierbar von einem Geschehnis der letzten Tage zum nächsten.

Auch Bialas kam schon kurz nach halb acht, kurz darauf Hanna. Sie mussten dennoch warten, weil Pia, die noch nichts von den Ereignissen am Wochenende wusste, erst Viertel nach acht hereinschusselte. Sie wirkte, als ob sie auf Wolke sieben mit einem schneeweißen Pferd durch die Prärie galoppieren würde. Doch das änderte sich rasch. Gemeinsam sahen sie sich die Videos an, die auf DVD und Stick gespeichert waren.

Nachdem die Bilder vorübergeflimmert waren, sagte lange keiner etwas. Hanna hatte die Augen geschlossen, und man sah ihr an, wie sie litt. Pia presste die schmalen Lippen zusammen, als ob sie verhindern wollte, gleich loszuheulen. Bialas zog irgendwann sein berühmtes Stofftaschentuch hervor und rieb sich die Nase. Dann sagte er: »Wir müssen Gertrud Sieg sofort verständigen. Und Frenzel. Wäre gut, wenn wir mit denen noch sprechen könnten, bevor die Soko in ihrer Gesamtstärke nachher aufläuft. Wann habt ihr die Sitzung anberaumt?«

»Um elf«, gab Luca Auskunft.

»Okay, wir versuchen, beide so schnell wie möglich herzuholen. Ich spreche mit Gertrud. Luca, du rufst den Staatsanwalt an.« Bialas nahm das Heft in die Hand. Und Luca war es ausgesprochen recht, dass der Chef mit seiner Erfahrung ihm unter die Arme griff.

Friedebald hatte ohnehin vorgehabt, vor der eigentlichen Soko-Sitzung zu kommen, um mit Luca den Stand der Ermittlungen noch mal abzugleichen. Er stand um halb zehn auf der Matte. Gertrud Sieg, die noch eine Besprechung hatte, war kurz darauf in dem Besprechungsraum, in dem sich später auch alle anderen Kollegen einfinden sollten, die zur Verstärkung der Soko Fasanenhof eingeteilt worden waren.

Die Filmvorführung fand dieses Mal auf der Neuanschaffung der Stuttgarter Kriminalpolizei, einem Large Format Display, einem extragroßen Monitor im Soko-Sitzungsraum statt. Pia meinte, kaum dass die Bilder anfingen zu laufen, dass sie dringend eine Zigarette bräuchte. Sie verließ den Saal und kam nicht wieder. Luca, der den Blick auch nicht mehr auf die Videosequenzen richten wollte, beobachtete, wie Friedebald Frenzel immer bleicher wurde. So hatte Luca ihn bisher nur im Sektionssaal erlebt. Und Gertrud Siegs Gesichtshaut, die ohnehin durchs Rauchen gezeichnet war, lag nach der letzten Szene so in Falten, dass man sie im Mittelalter als Hexe verbrannt hätte.

»Wenn das Mädchen ihn wegen Vergewaltigung anzeigt, ist er dran«, meinte Frenzel, nachdem lange Zeit Schweigen geherrscht hatte. Er fuhr sich mit der Hand über die Glatze, stand auf und verließ den Raum fast panikartig.

»Der kommt zurück. Wir warten«, knurrte Bialas. Und Luca war froh, auch kurz an die frische Luft gehen zu können und sich die Beine zu vertreten.

Draußen stand Pia und fror.

»Kannst wieder reinkommen«, meinte Luca. »Ist vorbei.«

Auf dem Weg nach oben sammelten sie vor einer Herrentoilette Frenzel ein, der wieder ein bisschen mehr Farbe im Gesicht hatte. Dann waren alle wieder im Soko-Raum versammelt.

2

Es war eine Selbstverständlichkeit, dass Andreas Bialas die weitere Besprechung leitete. Pia erhielt den Auftrag, mitzuschreiben und eine Art To-do-Liste der notwendigen Ermittlungsschritte zu erstellen. Luca übernahm die Aufgabe, an dem großen Bildschirm eine Mind-Map aufzurufen, die die wichtigsten Fakten des Falles visualisierte.

»Also, was haben wir?« Bialas war aufgestanden und näher an das Display getreten. »Wir haben eine Tote mit DNA-Spuren, die bisher nicht zugeordnet werden konnten. Wir haben einen Zettel, auf dem drei Namen stehen. Genau von diesen dreien tauchen Erpresservideos auf. Alle drei in dem Edel-Puff Serail. Und ich wette, die Mädchen wussten davon. Wir müssen diese Videos von Spezialisten auswerten lassen.«

»Am BKA gibt es da Leute«, meinte Hanna Stankowski. »Sie haben da auch eine Psychologin, die unbewusste Körpersprache und Mimik interpretieren kann.«

Bialas nickte und fragte dann: »Das Serail. Ihr habt dort eine Razzia durchgeführt. Und nichts von den Kameras bemerkt?«

Gertrud Sieg räusperte sich und klang etwas beleidigt, als sie antwortete: »Die Kameras sind ganz offensichtlich hervorragend versteckt. Das sieht man doch schon an den Aufnahmen. Das ist von irgendwo oben an der Decke. Und mit Sicherheit so angebracht, dass die Kunden nichts davon mitkriegen.«

»Wir haben auch ehrlich gesagt nicht nach Kameras gesucht«, half ihr Luca.

»Aber etwas ist mir durch den Kopf gegangen«, fuhr Sieg fort, »als ich jetzt gerade diese Bilder gesehen habe. Es gab da einen Raum. Im Keller unter dem Verwaltungstrakt. Da sind auch die Umkleideräume für die Sicherheitsleute und die Spinde für die Frauen. Der Raum war leer bis auf einen Tisch und ein paar Stühle und einen ziemlich großen Tresor. Der stand offen und es war überhaupt nichts drin. Was ich mich frage: Irgendwo müssen Aufnahmegeräte stehen, wenn man solche Videos macht, und wenn tatsächlich DVDs davon gemacht werden, muss man die irgendwo lagern.«

Auch Luca hatte sich schon gefragt, warum sie auf den beschlagnahmten Computern und Speichergeräten keinerlei verfängliches Material gefunden hatten. Çelik und seinen Kollegen von der Cyberkriminalität, die die ganzen Medien durchforstet hatten, wäre so etwas keinesfalls entgangen.

»Wenn sie den Raum ausgeräumt haben und die ganzen Dateien haben verschwinden lassen, bevor wir da waren«, überlegte er laut, »dann müssen die doch von der Razzia gewusst haben.«

»Das wäre ziemlich übel.« Sieg zog ihr Gesicht in Falten. »Dann hätten wir eine undichte Stelle.«

»Wie ist das eigentlich?«, meldete sich Friedebald Frenzel zu Wort. »Mit Sicherheit wissen wir doch nur von einer Erpressung. Und zwar bei diesem Winter. Ob die andern beiden wirklich erpresst wurden, können wir ja nicht wirklich sagen. Oder?«

»Na ja, die DVD haben wir direkt von Winter – oder eigentlich seiner Tochter«, meinte Luca. »Was mit beiden anderen Clips auf dem Stick gemacht worden ist, wissen wir nicht. Keine Ahnung, ob Immendorf und Schwarz die kennen. Wer auf jeden Fall davon wusste, sind die United Tribuns, die Typen, die den Brennscheider aufgemischt haben. Und dieser Hammerwerfer, der mir am Samstagabend an den Kragen wollte.«

Frenzel blieb bei seinem eigenen Gedankengang. »Wie ist diese Erpressung von Wolfgang Winter eigentlich ganz genau abgelaufen? Wie hat er die CD bekommen? Mit welchen Forderungen? Und womit genau wurde er eigentlich erpresst, wenn er doch alleinstehend und ohne Partnerin ist?« Der Staatsanwalt hatte die Akten gelesen und sich, wie es seine Art war, die Details gemerkt.

Luca musste sich eingestehen, dass er immer noch nicht ganz verstanden hatte, womit der Chef der Langenfelder-Gruppe Wolfgang Winter in der Hand hatte. »Also, es ist wohl so: Nicht, dass Winter in den Puff gegangen ist, scheint der Skandal zu sein. Sondern dass der Besuch von Dietmar Langenfelder bezahlt worden ist. Wenn das in der Branche bekannt wird, gilt Winter als korrupt oder erpressbar. Oder als Kumpel von Dietmar Langenfelder. Und dann bekommt er keine Aufträge von Konkurrenzunternehmen der Langenfelder GmbH mehr. So ungefähr hat es mir seine Tochter gesagt.«

»Das heißt, wir kennen Hintergrund und Ablauf dieser Erpressung noch völlig ungenügend.« Friedebald Frenzel hatte sich erholt. Immerhin fiel ihm wieder eine seiner Aphorismen ein. »Wie sagt man in Madagaskar? Ein Skandal ist wie ein Ei – wenn es ausgebrütet ist, bekommt es Flügel. Wir müssen so schnell wie möglich mit diesem Wolfgang Winter sprechen. Er scheint ja kooperativ zu sein. Und, meine Damen und Herren, wir dürfen nicht vergessen: Auf dem Video ist er mit der Toten zusammen. Was immer das bedeuten mag.«

Pia schrieb eifrig mit.

Bialas ergriff wieder das Wort. »Und die nächsten sind natürlich Immendorf und Schwarz. Wenn Sie die möglichst schnell vorladen würden«, wandte er sich an den Staatsanwalt, »wäre das sicher kein Fehler.«

»Ich weiß nicht.« Luca war sich nicht sicher, ob das wirklich klug war. »Wir haben den Stick von Thorben Brennscheider. Den müssen wir erst mal in die Mangel nehmen. Und zwar gründlich. Woher hat der die Videoclips? Und warum wissen die Tribuns, dass er die hat?«

»Macht mal langsam«, meinte Sieg nun mit rauchiger Stimme. »Wir müssen aufpassen, dass wir das Pferd nicht von hinten aufzäumen. Im Serail werden Erpresservideos gedreht. Harald Ruthenau weiß davon. Ohne den geht dort gar nichts. Und der steckt wiederum mit Bakir Sušić und den United Tribuns unter einer Decke. Für mich steht jetzt an allererster Stelle eine weitere Razzia im Serail. So schnell wie möglich. Vorbereitet im kleinen Kreis.« Sie ließ ihren Blick stechend über alle Anwesenden gleiten. »Ich gehe mal davon aus, dass hier in dieser Runde alle koscher sind. Wir brauchen nicht viel Leute dafür. Es geht ja nur um den einen Kellerraum und um die Kameras in den Einzelräumen. Wenn die Aufnahmetechnik wieder da ist, dann haben wir mit großer Wahrscheinlichkeit einen Singvogel bei der Polizei. Wenn nicht, hat es vielleicht andere Gründe, dass es keine Aufnahmen mehr gibt. Wie auch immer: Wenn wir Beweise dafür finden, dass dort gedreht wird, dann haben wir Ruthenau an den Eiern. Wie lange dauert es, bis wir dafür ne richterliche Genehmigung haben?«, fragte sie Frenzel, als ob das alles bereits beschlossene Sache wäre.

Frenzel wackelte nachdenklich mit dem runden Kopf. »Das kriegen wir schon relativ schnell hin. Ich weiß nur nicht, ob wir so lange warten sollten mit den Vernehmungen. Ich würde diesen Schwarz gerne vor die Flinte bekommen. Und das Mädchen müssen wir vernehmen. Diese Kalina alias Alena. Ich glaube, da kommen wir nicht drum herum. Wobei wir da vorher klären müssten, ob wir sie in ein Hilfsprogramm reinbekommen.«

»Und dieser Langenfelder?«, fragte Hanna Stankowski nun. »Wenn ich es richtig mitbekommen habe, dann ist das in gewisser Weise ein Strippenzieher, den wir aber nicht wirklich im Visier haben. Oder?«

Pia kam kaum noch mit beim Aufschreiben. Und Luca hatte zunehmend das Gefühl, dass sie eigentlich alles sofort und zugleich angehen müssten, sodass ihm fast der Kopf schwirrte. Da klingelte sein Dienst-Handy.

3

Es war die Pforte. Luca hörte mit widersprüchlichsten Gefühlen zu und gab die Info in die Runde: »Unten stehen Wolfgang Winter und seine Tochter. Sie wollen eine Aussage machen.«

»Na dann mal herein in die gute Stube«, freute sich Friedebald Frenzel. »Dann können wir doch gleich schon mal den Anfang machen.«

Auch Bialas nickte. »Sie sollen sie hierherbringen.«

Wolfgang Winter erschrak, als er die große Runde von Kriminalbeamten sah. Er sah bleich und eingefallen aus. Offenbar hatte er sich die Entscheidung, hierher zu kommen, nicht leicht gemacht. Laura dagegen wirkte stolz und beschwingt. Sie trug eine weiße Bluse, enge Jeans und darüber einen schicken Blazer. Die Haare hatte sie fast ein bisschen streng nach hinten gebunden, was das hübsche Gesicht jedoch voll zur Geltung brachte.

»Guten Tag, ich dachte …«, stotterte Wolfgang Winter.

Hanna sprang dem Verunsicherten bei. Luca hatte sich langsam an das silbergraue Haar der Kollegin gewöhnt, und eigentlich sah ihr Gesicht eher jünger aus. Sie begrüßte die beiden Gäste mit Handschlag und stellte ihnen einen der Anwesenden nach dem anderen vor. »Herrn Mazzaro und Frau Grampp kennen Sie ja schon«, meinte sie zum Schluss. Laura schickte einen verstohlenen Blick zu Luca. Der spürte, wie er rot wurde, und sah aus den Augenwinkeln den kritischen Blick von Andreas.

»Wir besprechen gerade den Fall Luba Petkova«, erklärte Hanna. »Und wir haben dabei auch gerade über Sie gesprochen, Herr Winter. Wir hätten eine Reihe von Fragen an Sie. Meinen Sie, Sie könnten in dieser großen Runde ihre Aussage machen? Oder wollen Sie lieber mit dem Staatsanwalt, Herrn Frenzel, und zwei unserer Kollegen sprechen? Dann wird alles aufgenommen, was Sie uns sagen. Und die Abschrift wird den anderen Kollegen zur Kenntnis gebracht.«

Winter war sich nicht schlüssig. »Ach, was soll's. Man muss diesen Sumpf austrocknen. Und Sie wissen ja ohnehin, dass ich da irgendwie mit drinstecke.«

Hanna bat die beiden, sich zu setzen und wies ihnen zwei Plätze in der Runde zu.

Frenzel nahm die Vernehmung in die Hand. »Wir wissen, Herr Winter, durch die Aussage Ihrer Tochter, dass Sie erpresst werden. Sie haben eine DVD mit kompromittierendem Inhalt bekommen. Wie ist diese Erpressung abgelaufen? Wie kam die DVD zu Ihnen? Mit welchen Forderungen?«

»Keine Forderungen. Sie kam mit der Post. Persönlich, an mich zuhause. Es war ein Zettel dabei. Mit Maschine oder Computer geschrieben. Da stand drauf ›Kleine Gefälligkeiten erhalten die Freundschaft‹.«

»Wo ist der Zettel jetzt?«, fragte Bialas.

»Hab ich weggeworfen. Ich war wütend. War wohl ein Fehler.«

»Und warum haben Sie das als Erpressung empfunden?«, fragte Frenzel.

» Das Ganze hat angefangen, als wir die erste Anfrage von einem anderen Auspuff-Hersteller bekommen haben. Es geht da um ein Projekt für BMW. Da hat Langenfelder schon gedroht. Dass er Mittel und Wege finden würde, um unserer Firma das Leben schwer zu machen, wenn er mitbekommen würde, dass wir gewisse Betriebsgeheimnisse ausplaudern würden.«

»Betriebsgeheimnisse?«, fragte Frenzel.

Wolfgang Winter schwieg lange, die Stirn in Falten gelegt. Dann sprach er langsam, jedes Wort überdenkend. »Ich habe in der Entwicklungsabteilung der Langenfelder GmbH & Co. KG ein Papier in die Hände bekommen. Ein höchst brisantes Papier des wichtigsten Kunden von Langenfelder. Nämlich der Neckarsburger Auto-Union. Ich und ein Mitarbeiter waren dort gemeinsam mit Herrn Immendorf von der KATA-Technik. Wir haben mit den Entwicklungsingenieuren ein paar Versuchsreihen durchgesprochen. Es ging darum herauszufinden, was die geringste Menge an Platin-Partikel ist, mit der man noch die Abgasvorschriften einhalten kann. Ich habe dort meine Unterlagen eingepackt, als wir gegangen sind. Und zu Hause hatte ich plötzlich dieses Papier in Händen.«

Winter überlegte wieder eine Weile. Offenbar war er sich nicht sicher, was er den Beamten anvertrauen sollte.

»Es sind technische Probleme«, fuhr er dann fort. »Es hat etwas mit dem Abgasskandal zu tun, der jetzt so hochkocht. Aber ich stelle immer wieder fest, dass die meisten Laien die technologischen Zusammenhänge nicht verstehen.«

»Erklären Sie's uns«, meinte Pia. »Vielleicht kapieren wir es ja doch.«

Laura schaltete sich nun ein. »Also zunächst mal: VW hat eine Software in ihre Dieselmotoren eingebaut. Mich würde es übrigens nicht wundern, wenn es bei anderen Herstellern auch so eine Betrugssoftware geben würde. Einfach weil im realen Verkehr der Ausstoß von Stickoxiden fünf- bis siebenfach so hoch ist wie auf den Prüfständen. Deshalb sind Länder wie Deutschland, Frankreich oder Österreich weit davon entfernt, die Grenzwerte einzuhalten, die sie selbst in der EU beschlossen haben. Diese Software erkennt, wenn ein Wagen auf dem Prüfstand ist, und optimiert dann die Abgasaufbereitung, sodass möglichst wenig Stickoxide ausgestoßen werden.«

»Wie kann eine Software so was erkennen?«, wunderte sich Pia.

»Sie analysiert das Fahrverhalten«, erläuterte Wolfgang Winter. »Solche Tests laufen immer nach bestimmten Routinen ab, nach Standards. Die Beschleunigung, die Schaltvorgänge und so weiter – so würde kein Mensch wirklich fahren.«

»Der eigentliche Skandal«, fuhr Laura fort, »ist aber der: Man hat auf dem Prüfstand mit dieser Software die vorhandene Abgaskontrolle voll genutzt. Im normalen Fahrbetrieb werden aber Teile der Abgaskontrollanlage außer Betrieb gesetzt. Und das sorgt dafür, dass bei NOx-Speicherkatalysatoren weniger Diesel verbraucht wird. Dafür stoßen sie mehr Stickoxide aus.«

Luca kam das irgendwie nicht logisch vor. »Warum das denn? Wenn weniger Diesel verbrannt wird, dann sollte es doch auch weniger Abgase geben. Oder?«

Wolfgang Winter erklärte: »Bei NOx-Katalysatoren werden die Stickoxide im Katalysator gebunden. Da sind wir in die Entwicklung involviert, weil man dafür die Platin-Partikel braucht. Die Stickstoffe werden gespeichert auf einer Oberfläche. Wenn die Oberfläche voll belegt ist, muss durch einen besonderen Prozess das giftige Stickoxid in unschädlichen Stickstoff umgewandelt werden. Dazu muss alle 60 bis 90 Sekunden der Dieselverbrauch für zwei Sekunden stark ansteigen. Wir haben uns schon immer gewundert, wie die bei diesen Speicher-Kats den niedrigen Dieselverbrauch hinkriegen. Heute wissen wir's ja.« Winter klang sarkastisch. »Dieser Zyklus wird einfach ausgesetzt oder findet viel seltener statt, als notwendig wäre. Das Stickoxid wird unverändert rausgeblasen.«

»Wissen Sie, dass jedes Jahr etwa fünftausend Menschen in Europa vorzeitig sterben, weil sie verpestete Luft einatmen müssen?« Laura war hinreißend, wenn sie sich so engagierte. »Es gibt Schätzungen, die besagen, dass alleine durch die VW-Fahrzeuge mit der Betrugssoftware in den letzten sieben Jahren dreizehntausend Lebensjahre von Menschen vernichtet worden sind.«

Ihr Vater blieb sachlicher: »Um das Papier zu verstehen, das ich da aus Versehen in die Finger bekommen habe, muss ich Sie leider noch einmal mit Katalysator-Technik belästigen. Sein Inhalt war nämlich: Wie kann man den AdBlue-Verbrauch bei SCR-Katalysatoren verringern. Mit demselben Effekt wie bei den NOx-Katalysatoren. Es wird mehr giftiges Stickoxid in die Luft geblasen.«

Er machte eine Pause, um zu überlegen, wie er es am besten erklärte.

»Bei SCR-Katalysatoren wird Harnstoff in den Katalysator gespritzt, der das Stickoxid in ungefährlichen Stickstoff verwandelt. Dieser Harnstoff ist das sogenannte AdBlue. BMW kombiniert in manchen seiner Fahrzeuge die beiden modernen Katalysatortechnologien, den NOx mit unseren Nano-Partikeln und den SCR mit dem AdBlue-Harnstoff. Ein Teil der Stickoxide wird also mit der einen Technologie unschädlich gemacht, ein Teil mit der anderen. Aber obwohl BMW mit den zwei Technologien sozusagen Halbe-Halbe macht, sind die Tanks für AdBlue bei NAU und bei BMW etwa gleich groß. Und wie das gehen soll, das ist natürlich sofort Gesprächsstoff, wenn Sie mit Ingenieuren von BMW zusammensitzen.«

Seine Tochter unterbrach ihn wieder. »Das AdBlue in den Autos der NAU reicht nie und nimmer aus, um die Stickoxide vollständig zu entfernen. Die Tanks sind viel zu klein. Die müsste man öfter befüllen, als man tanken muss.«

»Und nun bekomme ich da ein Papier von NAU-Ingenieuren in die Hände, in dem sie die Leistung von SCR-Katalysatoren analysieren und Vorschläge machen, wie man den AdBlue-Verbrauch verringern kann. Weil größere Tanks nicht ins Motordesign passen. Weil ständiges Nachfüllen von AdBlue die Kunden nerven und vom Kauf der Marke abhalten würden. Also macht man eben eine Software, die das Zuspritzen von AdBlue im Normalbetrieb des Fahrzeugs abschaltet oder reduziert. Das geht so weit, dass sie überlegen, den Katalysator softwaregesteuert gänzlich lahm zu legen, wenn der AdBlue-Vorrat im Tank zur Neige geht. Das würde bedeuten, dass über längere Perioden gar kein Stickoxid mehr umgewandelt würde.«

Andreas Bialas fragte: »Was haben Sie mit dem Papier gemacht?«

»Nichts. Es liegt bei mir im Tresor«, antwortete Winter. »Aber Langenfelder und die NAU-Leute haben höchstwahrscheinlich mitbekommen, dass ich es eingesteckt habe. Und die wollen eben unter allen Umständen verhindern, dass das in die Hände der Konkurrenz oder gar an die Öffentlichkeit kommt. Wir waren dann bei Clausen. Die Clausen AG ist der schärfste

Konkurrent von Langenfelder bei den Abgasanlagen. Wir haben dort gemeinsam mit Ingenieuren von BMW über die Aufsetzung eines Projektes für NOx-Katalysatoren gesprochen. Und natürlich ist man beim Mittagessen auf den Abgasskandal gekommen. Die Techniker wissen ganz genau, dass das alles nicht mit rechten Dingen zugegangen sein kann. Und die haben auch hin- und herüberlegt, wie NAU es schafft, noch weniger AdBlue zu verbrauchen als die Konkurrenz. Ich habe dazu natürlich nichts gesagt. Aber eine Woche später kam die Einladung von Langenfelder zu diesem ominösen Geschäftsessen.«

»Und warum von Langenfelder?«, wollte Frenzel wissen. »Der ist doch nur Zulieferer. Mit dem Abgasskandal haben die Hersteller von Katalysatoren und Abgasanlagen doch direkt nichts zu tun – wenn ich es richtig verstanden habe.«

»Dietmar Langenfelder hat Freunde bis in die höchsten Ebenen der NAU. Anton Schwarz ist nur eine Schachfigur unter vielen auf seinem Brett. Der schanzt ihm die lukrativen Aufträge zu. Aber die Seilschaften von Langenfelder reichen bis in die Konzernspitze, bis zum Patriarchen des Vereins höchstpersönlich. Damit brüstet sich Langenfelder sogar bisweilen. Da herrschen Regeln wie in einer Burschenschaft. Und so ein kleines Licht wie ich und unsere CatMaterials – dafür war Langenfelder genau der Richtige.«

»Und der hat wirklich so viel Macht, dass Sie deshalb einen wichtigen Auftrag sausen lassen?«, fragte Pia verwundert. »Ihre Tochter hat ja gesagt, dass das sogar das Unternehmen in Gefahr bringen könnte, wenn Sie den nicht annehmen.«

»Ich habe keine andere Möglichkeit gesehen: Entweder jetzt diesen Auftrag ablehnen, aber mit sauberer Weste und der Perspektive, dass es neue Gelegenheiten für Geschäfte mit Clausen, BMW oder auch anderen gibt. Oder aber bis auf Weiteres vollkommen abhängig von Langenfelder zu sein. Dieser Besuch im Serail ist von Dietmar Langenfelder bezahlt worden. Und ich weiß, dass er da erhebliche Summen hingeblättert hat. Es ist für

Sie vielleicht nicht ganz nachvollziehbar, aber Langenfelder hat in der Branche einen gewissen Ruf. Wer sich von ihm aushalten lässt, gehört zu seiner Seilschaft. Der tickt wie er. Und der befolgt seine Regeln. Und die haben nichts, aber auch gar nichts mit fairem Wettbewerb zu tun. Da geht es um Kumpanei, um gegenseitige Gefälligkeiten und Abhängigkeiten. Und es gibt Kunden, wenn da publik wird, dass man mit Langenfelder kungelt, dann ist man unten durch. Nicht offiziell, aber de facto ist man gesperrt. So zum Beispiel auch bei einem großen bayerischen Automobilhersteller.«

»Die hatten da nämlich mal einen Einkäufer«, erläuterte Laura jetzt. »Vor ein paar Jahren. Der stand auf goldene Uhren und Urlaub in Fernost. Bezahlt von Langenfelder. Man hat ihn geschasst, nachdem das rausgekommen ist. Und seither sind die nicht mehr gut zu sprechen auf Langenfelder und seine Freunde.«

»Wenn Sie das wissen«, fragte nun Gertrud Sieg, »warum gehen Sie dann mit dem in den Puff?«

»Er hat mich eingeladen zum Essen. Zum Feiern eines Geschäftsabschlusses. Eigentlich bin ich total bescheuert. Da hätten schon die Alarmglocken schrillen müssen. Denn erst mal gab es kein Essen, sondern jede Menge Champagner und Schnaps. In einer seriösen Hotelbar. Und zum Essen ging man dann ins Serail. Weil angeblich die Küche dort so super ist. Alles Weitere können Sie sich zusammenreimen.«

»Und wie passt die tote Luba Petkova da rein?« Bialas putzte sich sinnierend die Nase. »Sie sind auf dem Video immerhin mit ihr zusammen.«

Wolfgang Winter wurde unruhig. Er schüttelte heftig den Kopf. »Ich weiß es nicht. Ich jedenfalls habe nichts, aber auch gar nichts damit zu tun, das versichere ich Ihnen. Die Aufnahmen wurden mindestens drei Wochen vorher gemacht. Bevor das mit der armen Frau passiert ist. Sie können im Serail ja nachhaken, wann wir dort waren.«

»Wer war denn alles mit von der Partie?«, fragte Gertrud Sieg.

»Langenfelder natürlich. Dann Jens Immendorf und Schwarz, der Einkäufer bei der Neckarsburger Auto-Union.«

»Kann es sein, dass die beiden auch erpresst werden?«

»Keine Ahnung. Aber warum sollte Immendorf erpresst werden? Er ist ja quasi Langenfelders Angestellter und sein Stiefellecker.«

»Und was ist mit Anton Schwarz?«, bohrte Frenzel nach.

»Langenfelder und Schwarz sind Freunde. Und sicher hat diese Freundschaft auch damit zu tun, dass Schwarz auf irgendeine Weise erpressbar ist. So arbeitet Langenfelder nun mal. Aber was genau dahinter steckt … Keine Ahnung.«

Luca meldete sich noch mal zu Wort: »Sagt Ihnen der Name Thorben Brennscheider etwas?«

Winter verneinte: »Noch nie gehört.«

»Er ist Mitarbeiter von Schwarz im Einkauf der NAU.«

»Mit denen haben wir kaum etwas zu tun. Wir verkaufen ja unsere Produkte an die KATA-Technik von Immendorf. Also an den Langenfelder-Konzern. Erst über die haben wir dann Kontakt zum NAU-Einkauf. Und das macht Anton Schwarz dann selbst. Er versucht dann die Zulieferer von Langenfelder noch mal über den Tisch zu ziehen, gemeinsam mit Langenfelder. Die haben da ein schönes System, bei dem sie sich gegenseitig die Bälle zuspielen. Wenn der eine Sie schon runterverhandelt hat bis zum Gehtnichtmehr, dann kommt der andere und rechnet Ihnen vor, wie Sie weitere Nachlässe geben könnten.«

4

An die Tür des Besprechungsraumes wurde geklopft. Herein kamen Nicole Marinescu, Rudolf Kuhnert und ein dritter Mann, den Luca nicht kannte.

»Entschuldigen Sie«, meinte Marinescu etwas verunsichert. »Wir wollten Sie nicht stören – oder? Es ist nur so ... Wir müssen Ihnen unbedingt etwas zeigen.«

Wolfgang Winter stand plötzlich auf und starrte den Mann an, der mit den beiden WiKri-Kollegen hereingekommen war. Und auch dieser schien bass erstaunt, Winter hier zu sehen.

»Sie auch hier?«, fragte er mit tiefer Stimme. »Haben Sie es auch bekommen?«

Es war Winter sichtlich peinlich, dass man sich hier traf, und auch Laura schien verwirrt zu sein.

»Was bekommen?«, fragte Winter konsterniert.

Luca merkte es. Da lief etwas aus dem Ruder. Auch Bialas war aufgestanden und blickte von einem der beiden Männer zum andern.

»Moment mal«, intervenierte nun auch Nicole Marinescu. »Wer sind Sie? Woher kennen Sie sich beide?«

»Okay«, meinte Bialas kategorisch. »Wir haben hier Zeugen; wir hier für unseren Fall. Und Sie«, wandte er sich an Marinescu, »wohl eine Aussage zu Ihren Ermittlungen. Lassen Sie uns das zuerst mal sauber trennen. Du, Luca, gehst mit Herrn und Frau Winter in einen Vernehmungsraum und nimmst noch mal detailliert alles auf. Oder nein!« Er hatte einen kritischen Blick auf Laura Winter und dann auf Luca geworfen. »Mach du das mal, Hanna. Und wir hören uns an, worum es bei Ihnen hier geht.«

Nachdem Hanna mit den beiden Winters den Raum verlassen hatte, sprudelte es aus Nicole Marinescu regelrecht heraus: »Sie müssen etwas anschauen! Ich glaube, das ist für Ihren Fall genauso wichtig wie für unseren. Es ist unfassbar. Sie müssen sich das anschauen! Herr Clausen war bereit, gleich mit hierher zu kommen. Und ich glaube, das ist für uns alle jetzt wichtig. Können wir hier YouTube anschauen? Also übers Internet?«

»Natürlich«, meinte Luca. Die EDV-Anlage lief ja bereits. Er erweckte den Monitor wieder zum Leben, den er abgeschaltet hatte, bevor Wolfgang und Laura Winter zu ihnen gestoßen waren. Dann ging er aufs Internet und dann auf YouTube. »Haben Sie eine Adresse? Oder am besten geben Sie's selbst ein.«

Nicole Marinescu setzte sich an die Tastatur und gab hektisch einige Zeichen ein. Vor Aufregung hatte sie rote Flecken auf Wangen und Hals.

Auf dem großen Monitor erschien ein Standbild, das Marinescu mit einem Mausklick sofort zum Leben erweckte. Zum vierten Mal sah Luca nun, wie Anton Schwarz die zierliche Alena aufforderte, sich zu wehren und sich daran aufgeilte. Die Videosequenz endete hier jedoch, nachdem der Mann das Mädchen geschlagen, aufs Bett geworfen und zum ersten Mal vergewaltigt hatte. Unten im Bild war ein Text eingeblendet. Da stand: »Anton Schwarz, Chefeinkäufer bei der NAU, bei seinen perversen Freuden, bezahlt von Dietmar Langenfelder.«

Darunter stand eine ganze Reihe von Kommentaren, fast ausnahmslos von anonymen Schreibern:

»Nicht nur im Geschäftsleben eine Drecksau!«

»Ich wette, dieses ›Vergnügen‹ hat ihm Langenfelder finanziert, damit er wieder mal ein schönes Projekt abbekommt, obwohl seine Abgasanlagen scheiße sind.«

»Genau, die Dinger wurden nur verbaut, weil durch die Betrugssoftware keiner gemerkt hat, wie schlecht die sind.«

»Ist ja ekelhaft. Der soll nochmal versuchen, mich über den Tisch zu ziehen.«

»So, so«, meldete sich Friedebald Frenzel. »Ist das jetzt also schon auf YouTube. Wissen Sie, wir kennen sogar schon die Langversion dieses Filmchens. Und ich sage Ihnen, der Rest ist nicht schöner.«

Marinescu starrte ihn entgeistert an. Und auch der, den sie Clausen genannt hatte, richtete sich auf und sah den Staatsanwalt fragend an.

»Was wollen Sie damit sagen?«, meinte er mit einer tiefen Stimme. Clausen war ein imposanter Mann mit durchdringendem, ernstem Blick, tiefen Furchen im Gesicht, sehr gepflegt gekleidet mit Anzug und Krawatte. Er musterte den Staatsanwalt, der natürlich wieder einen seiner zerknitterten grauen Anzüge trug, diesmal mit einer Krawatte in rot-grünem Schottenmuster, die völlig daneben war.

»Langsam«, meinte Bialas nun. »Lassen Sie uns erst einmal wissen, wer Sie sind. Und wie sind Sie auf diesen YouTube-Clip gekommen?«

Clausen räusperte sich und erhob sich. Man merkte ihm an, dass er gewohnt war, vor Publikum zu sprechen und das Heft in die Hand zu nehmen.

»Mein Name ist Peter Clausen, Inhaber und Geschäftsführer der Clausen Abgastechnik. Wir stellen Schalldämpfer und Abgasanlagen für fast alle großen Automarken dieser Welt her. Heute Morgen habe ich auf mein Handy per SMS den Link zu diesem Videoclip bekommen. Es handelt sich bei der dargestellten Person um einen mir bekannten Einkäufer der Firma NAU in Neckarsburg. Und Sie können sich vorstellen, dass dies äußerst kompromittierend ist. Ich kenne mich in juristischen Fragen nicht sehr gut aus. Aber ich könnte mir vorstellen, dass hier ein Straftatbestand erfüllt ist. Deshalb habe ich mich heute Morgen an das Landeskriminalamt gewandt.«

»Wir haben bereits veranlasst«, schaltete sich Marinescu wieder ein, »dass das Video vom Netz genommen wird. Man hat uns zugesagt, dass das bis in spätestens einer Stunde passiert ist. Aber Sie müssen sich mal anschauen, wie oft es bereits aufgerufen worden ist.«

In der Tat hatte der Clip bereits mehr als tausend Aufrufe, wie Luca feststellen konnte.

»Kennen Sie den Absender der SMS, die Sie bekommen haben?«, fragte Gertrud Sieg.

»Nein«, antwortete Clausen. »Die Nummer gehört nicht zu einem meiner Kontakte.«

»Also ja«, meldete sich jetzt Rudolf Kuhnert vom LKA zu Wort. Wie gewöhnlich hatte man vergessen, dass sich der unscheinbare Mann im Raum befand, bis er etwas beizutragen hatte. »Wir haben die Nummer bei uns überprüfen lassen. Es handelt sich um ein Prepaid Handy. Es wird jetzt versucht, das Handy zu orten, ähm. Und, also natürlich auch den Käufer zu ermitteln, und den Verkäufer.«

Luca war intuitiv klar, wer diesen Videoclip ins Netz gestellt hatte.

»Kennen Sie einen Thorben Brennscheider?«, fragte er Clausen.

»Oh ja.« Clausen nickte. »Herr Brennscheider ist einer der Jung-Einkäufer bei der NAU. Einer von der ganz üblen Sorte. Ich muss Ihnen da vielleicht etwas erklären. Früher waren bei den Automobilkonzernen vor allem Techniker und Spezialisten im Einkauf. Vor allem bei den Marken des großen Wolfsburger Konzerns herrscht heute aber folgendes System: Es werden junge Leute, meistens Betriebswirte, von der Hochschule weg eingestellt und als Einkäufer auf die Zulieferer losgelassen. Von der komplizierten Technik, zum Beispiel bei einem Katalysator, haben diese Leute keine Ahnung. Sollen sie auch nicht. Sie werden geschult, wie sie in Verhandlungen selbst gestandene Firmenchefs zum Heulen und zum Einknicken bringen. Sie rechnen einem vor, was das Teil kosten würden, wenn man es in Ungarn produziert. Sie legen dir Angebote aus China vor die Nase. Die sind zwar oft getürkt, aber weiß man es? Sie beschimpfen einen als Looser, wenn man nicht einer jährlichen Reduzierung des Preises zustimmt. Das heißt, wir bekommen für eine Abgasanlage im ersten Vertragsjahr – sagen wir mal – hundert Euro, und danach jedes Jahr fünf Prozent weniger. Sie können sich ja ausrechnen, was wir bekommen, wenn wir das Teil acht Jahre lang liefern.«

»Aber wieso lassen Sie sich das denn gefallen?«, meinte Pia.

»Junge Dame«, meinte Clausen und lächelte sogar etwas. »An wen soll ich die Katalysatoren verkaufen, die speziell für die

Neckarsburger Auto-Union konstruiert worden sind, wenn ich mich mit der NAU überwerfe? In einen BMW passen sie nicht rein. Wir Zulieferer produzieren mittlerweile fünfundsiebzig Prozent der Wertschöpfung eines Autos. Aber es existiert kein Markt. Da kommen nicht zwei gleichberechtigte Partner zusammen, die sich zum gegenseitigen Nutzen einigen. Wenn Sie Schrauben verkaufen, dann verkaufen Sie die an den Maschinenbau, an die Möbelindustrie, an die Automobilindustrie und an noch mal drei andere Branchen. Und wenn ein Kunde Sie über den Tisch ziehen will, dann haben Sie x andere, mit denen sie gut leben können. Wir haben keine Alternative zur Automobilindustrie. Wir leben davon, hochspezialisierte Komponenten in möglichst großen Mengen zu produzieren. Nur so lohnt sich das Geschäft. Wir sind erpressbar. Da muckt keiner auf.

Wir lassen uns noch ganz andere Sachen gefallen. Zum Beispiel, dass wir alle unsere Kosten offenlegen müssen. Und dann kommen – entschuldigen Sie bitte den Ausdruck – ein paar Klugscheißer vom Automobilkonzern und sagen Ihnen, wo Sie noch mehr aus den Mitarbeitern oder den eigenen Zulieferern herauspressen könnten. Oder dass es schon zum Alltag gehört, dass Verträge gebrochen werden. Keiner geht da zu einem Anwalt, wenn ein Vertrag einseitig mitten im Auftrag gekündigt wird. Oder wenn wir auf Entwicklungsleistungen in Millionenhöhe sitzen bleiben. Und jeder kommt wieder angedackelt, zu einem neuen Termin, nachdem solche Typen wie Brennscheider einen drei Stunden haben warten lassen, um dann zu sagen, sie hätten keine Zeit, man solle mit der Sekretärin einen neuen Termin vereinbaren.«

»Den mögen Sie nicht, den Herrn Brennscheider«, stellte Friedebald Frenzel schmunzelnd fest.

»Brennscheider ist ein besonders aggressives Exemplar. Ich vermute, dass er aufs Geld aus ist wie der Teufel auf die arme Seele. Bei diesen Jung-Einkäufern sind oft nur siebzig bis achtzig Prozent des Gehaltes fest. Den Rest müssen sie sich durch

Prämien und Boni erarbeiten. Und die sind umso höher, je mehr sie den Zulieferern aus den Rippen schneiden.«

»Und wozu braucht man dann noch Chefeinkäufer wie Anton Schwarz?«, fragte Luca.

»Die Jungeinkäufer sind der Rammbock. Die machen das oft auch nur wenige Jahre und werden dann ausgetauscht. Letztendlich entscheiden die strategischen Einkäufer. Und die sind oft alte Hasen. Die sind zwanzig oder dreißig Jahre im Geschäft und wissen genau, dass sie auf bestimmte Lieferanten angewiesen sind. Um keine Qualitätsprobleme zu bekommen. Um keine Lieferausfälle zu riskieren. Wenn der Zulieferer durch den Jungeinkäufer weichgeklopft ist, dann kommt oft der Chefeinkäufer und entscheidet, wer den Auftrag bekommt.«

»Was bedeutet dieses Video für Herrn Schwarz?«, wollte Andreas Bialas wissen. »Wenn Sie den Link bekommen haben, dann müssen wir davon ausgehen, dass der an weitere Leute aus Ihrer Branche verschickt wurde.«

Clausen nickte. »Ich muss Ihnen mitteilen, dass mir den Link mittlerweile auch sieben Geschäftsfreunde und Kollegen zugeschickt haben. Das geht in der Branche rum wie ein Lauffeuer. Und es ist das Aus für Schwarz. Sie werden ihn in die Wüste schicken.«

»Wer macht so etwas?«, fragte Nicole Marinescu. »Der tut mir nicht leid. Bestimmt nicht. Aber das ist Rufmord.«

Einen Moment dachte Clausen nach. »Schwarz hat viele Feinde«, meinte er dann. »Er ist ein Fossil. Er gehört noch zu der alten Garde von Managern in dem großen deutschen Automobilkonzern mit den vielen Marken. Und der wurde streng hierarchisch strukturiert und autoritär geführt vom Patriarchen von Wolfsburg. Der hat einerseits Leute gekonnt gegeneinander ausgespielt, ja manchmal sogar ganze Abteilungen seines Unternehmens. Zugleich hat er Männerbünde befördert. Gemeinsam hat man sich Männerfreuden hingegeben. So wurden Abhängigkeiten geschaffen. Und wenn einer aus der

Reihe tanzte, wurde er leise und gemein diffamiert und dann rausgeschmissen.

Es hat sich mittlerweile einiges gebessert. Vor allem die Lustreisen und großzügigen Geschenke gibt es nicht mehr. Aber es herrscht immer noch die Angst. Glauben Sie, ein Ingenieur oder ein Entwicklungsleiter bei VW hätte es gewagt zu sagen: ›Die Euro-Norm 6, die schaffen wir nicht bei gleichbleibenden Entwicklungskosten. Das ist technisch nicht machbar‹? So etwas konnte man nicht sagen. Man wäre geschasst worden. Und dies alles hat uns ja diesen ganzen Schlamassel eingebrockt. In einer hochfahrenden Arroganz und Ignoranz hat man sich einfach den Themen der Zukunft verweigert und lieber die Kunden und die ganze Gesellschaft betrogen und belogen.«

Clausen stand in der Runde der Kriminalbeamten wie ein Vortragsredner vor einem Publikum des Automobilverbandes. Nur die PowerPoint-Präsentation hinter ihm fehlte.

»Wir bekommen das Stickoxid-Thema beim Diesel nicht in den Griff. Der Verbrennungsmotor im Allgemeinen ist ein Auslaufmodell. Die Technologie ist auf höchstem Stand und ausgereift. Die Kosten von Optimierungen stehen nicht mehr im Verhältnis zu dem, was sie bringen. Verbesserungen sind nur noch mit enormem Aufwand möglich. Und den wird der Kunde nicht mehr bezahlen, sobald eine Alternative vorhanden ist. Spätestens wenn die Batterien wirklich 300 Kilometer und mehr halten, wenn induktive Ladestationen in den privaten und öffentlichen Garagen und auf den Parkplätzen sind, wenn flächendeckend Ladestationen da sind.

Ich glaube, bei Porsche ist man schon aufgewacht, da hat Tesla einigen schlaflose Nächte bereitet. Aber die NAU – die meinen immer noch, sie könnten den Leuten ihre Diesel verordnen wie Medikamente. Für mich und mein Unternehmen ist es bitter. Aber die Zukunft gehört dem E-Auto, und das wird zu einem herben Umbruch führen. Vor allem hier im Südwesten. Es werden jede Menge Arbeitsplätze verloren gehen und …«

Er unterbrach sich selbst, als er merkte, dass er komplett abgeschweift war.

»Sie wollten etwas wissen über Anton Schwarz. Ich denke, bei ihm kommt hinzu, dass er steckengeblieben ist in der alten Zeit der Männerbünde und Lustreisen. Vor allem durch seine Freundschaft mit Dietmar Langenfelder. Die beiden beherrschen das Abgas-Segment wie die Zaren. Da hat schon mancher einen sicheren Auftrag an Langenfelder verloren, obwohl er die bessere Technologie bei gleichen Preisen hatte. Ich kann ein Lied davon singen. Und manche hat das an den Rand der Existenz oder sogar darüber hinaus gebracht.« Er nickte. »Ich kenne etliche Leute, die Anton Schwarz hassen.«

»Und warum haben Sie diesen Clip schon gekannt?«, fragte Marinescu in die Runde der Kollegen. Es klang fast ein bisschen eingeschnappt. »Sie sagen, Sie hätten sogar eine lange Version.«

»Das besprechen wir, sobald Herr Clausen uns verlassen hat«, ordnete Andreas Bialas an. »Entschuldigen Sie«, wandte er sich an den Unternehmer. »Ich denke, Sie werden verstehen, dass wir gewisse Dinge nicht in Ihrem Beisein besprechen können.«

Clausen nickte voller Verständnis und winkte ab. »Ich hoffe, ich konnte Ihnen helfen.« Damit verabschiedete er sich und wurde von Rudolf Kuhnert nach unten zur Pforte begleitet.

5

Die Clausen Abgastechnologie war genau die Firma, mit der die CatMaterials GmbH & Co. KG von Wolfgang Winter das gemeinsame Projekt für BMW entwickeln wollte. Das berichtete Hanna, als sie wieder in die große Runde zurückkam und alle Zeugen aus dem Haus geschafft worden waren. Es war also nicht verwunderlich, dass Winter erschrocken war, als er dem Geschäftspartner in dieser Umgebung plötzlich gegenüberstand. War es ja genau einer der Kunden, die keinesfalls von dem unschönen und von Langenfelder bezahlten Bordellbesuch erfahren sollten.

Mit Hanna kamen auch die sechs Kollegen in den Besprechungsraum, die die Soko Fasanenhof verstärken sollten. Hanna hatte sie zurückgehalten, bis Clausen seine Aussage gemacht hatte. Sie waren durch die unerwarteten Ereignisse ja alle längst nicht mehr im Zeitplan. Luca hatte – gefühlt zum hundertsten Mal – die Aufgabe, die Kollegen zu briefen. Es hieß also, noch einmal die ganzen Ermittlungsergebnisse und Zusammenhänge zu referieren. Die »Neuen« waren ja bar jeder Ahnung, was den Fall anging. Und auch die Kollegen von der LKA-Wirtschaftskriminalität, Nicole Marinescu und Rudolf Kuhnert, die einfach dageblieben waren, hatten noch nicht alle Informationen, was die Ereignisse des Wochenendes betraf. Dann trug Pia ihre To-do-Liste für die weiteren Ermittlungen vor.

Bialas übernahm wieder die Chefrolle und teilte ein:

Um Anton Schwarz sollte sich Luca gemeinsam mit einer hinzugekommenen Kollegin kümmern. Man musste Schwarz so schnell wie möglich kontaktieren und zum Staatsanwalt bringen. Frenzel versprach, sofort die Vorladung zu schreiben.

Ob man auch Immendorf vernehmen sollte, führte zu einer kurzen Diskussion. Es war einfach so viel dringender Handlungsbedarf, dass sie den Geschäftsführer der KATA-Technik zunächst zurückstellten.

Wichtiger war, das Serail so schnell wie möglich noch einmal zu durchsuchen. Gertrud Sieg übernahm die Vorbereitung der Razzia mit Genugtuung.

Thorben Brennscheider musste vernommen werden. Bialas übertrug die Aufgabe an Pia und stellte ihr einen erfahrenen und freundlichen Kollegen zur Seite.

Ein Kollege aus der Verstärkung bekam die Aufgabe, gemeinsam mit den Spezialisten am LKA zu untersuchen, wie der Videoclip auf YouTube gelangt und verbreitet worden war. Rudolf Kuhnert versprach, ihn dabei tatkräftig zu unterstützen.

Um das Phantom Dietmar Langenfelder sollte sich Nicole Marinescu kümmern. Sie fieberte ja bereits der Möglichkeit entgegen, bei Langenfelder und Schwarz Hausdurchsuchungen in den Geschäfts- und Privaträumen durchführen zu lassen, um in ihrem Korruptionsfall weiter zu kommen.

Lange überlegten sie, was sie mit Kalina Stoikova alias Alena machen sollten. Man musste mit dem Mädchen sprechen, das war klar. Doch ohne sie zu gefährden oder noch mehr zu verletzen. Hanna Stankowski erklärte sich bereit, zunächst einmal die Möglichkeiten zu sondieren, welche Hilfsprogramme für ausstiegswillige Prostituierte es gab und ob ein Zeugenschutzprogramm für die junge Frau in Frage kam.

Friedebald Frenzel, der mit den ganzen Vorladungen und der Beschaffung von richterlichen Anordnungen wahrlich genug zu tun hatte, jammerte schließlich: »Langsam bin ich ein echter Übermensch: Über vierzig, übergewichtig und überarbeitet.«

6

Ein Anruf am Arbeitsplatz von Anton Schwarz erbrachte, dass der Chefeinkäufer heute morgen kurz erschienen war, sich dann aber krankgemeldet hatte und bis aufs Weitere wohl nicht zur Arbeit kommen würde.

Erst als Frenzel mit seiner ganzen staatsanwaltschaftlichen Macht intervenierte, rückte die Sekretärin die Privatadresse und -telefonnummer sowie die Mobilfunknummer von Schwarz heraus.

Zunächst probierte es Luca auf dem Handy des Chefeinkäufers. Als der trotz mehrmaligen Versuchen nicht antwortete, rief er die Festnetznummer an. Dort meldete sich eine Frauenstimme, offensichtlich die Ehefrau von Schwarz. Sie hatte eine hohe, etwas zittrige Stimme. »Nein, mein Mann ist nicht zu sprechen.«

»Er hat sich krankgemeldet, dann müsste er ja zuhause sein«, stellte Luca fest. »Oder ist er beim Arzt oder im Krankenhaus? Dann müsste ich Sie bitten, mir Name und Adresse zu nennen.«

»Nein, das kann ich nicht. Er ist nicht hier. Mehr kann ich Ihnen nicht sagen.« Ihre Stimme klang noch zittriger.

»Wissen Sie, wann er wiederkommt?«

Sie klang jetzt hysterisch. »Aber wenn ich Ihnen doch sage: Er ist nicht hier. Ich weiß nicht, wann er zurückkommt.«

Mit der Frau war etwas nicht in Ordnung. Luca fragte sich, ob sie vielleicht schon etwas von dem Videoclip auf YouTube mitbekommen hatte. »Frau Schwarz, wir werden jetzt zu Ihnen rausfahren. Bitte bleiben Sie zuhause und halten Sie sich zu unserer Verfügung.«

Sie heulte kurz ins Telefon und legte dann auf.

Die Kollegin, die mit ihm nach Bietigheim fuhr, war etwa in seinem Alter und arbeitete normalerweise bei Einbrüche und Diebstähle. Sie war sowohl körperlich wie vom Gemüt her etwas behäbig und strahlte eine angenehme Ruhe aus.

Der Wohnort von Anton Schwarz war vom Präsidium aus recht gut erreichbar. Sie mussten sich nicht durch die Stuttgarter Innenstadt quälen und waren in einer dreiviertel Stunde in Bietigheim-Bissingen, obwohl der Verkehr auf der A 81 rund um Ludwigsburg auch am Montagnachmittag sehr dicht war.

Schwarz' Haus lag im Norden von Bietigheim in einer ausgesprochen guten Wohngegend, fast schon idyllisch über den Weinbergen am Enztal gelegen. Es war ein imposantes Einfamilienhaus, wahrscheinlich aus den achtziger Jahren, mit ein paar Erkern und Balkonen, inmitten eines großen, schön angelegten Gartens, in dem sich überall die Frühjahrsblumen aus dem Boden kämpften. Von hier aus war der NAU-Manager mit Sicherheit in weniger als einer halben Stunde im Werk in Neckarsburg und hatte doch die Vorteile der heimeligen Mittelstadt mit ihren vierzigtausend Einwohnern und der schönen Altstadt an der Deutschen Fachwerkstraße.

Die Ehegattin von Anton Schwarz öffnete, kaum dass die Beamten die Klingel betätigt hatten. Sie war eine Frau im besten Alter. Man sah ihr an, dass sie versuchte, Form zu bewahren, obwohl sie aus der Form gegangen war. Sie war schick gekleidet, ordentlich frisiert und geschminkt, hatte aber ein paar Kilo zu viel auf den Rippen. Außerdem war sie, wie Luca bald bemerkte, leicht angesäuselt.

Sie bat die beiden ins Wohnzimmer, das von dunklen Holzmöbeln in klassischem Stil, dunkelbraunen Türen und Fenstern, einem gemauerten, offenen Kamin und großzügigen, hellen Polstermöbeln geprägt war. Auf die Idee, ihnen etwas anzubieten, kam sie nicht.

»Frau Schwarz, wir müssen dringend mit Ihrem Mann sprechen«, sagte ihr Luca. »Sie können ihn doch sicher irgendwie erreichen.«

»Das hab ich schon versucht.« Es sah so aus, als wollte sie gleich wieder losweinen.

»Wissen Sie denn überhaupt nicht, wo er sein könnte?«

Sie schniefte. Es kam keine Antwort.

»Also, Frau Schwarz«, meinte nun die Kollegin vom Raubdezernat mit ihrer dunklen, gemütlichen Stimme. »Ihnen geht's ja nicht gut. Das sehen wir doch. Was haben Sie denn auf dem Herzen? Erzählen Sie mal.«

Es ging los wie ein Wasserfall, und was reichlicher heraussprudelte, die Tränen oder die Worte, war nicht auszumachen. Die einfühlsame Art der Kriminalbeamtin und der Alkohol hatten Zunge und Emotionen gelöst.

»Er war plötzlich heute Morgen wieder da. Schon eine Stunde, nachdem er gegangen ist. Und er war so komisch. Und so ... Er kann so wüst sein ... Beschimpft hat er mich. Irgendetwas muss bei der Arbeit passiert sein. Und dann hat er zu mir gesagt: ›Du kommst bestimmt auch ohne mich gut klar.‹ Dann hat er zwei seiner Jagdgewehre genommen und ist wieder weggefahren.«

»Er hat Gewehre mitgenommen?«, fragte Luca alarmiert. »Könnte er sich etwas antun?«

Sie sprang schluchzend auf und lief in die Küche. Mit Papiertaschentüchern kam sie zurück, mit denen sie sich die Nase putzte und die zerlaufene Schminke notdürftig wegwischte.

Die Kollegin legte ihr die Hand auf dem Arm, als sie wieder bei ihnen saß. »Das muss ja nicht sein. Oder hat Ihr Mann irgendwann mal was gesagt? Dass er es satt hat? Oder dass alles keinen Sinn mehr macht oder so etwas?«

Sie schüttelte den Kopf. »Er war so komisch in letzter Zeit. So … so gemein und aggressiv. Richtig nett hat er mich schon lang nicht mehr behandelt. Aber jetzt hat er mich beschimpft, als Schlampe, als …« Sie bekam das Wort kaum heraus. »Als Fotze.«

»Wo könnte er hin sein mit den Gewehren, Frau Schwarz?«, fragte Luca noch mal.

»Ich weiß es nicht. Er geht öfters mal in eine Art Jagdhütte. Oder es ist wohl mehr so ein Ferienhaus im Schwarzwald. Da geht er mit einem Freund manchmal hin. Dem gehört das. Und da gehen sie wohl auch jagen. Vielleicht hat er deshalb die Gewehre mitgenommen. Ich weiß es nicht.«

»Die Jagdhütte von Dietmar Langenfelder?«

Sie sah ihn groß an und nickte.

»Und wo ist die genau?«

Sie stand auf, holte Stift und Papier, schrieb etwas auf und reichte es Luca. Es war eine Adresse in Bad Wildbad mitsamt Telefonnummer.

7

Als sie wieder im Dienstwagen saßen, rief Luca sofort die Nummer an, die Frau Schwarz ihm gegeben hatte. Doch in dem Ferienhaus im Schwarzwald antwortete niemand. Es gab auch keinen Anrufbeantworter oder Telefondienst. Luca ließ es etwa ein Dutzend Mal klingeln. Dann legte er auf.

»Wie machen wir jetzt weiter?«, überlegte er laut.

»Das klang nicht gut«, meinte die Kollegin. »Und nach dem, was du vorher so alles über diesen Typ erzählt hast, sitzt der ja bis zum Hals in der Scheiße. Wenn solche Typen, die ganz oben sind, so weit runterfallen – das verkraften die oft nicht.«

Luca nickte. Er spulte die Vermisstennummer ab. Er rief, obwohl er direkt vor dem Haus stand, Frau Schwarz noch mal an. Sie hatte dem Alkohol noch mehr zugesprochen und lallte ein wenig. Doch immerhin konnte sie ihm sagen, dass Schwarz mit dem Dienstfahrzeug seines Arbeitgebers unterwegs war und wie die Autonummer lautete.

Dann wählte er noch mal die Handy-Nummer von Schwarz an. Einen Versuch war es wert, doch der Teilnehmer »war momentan nicht zu erreichen« und das Handy wohl abgeschaltet. Trotzdem setzte er sich mit der Einsatz- und Ermittlungsunterstützung in Verbindung, forderte eine Standortermittlung für das Handy von Schwarz an und gab dessen Autonummer weiter. Zumindest die Kollegen in den Dienststellen und auf Streife im Großraum Stuttgart, Heilbronn und Nordschwarzwald sollten Nummer und Autotyp haben und bei Sichtung eine Rückmeldung geben. Er bat außerdem darum, ihm die Kontaktdaten von Dietmar Langenfelder, vor allem seine Telefonnummern rauszusuchen und mitzuteilen. Vielleicht konnte man von dem ja erfahren, wo sein Busenfreund sich aufhielt.

»Sollen wir da mal hinfahren? Zu dieser Jagdhütte, mein ich«, fragte Luca die Begleiterin vom Raubdezernat.

Er gab die Adresse in Bad Wildbad ins Navi ein, um zu sehen, wie weit es bis dorthin war. Eine starke Stunde – das lag gerade noch im Rahmen, auch wenn es ein Schuss ins Blaue war. Doch andere Optionen, Schwarz zu finden, hatten sie nicht. Luca fasste kurzerhand einen Entschluss und fuhr los.

Auf halbem Wege teilte man ihm die Nummern von Langenfelder mit. In seinem Unternehmen erfuhr er, dass er nicht der erste von der Polizei war, der den Mann suchte, der heute nicht im Betrieb war, sich auch nicht entschuldigt hatte, was aber nichts bedeute, da Herr Langenfelder seine Mitarbeiter nur selten informierte, wenn er außer Haus zu tun hatte. Eine Frau vom Landeskriminalamt hatte sich nach ihm erkundigt. Beim privaten Festnetzanschluss des Unternehmers sprang der Anrufbeantworter an, und die Handy-Verbindung meldete wie bei Schwarz, dass der Teilnehmer momentan nicht erreichbar war.

8

Bad Wildbad galt nicht umsonst als einer der schönsten Orte im Schwarzwald. Das malerische Städtchen schmiegte sich in das Tal der Enz, ein Nebenfluss des Neckars, der – wie Luca sonderbar auffiel – die Orte Wildbad und Bietigheim verband, was sicher nur ein Zufall war. Er bemerkte jedoch, dass hier nur das erste zarte Grün spross und der bedeckte Himmel noch tiefer herunterdrückte und alles etwas düster erscheinen ließ. Das Flüsschen hatte sich hier in die Berge des nördlichen Schwarzwaldes gegraben, sodass der Ort sich in die Länge zog und ein Großteil der Gebäude sich die Berge hinaufhangelte.

Die sogenannte Jagdhütte von Dietmar Langenfelder lag hoch oben am Rande des Waldes und bot einen phantastischen Blick auf den Kurpark im hinteren Teil des Tales, südlich des Stadtzentrums mit seinen Prachtbauten aus dem Neoklassizismus und der Neorenaissance. Leute wie Schwarz und Langenfelder wussten, wo die noblen Lagen für Immobilien waren und konnten sie sich leisten.

Die »Hütte« entpuppte sich denn auch als respektables Feriendomizil, das an ein großes Forsthaus erinnerte. Hinter dem Haus sah Luca sogar einen Hochsitz, der zum Anwesen gehörte.

Die graubraunen Biberziegel auf dem steilen Satteldach und den Gauben, eine dunkle Holzverschalung am Giebel, Klappläden, ebenfalls aus dunklem Holz und nicht zuletzt ein riesiges Geweih über der Eingangstür verliehen dem Gebäude ein waidmännisches Flair.

Vor einer großen Doppelgarage stand der schwarze NAU N8 von Anton Schwarz, wie Luca am Nummernschild erkennen konnte. Daneben ein Jeep Wrangler, der Offroad-Klassiker schlechthin, mit Esslinger Nummer. Die Kriminalbeamten parkten an der Straße und gingen zum Haus. Schon von außen hörte man laute, aggressive Männerstimmen. Drinnen gab es einen handfesten Streit – das stand fest. Die Worte konnte man nicht verstehen.

Luca rief bei dem Polizeiposten von Bad Wildbad an und bat um Verstärkung durch die Schutzpolizei. Er entschied zu warten, bis die Kollegen eintrafen, bevor sie um Einlass bitten würden.

Plötzlich knallte es. Eindeutig ein Schuss. Und eindeutig drinnen im Haus. Luca griff routiniert zur Dienstwaffe. Die Kollegin ebenso. Sie klingelten Sturm, hämmerten gegen die Tür und forderten auf, die Haustür zu öffnen.

Drinnen herrschte jedoch plötzlich Stille. Kein Laut war zu hören, als Luca das Ohr an die Tür legte. Noch einmal rief er die Bad Wildbader Dienststelle an. Er informierte, dass der Verdacht auf eine Gewalttat bestand. Die Tür musste aufgebrochen werden.

Es dauerte eine gefühlte Ewigkeit, bis endlich die Martinshörner erklangen. Kaum waren die Kollegen der Schutzpolizei auf den Hof gefahren, da wurde die Haustür geöffnet. Vor ihnen stand ein Mann mit blutunterlaufenen Augen. Die dicken Tränensäcke, die hängende Unterlippe, das schlechtrasierte Kinn gaben ihm ein stupides Aussehen. Auch durch die halblangen, fettigen Haare ohne richtigen Schnitt wirkte er ordinär. Er hatte hängende Schultern und einen Schmerbauch. Das weiße Hemd war bestimmt von feinster Qualität. Der Hemdkragen stand jedoch offen, und es hing ihm teilweise aus der Hose. Luca wusste instinktiv, dass Dietmar Langenfelder vor ihm stand, obwohl er sich ihn vollkommen anders vorgestellt hatte.

»Was wollen Sie?« Die Stimme stand im Gegensatz zu seiner Erscheinung. Sie war gebieterisch, fast herrisch.

»Hier wurde ein Schuss abgegeben. Bitte machen Sie die Tür frei. Wir müssen ins Haus«, wies ihn Luca an.

Der Mann dachte überhaupt nicht daran, den Weg freizugeben. »Hier ist überhaupt nichts passiert. Ein kleiner Unfall – sonst nichts.« Er sah völlig ungerührt auf die beiden Polizeipistolen, die auf ihn gerichtet waren.

Luca war froh, dass die uniformierten Kollegen nun neben sie traten. »Herr Langenfelder, wir müssen dieses Haus betreten. Hier wurde geschossen. Treten Sie zur Seite.«

»Haben Sie einen Durchsuchungsbefehl? Ansonsten verpissen Sie sich.« Der Mann hatte keinerlei Angst oder Respekt.

»Brauchen wir nicht, Gefahr im Verzug.« Luca schob den bulligen Mann grob zur Seite. Zwei Polizisten traten auf Langenfelder zu und hielten ihn fest. Luca ging ins Haus, durch einen Flur mit Geweihen und ausgestopften Tieren in einen großen Wohnraum, der ebenfalls im Jägerstil eingerichtet war. Dort saß Anton Schwarz in einem großen Ledersessel, die langen Beine von sich gestreckt, die Arme hingen herunter. Er stierte Luca an, als ob er einen Geist sehen würde. Vor ihm auf dem Boden lag ein Gewehr. Luca schnappte die Waffe. Erst dann sah er sich um. Der Schuss der Schrotflinte war in die Wand gegangen und hatte dort das typische Schussbild mit einem größeren und vielen kleinen Einschusslöchern drum herum hinterlassen.

Offenbar war niemand verletzt. Luca steckte seine Waffe weg. Da sprang Schwarz plötzlich wie ein Berserker auf. Seine Augen, gerade noch leer, blickten irre und sprühten mit einem Male vor Hass und Wut. Er schrie wie übergeschnappt etwas von Verrätern und gemeinem Gesindel. Luca verstand nicht alles. Der Mann sah rot. Er stürzte auf Luca zu und wollte ihm an die Gurgel.

Im Gegensatz zum Samstagabend war es für Luca ein Kinderspiel, den Mann abzuwehren, seinen Arm zu packen und ihn so auf den Rücken zu drehen, dass Schwarz sich nicht mehr wehren konnte. Der Typ von den United Tribuns war da ein anderes Kaliber gewesen. Und Luca hatte ja weder eine Waffe noch die Handschellen gehabt, die jetzt an Schwarz' Handgelenken klickten. Trotzdem fühlte er sich jetzt erschöpft und hatte es gründlich satt. Es war nun das zweite Mal in kurzer Zeit, dass irgendein Armleuchter ihn anging.

9

Sie hatten beide festgenommen, Schwarz und Langenfelder, und zunächst auf die Dienststelle vor Ort gebracht. Luca informierte die Kollegen am Präsidium, den Staatsanwalt und schließlich auch Nicole Marinescu, die erst einmal wieder ausflippte und ihn beschimpfte, weil er ihr die Razzia versaute, die sie in den Büros der beiden Manager natürlich ohne Vorwarnung hatte durchführen wollen. Luca vermutete, dass die Durchsuchungen kurz bevorstanden. Doch er hatte keinen Bock mehr, sich auch noch mit ihr herumzuzanken und meinte nur: »Gefahr im Verzug. Wir hatten keine Wahl, Frau Marinescu.«

Langenfelder mussten sie trotzdem bald laufen lassen. Er beschimpfte die Beamten unflätig und nannte sie Schwachköpfe, ohne jemandem die Gelegenheit zu geben, die Festnahme zu begründen. Mit gebieterischer Stimme verlangte er seine Freilassung. Andernfalls würde er eine ganze Anwaltskanzlei auf sie loslassen und rechtliche Schritte gegen die Willkür der Beamten einleiten.

Wie konnte der Boss von so einem großen Unternehmen so prollig sein, fragte sich Luca. Der Mann war ein ungehobelter Holzklotz. Aber einer, der es gewohnt war, seinen Willen durchzusetzen, und sofort drohte, wenn etwas nicht so lief, wie er wollte.

Natürlich verlangten beide Manager nach ihren Anwälten und berieten sich telefonisch mit ihnen. Die wurden umgehend aktiv und kontaktierten die Staatsanwaltschaft. Und schließlich musste Frenzel Luca zähneknirschend mitteilen, dass man gegen den Boss der Langenfelder-Gruppe in der Tat zu wenig in der Hand hatte, um ihn nach der Identitätsfeststellung noch länger festzuhalten.

Bei Schwarz sah es anders aus. Nicht nur, dass er Luca tätlich angegriffen hatte. Die Staatsanwaltschaft ermittelte gegen ihn mittlerweile auch wegen des Verdachtes der Vergewaltigung. Luca und seine Kollegin würden ihn nach Stuttgart bringen. In Handschellen setzten sie ihn auf den Beifahrersitz, wo er die ganze Fahrt über Bundesstraßen zur Landeshauptstadt schweigend vor sich hin stierte.

Es brannten kaum noch Lichter im Präsidium, als sie dort ankamen. Die meisten Kollegen waren gegangen; auch die Frau vom Raubdezernat, die Luca nach Bad Wildbad begleitet hatte, verabschiedete sich schnell.

Nur Pia wartete auf ihn und den Delinquenten. Der wurde erst mal unter Aufsicht durch einen Polizeibeamten in einen Verhörraum gesetzt. Man würde warten müssen, bis sein Anwalt und Staatsanwalt Friedebald Frenzel eintrafen.

Luca hatte einen Mordshunger und holte für sich und Pia in der Kantine ein paar belegte Brötchen und etwas zu trinken, was Pia dankbar annahm. Mampfend tauschten sie Informationen aus. Thorben Brennscheider war nicht auffindbar, wie Pia berichtete. An seiner Arbeitsstelle wusste niemand etwas. Er war ja immer noch krankgeschrieben. In seiner Wohnung in den Maybach-Quartieren, die Pia hatte observieren lassen, war er den ganzen restlichen Tag nicht gewesen. Aber ein Nachbar hatte beobachtet, wie Brennscheider einen großen Koffer in seinen Wagen gehievt hatte und weggefahren war.

»Wir lassen Flüge und Bahntickets überprüfen. Und die Handy-Ortung läuft. Aber wenn er mit dem Auto über die Grenze gefahren ist, haben wir schlechte Karten. Seine Familie hab ich auch noch nicht ausfindig machen können. Vielleicht hat er ja wenigstens seiner Mama gesagt, wo er hin ist.«

Pia war irgendwie komisch drauf. Sie hippelte herum, und ihr Blick war flatterig. Luca dachte zuerst, dass sie nach Hause wollte und die Überstunden sie ankotzten. Dann sagte sie: »Luca, ich muss dir was sagen. Ich glaube, ich habe Scheiße gebaut.«

Es klopfte an ihre Bürotür, und ohne ein »Herein« abzuwarten, kam Friedebald Frenzel ins Zimmer, fröhlich und unverwüstlich wie immer, und meinte: »Je später der Abend, umso schöner die Vernehmungen. Der Herr Rechtsanwalt ist auch schon da und hat seinen Mandanten auf Linie gebracht. Sollten wir ihn nicht gleich laufen lassen und uns lieber gemeinsam einen Feierabendtrunk genehmigen? Ich glaube nicht, dass da noch viel herauskommt. Wie wollen Sie vorgehen?«

»Ich weiß nur, dass wir ihn auf den Videoclip ansprechen müssen. Und schauen, wie er reagiert«, meinte Luca resigniert.

Frenzel nickte. Sogar er sah jetzt müde aus. »Okay, bringen wir's hinter uns.«

10

Der korpulente Anwalt von Anton Schwarz war lange nicht mehr so gesprächig wie beim letzten Mal. Er drohte von vornherein mit allerlei Paragraphen, mit denen er die Verletzung der Rechte seines Mandanten ahnden wollte. Schwarz verweigerte, außer bei den gesetzlich vorgeschriebenen Angaben zur Person, jede Aussage. Er sah bleich und mitgenommen aus. Kleidung und Haare waren in Unordnung geraten.

Auch als Luka ihn auf den Videoclip ansprach, der noch am Morgen von weit über tausend Usern auf YouTube angeklickt worden war, presste er nur die Lippen aufeinander. Nur sein Blick wurde wieder etwas irre und seine Gesichtsfarbe vielleicht einen Tick grauer. Selbst als Frenzel ihn mit der sarkastischen Bemerkung »Ein bisschen pervers sind wir ja alle« auf den Inhalt des Clips ansprach, behielt er noch einigermaßen die Contenance.

Doch dann rastete er aus.

»Kennen Sie Thorben Brennscheider?«, hatte Luca nur ganz unschuldig gefragt.

»Dieses kleine Arschloch. Ich werde ihn verklagen, diese miese Ratte. Geschäftsschädigendes Verhalten! Der meint, er kann mir auf der Nase herumtanzen. Der ist schon so gut wie entlassen, dieser Wichser.« Aus dem Mund des feinen Managers wirkte das Wort noch ordinärer als ohnehin. Doch nach dem, was Schwarzens Frau erzählt hatte, hatte der wohl eine Vorliebe für obszöne Ausdrücke, wenn er explodierte.

Sein Anwalt mahnte ihn eindringlich. »Herr Schwarz, kriegen Sie sich wieder ein, verdammt noch mal. Keine Aussagen habe ich gesagt, schon gar nicht solche.«

Nur mühsam bekam sich Schwarz wieder in den Griff, gab dann aber wirklich keinen Ton mehr von sich. Die Vernehmung konnte man vergessen.

»Lieber Gott, lass Feierabend werden. Wenn's geht, dann noch vorm Frühstück«, meinte Frenzel seufzend, als er sich verabschiedete.

Und auch Luca entschied: »Schluss für heute.« Er war wirklich langsam am Ende.

»Luca, ich muss dir aber noch was sagen.« Pia wurde wieder ganz zappelig.

Ach ja, sie hatte irgendeinen Bockmist gebaut. Wollte er das wirklich heute Abend noch erfahren? »Hat das Zeit bis morgen?«, fragte er sie müde.

Sie plapperte jetzt einfach los: »Ich hab was gemacht … Ich glaub, das kostet mich meinen Job. Ich hab ein Vergehen begangen … Also, ich hab die Dienstvorschriften … Die hab ich missachtet.«

Sie sah ihn über die Schreibtische, an denen sie beide sich gegenübersaßen, mit großen Augen an.

»Meinetwegen. Schieß los.« So schlimm konnte es doch nicht sein.

»Du weißt doch, ich hab einen Kumpel, der arbeitet im Kriminaltechnischen Institut am Landeskriminalamt. Der ist Biochemie-Laborant. Ach Mann, die Scheiße ist, der ist seinen Job auch los, wenn ich dir das jetzt erzähle. Aber ich weiß nicht, was ich machen soll. Ich bin schuld. Ich hab zu ihm gesagt, er soll mal unsere DNA-Spuren, also vom Fasanenhof-Fall, mit dem Massengentest abgleichen, den die da oben in Möhringen und Vaihingen und so weiter wegen des kleinen Jungen gemacht haben … Die Soko Körschtal …«

»Was hast du gemacht?« Luca starrte sie ungläubig an.

»Ja, ich hab's ihm quasi aufgetragen. Und er hat's gemacht. Er hat die Daten verglichen. Luca, ich würd dir das gar nicht erzählen. Man macht sowas mal, löscht die Ergebnisse wieder und keine Sau erfährt was davon. Aber es geht nicht. Man kann doch nicht Mörder laufen lassen. Luca, wir haben einen Treffer!«

»Was habt ihr?«, Luca sprang auf und raufte sich die Haare. »Du kannst doch nicht die Gen-Daten von einem Massentest mit einem ganz anderen Fall vergleichen. Das können wir doch überhaupt nicht verwenden.« Jedem Teilnehmer eines solchen Tests wurde schriftlich zugesichert, dass seine Daten ausschließlich und uneingeschränkt nur für diesen Fall verwendet und sofort gelöscht wurden, wenn die Ermittlungen abgeschlossen waren.

»Ich weiß ja, ich weiß«, meinte sie weinerlich. »Aber ich weiß jetzt eben auch, wer Luba Petkova umgebracht hat. Ich kann das doch nicht einfach für mich behalten. Das geht doch nicht.«

»Du weißt, wer sie umgebracht hat?« Das wurde ja immer abenteuerlicher.

Pia nickte. »Bakir Sušić. Es ist seine DNA an dem Tuch, mit dem sie erdrosselt wurde.«

Luca setzte sich wieder und starrte sie über den Schreibtisch hinweg an.

»Bakir Sušić«, wiederholte er. »Und der hat freiwillig eine Speichelprobe abgegeben?«

»Na ja, die hat er ja abgegeben, bevor das Mädchen ermordet worden ist. Mit dem Jungen hat er ja nichts zu tun. Und wenn er sich geweigert hätte, dann wär er nur ins Rampenlicht gekommen. Da hat er ja noch nicht dran gedacht, dass ihm das zum Verhängnis werden kann. Kann ich eine rauchen?« Sie sah ihn flehentlich an.

»Meinetwegen. Am offenen Fenster«, knurrte Luca. Er wollte jetzt mal nicht so sein, auch wenn mit der kalten Luft leider auch der Zigarettengestank in den Raum geweht wurde.

Pia inhalierte tief und süchtig, bevor sie fortfuhr. »Den Gentest haben sie ja auch auf dem Fasanenhof gemacht. Fasanenhofstraße, die Wohnung in dem anderen Block, gleich neben dem, wo die Mädchen wohnen, wo wir die Tote gefunden haben. Du weißt schon …«

Luca fiel ein, dass sie die zweite Wohnung, die Bakir Sušić in dem Häusertrakt gemietet hatte, vollkommen aus den Augen verloren hatten. Dort, wo angeblich keine Frauen, sondern irgendwelche wüsten Kerle wohnen sollten.

»Und dort ist Sušić gemeldet?«, fragte Luca. Normalerweise wurden Speichelproben nur von Personen genommen, die am offiziellen Wohnort angetroffen wurden. »Ich denke, der wohnt in seinem schicken Appartement in Möhringen.«

»Das gehört ihm. Da ist er als Eigentümer eingetragen. Aber offiziell wohnt da nur seine Fabiola. Er ist in der Fasanenhofstraße gemeldet.«

»Porca miseria, verdammte Scheiße!«, entfuhr es Luca. Das musste er erst mal verdauen.

»Ich geh morgen früh zum Chef«, sagte Pia, drückte die Zigarette aus und schloss das Fenster wieder. »Ich muss es ihm ja sagen. Auch wenn das das Ende meiner Karriere ist. Vielleicht darf ich ja wieder in den Streifendienst. Aber ich kann ja nicht einfach so tun, als wüsste ich nichts.«

Luca stand energisch auf. »Nein, du sagst kein Wort zu Bialas.« Er überlegte kurz. »Ich gehe morgen früh sofort zu Frenzel. Wir sprechen zuerst mit ihm.«

Dienstag, 10. Mai

1

Luca hatte nicht schlafen können, obwohl er sich am Abend noch zwei Flaschen Bier reingekippt hatte. Er war also früh dran, als er bei der Staatsanwaltschaft anrief. Und obwohl Frenzel gestern auch einen langen Tag hatte, saß der bereits wieder am Schreibtisch.

Luca erklärte nicht viel. Er wollte am Telefon nicht allzu viel sagen und machte nur klar, dass es dringend war. Dann fuhr er von seinem Zuhause direkt ans Neckartor zur Stuttgarter Staatanwaltschaft.

Während er sich fühlte, als wäre er in den letzten drei Tagen um zehn Jahre gealtert, wirkte Frenzel rosig und ausgeschlafen. Das Sakko seines grauen Anzugs hatte er abgelegt, trug aber über dem weißen Hemd wieder eine bemerkenswerte Krawatte, die aussah, als ob er den Stoff einer Blümchengardine in Türkis und Pink dafür zerschnitten hätte.

Frenzel hörte ihm geduldig zu. Doch das Staunen in seinem Gesicht wurde sichtlich größer, als Luca die ganze Geschichte mit dem DNA-Abgleich und dessen Ergebnis erzählte.

»Oioioi«, jammerte Frenzel dann und polierte mit der drallen Hand ausgiebig seine runde Glatze, als wollte er so die kleinen grauen Zellen zum Denken motivieren. »Das heißt, wir müssen auf einem anderem, auf einem offiziellen Weg an die DNA von Bakir Sušić kommen. Das haben wir doch schon mal probiert, oder? Wie war das denn?«, überlegte er laut. »Sein Anwalt hatte Einspruch dagegen eingelegt, nicht wahr. Und der Untersuchungsrichter hat ihm seinerzeit recht gegeben. Das ist echt blöd.« Er stand auf, faltete die Hände auf dem Rücken und ging sinnierend durch sein Büro. »Was machen wir da? Hausdurchsuchung? Ne Zahnbürste beschlagnahmen? Ne Haarbürste wird der ja nicht haben, ha, ha, ha. Den Rasierapparat. Dafür brauchen wir aber einen richterlichen Beschluss, auch für die DNA-Analyse. Dann kommt er aber wieder mit seinem Anwalt …«

Er setzte die Wanderung durch sein Büro fort. Plötzlich stand er wieder still. »Wie war denn das mit dem Überfall auf Sie? Ist da nicht Blut geflossen? Sagten Sie nicht so was? Wurde das nicht sogar schon gesichert? Wenn Sie jetzt einfach behaupten, es könnte auch Sušić gewesen sein, der Sie angegriffen hat. Dann brauchen wir zum Vergleich eine DNA-Probe von ihm. Das würde der Richter auch so sehen. Was meinen Sie?« Er lächelte schlau.

Der Plan war nicht schlecht, den Frenzel da ausbaldowerte. Luca war trotzdem nicht wohl dabei. »Der Typ war mit Sicherheit nicht Bakki. Ich müsste eine falsche Täterbeschreibung abgeben. Sonst funktioniert das nicht.«

Der Mann war kleiner gewesen als Sušić, nicht ganz so vollgepumpt mit Anabolika und wesentlich jünger. Er hatte ein glattes, pausbäckiges Babyface gehabt und sich den Kopf nicht wie Bakki komplett kahl rasiert, sondern einen kurzen Irokesen stehen lassen. Auch die Tätowierungen waren anders. Während Bakki nur die Oberarme hatte stechen lassen, waren bei dem anderen die schwarzen Muster auch auf den Händen und dem halben Unterarm, den Luca im Gerangel zu Gesicht bekommen hatte.

»Vergessen Sie's.« Frenzel winkte ab. »Nein, kein guter Plan. Nicht, dass Sie oder Frau Grampp noch mehr in die Bredouille kommen.«

Er setzte sich wieder, überlegte und schüttelte dann den Kopf. »Nein, wir müssen den geraden Weg gehen. Einen Versuch ist es wert. Ich werde noch einmal beantragen, dass Sušić eine Speichelprobe abgeben muss. Wir müssen es nur besser begründen. Da müssen Sie nochmal ran, Herr Mazzaro. Da müssen Sie mir ein paar Argumente liefern. Wie ist das mit dieser zweiten Wohnung in der Fasanenhofstraße? Gibt es irgendwelche Hinweise, dass der Mörder von Luba Petkova dort wohnen könnte? Wer wohnt dort überhaupt? Ich könnte auch zugleich eine Wohnungsdurchsuchung beantragen. Und vor allem …« Friedebald Frenzel sprang in seiner ganzen Leibesfülle auf wie ein Flummi. Er hatte einen Geistesblitz. »Man darf die DNA-Analysen aus einer Reihenuntersuchung nicht für einen anderen Fall verwenden. So steht es im Gesetz. Und daran halten wir uns auch, nicht wahr! Aber die Information, dass jemand bei diesem genetischen Reihentest eine Speichelprobe abgegeben hat, die müsste man verwenden dürfen, meine ich.«

Er wurde ganz aufgeregt, ging an seinen Rechner und ließ die kurzen Finger flink über die Tastatur tanzen. Gebannt las er, was er gefunden hatte. »Das muss ich mir nochmal genau anschauen, Herr Mazzaro. Aber wenn sich das so bestätigt, wie ich es jetzt sehe, dann werden wir dem Untersuchungsrichter doch mitteilen, dass der Betreffende schon mal eine Probe abgegeben hat und es keinen Grund gibt, warum er dies nicht wieder tun sollte. Sie warten, bis ich Ihnen grünes Licht gebe, bis ich die rechtliche Lage abgeklopft habe. Dann beauftragen Sie bitte Ihre Frau Grampp, offiziell beim Kriminaltechnischen Institut des LKA nachzufragen, ob ein Herr Bakir Sušić, wohnhaft in der Fasanenhofstraße, im Rahmen der Ermittlungen der Soko Körschtal eine Speichelprobe abgegeben hat.« Er grinste übers ganze runde Gesicht.

2

Im Dezernat angekommen, informierte Luca zunächst einmal Pia über Frenzels Pläne, die sichtlich erleichtert war. Alles Wichtige hatten sie zum Glück besprochen, als Bialas, ohne anzuklopfen, hereinstürmte, das große Stofftaschentuch in seiner Hand.

»Wir haben ihn«, sagte er für seine Verhältnisse geradezu euphorisch. »Jetzt kriegen wir ihn, diesen Dreckskerl. Die Kollegen beim BKA haben eine Kinderporno-Plattform hochgehen lassen. Siebenundachtzigtausend Nutzer weltweit – das müsst ihr euch mal vorstellen. Alle im Darknet unterwegs. Übelster Missbrauch, gefilmt und ins Netz gestellt. Etwa dreißig Kinder sind identifiziert. Darunter auch der kleine Jonas. Jetzt kriegen wir das Schwein. Die Kollegen sind dran. Sobald wir die IP-Adresse bekommen haben, geht es hier rund. Tut mir leid, Luca, aber wir müssen die Kollegen wieder von euch abziehen.«

Luca stöhnte auf. Damit waren die ganzen Planungen wieder über den Haufen geworfen. Alles blieb wieder an ihm und Pia hängen.

»Sorry«, meinte Bialas, »das hat jetzt einfach wieder Vorrang. Hanna wird euch so gut es geht weiter unterstützen. Sie ist auf jeden Fall an einem Zeugenschutzprogramm für diese junge Prostituierte dran. Und sie hat schon Kontakt zum Fraueninformationszentrum hier in Stuttgart. Wenn das Mädchen ein Opfer von Zwangsprostitution ist – und so sieht es ja aus –, dann haben die entsprechende Programme für eine psychosoziale Unterstützung.«

Luca nickte resigniert. Immerhin. Wenn man Alena dazu bringen könnte eine Aussage zu machen, dann wären sie wahrscheinlich wirklich einen großen Schritt weiter. Und er musste zugeben, dass auch er erleichtert war, wenn der Fall des kleinen Jonas endlich aufgeklärt werden konnte.

»Ich muss los.« Bialas stand unter Strom. »Und sobald wir ein bisschen Luft haben, bekommt ihr wieder eure Verstärkung. Versprochen!« Man merkte, dass er wenigstens ein schlechtes Gewissen hatte.

3

Frenzel meldete sich kurz vor Mittag. »Ich finde nichts, was dagegen spricht, dass man bei einem Massengentest erfragt, ob eine ganz bestimmte Person daran teilgenommen hat, wenn diese Erkenntnisse für eine andere Ermittlung genutzt werden können. Sie dürfen nicht fragen, wer alles daran teilgenommen hat. Aber wenn Sie einen konkreten Namen nennen, dann spricht nichts dagegen, dass das untersuchendende Labor Ja oder Nein sagt.«

Pia machte sich mit Feuereifer daran, eine Anfrage an das Kriminaltechnische Institut am Landeskriminalamt zu formulieren. Dass sie wieder persönlich hinunter nach Cannstatt zum LKA fuhr, verhinderte Luca. Es musste alles seinen ordentlichen, nachvollziehbaren Lauf nehmen, auch wenn es unter Umständen später Nachmittag werden würde, bis sie die Antwort hatten.

Also versuchte sie, wieder die Spur von Thorben Brennscheider aufzunehmen, rief im Einkauf der NAU und in der Personalabteilung an. Jemand musste doch wissen, wo die Eltern von Brennscheider wohnten. Sie beantragte die Hausdurchsuchung in der Wohnung des Mannes. Dort würde man doch wohl einen Hinweis auf Verwandte oder Freunde finden, auch wenn Handy und Computer ja leider demoliert und gefleddert worden waren.

Luca bereitete unterdessen die Argumentation für Frenzel vor. Es musste hieb- und stichfest sein. Vor allem die Aussagen der Nachbarn rief er sich noch mal, so gut es ging, ins Gedächtnis, die die »wüsten Kerle« beschrieben hatten, die dort wohnen sollten. Vielleicht interpretierte er etwas zu viel hinein, aber die Beschreibung ließ doch zu, dass der Boss der United Tribuns, der dort ja auch offiziell gemeldet war, mehrfach gesichtet worden war. Was wiederum die Nähe zu den Frauen belegte, die höchstwahrscheinlich für die Tribuns anschaffen gehen mussten. Luca ging zu Gertrud Sieg, um sich Beweise für die Aktivitäten von Sušić und seiner Mannen im Rotlichtmilieu zu beschaffen.

Gertrud half ihm bereitwillig, obwohl sie ziemlich genervt war. »Ich kapier's nicht. Wir müssten dringend die Razzia im Serail durchführen, bevor's wieder die Spatzen von den Dächern pfeifen und dort aufgeräumt wird. Alles ist vorbereitet. Wir könnten heute Nacht losschlagen. Aber irgendein bescheuerter Untersuchungsrichter will die Anordnung nicht rausrücken.«

Die Indizien und Beweise, die Gertrud ihm liefern konnte, betrafen zumeist die United Tribuns als Gang oder aber einzelne Mitglieder, die nachweislich oder mit großer Wahrscheinlichkeit als Zuhälter in Erscheinung getreten waren.

»Und bei Sušić?«, fragte Luca sie. »Habt ihr da was Konkretes in der Hand, dass der mit den Mädchen zu tun hat?«

»Schwierig«, meinte sie. »Der zieht im Hintergrund die Fäden. Das ist vollkommen klar. Er hat die Wohnungen gemietet. Er hält den Kontakt zu Ruthenau. Und kassiert die dicke Kohle ab. Nur blöd ist er nicht. Wir können noch nichts beweiskräftig nachweisen. Habt ihr etwas gegen ihn in der Hand?«

Luca zögerte. »Nichts Konkretes. Wir möchten ihn besser unter die Lupe nehmen. Dafür müssen wir eben auch einen Untersuchungsrichter überzeugen.«

Sieg seufzte. »Keine Ahnung, was mit unserem los ist. Die Videoclips, die Erpressungen – alles ist klar, und der Richter eiert rum, als wär das Grundrecht auf Privatsphäre in Gefahr. Aber pass auf: Bei Sušić, da geb ich dir mal die Aufstellung seiner Vermögenswerte. Häuser, Wohnungen, Autos. Wo kommt die Kohle her, wenn nicht durch den Mädchenhandel?«

Luca bedankte sich und versprach, die Kollegen auf dem Laufenden zu halten. Er arbeitete die Informationen in sein Dossier ein. Wenn sie nun einem Untersuchungsrichter noch klar machen konnten, dass dieser Sušić sich ohne jede Gegenwehr eine Speichelprobe hatte abnehmen lassen, als dies noch unverfänglich für ihn war, und sich nun so vehement weigerte, dann müsste der doch die Anordnung herausrücken.

Er schrieb wieder erst mal alles handschriftlich auf, auch wenn es länger dauerte. Pia las es aufmerksam durch, dieses Mal demütig und ohne jeden Protest. Sie gab ihm noch ein paar

Tipps für Formulierungen. Dann kam das Ja vom Landeskriminalamt, schriftlich, schwarz auf weiß: Herr Bakir Sušić wurde seinerzeit an dem gemeldeten Wohnort angetroffen und hat anstandslos eine DNA-Probe abgegeben. Luca arbeitete die Aussage ein und das ganze Schriftstück ging an Frenzel, der kurz darauf anrief. »Wenn das einen Richter nicht überzeugt«, lobte er, »dann weiß ich auch nicht. Jetzt können wir nur hoffen, dass wir nicht an einen Argumentations-Allergiker geraten. Die gibt es nämlich leider auch, wie ich aktuell feststellen muss.«

Luca machte Schluss für heute. Er würde es tatsächlich schaffen, frühzeitig zum Schnarrenberg zu fahren und nicht erst auf den letzten Drücker im Dojo zu stehen. Er brauchte das Jiu-Jitsu-Training. Den Körper bewegen, den Kopf abschalten, das war ihm jetzt ein dringendes Bedürfnis.

4

Das Training tat ihm gut. Willi laberte zum Glück heute nicht viel herum, sondern gab seine Anweisungen und korrigierte hier und dort. Ude-gatame, Armstreckhebel in verschiedenen Ausführungen, im Stand und am Boden, und Schleuderwürfe, Kaitennage, wurden geübt. Luca wurde sich der Routine bewusst, der automatisierten Abläufe. Er musste nicht mehr viel denken. Es war alles ganz tief in seinen motorischen Gehirnwindungen gespeichert. Nur so war seine intuitive Reaktion am Samstagabend denkbar gewesen, die ihm den Hals oder zumindest das Nasenbein gerettet hatte.

Zuhause stand er vor einem leeren Kühlschrank. Doch noch mehr als der Hunger überfiel ihn mit einem Male die Sehnsucht nach Laura. So sehr, dass es fast weh tat.

Den Hunger bekam er mit einem Teller Spaghetti und einem Glas Pesto in den Griff. Die Sehnsucht ließ sich nur durch den Gedanken ein wenig beschwichtigen, dass sie nur noch eine

Speichelprobe von Bakir Sušić brauchten und damit den Mord an Luba Petkova geklärt hatten. Luca nahm sich vor, am nächsten Morgen erst einmal einzukaufen und danach erst ins Präsidium zu gehen. Dort würde er sofort die Zwangsvorführung von Sušić vorbereiten. Denn dass der nicht freiwillig eine DNA-Probe abgeben würde, war so klar wie dicke Tinte. Aber wenn er überführt war, dann war der Abschluss des Falles absehbar. Dann konnte er zu Laura. Dann sollte die Sieg ihren Mädchenhandel und die Marinescu ihren Korruptionsskandal alleine bearbeiten. Das ging ihn dann nichts mehr an.

Mittwoch, 11. Mai

1

Luca hatte die Grundnahrungsmittel gekauft – Schokolade, Chips, Bier, Spaghetti, etwas Obst und Gemüse – und so sein Überleben gesichert, bevor er, etwas später als sonst, im Präsidium eintraf.

Dort saß in seinem Büro Gertrud Sieg. Sie hatte sich einen Stuhl ans Fenster gerückt, die Flügel weit aufgerissen und paffte doch tatsächlich eine Zigarette. Pia saß an ihrem Schreibtisch und sah Luca unschuldig an, doch er wusste genau, dass auch sie vor wenigen Minuten noch einen Glimmstängel zwischen den Fingern gehabt hatte. Das offene Fenster täuschte nicht über den Gestank hinweg.

»Che diavolo, was ist in euch gefahren? Nein, Mädels, das geht gar nicht.« Er war jetzt richtig sauer. »Hier drin wird nicht geraucht. Geht runter in die Raucherecke. Oder raus oder sonst wohin.«

Gertrud sah ihn entgeistert an, ging überhaupt nicht auf ihn ein und meinte: »So etwas hast du noch nicht erlebt. Da bist du echt von den Socken. Wir kriegen die Razzia im Serail nicht durch.« Sie nahm noch einmal einen tiefen Zug, drückte die Zigarette in einer Aluschale aus und warf die Kippe aus dem Fenster.

»Du glaubst es einfach nicht.« Gertrud Sieg war nun wirklich kein Weichei. Die Kollegin war wie die meisten, die im Bereich Organisierte Kriminalität arbeiteten, gewieft und abgebrüht. Aber jetzt schien sie etwas wirklich aus der Bahn geworfen zu haben. »Wir haben Videoclips, die eindeutig im Serail aufgenommen worden sind. Wir wissen, dass zumindest eines für eine Erpressung gemacht worden ist. Wir haben handfeste Hinweise, wer der Erpresser ist, und wissen, dass der im Serail verkehrt. Aber ein Untersuchungsrichter ist der Meinung, dass eine weitere Razzia nicht gerechtfertigt ist. Sie verstößt angeblich gegen den Schutz der Privatsphäre. Das muss man sich mal vorstellen!«

Luca hatte die sonst so coole Gertrud noch nie so erbost gesehen.

»Und wisst ihr, was dem Ganzen das Fass in die Krone haut? Der Untersuchungsrichter, der das entschieden hat, war gar nicht im Dienst. Meine Staatsanwältin hat den Antrag bei einem ganz anderen Richter gestellt. Mündlich hat der vollkommen normal reagiert und versprochen, dass wir den Beschluss sofort bekommen. Dann war er plötzlich nicht mehr zuständig. Irgendein ganz oberer Richter hat das entschieden. Und was meine Staatsanwältin so nach und nach erfahren hat, ist, dass nach der letzten Razzia im Serail unter gewissen Leuten plötzlich eine enorme Unruhe ausgebrochen ist. Da gab es plötzlich Anfragen bei der Staatsanwaltschaft und beim Gericht. Von ein paar Stadträten aus Leinfelden-Echterdingen. Und sogar von einem aus Stuttgart. Von einem großen Tier beim Finanzamt. Von Managern des VfB, die offensichtlich sehr besorgt um die Privatsphäre ihrer Spieler waren. Sogar von der Zollfahndung hat jemand Auskunft verlangt, was da los wäre. Da haben Leute massiv interveniert. Wir kriegen den Beschluss nicht. Punkt, aus, basta.«

»Als ich mit Andreas das Video von Wolfgang Winter angeschaut habe«, meinte Luca nachdenklich, »da hat der gesagt: ›Wo es so eine Aufnahme gibt, da gibt es noch mehr.‹«

»Du meinst, die werden alle auch erpresst, die da jetzt so nervös geworden sind?«, fragte Pia mit großen Augen.

»Das heißt, das Serail hätte ein zweites Standbein, ein zweites Geschäftsmodell sozusagen.« Gertrud Sieg hatte sich etwas beruhigt. Aber der kalte Zorn war ihr noch ins Gesicht geschrieben. Sie würde dies alles mit Sicherheit nicht so stehen lassen.

»Ich muss nachdenken«, sagte sie dann. »Irgendwie kriege ich Ruthenau an die Eier. Und die Tribuns und diese ganzen verdammten Honoratioren gleich mit.« Damit verließ sie mit dynamischen Schritten das Büro von Luca und Pia.

2

Die Soko Fasanenhof hatte mehr Glück. Gegen Mittag hatten sie eine hochoffizielle Anordnung eines Untersuchungsrichters, dass Herr Bakir Sušić dazu verdonnert wurde, eine DNA-Probe zu liefern, wenn notwendig unter Anwendung von Zwangsmaßnahmen. Friedebald Frenzel, der Luca vorab telefonisch über die Anordnung informierte, freute sich ganz besonders über eine Formulierung des Richters. »Der mochte nicht, dass Herr Sušić beim letzten Mal so ein Theater mit Rechtsanwalt und Einsprüchen gemacht hat. Sogar die Zahlung eines Ordnungsgeldes hat er bisher verweigert. Jetzt kommt Sušić nicht mehr drum rum. Und das müssen Sie mal lesen: Wenn er partout keine Probe abgeben will, dann kann er ja die Ermittlungsbehörden dazu ermächtigen, die abgegebene Probe vom März dieses Jahres für eine andere Ermittlung, nämlich die der Soko Fasanenhof, zu verwenden. Ich weiß zwar nicht, ob der Richter da rechtlich auf der sicheren Seite ist, aber das macht natürlich zusätzlich Druck. Ansonsten folgt der Richter unserer Argumentation. Bereiten Sie schon mal die Zwangsvorführung vor.«

Zwangsvorführungen gehörten glücklicherweise nicht zum Alltagsgeschäft im Dezernat. Luca musste sich erst einmal kundig machen, was dafür notwendig war. Sušić war von den Beamten, die ihm die Ladung des Untersuchungsrichters überbrachten, nicht auf dem Fasanenhof, sondern in seiner Wohnung in Möhringen angetroffen worden. Auf jeden Fall war er im Lande. Luca hoffte, dass der United-Tribuns-Boss nicht die Biege machen würde. Sie würden ihn kriegen – auf jeden Fall. Aber das kostete Zeit.

Luca forderte in Göppingen Kollegen einer BFE an, einer Einheit der Bereitschaftspolizei, die auf Beweissicherung und Festnahmen spezialisiert war. Sušić würde mit Sicherheit einen Anwalt einschalten. Erfahren war er ja in solchen Sachen. Und wenn der nicht ganz verblödet war, würde er dem Muskelmann raten, nicht auch noch ein Verfahren wegen Widerstandes gegen Vollstreckungsbeamte zu riskieren. Aber bei Bakki wusste man nie. Den Gefangenentransportwagen würden die Kollegen von der BFE organisieren.

Wenn Sušić sich weigerte, den Mund aufzusperren und eine Speichelprobe abzugeben, brauchten sie einen Amtsarzt. Nur der durfte Blutproben entnehmen. Der Untersuchungsrichter hatte Sušić bis zum nächsten Morgen Zeit gegeben, um freiwillig zu erscheinen. Wenn er das nicht tun würde, war am Nachmittag die Festnahme fällig. Luca informierte den Amtsärztlichen Dienst der Stadt Stuttgart schon mal vorsichtshalber über den bevorstehenden Auftrag. Er ging noch mal alles durch. Er wollte auf der sicheren Seite sein. Sie waren jetzt so kurz vor der Lösung des Falles, da durfte nichts schiefgehen.

3

Die Zwangsvorführung von Bakir Sušić scheiterte daran, dass sich am späten Nachmittag der Mann von der Präsidiumspforte meldete.

»Sie haben schon wieder Besuch, Herr Mazzaro. Und dieses Mal …« Der Mann lachte kehlig auf. Eigentlich war er Luca bisher nicht als besonders humorig aufgefallen. »Also, das ist ein Bild für die Götter, sage ich Ihnen. Asterix und Obelix wollen zu Ihnen. Sind nur ein bisschen falsch gekleidet. Was soll ich mit denen machen?« Er konnte sich schon wieder das Lachen nicht verkneifen.

Asterix und Obelix. »Aber heißen tun die nicht wirklich so – oder?«, fragte Luca

»Ein Herr Wendelin Schmitz, Rechtsanwalt laut Visitenkarte, und ein Herr Bakir Sušić. Der guckt ziemlich finster. Lass ich Wachleute kommen?«, wollte der Pförtner wissen.

»Unbedingt. Obelix kann ungemütlich werden. Sie lassen die beiden in die Vernehmung bringen. Und die Wachleute bleiben so lange da, bis wir mit denen fertig sind.«

»Bakir Sušić steht unten an der Pforte und will mit uns reden«, informierte er Pia. Die hatte bisher immer noch versucht, den Aufenthaltsort von Thorben Brennscheider zu ermitteln und endlich die Adresse der Eltern herausgefunden. Nun sprang sie auf: »Ich glaub, mich tritt mein Pferd. Der kommt freiwillig? Ich will dabei sein, wenn du mit dem redest.« Sie drehte richtig auf.

»Nun mal langsam.« Auch Luca war wie elektrisiert. Aber man musste einen kühlen Kopf bewahren. »Ich will, dass Frenzel dabei ist. Und den Amtsarzt bestelle ich für alle Fälle.«

Die Telefonate waren schnell erledigt. Frenzel würde eine andere Vernehmung abbrechen, die nach seinen Worten nicht die Brisanz hatte. Ein Amtsarzt wäre in etwa einer Stunde zur Verfügung.

4

Als sie zu dritt durch die Scheibe in den Vernehmungsraum schauten, in den man Sušić und seinen Anwalt gebracht hatte, musste auch Luca lachen. In dem karg eingerichteten Kabuff ging Bakir Sušić in seiner ganzen Körperfülle und Schwerfälligkeit auf und ab. Der Mann war eine Karikatur seiner selbst, mit diesen Oberarmen, dem Stiernacken und der flachsinnigen Visage. Am Tisch saß ein kleiner, schmächtiger Mann, ebenfalls eine Art Karikatur, aber die des Hänflings, einer halben Portion.

Wobei er wahrscheinlich noch nicht einmal die Hälfte von Bakkis Gewicht auf die Waage brachte.

»Könnten bei Asterix und Obelix die Hauptrollen übernehmen, ha, ha, ha«, lachte Staatsanwalt Friedebald Frenzel, obwohl er nicht über die Worte des Pförtners informiert war. »Oder in den Nebenrollen Sagnix, Weißnix und Gebnix, fürchte ich.«

Bakki polterte sofort los, als Pia, Frenzel und Luca den Raum betraten.

»Was ist das hier für eine Scheiße? Seit über ner Stunde warten wir jetzt in diesem Affenkäfig. Und eure Schließer da, die könnt ihr euch sparen. Ich geh hier nicht weg, bevor ich nicht weiß, was dieser Scheiß hier soll.« Er wedelte mit dem richterlichen Beschluss.

»Das ist Freiheitsberaubung, was Sie hier machen«, quäkte das Halbgewicht von Anwalt. »Wir kommen hierher, um von Ihnen eine Auskunft zu erhalten. Und Sie sperren uns hier ein. Wir werden Beschwerde einlegen gegen solche Anmaßungen.«

»So, meine Herren«, meinte Frenzel fröhlich. »Jetzt beruhigen wir uns alle erst einmal. Und wo Sie schon hier sind, da können Sie uns doch gleich ein paar Fragen beantworten. Sonst müsste ich Sie ja nochmal vorladen und Ihre wertvolle Zeit vergeuden, nicht wahr.«

Er setzte sich an den Tisch mit den Aufnahmegeräten, die ein Beamter von außen bediente. Auch Pia und Luca nahmen Platz.

Schließlich setzte sich auch Sušić neben seinen Anwalt, begann aber sofort wieder zu kläffen. »Ich sag hier gar nichts. Sie erklären mir diese Scheiße hier.«

»Wir machen keine Aussage«, unterstützte ihn der Anwalt.

»Aber Ihre Personalien sollten Sie uns schon geben.« Friedebald blieb freundlich. »Herr Anwalt, sagen Sie es ihm bitte. Dazu ist Ihr Mandant nun mal mir und den Beamten hier verpflichtet. Dann können wir gerne über Ihr Anliegen sprechen.«

Der Anwalt verzog nur das Gesicht und presste die dünnen Lippen aufeinander.

Während der Staatsanwalt nun begann, die Angaben zur Person abzufragen, starrte Sušić auf dessen Krawatte. »Was haben Sie denn für eine Scheiße um den Hals?«. »Scheiße« war ganz klar sein Lieblingswort. Ein bisschen Verständnis hatte Luca sogar für den Rockerboss. Denn Frenzels Schlipps war heute blau, grün und violett kariert.

»Maßgeschneidert«, strahlte Frenzel und fragte: »Und ihr Geburtsdatum und den Geburtsort noch.«

Nachdem Bakki das kurz heruntergerattert hatte, legte der Staatsanwalt sofort los. »Und nachdem Sie jetzt schon mal da sind, da können Sie dem Herrn Mazzaro doch auch gleich ein paar einfache Fragen beantworten.«

Sie hatten sich vorab abgesprochen, dass sie eine möglichst aggressive Vernehmungstaktik fahren wollten.

»Können Sie uns sagen, wo Sie in der Nacht vom 8. auf den 9. April dieses Jahres bis morgens um sechs Uhr waren? Haben Sie dafür ein Alibi?«, fragte Luca.

»Ich sag dir gar nichts, Bulle. War das die Nacht, in der die Nutte gekillt worden ist?«

»Gehen Sie nicht darauf ein!«, zeterte der Anwalt. Er sah direkt neben dem aufgepumpten Anabolika-Schlucker noch mickriger aus.

»Genau. Die Nacht, in der du sie gekillt hast.« Pia beugte sich über den Tisch weit vor und starrte dem Bandenboss in die Augen. »Wir wissen, dass du es warst. Hast nen Strick genommen und ihr den Hals abgeschnürt. Wir haben Beweise.« Eigentlich war nur Pia wirklich in der Lage, die aggressive Tour zu fahren. Friedebald und Luca waren dafür viel zu lieb.

»Was quatschst du für ne Scheiße.« Auch Bakki beugte sich nun vor und starrte mit wutverzerrtem Gesicht in Pias Augen. »Was wollt ihr mir da anhängen, ihr Scheiß-Bullen?«

»Ach, du armes Opfer. Haste nun ein Alibi oder nicht?« Pia war nun aufgestanden und stemmte die Ärmchen in den Tisch, sodass Sušić zu ihr aufsehen musste. »Hat sie nicht mehr die Kohle eingefahren, die du erwartet hast? Oder hat sie was ausgeplaudert? Etwas über deine miesen Geschäfte?«

»Nehmt diesen Pickel da weg!«, johlte Bakki. »Ich lass mir doch von der Bullenschlampe nichts anhängen.«

»Sagen Sie uns, wo Sie in der besagten Nacht waren, und geben Sie uns ne Speichelprobe«, mischte sich Luca wieder ein. Pia übertrieb es nun doch. »Dann können Sie hier rausspazieren. Und wenn Sie's nicht gewesen sind, ist alles gut.«

»Die Speichelprobe!« Bakki war nun auch aufgesprungen. Er hatte wieder die Anordnung des Untersuchungsrichters in der Hand, warf sie auf den Tisch und ließ die massige Faust darauf niedersausen. »Da steht, ich hätt ne Speichelprobe abgegeben. Hab ich aber nicht. Wieso steht da so eine Scheiße? Ich will wissen, was da los ist.«

Für einen Moment waren sie alle perplex. Dann meinte Frenzel: »Nun, es geht um den Massengentest im März, an dem Sie als Bewohner Ihrer zweiten gemieteten Wohnung in der Fasanenhofstraße, in der Sie ja auch gemeldet sind, teilgenommen haben.«

Pia kramte in ihren Unterlagen herum und legte Bakki die Kopie der Einwilligung in die DNA-Entnahme zur ausschließlichen Nutzung im Rahmen der Ermittlungen der Soko Körschtal mit Unterschrift unter die Nase.

Der grobschlächtige Mann starrte auf das Papier. Dann fing er wieder an zu toben. »Ich glaub, ich spinne. Ich wohn doch da überhaupt nicht.« Er begann auf Bosnisch zu fluchen, was richtig furchteinflößend klang. »Das Engelchen, dieser kleine Bastard. Ich dreh ihm den Hals rum, diesem Scheißkerl. Der soll mich kennenlernen.«

Pia begriff als erste. »Dann hat sich da einer für dich ausgegeben. Und wer ist dieser Bastard? Wer wohnt da?«

Bakki starrte der zierlichen Frau ins Gesicht. Zum ersten Mal erlebte Luca den Mann fassungslos. Langsam bekam er sich wieder in den Griff und merkte, dass er sich verplappert hatte. »Niemand. Niemand wohnt da«, meinte er trotzig. »Hab ich euch doch gesagt: Das ist ne Ferienwohnung. Da wohnt mal der und mal jener. Keine Ahnung, wer da im März drin war.«

»Wenn du schon nur zwei Gehirnzellen hast, warum kommunizieren die dann nicht wenigstens miteinander?«, fragte Pia ihn. »Da will dir jemand was unterschieben. Merkst du das nicht?«

Bakki schien angestrengt nachzudenken.

»Ich denke, wir können das Ganze abkürzen«, nahm Frenzel den Faden wieder auf. »Herr Sušić, wie auch immer. Wie Sie dem höchstrichterlichen Beschluss entnehmen können, haben wir das Recht, Ihnen ein paar Gene zu entnehmen. Gerne freiwillig. Sonst müssten wir Sie ruhig stellen und ein Arzt würde Ihnen ein paar Tropfen Blut abzapfen.«

Zu Lucas Erstaunen schaute der massige Mann nun drein wie ein verängstigtes Kind. »Keine Spritze!« Er dachte nach, deutete auf seinen Anwalt und sagte dann: »Der Zwerg hat gesagt, Sie müssen das dann sofort wieder vernichten, das Genzeugs da. Und dürfen nix speichern in irgendwelchen von Ihren Computern oder so.« Der Zwerg presste die Lippen aufeinander und starrte sauer auf den Tisch.

»Genauso ist es.« Frenzel strahlte ihn an. »Und wenn es freiwillig geht, dann piekst es auch nicht. Apropos: Was tun Sie, wenn jemand Ihre Freundin Fabiola entführt? Eine Stunde warten, bis man sie Ihnen freiwillig wieder bringt. Ha, ha, ha.« Der Staatsanwalt lachte herzlich über seinen Witz, und es schien ihn keineswegs zu stören, dass Bakki das alles gar nicht lustig fand.

»Okay, ich mach's«, sagte der schließlich.

Das Teströhrchen war vorbereitet. Der Amtsarzt stand draußen. Sollte der die Speichelentnahme machen. Dann konnte ihnen niemand etwas vorwerfen. Die ganze Prozedur dauerte nicht einmal eine halbe Minute. Dann war die Sache erledigt, und Bakir Sušić nebst Anwalt konnten gehen.

5

Es war spät geworden. Sie wussten genau, dass etwas anders gelaufen war, als sie es erwartet hatten. Doch Pia meinte: »Das muss ich jetzt erst mal verdauen. Ich geh nach Hause, wenn ich darf.«

Frenzel seufzte und sagte: »Ich hätte auch genug für heute. Lassen Sie uns Schluss machen. Die Probe haben wir. Jetzt müssen wir mal sehen, was dabei herauskommt.«

Nur Luca ging noch einmal an seinen Computer. Er wollte noch heute Abend die Formalitäten erledigen. Für den Genabgleich zwischen der Speichelprobe von Bakir Sušić und dem Hautabrieb des Täters an dem Schal, mit dem Luba Petkova erdrosselt worden war. Die ganze Zeit ging ihm dabei eine Sache durch den Kopf. Was hatte Sušić genau gesagt? Von einem Bastard hatte er gesprochen. Und er hatte ihn »Engelchen« genannt. Warum beschäftigte ihn das so sehr? Er hatte auf einmal einen Flashback, sah wieder, wie dieser Kerl auf ihn zugeschossen kam, die Hände und den halb aufgerollten Ärmel seiner schwarzen Kutte. Wie Adlerfedern zogen sich die Linien der Tattoos über die Haut bis fast hin zu den Fingerknöcheln. Intuitiv stellte Luca einen zweiten Antrag ans Kriminaltechnische Institut – den Abgleich des Blutes auf dem Asphalt am Schnarrenberg mit der DNA des Täters im Fall Luba Petkova.

Alena

Fabiola und Ándscheo hatten sie abgeholt. Am Hintereingang, von dem aus sie zu den Umkleidekabinen wollten, stand Ruthenau. Der packte sie am Arm, hielt sie fest und schnauzte Ándscheo an: »Warum kommt die immer noch? Ich hab euch doch gesagt, dass sie weg muss?«

»Wir haben noch nix Neues für sie«, brummte ihr Gebieter. Es passte ihm ganz offensichtlich nicht, dass er eine seiner besten Geldquellen von hier abziehen sollte.

»Die Frau muss weg. Sie ist auf YouTube zu sehen gewesen. Ihr steckt sie auch nicht in einen anderen Laden. Nicht hier in Deutschland! Wenn die Polizei die sucht – und das wird sie tun –, dann ist es nur eine Frage der Zeit, bis sie die finden. Sie muss weg!«

»Die ist morgen fix gebucht«, meinte Ándscheo trotzig. »Wenn der sie nicht kriegt, macht der euch ein Theater. Und was ist dann?«

Ruthenau wandte sich an Fabiola: »Ich will Bakki hier sehen. Du sagst deinem Lover, dass er hier antanzen soll, und zwar ziemlich hurtig. Hast du verstanden?«

Fabiola nickte eingeschüchtert.»Okay, okay, ich sag's ihm.«

Was hieß »weg«? Nicht in ein anderes Bordell, hatte Ruthenau gesagt. Ins Ausland, zu den Arabern. Oder sie würden sie einfach »entsorgen«, so wie Ludmilla.

Donnerstag, 12. Mai

1

Luca konnte nicht Tritt fassen. Er hätte wahrlich genug zu tun gehabt mit der Aktenführung. Aber einen Sinn konnte er heute darin nicht entdecken. Sie brauchten die DNA-Abgleiche, sonst kamen sie nicht weiter. Die würden aber frühestens morgen vorliegen. Luca war voll gespannt auf die Ergebnisse und hatte zugleich Angst vor ihnen. Nach dem gestrigen Tag hielt er es für wahrscheinlich, dass an dem Massengentest tatsächlich nicht Bakir Sušić teilgenommen hatte. Wenn jedoch auch die Blutspur vor Lucas Haus keinen Treffer brachte, dann mussten sie sich auf weitere langwierige und kräftezehrende Ermittlungen einstellen.

Er konnte sich auch deshalb nicht auf die Dokumentation konzentrieren, weil Pia lauthals mit den Eltern von Thorben Brennscheider telefonierte. »Ihr Sohn hat Bockmist gebaut – so sieht es aus … Natürlich ist jemand hinter ihm her. Und genau deshalb sollte er schleunigst zur nächsten Polizeistation gehen … Er geht dort hin und sagt denen, die sollen mit mir telefonieren. Pia Grampp ist mein Name. G, R, A, M, Doppel-P. Polizeipräsidium Stuttgart. Das kennen die auch in Sankt Peter-Ording. Ich gebe Ihnen die Nummer der Zentrale … Hören Sie, wenn Ihr Sohn sich nicht umgehend bei der Polizei meldet, dann schicken wir ein paar Kollegen zu Ihrem Ferienhäuschen da oben und lassen Ihren Thorben in Polizeigewahrsam nehmen. Sagen Sie das Ihrem Sohn.«

Hanna Stankowski kam zu ihnen ins Büro. Sie setzte sich auf einen der Besucherstühle und wartete, bis Pia ihr Telefonat beendet hatte. Das graue Haar war etwas herausgewachsen, nicht mehr ganz so raspelkurz. Ihr Gesicht wirkte dadurch weicher, und die braunen Augen lebten im Kontrast zu dem

Silber auf ihrem Kopf regelrecht auf. Sie sah auch nicht mehr so müde und abgekämpft aus. Die Aussicht, den Mann bald zu fassen, der den Jungen aus Vaihingen so gequält und dann wie Abfall weggeworfen hatte, hatte die Atmosphäre im ganzen Dezernat verändert. Alle arbeiteten konzentriert, fast mit gehobener Stimmung.

»Also, ich habe mich schlau gemacht«, meinte sie, nachdem Pia den Hörer aufgelegt hatte. »Die Ausstiegsbetreuung dürfte kein Problem sein. Ich habe mit der Leiterin des Fraueninformationszentrums gesprochen. Die haben gute Sozialarbeiterinnen und vor allem Psychotherapeutinnen, die auf dem Gebiet Zwangsprostitution erfahren sind. Aber das Zeugenschutzprogramm, das gibt es nur als letzte, äußerste Option. Ihr braucht starke Gründe dafür. Ist wirklich ihr Leben in Gefahr, wenn sie aussagt? Gibt es Möglichkeiten, dass sie aussagt, aber ihre Identität nicht offenbart wird? Könnte die Vernehmung vor Gericht per Videoübertragung mit Stimmverzerrung durchgeführt werden? Oder hat diese Kalina alias Alena so ein spezifisches Wissen, dass es völlig klar ist, wer sie ist?«

»Weißt du, Hanna«, meinte Luca nachdenklich. »Ich sehe es folgendermaßen: Wenn sie aussagt, dann muss sie in die Vollen gehen. Sie muss aussagen gegen die United Tribuns. Alles, was sie über den Mädchenhandel weiß. Und die bringen sie mit Sicherheit um. Vielleicht, nachdem sie sie in irgendeinem Flatrate-Bordell vollends kaputtgemacht haben.«

»Oder sie verkaufen sie in einen arabischen Staat«, meinte Pia grimmig.

»Sie muss aussagen gegen Harald Ruthenau und das Serail«, setzte Luca seine Überlegungen fort. »Einerseits über die Verbindungen zwischen Ruthenau und Bakir Sušić und seinen Tribuns. Aber auch über die Video-Praxis im Serail. Und weißt du, wen sie da dann alles gegen sich hat? Hast du mitbekommen, welche Probleme Gertrud bekommen hat, als sie noch mal ne Razzia im Serail machen wollte? Ich weiß nicht, wer da alles im

Serail ein- und ausgeht und wer da alles gefilmt wurde und wer erpresst wurde. Aber man wird das Mädchen fertigmachen. Da gibt es einige Leute in Positionen und Ämtern, die eine Menge zu verlieren haben.«

»Und sie muss aussagen gegen Anton Schwarz. Unbedingt«, ereiferte sich Pia. »Dieses Schwein darf nicht ungeschoren davonkommen. Sie muss ihn anzeigen.«

Hanna seufzte schwer. »Bevor sie das alles tut – wenn sie es denn tatsächlich tun würde –, müsst ihr der Frau klar sagen, was das für sie bedeuten würde. Wir müssten sie bis zum Prozess in Schutzhaft nehmen. Und ihr wisst, wie lange so ein Mammutprozess vorbereitet werden muss. Danach bekäme sie eine neue Identität. Sie muss umziehen. Sie kann niemanden aus ihrer Vergangenheit mehr treffen. Keine Freundin, keinen Freund. Sie kann nicht zurück in ihre Heimat. Sie kann ihre Familie nicht mehr sehen. Die Tribuns haben mit Sicherheit Kontakte in die Länder, aus denen sie die Mädchen bekommen. Das alles müsst ihr ihr beibringen.«

»Ich weiß noch nicht einmal, wie wir eine Gelegenheit finden sollen, ein Gespräch mit ihr zu führen, das keiner mitbekommt.« Luca deprimierte das Ganze. »Entweder ist sie im Serail oder in der Wohnung, zusammen mit den anderen Frauen. Wie sollen wir sie da fragen, ob sie überhaupt in Erwägung zieht, irgendetwas auszusagen? Wir bringen sie ja schon in Gefahr, wenn jemand mitbekommt, dass wir Kontakt zu ihr aufnehmen. So schätze ich das zumindest ein.«

In das ratlose Schweigen wurde die Tür aufgerissen. Gertrud Sieg kam mit dynamischem Schritt herein. Sie legte sofort los: »Heute Morgen um sechs hat die Marinescu mit zwei Hundertschaften die Büros von Anton Schwarz, Jens Immendorf und Dietmar Langenfelder durchsucht. Die in den Betrieben und die privaten in Bietigheim, in Neuhausen auf den Fildern und in Waiblingen – da wohnt Immendorf. Und jetzt sitzt Jens Immendorf im LKA in der Vernehmung und zwitschert wie ein Kanarienvogel. Ich fahr da jetzt runter. Wer kommt mit?«

Luca und Pia sprangen beide auf.

»Du bleibst hier und kassierst Thorben Brennscheider ein«, wies Luca die schmollende Pia an. Er selbst schnappte seine Jacke und machte sich mit Gertrud auf den Weg. Das Mittagessen musste ausfallen.

2

Jens Immendorf saß wie ein Häufchen Elend in dem Vernehmungsraum, in den man durch die Einwegscheibe schauen konnte. Außer einem Wachmann war niemand bei ihm. Nicole Marinescu, Rudolf Kuhnert und sogar deren Chef Gerd Stoevesandt standen vor der Scheibe und diskutierten angeregt mit einer molligen Frau mit langen schwarzen Haaren. Wenn selbst der Leiter der ganzen Abteilung Wirtschaftskriminalität sich des Falls annahm war, war das Ganze hoch aufgehängt.

Gerd Stoevesandt begrüßte Luca fast herzlich, obwohl er seine nordische Kühle nie verleugnen konnte. Er sah immer noch recht fit aus für sein Alter, war nach wie vor gertenschlank und hatte diesen wachen, klaren Blick aus wasserblauen Augen. Nur die kurzgeschnittenen Haare wurden weniger und weißer.

»Herr Mazzaro, schön Sie mal wieder zu sehen«, meinte Stoevesandt. »Wir haben offensichtlich mal wieder dieselbe Klientel.« Er deutete auf Immendorf hinter der Scheibe. »Darf ich Ihnen allen vorstellen? Frau Doktor Schellenberger, Oberstaatsanwältin, Schwerpunktstaatsanwaltschaft Wirtschaftskriminalität. Wir haben eine Vernehmungspause gemacht. Herr Immendorf hat jetzt nach einem Anwalt verlangt. Aber bis hierher hat er schon jede Menge Aussagen gemacht, die unseren Anfangsverdacht bestätigen. Und darüber hinaus. Nicole, fassen Sie doch mal für die Kollegen zusammen«, wandte er sich an Marinescu.

Die zierliche blonde Frau war wieder mal ganz in ihrem Element. Sie war wirklich hübsch, wie Luca sich eingestehen musste, geschmackvoll, fast elegant gekleidet, mit dezentem, aber erlesenem Silberschmuck. Vor allem dann, wenn sie ganz in einer Sache aufging und ihr Scharfsinn zur Geltung kam, hatte sie durchaus etwas Reizvolles. Was Luca jedoch nur daran erinnerte, dass es Laura gab, die er nicht sehen durfte.

»Er hat im Prinzip alles bestätigt«, referierte Nicole Marinescu eifrig, »was wir durch die anonyme Anzeige angenommen haben. Dietmar Langenfelder hat nicht nur mal so zufällig jemanden bestochen. Es ist ein System. Er macht kleine Geschenke, die gerade noch im Rahmen liegen. Dann werden die Präsente größer und die Restaurants teurer. Und wenn er merkt, dass sein Geschäftspartner dafür empfänglich ist, dann geht er irgendwann mit den ›Freunden‹, zu denen sie dann geworden sind, in ein Bordell.«

Der Anwalt von Immendorfer kam. Luca erkannte in ihm den knochigen, humorlosen Menschen, der dem Geschäftsführer der KATA-Technik schon bei ihrer ersten Begegnung beigestanden hatte. Man ließ ihn sofort zu seinem Klienten in den Vernehmungsraum, wo die beiden ein sichtlich erregtes Gespräch führten.

Dann setzte Marinescu ihre Ausführungen fort: »Also, die Puffbesuche: Früher ging man dafür auch schon mal ins Ausland, zum Beispiel nach Budapest. Mittlerweile hat er wohl ein Stamm-Etablissement in München. Da geht man zum Beispiel nach dem Besuch des Oktoberfestes hin. Langenfelder hat da immer ein paar der begehrten Karten. Oder man fährt für ein Wochenende nach Hamburg mit Reeperbahnbesuch. Und hier im Südwesten ist es eben das Serail. Immendorf hat erzählt, dass er erst jetzt am Dienstag wieder dort war. Langenfelder hat drei technische Leiter von einem Automobilkonzern eingeladen. Der Chef der drei hat das Ganze jedoch ziemlich schnell abgebrochen, nachdem er gemerkt hat, wo sie gelandet waren.«

»Hat er etwas zu den Videoclips gesagt, die dort aufgenommen werden?«, wollte Gertrud Sieg wissen.

»So weit sind wir noch gar nicht gekommen. Wir wollten erst mal klären, wie Langenfelder die Konkurrenz ausgeschaltet hat und welche Rolle die Einkäufer der Automobilkonzerne spielen. Siehe Anton Schwarz. Und wie er es immer wieder schafft, auch seine eigenen Zulieferer ins Spiel zu bringen und deren Konkurrenten auszuschalten. Und das, auch wenn die technologisch und preislich die Nase vorne haben. Langenfelder hebelt ja systematisch die marktwirtschaftlichen Wettbewerbsprinzipien aus.«

»Und das ist nun der Punkt«, schaltete Stoevesandt sich wieder ein, »wo es richtig spannend wurde. Wir haben deshalb Frau Dr. Schellenberger hinzugezogen. Wir waren gerade dabei, ihr die Aussagen von Immendorf zu wiederholen. Aber das können Sie ja jetzt für alle tun, Nicole.«

Nicole Marinescu nickte lebhaft. »Wir wollten wissen, warum Langenfelder diese Spielchen treiben kann, obwohl alle in der Branche wissen, dass es nicht mit rechten Dingen zugeht. Immendorf hat in etwa folgendes gesagt: Langenfelder hat Kontakte bis hinauf in die oberste Konzernspitze. Also nicht nur bei NAU, sondern eben auch beim Mutterkonzern. Er hat dort offenbar Freunde, mit denen er zur Jagd geht. Wie die Beziehungen sonst so aussehen und ob da auch gemeinsame Abenteuer oder Erpressung eine Rolle spielen, weiß er nicht. Auf jeden Fall wird er protegiert. Und er darf oftmals dabei sein« – Nicole Marinescu sprach nun langsam und betonte jedes Wort –, »wenn die großen Unternehmen der deutschen Automobilhersteller in ihren sogenannten Arbeitskreisen zusammenkommen. Also nicht nur die des Konzerns. Es gibt Arbeitskreise, da sind alle namhaften OEMs dabei. Es soll da insbesondere einen gemeinsamen AK der Big-five zur Abgasnachbehandlung geben, an dem Langenfelder regelmäßig teilnimmt.«

Luca verstand die Brisanz nicht, die aus der Stimme der Marinescu sprach. Die Oberstaatsanwältin jedoch wurde höchst lebendig. »Und was wird in diesen Arbeitskreisen besprochen?«

»Immendorf behauptet, dass in solchen branchenübergreifenden Meetings der fünf Großen zum Beispiel auch über den Betrug bei Dieselfahrzeugen gesprochen wurde. Man hat sich abgesprochen. Ein Thema war, so sagt er, die AdBlue-Tanks für den Harnstoff, die viel zu klein ausgelegt sind. Man hat sich darauf geeinigt, dass alle das so machen, damit es nicht auffällt. Obwohl alle wussten, dass so die Stickoxidgrenzwerte unmöglich eingehalten werden können. Und Immendorf behauptet – und das hat es eigentlich für Langenfelder interessant gemacht, weil seine Katalysatoren haben damit ja direkt gar nichts zu tun –, er behauptet, bei diesen Meetings wurde auch abgesprochen, welche Zulieferer man fördert und welche eher klein hält. Und welcher Zulieferer vorzugsweise welche Marke beliefern soll. Oder welche Teile alle fünf Unternehmen von nur einem Zulieferer beziehen wollen. Man wollte sich beispielsweise auf einen gemeinsamen Lieferanten für die AdBlue-Tanks einigen. Damit es eben keinerlei Gerüchte oder Mutmaßungen in der Branche gibt.«

»Und das soll gemeinsam von verschiedenen Automobilherstellern aus verschiedenen Konzernen verabredet worden sein?«, fragte die Staatsanwältin ungläubig.

Nicole Marinescu nickte: »Auch die zwei großen Stuttgarter Namen sollen daran beteiligt sein.«

»Das wäre ja dann eine Kartellbildung, die unsere Gesetze so nicht vorsehen.« Die Staatsanwältin runzelte nachdenklich die Stirn. »Damit bekommt das natürlich ganz andere Dimensionen. Wir stänkern damit gegen die gesamte Branche an. Da müssten wir vieles sehr viel genauer wissen, das ist Ihnen hoffentlich klar. Was sind das für Arbeitskreise? Wie oft tagen die? Nur zu speziellen Themen? Oder regelmäßig?«

»Ähm, also, es gibt Hinweise …« Der unscheinbare Rudolf Kuhnert hatte sich bisher im Hintergrund gehalten. »… also Hinweise, dass solche konzernübergreifenden Arbeitskreise fast aller deutschen Automobilhersteller gang und gäbe sind. Also mindesten sechs solcher AKs gibt es, und das ist in den höheren Ebenen in der Branche wohl allgemein bekannt.« Kuhnert sah sich um, als ob die plötzliche Aufmerksamkeit der Kollegen ihn verunsichern würde. »Also, naja, die sind wohl alle sehr aktiv und treffen sich regelmäßig. Sprechen bestimmte Standards ab. Tauschen technische Daten aus. Und legen wohl auch fest, dass keiner dem andern mit einer besonders gelungenen Entwicklung starke Konkurrenz macht. Und wir haben auch von unserem anonymen Hinweisgeber gehört, dass man sich auf bestimmte gemeinsame Zulieferer einigt. Oder Zulieferer gemeinsam bewertet. ›Austausch Lieferantenperformance‹ heiße das dann. Aber das müssen wir alles überprüfen und belegen. Ähm, ich glaub, da sind wir noch weit davon entfernt, meine ich.«

Der Anwalt von Jens Immendorf klopfte von innen an die Scheibe und bedeutete den Beamten, hereinzukommen.

»Können wir mit ihm noch mal über das Serail sprechen?«, fragte Gertrud Sieg angespannt. »Man hat uns die Razzia dort verweigert, das müssen Sie sich mal zu Gemüte führen. Eine Riesensauerei läuft da. Vielleicht kommen wir mit seinen Aussagen zumindest nen kleinen Schritt weiter.«

Stoevesandt und Marinescu nickten unisono. Sie sprachen sich noch kurz ab. Luca, Gertrud Sieg, Marinescu und Frau Dr. Schellenberger als Vertretung der Staatsanwaltschaft sollten das Gespräch erst mal weiterführen, wobei die Oberstaatsanwältin zusagte, sich zunächst zurückzuhalten und nur bei wirtschaftskriminellen Tatbeständen einzuhaken. Stoevesandt und Kuhnert würden das Gespräch von außen mithören.

Als sie sich zu Immendorf und seinem Anwalt gesetzt hatten, legte der Rechtsbeistand gleich los: »Also, ich sage Ihnen gleich mal, wir werden auf eine Kronzeugenregelung pochen. Straffreiheit oder zumindest erhebliche Strafminderungen. Wobei ja noch gar nicht klar ist, ob Herr Immendorf sich etwas zuschulden hat kommen lassen. Das wird sehr genau zu prüfen sein. So, und das nehmen Sie bitte so zu Protokoll. Ausdrücklich. Dann wäre mein Mandant zu einer vollumfänglichen Aussage bereit.«

Diese Zusage war schnell gegeben, und Gertrud konnte loslegen.

»Herr Immendorf, wir wissen über die Besuche im Serail Bescheid. Dazu würden wir Ihnen gerne ein paar Fragen stellen.«

Der große, etwas unproportionierte Mann nickte ergeben. Er wirkte nicht mehr so jovial und lässig wie bei ihrem ersten Gespräch. Er sah mitgenommen aus.

»Wenn ich's richtig verstanden habe«, meinte Gertrud Sieg, »dann hat Herr Langenfelder Leute mit in das Bordell genommen, um sie dann in der Hand zu haben. Nun ist es ja aber nicht verboten, dass man sich nach einem langen Arbeitstag mal gemeinsam etwas gönnt. Wenn jeder selbst bezahlt. Beziehungsweise, wenn niemandem nachgewiesen werden kann, dass er sich hat aushalten lassen. Womit also hat Langenfelder die Leute dann in der Hand gehabt?«

Immendorf beugte sich etwas vor. »Er hat für alles immer feinsäuberlich die Belege aufbewahrt. Versehen mit Vermerken. Wer alles dabei war, wer was konsumiert hat, einschließlich der Frauen. Ich weiß ja, dass Sie die Langenfelder-Büros heute Morgen auch auseinandergenommen haben. Da schauen Sie nur mal gründlich nach.«

Marinescu machte sich eifrig Notizen.

»Gab es außer den Bordellbesuchen und der Tatsache, dass Langenfelder die bezahlt hat, weitere – nun sagen wir mal – Erkenntnisse, mit denen er jemanden erpressen konnte?«, fragte Gertrud.

Immendorf zögerte. »Was meinen Sie damit?«

»Na ja.« Gertrud suchte nach Möglichkeiten, sich unverfänglich auszudrücken. »Gab es meinetwegen auch noch andere Formen der Dokumentation? Von bestimmten Fehltritten, meine ich.«

Immendorf wurde sichtlich nervös, gab sich aber noch unwissend. »Ich weiß nicht, worauf Sie hinauswollen.«

Luca fragte ihn nun direkt: »Herr Immendorf, haben Sie am Montag mal YouTube geschaut?«

Immendorf nickte. Es fehlten ihm nun aber tatsächlich erst mal die Worte. Nachdem er eine Weile auf den Tisch gestarrt hatte, sagte er fast tonlos: »Ich hab den Link aufs Handy bekommen. Sie können mir glauben, ich hätte so etwas nicht für möglich gehalten. Anton Schwarz gilt als harter Hund. Aber das ist …« Er schüttelte den Kopf und suchte nach Worten. »… pervers.«

»Haben Sie eine Idee«, fragte Gertrud, »wer diesen Clip ins Netz gestellt haben könnte?«

»Ich habe keine Ahnung. Es macht aus meiner Sicht auch keinen Sinn. Es sei denn, jemand will Schwarz komplett vernichten. Ich denke, das ist auch schon gelungen. Er ist, soweit ich weiß, fristlos entlassen.«

»Sie wissen, wo die Aufnahmen gemacht wurden?« Es war mehr eine Feststellung von Gertrud, denn eine Frage.

Immendorf nickte nur.

»Wussten Sie davon?«

»Um Gotteswillen, nein! Meinen Sie, ich wär da selber …?« Er sprach den Gedanken nicht zu Ende aus, fuhr sich mit der Hand angestrengt über Stirn und Halbglatze und sah jetzt todunglücklich aus.

»Wissen Sie, dass es ein solches Video auch von Ihnen gibt?« Luca wusste, dass er diese Frage genau jetzt stellen musste, und landete einen Volltreffer.

Man sah regelrecht, wie das Blut aus den sonst rosigen Wangen des Managers entwich. Er wurde bleich und starrte Luca einen Moment entgeistert an. Eine Weile sagte er gar nichts, doch in seinem Kopf arbeitete es sichtlich.

»Was hat es damit auf sich?«, fragte der Anwalt nervös. »Wollen Sie mit mir noch mal unter vier Augen sprechen?«

Immendorf schüttelte den Kopf. »Nein. Ich bin kein solches Schwein wie Schwarz. Ich hab ab und zu mit Prostituierten geschlafen. Aber ich bin kein Perverser. Wenn Sie so ein Video haben, dann wissen Sie das ja«, wandte er sich an die Kriminalbeamten. »Aber Langenfelder hat mich damit anders in der Hand. Zumindest ist das wohl das Ziel gewesen.«

Er brauchte wieder eine Pause, um nachzudenken. Die Beamten gaben sie ihm und schwiegen.

»Es ist so«, begann er dann. »Seit ich Geschäftsführer dieser KATA-Technik bin, habe ich das Gefühl, ich gerate immer mehr in einen Sumpf. Nicht nur, dass ich die Spielchen von Langenfelder mitmachen muss. Es ist kein Zuckerschlecken, ein solches Unternehmen zu führen. Langenfelder will gute Zahlen sehen. Er will Expansion sehen. Wie ich das mache, ist ihm – auf gut Deutsch – scheißegal. Er macht ständig Druck. Und abends muss man mit ihm und den Geschäftspartnern saufen gehen oder manchmal eben in den Puff.«

Er seufzte. »Meine Frau sagt, ich hätte mich in den letzten Jahren total verändert. Ich sei gefühllos geworden. Und ehrlich gesagt, manchmal fühle ich mich wirklich wie ein Zombie. Wissen Sie, es steht momentan nicht gut um meine Ehe. Und dieses Video …« Wieder nahm er einen tiefen, traurigen Atemzug. »Ich glaube, das wäre dann das Ende. Das würde Anja nicht mehr verkraften … Aber, ob Sie's glauben oder nicht: Ich liebe meine Frau. Ich brauche sie. Und vor allem die Kinder. Meine drei. Ich weiß nicht, was ich ohne meine Familie machen würde.«

Wieder eine Pause. Dann hatte er sich etwas gefasst. »Ich habe schon länger vor, den Job hinzuschmeißen. Ich habe ein Angebot. Allerdings auch wieder Automobilbranche. Ein Zulieferer für Mittelkonsolen und Instrumententafeln. Wenigstens nichts, was mit dem Verbrennungsmotor zu tun hat. Denn dass der bis spätestens in zehn Jahren den Bach runter ist, das wissen nur die Vorstände der großen Hersteller und der Herr Wissmann vom Verband der Automobilindustrie noch nicht. Ich bin noch nicht ganz fünfzig. Ich hab noch ein paar Arbeitsjahre vor mir. Am liebsten würde ich gerne raus aus der Branche. Egal, ob es den großen Automobilherstellern gut geht oder nicht, es wird ständig an der Kostenschraube gedreht. Immer noch günstiger, zu immer schlechteren Konditionen. Und wenn jetzt die Elektroautomobilität kommt und man für den Antrieb nur noch einen Bruchteil der Komponenten braucht, wer löffelt die Suppe dann aus? Die Zulieferer und die Beschäftigten. Glauben Sie mir. Nein, ich will raus aus der Branche!«

Gertrud Sieg kam auf ihr Anliegen zurück. »Sagen Sie, Herr Immendorf, Sie haben wirklich nichts von den Videoaufnahmen im Serail gewusst? Nichts davon mitbekommen? Irgendwo müssen da doch Kameras sein.«

Immendorf stutzte. Dann wurde er plötzlich lebendig. »Moment mal, die Renovierungen. Als wir am Dienstagabend dort waren, hat sich Dietmar Langenfelder mit Ruthenau, dem Chef des Ladens, unterhalten. Ruthenau hat gemeint, sie kämen mit den Renovierungen gut voran. Die Räume der Frauen seien jetzt fast alle fertig. Dann kämen die Gruppenräume noch dran. Ich hab mich gewundert. Die Zimmer sind völlig in Ordnung. Nagelneue Duschen. Die Wände hat man erst vor zwei, drei Jahren neu gestrichen. Also …«

Luca sprang auf. Auch Gertrud war wie elektrifiziert. Sie sah Luca an. »Gefahr im Verzug?«

Der nickte. »Gefahr im Verzug. Beseitigung von Beweismitteln. Ich rufe sofort Frenzel an.«

Fast überstürzt verließen sie den Vernehmungsraum und überließen Immendorf den Wirtschaftskriminalisten Nicole Marinescu und Frau Doktor Schellenberger.

3

Etwas kopflos fuhren sie in den Abendverkehr hinein. Luca versuchte, Frenzel zu erreichen. Der ging jedoch nicht ans Handy, war nicht im Büro, und auch die Telefonzentrale der Staatsanwaltschaft konnte ihm nicht weiterhelfen. Gertrud Sieg saß am Steuer und schimpfte vor sich hin. »Warum, verdammt noch mal, geht das nicht voran? … Haben sie da jetzt schon wieder ne neue Baustelle? … Der Verkehr in dieser Stadt macht mich noch wahnsinnig!« Die Stauhauptstadt Stuttgart machte ihrem Titel wieder alle Ehre. Im dichten Feierabendverkehr kamen sie kaum voran.

Luca wäre am liebsten direkt in die Staatsanwaltschaft in der Neckarstraße gefahren, um Frenzel aufzulesen und ihn mit ins Serail zu nehmen. Doch wenn der dort nicht auffindbar war, machte das wenig Sinn. Er hoffte sehr, dass sie den Segen des Staatsanwalts für die Aktion noch bekommen würden, wenn denn schon die Untersuchungsrichter blockierten. »Gefahr im Verzug« ganz ohne Staatsanwalt war immer eine heikle Sache, und endlose Rechtfertigungen waren die Folge.

Gertrud Sieg nahm über die Freisprechanlage Kontakt zu ihren OK-Kollegen auf und gab Anweisungen. Im Grunde war ja alles vorbereitet. Man musste vor allem noch ein paar Leute aus der Bereitschaftspolizei organisieren. Sie würden die Sache noch kurz besprechen müssen und konnten dann heute schon loslegen. Luca informierte Pia und stellte ihr frei, mitzumachen oder nach Hause zu gehen.

»Hey, was denkst du eigentlich von mir?«, war ihre entrüstete Reaktion. Natürlich würde sie mitkommen.

Sie hatten sich auf der B 10 durch den zähflüssigen Verkehr fast bis zum Pragsattel hochgekämpft, als Frenzel sich bei Luca meldete. Geduldig hörte der Staatsanwalt zu. Doch dann entfuhr ihm ein Stöhnen. »Warum nur hat mich meine Mutter nicht dazu gezwungen, etwas Anständiges zu lernen? Dann hätte ich vielleicht ein Privatleben.« Trotzdem versprach er, sich sofort um die Durchsuchungsanordnung zu kümmern. »Ich komme zu Ihnen ins Präsidium. Bin ohnehin ganz in der Nähe. Tja, und wenn der nette Abend schon ruiniert ist, dann kann ich auch gleich mitkommen, wenn Sie Herrn Ruthenau ein Besüchchen abstatten.«

In Dezernat für Organisierte Kriminalität herrschte bereits rege Betriebsamkeit. Die Aktion würde offiziell unter der Leitung des Dezernats für Todesermittlungen und des Soko-Leiters Luca Mazzaro stehen – das war klar. Doch genauso klar war, dass die OK-Leute genau wussten, was zu tun war und ihre Arbeit routiniert abspulen würden.

Friedebald Frenzel tauchte tatsächlich kurz nach dem Eintreffen von Luca und Gertrud im Präsidium auf. Er hatte nicht seinen üblichen Berufsdress an, trug klassische Jeans, einen dunkelblauen, sportlich-eleganten Pullover, aus dem dezent ein Hemdkragen hervorlugte, und sah so zehnmal besser aus als in den zerknitterten Anzügen und den unsäglichen Krawatten. So richtig lustig war er heute nicht. Sie hatten ihm wohl wirklich einen sehr netten Abend versaut. Trotzdem zog er sich pflichtbewusst in ein leeres Büro zurück, loggte sich ins System der Staatsanwaltschaft ein und stellte die Durchsuchungsanordnung aus.

Als die Bereitschaftspolizisten eintrafen, versammelten sich alle in einem größeren Sitzungsraum. Die Kollegen der OK hatten, fürsorglich wie sie waren, belegte Brötchen und jede Menge Kaffee besorgt. Unter der Leitung von Luca und Gertrud wurden Aufgaben und taktisches Vorgehen durchgesprochen. Dann brachen zwanzig Bereitschaftspolizisten, ein Dutzend Kriminalbeamte und drei Spezialisten für optische und akustische elektronische Überwachung sowie ein Staatsanwalt zur Durchsuchung des Serails auf.

Alena

Man hatte sie heute nicht mitgenommen. Und ihr war klar, was das bedeuten würde. Einer der Muskelmänner würde kommen und sie »entsorgen«.

Sie fasste einen Entschluss. In eine Tasche packte sie alle Kleider und persönlichen Gegenstände, die irgendwie reinpassten.

Sie war fast fertig, als die Wohnungstür geöffnet wurde. Zu spät. Ihr wurde schlecht vor Angst.

Doch es war Fabiola. »Los, du musst noch mal mitkommen. Los, los!« Sie war hypernervös und ihre ohnehin schrille Stimme überschlug sich fast. »Der Kerl hat im Voraus gezahlt. Ándscheo will unbedingt, dass du diesen Job noch machst. Sonst kriegt er mächtig Ärger.«

Der »Kerl« stand auf besonders junge Mädchen. Und er zahlte dafür auch einiges. Ándscheo hatte ihm weisgemacht, sie sei gerade sechzehn geworden. Wenn sie sich nicht zu sehr schminkte, konnte man ihr das sogar abnehmen.

Im Serail liefen sie prompt wieder Ruthenau über den Weg. Seine Augen wurden vor Wut zu Schlitzen, sein Mund zu einem einzigen Strich. »Seid ihr eigentlich alle bekloppt? Versteht ihr kein Deutsch mehr, oder was?«

Fabiola wurde hysterisch. »Bakki kommt nachher und holt sie wieder ab. Ganz bestimmt. In zwei Stunden, hat er gesagt. Er kommt.«

»Ich glaube, ich muss die Sache langsam selbst in die Hand nehmen.« Ruthenau stapfte wütend davon.

Fabiola schrie sie an: »Los, ab! Mach, dass du in die Umkleide kommst!«

4

Es war schon nach halb zehn, als die Wagen der Polizei vor dem Nobel-FKK-Club vorfuhren.
»'ne gute Zeit«, meinte Pia grinsend. »Viele Freier, denen wir den Spaß versauen.« Und so war es denn auch.

Harald Ruthenau war zunächst nicht im Haus, tauchte aber keine fünfzehn Minuten später auf, nachdem ihn sein Sicherheitspersonal verständigt hatte. Unwillig studierte er die Durchsuchungsanweisung, die ihm Frenzel detailliert wie einem Kind erläuterte.

Harald Ruthenau war nicht mehr der nette Mann von der Sparkasse, der sein frauenfreundliches Prostitutionsmodell erläutert hatte. Ausgesprochen feindselig beobachtete er das Treiben der Polizisten und beargwöhnte jeden ihrer Schritte.

»Was suchen Sie denn?«, wollte Ruthenau wissen.

»Das sagen wir Ihnen, wenn wir's finden«, antwortete Pia. Die andern reagierten nicht und nahmen ihre Arbeit auf. Immendorf hatte gesagt, dass nach den Räumen der Frauen die Gruppenräume drankommen würden. Es war damit klar, dass man die Durchsuchung genau mit diesen Räumen beginnen würde. Gertrud bat den Bordellbesitzer, sie dorthin zu führen, und erntete heftigen Protest von Ruthenau. »Die Räume sind alle belegt. An Gesellschaften vermietet. Da gehen Sie nicht rein. Das kommt gar nicht in Frage.«

»Ihre Gesellschaften stören uns nicht«, meinte Pia feixend. »Die können ruhig alles weitertreiben.«

Noch einmal erläuterte Frenzel ihm den Durchsuchungsbefehl, freundlich, doch wie einem geistig Minderbemittelten. Luca und Gertrud Sieg führten die Kollegen derweil unbeirrt in die hinteren Bereiche des Bordells. Schließlich wussten sie ja ungefähr, wo die Räume lagen. Erst jetzt verzichtete Ruthenau auf die juristischen Belehrungen und beeilte sich, seinen Gästen die Situation kurz zu erläutern und sie zu bitten, sich anzuziehen. Die Männer zogen sich hastig die bordelleigenen Bademäntel über. Die meist splitternackten Frauen huschten verängstigt aus den Sexgemächern. Luca hatte die drei Räume schon beim ersten Mal gesehen. In jedem gab es eine Bar, in einem eine Großbildleinwand, auf der Pornos liefen. In einem weiteren war ein großer Jacuzzi. Alle waren mit einer ausladenden Polsterlandschaft, mit vielen Kissen und Decken ausgestattet. Farblich war jeder der Räume etwas anders gehalten, überall jedoch dekoriert mit den kitschigen Disneyland-Ornamenten, die dem Ganzen ein orientalisches Flair geben sollten.

Die drei Überwachungsspezialisten wussten genau, was und wo sie suchen mussten. Wahrscheinlich hatten sie selbst schon unzählige Male solche Anlagen installiert. Ruthenau beobachtete sie mit versteinertem Gesicht und verzog keine Miene, als sie eine Minikamera nach der anderen entdeckten, dokumentierten und dann demontierten.

»Sie können Ihren Gästen sagen, sie können die Mädels weiterbumsen.« Pia grinste Ruthenau, dem sie gerade bis ans Kinn ging, von unten herauf frech an. »Auch die Zwangsprostituierten. Sollen halt aufpassen. Bald soll es ja ein Gesetz geben, da werden Freier dann bestraft, wenn sie wissentlich mit Frauen vögeln, die dazu gezwungen worden sind. Aber noch muss sich da ja keiner Gedanken drüber machen.« Ruthenau sah sie an wie eine Aussätzige und schwieg.

»So, und jetzt sagen Sie mal Ihren Gästen auf den Zimmern, dass wir da jetzt durchgehen«, wandte sich Gertrud Sieg an den Bordellbesitzer.

»Da finden Sie nichts«, meinte Ruthenau ausgesprochen grantig. »Lassen Sie die Frauen in Ruhe ihre Arbeit machen, und bringen Sie sie nicht um ihren Verdienst. Sie haben doch, was Sie brauchen.«

Pia trat ihm wieder direkt unter die Nase. »So sozial, wie Sie sind, kriegen die von Ihnen doch einen Ausgleich. Hab ich recht? Und haben sie denen eigentlich das Honorar als Porno-Darstellerinnen schon gezahlt?«

Jetzt reichte es dem feinen Herrn in seinen teuren Klamotten. Er wies seine Gorillas an, die Gäste vorzuwarnen und verließ die Beamten ohne jeden Gruß. Die Bereitschaftspolizisten folgten den Security-Leuten auf den Fuß, forderten die Leute auf, sich anzuziehen und den Raum zu verlassen. Verärgerte Freier zogen schimpfend etwas über. Verschreckte Mädchen huschten aus den Räumen, darunter auch einige bekannte Gesichter. Vor allem das Bauernmädchen mit dem etwas derben Gesicht fiel Luca auf. Alena war jedoch nicht darunter. Und Luca meinte, sie auch unter den Frauen in den Gruppenräumen nicht gesehen zu haben.

Wieder untersuchten die Spezialisten für optische und akustische Überwachung routiniert einen Raum nach dem andern. Zunächst ohne neue Funde. Nur hier und dort ein funktionsloser Dübel oder Kabelhalter als Hinweise darauf, dass hier mal etwas an der Decke unter einem Stück Dekostoff anmontiert war. Dann jedoch fanden sie auch Räume, die noch nicht »renoviert« waren, ausgestattet mit kleinen Kameras, die wieder dokumentiert und abmontiert wurden.

Plötzlich fiel Luca auf, dass Pia weg war. Er hoffte sehr, dass sie keinen Unsinn trieb. Wenn sie irgendwo die Nase reinsteckte, was nicht durch die Durchsuchungsanordnung abgedeckt war, dann konnte das die ganze Aktion in Frage stellen. Ruthenau würde sich zu wehren wissen. Doch plötzlich tauchte sie wieder neben ihm auf und zupfte ihn am Ärmel. Er sah ihren glänzenden Augen an, dass sie aufgewühlt war.

»Luca, ich muss dringend mit dir sprechen. Und ich glaube, Herr Frenzel sollte auch dabei sein.« Sie nahm die beiden zur Seite und zog sie in eines der bereits durchsuchten Zimmer. Sie sprach so leise, dass sie trotz offener Tür niemand hören könnte.

»Mich hat gerade eine der Frauen angesprochen. Die wohnt auch in der Wohnung auf dem Fasanenhof. Weißt du, die eine, die so ein bisschen naiv und plump wirkt. Die war aber doch irgendwie ganz kooperativ. Ich habe sie nicht gut verstanden. Die spricht ein so mieses Deutsch. Sie hat immer was gesagt von ›Alena, Alena, Alena‹. Und dann ›Alena tot machen, Alena tot machen‹. Ich hab sie gefragt, ob Alena tot ist, oder ob jemand sie tot machen will. Die war so aufgeregt, dass sie gar nichts verstanden hat. Ich hab sie gefragt, wo Alena jetzt ist. ›Unten, unten‹, hat sie gesagt. Ich glaub, sie hat auf das Treppenhaus gedeutet, wo es runter in die Umkleidekabinen der Frauen geht. Dann hat sie Panik bekommen und ist abgehauen.«

»Oioioi, das klingt nicht gut«, meinte Frenzel. »Suchen Sie sie! Die Durchsuchungsanordnung gilt zwar nur für die sogenannten Arbeitsräume. Aber ich nehm das auf meine Kappe.«

Sie informierten kurz die Kollegen. Gertrud nickte, wollte jedoch dabei bleiben, bis die letzte Kamera aufgestöbert worden war. Luca wandte sich an einen der bulligen Aufpasser, den er für den Chef der Security-Truppe hielt: »Wir suchen Kalina Stoikova. Wissen Sie, wo sie ist?«

Der blickte ihn von oben herab finster an. »Ich bin hier nicht der Babo, der die Frauen einteilt. Keine Ahnung, wer heute hier ist. Die Mädels sind für sich selber zuständig. Teilen sich die Arbeit so ein, wie's für sie passt.«

»Und morgen, liebe Kinder, erzähle ich euch ein anderes Märchen«, meinte Pia spitz.

»Aber Sie können uns freundlicherweise das Untergeschoss zeigen«, meinte Frenzel liebenswürdig. »Und uns gegebenenfalls die Türen aufschließen. Wissen Sie, ich bin ein Staatsanwalt. Ich darf Ihnen dafür die Anweisung geben.«

Einen Moment zögerte der Kapo der Sicherheitstruppe. Er sah von Pia zu Frenzel und wieder zurück. Offenbar reichte sein IQ weder für die eine noch die andere Aussage. Dann machte er sich, wenn auch widerwillig, mit ihnen auf den Weg in die Unterwelt des Bordells, öffnete Abstellräume und Kammern für Putzzeug und brachte sie schließlich zu den Gemeinschaftsräumen der Frauen. Hier waren die Umkleideräume, die Spinde, die Duschen und die Toiletten.

Pia ging vorne raus, öffnete jede Tür und blieb vor einer dann stehen. Sie war von innen abgeschlossen.

»Alena«, sagte die Kommissarin behutsam. »Alena, wir sind von der Polizei. Sie kennen uns schon. Alena, machen Sie auf. Wir bringen Sie in Sicherheit.«

Hinter der Tür regte sich nichts. Da war kein Rascheln oder Atmen zu hören.

»Alena, mach auf«, sagte Pia eindringlich. »Wir nehmen dich fest. Dann bist du in Sicherheit. Glaub uns. Wir finden einen Weg, dass das alles ein Ende hat. Dass dir niemand mehr etwas tun kann!«

Es rührte sich nichts. Luca ging auf die Knie und lugte durch den handbreiten Spalt zwischen Fußboden und Toilettentür. Er sah nackte Füße und Unterschenkel und eine herabhängende, schlaffe Hand. Das Mädchen saß offenbar auf der Kloschüssel. Er sprang auf und dachte fieberhaft nach. Wenn man sie umgebracht hatte, wenn man ihr den goldenen Schuss verpasst hatte, dann musste der Täter von innen die Verriegelung geschlossen haben und über die Kabinentür geklettert sein. Dann mussten sie die Spurensicherung rufen, um beweisen zu können, dass es Mord und kein Selbstmord war. Wenn das Mädchen aber noch lebte, mussten sie schnellstens die Tür aufbrechen – und würden damit Spuren vernichten.

Da drehte sich plötzlich der Schließmechanismus der Toilettentür. Sie stand da mit ihren wunderschönen tieftraurigen Augen, in einem knappen Slip, in einem weiten, fast transparenten T-Shirt und nichts darunter. Wie sie so dastand, erinnerte sie Luca an das Bild des Sterntaler-Mädchens in einem Märchenbuch, das er mal hatte. Sie tat ihm so leid, dass er eine Weile kein Wort herausbrachte.

Pia und zwei Kolleginnen der Bereitschaft halfen der jungen Frau sich anzukleiden und brachten sie weg. Sie würde zunächst wieder in den Polizeigewahrsam beim Präsidium genommen werden. Morgen würde man sehen, wie es mit ihr weiterging.

Gertrud und ihre Kollegen, die Überwachungsspezialisten und der Rest der Bereitschaftspolizisten waren unterdessen ebenfalls in den Kellerräumen angelangt. Ihr Interesse galt vor allem dem Raum mit dem leeren Tresor. Jetzt wirkte der nicht mehr wie ausgeräumt. Hier standen nun ein paar ausrangierte Sofas, Stühle und Tische. Im unverschlossenen Tresor wurde nach wie vor nichts aufbewahrt. Verwunderlich war das nicht. Ohne Kameras brauchte man ja auch keinen Raum mehr, in dem die Videoaufnahmen überwacht und aufgezeichnet wurden.

Freitag, 13. Mai

1

Luca hatte den Wecker nicht gestellt. Wenn man abends bis kurz nach Mitternacht eines der größten Bordelle im Land durchsucht hatte und erst weit nach ein Uhr in die Falle gekommen war, dann hatte man das Recht auszuschlafen.

Trotzdem wurde er unsanft durch ein penetrantes Gebimmel geweckt. Es war sein Handy. Mann, was hatte er denn da für einen Scheiß-Klingelton. Zumindest unausgeschlafen war der unerträglich. Luca fluchte italienisch vor sich hin und ging dann dran, weil das Geklingel nicht aufhören wollte.

Es war ein Untersuchungsrichter des Amtsgerichts Stuttgart. »Herr Mazzaro, ich erwarte Sie in einer halben Stunde hier bei mir. Diese Aktion heute Nacht … Wir müssen sprechen«, sagte seine tiefe Stimme. Er legte auf, bevor Luca etwas erwidern konnte. Er rief Gerrtud Sieg an. Sie hatte die »Vorladung« auch schon bekommen. Und sie hatte Friedebald Frenzel erreicht und ihn informiert.

»So geht das nicht, Luca«, sagte sie. »Da müssen wir uns jetzt auf die Hinterbeine stellen. Die gefährden unsere ganzen Ermittlungen gegen die United Tribuns und das Serail. Nur weil da wohl ein paar wichtige Leute beim Bumsen gefilmt worden sind und ihre privaten Skandälchen vertuschen wollen. Da vertuscht man dann lieber einen großen Skandal. Aber nicht mit mir. Das werde ich dem Herrn Untersuchungsrichter sagen. Bist du dabei?«

Natürlich war er dabei. Auch wenn er mittlerweile innerlich auf Sizilianisch fluchte. Che strunzu di jùrici!

Die tiefe, kräftige Stimme passte gar nicht zu dem Mann. Nicht weil er klein von Statur gewesen wäre. Er hatte mittlere Größe und mittleres Gewicht. Aber der ältere Mann wirkte bieder, steif und wenig imposant.

Er legte sofort los, nachdem er in den Sitzungsraum getreten war, in dem man Luca und Gertrud eine ganze Zeit lang hatte warten lassen. »Also, wenn ich sage, es gibt keine Hausdurchsuchung, dann gibt es auch keine Hausdurchsuchung. Auch nicht durch ein anderes Dezernat, das Sie dann vorschieben. Ich werde Ihnen nicht erlauben, die Ergebnisse dieser Durchsuchung als Beweismittel ins Verfahren aufzunehmen. Haben Sie das verstanden, Frau Sieg?«

Gertrud Sieg war kein Schulmädchen mehr. Das war schon augenscheinlich durch ihre durchs Rauchen gealterte Gesichtshaut. Die gewiefte Kriminalistin so zu behandeln, war ein Affront.

»Wir sind dabei, einen der übelsten Fälle von Menschenhandel und Zwangsprostitution der letzten Jahre aufzudecken«, empörte sie sich denn auch. »Und die Justiz verhindert, dass wir Beweismittel sichern? Das kann doch nicht Ihr Ernst sein, Herr Richter.«

»Wollen Sie mir ernsthaft weismachen, dass ein Haus wie das von Herrn Ruthenau, einem anerkannten und seriösen Unternehmer, mit kriminellen Elementen Geschäfte macht? Ich kenne das Haus nicht persönlich. Aber alles, was ich weiß, ist, dass dort regelmäßig kontrolliert wird und es noch nie Auffälligkeiten gegeben hat. Es ist im Gegenteil ein Beispiel dafür, dass etwas, das wir ohnehin nicht ändern können, korrekt und fair abgewickelt wird. Die Frauen können in einer sicheren und sauberen Umgebung ihren Lebensunterhalt verdienen. Und die Kunden haben ebenfalls die Garantie, in ordentlichen Verhältnissen ihre Bedürfnisse zu befriedigen, die sie haben, ob Ihnen das nun gefällt, Frau Sieg, oder nicht. Ich halte einfach nichts davon, Prostitution generell zu ächten und Prostitutionskunden zu kriminalisieren.«

Luca kam sich vor wie im falschen Film. Was verplemperte er hier seine Zeit? »Im Serail sind Videos gedreht worden«, unterbrach er den Richter. »Mit diesen Videos sind Prostitutionskunden erpresst worden. Und wir haben gestern die Kameras gefunden, mit denen diese Clips gedreht wurden. Das können wir doch nicht unter den Teppich kehren.«

»Was für Videos?«, fragte der Richter konsterniert. Er blätterte in seinen Akten. »Hier steht nichts von Videos. Da hat mir der Kollege gar nichts dazu gesagt.«

»Diese Videos spielen auch eine Rolle bei dem Mordfall Petkova. Und wir haben gestern von einem Zeugen erfahren, dass die Kameras im Serail abgebaut werden. Das ist eine Vernichtung von Beweismitteln. Wir mussten deshalb handeln. Gefahr im Verzug.« Er hatte keine Lust, mit diesem alten Knochen über den Sinn oder Unsinn von Freudenhäusern zu diskutieren.

»Was für Videos?«, fragte der Richter noch einmal und wurde so nervös, dass Luca bezweifelte, ob der »das Haus« nicht vielleicht doch von innen kannte.

Gertrud setzte zu einer Antwort an, als an die Tür des Besprechungszimmers geklopft wurde, eine Gerichtssekretärin hereinkam und ankündigte: »Herr Richter, ein Herr Staatsanwalt Frenzel und eine Beamtin des Landeskriminalamtes möchten Sie sprechen. Es scheint dringend zu sein.«

Frenzel schob die Frau sachte beiseite und trat ein, Nicole Marinescu im Schlepptau. Beide setzten sich an den Tisch zu den Anwesenden. Frenzel war ungewöhnlich ernst. Marinescu war kreidebleich und wirkte verstört.

»Heute Nacht hat sich Anton Schwarz das Leben genommen«, sagte Frenzel, ohne irgendjemanden zu grüßen. »Frau Marinescu, am besten, Sie erzählen es selbst.«

Die hatte sichtlich Schwierigkeiten, Worte zu finden. »Ich habe gestern Abend noch mit ihm telefoniert«, sagte sie dann leise. »Ich habe ihn aufgefordert zur Vernehmung zu kommen. Er hat sich geweigert. Da habe ich ihm gesagt, wir würden ihn abholen lassen. Mit einem Polizeiaufgebot. Ich weiß nicht, vielleicht habe ich ihn zu hart angefasst.«

»Das ist Unsinn, Frau Marinescu. Der Mann war am Ende. Er hat die Entscheidung getroffen«, sagte Frenzel ungewohnt deutlich und übernahm die Wortführung. »Er hat sich offenbar gestern Abend mit sehr teuerem Whisky die volle Dröhnung gegeben, sein Jagdgewehr genommen und sich den halben Kopf weggeschossen.«

»Ich war heute Morgen dabei, als man ihn holen wollte. Es war einfach furchtbar.« Nicole Marinescu war immer noch fassungslos. Luca wusste, wie es aussah, wenn einem Menschen in den Kopf geschossen worden war. Aber die WiKri-Kollegin war an solche Anblicke sicher weit weniger gewöhnt. Sie konnte sich kaum beruhigen. »Und seine Frau … Ich glaube, die hatte schon was getrunken … Am frühen Morgen. Die saß auf dem Sofa und sagte immer nur ›Ich hab das Video gesehen, ich hab das Video gesehen‹.«

»Kann es sein, dass sie ihren Mann erschossen hat?«, fragte Luca.

»Ihre Kollegen haben das wohl ausgeschlossen. Ich habe mit denen gleich telefoniert«, informierte Frenzel. »Aber am besten, Sie sprechen selbst mit ihnen.«

»Was für ein Video?«, wollte der Richter wieder wissen. Er hatte völlig den Faden verloren.

Gertrud stand energisch auf und sagte: »Also, Herr Richter, Sie lassen uns hier vortanzen. Aber Ihnen fehlen ganz offensichtlich wichtige Fakten, um den Fall beurteilen zu können. Die kriegen Sie von mir, diese Informationen. In Kürze, das garantiere ich Ihnen. So, und jetzt mache ich mich an meine Arbeit.« Damit verließ sie den Raum.

Verlegen und in aller Eile verabschiedeten sich die anderen von einem verdatterten Richter. Luca und Gertrud machten sich auf den Weg ins Präsidium. Die immer noch verstörte Marinescu meinte: »Ich weiß jetzt gar nicht, wie ich weitermachen soll. Das muss ich erst mal mit Gerd Stoevesandt besprechen«, und verabschiedete sich dann. Ihr war jetzt einer der Haupttäter weggebrochen.

Frenzel versprach, nachdem er in der Staatsanwaltschaft noch ein paar dringende Dinge erledigt hatte, sofort ebenfalls zum Polizeipräsidium zu kommen. »Ich glaube, wir brauchen jetzt eine sehr engmaschige Zusammenarbeit. Da wird es besser sein, wenn ich nicht von Ihrer Seite weiche, Herr Mazzaro«, meinte er.

2

Anton Schwarz hatte sich tatsächlich am Vorabend in einen Raum eingeschlossen, der ihm als Heimbüro, Bibliothek und Herrenzimmer diente. Er hatte drei leere Flaschen verschiedener Sorten feinsten Whiskys neben sich gehabt, wobei natürlich niemand wusste, ob die Flaschen noch voll oder schon halbleer waren, als er sein Besäufnis begann. Die Obduktion würde Antworten geben.

Ein Nachbar, der abends mit dem Hund draußen war, hatte – vermutlich einige Zeit davor – im Hause Schwarz einen heftigen und sehr lauten Streit zwischen den Eheleuten mitbekommen. Doch es konnte quasi ausgeschlossen werden, dass Frau Schwarz die Täterin war. Zum einen, weil sie selbst wohl Unmengen getrunken hatte. Wahrscheinlich war sie deshalb auch morgens noch nicht nüchtern. Zum andern war die Tür zu Schwarz' Herrenzimmer eindeutig von innen abgeschlossen gewesen. Die Beamten hatten sie aufbrechen müssen. Drittens hatte sich Schwarz die Schrotflinte unters Kinn gehalten. Luca wusste, was das im ganzen Zimmer für eine Riesensauerei hinterließ und dass die Leiche kein schöner Anblick war. Aber eine volltrunkene Frau konnte so einen Schuss unmöglich abgegeben haben. Vor allem wäre sie mit Blut besudelt gewesen. Viertens hatte Anton Schwarz auch eine Art Abschiedsbrief hinterlassen. Auf ein Stück Papier war gekritzelt: »Barbara, du kommst gut ohne mich zurecht. Kohle ist ja genügend da.« Man musste die

Schrift noch analysieren, aber alles zusammen ließ kaum einen Zweifel am Freitod des Mannes zu.

Dies alles erfuhr Luca in einem über einstündigen Telefonat mit dem Kollegen, der den Fall Anton Schwarz übernommen hatte. Es war ein ehemaliger Studienkollege von der Polizeihochschule. Man kannte sich also und war per Du. Der Mann arbeitete in der Kriminalinspektion für Sexual- und Kapitaldelikte des Polizeipräsidiums in Ludwigsburg, das auch für Bietigheim-Bissingen zuständig war. Auch ihm hörte man an, dass der Anblick am Morgen in Schwarz' Haus nachhaltige Eindrücke hinterlassen hatte. »Die Witwe hat gesagt, dass sie schon irgendwann nachts mal so etwas wie einen Schuss gehört hätte. Aber dass es ihr egal gewesen sei. Irgendwie war das gespenstisch. Irgendwie hatte man das Gefühl, die war froh, dass er tot ist. Naja, vielleicht wird das ja noch mal anders, wenn sie ausgenüchtert ist.«

Luca informierte den Kollegen seinerseits, so gut es am Telefon ging, in welchen Zusammenhängen sie hinter Schwarz her gewesen waren, und versprach, den Leuten in Ludwigsburg ihre Akten zur Verfügung zu stellen.

Pia wurde ganz hibbelig, als sie von Schwarz' Selbstmord erfuhr. »Jetzt ist er dran«, sagte sie ganz aufgeregt. »Jetzt schnappen wir ihn uns. Der hat den doch in den Tod getrieben. Er gibt es nicht zu, und wir können noch nicht hieb- und stichfest beweisen, dass Brennscheider das Video auf YouTube hochgeladen hat. Aber das kommt noch. Und dass er den Link an mindestens vierzig Handys und E-Mailadressen weitergeleitet hat, das ist jetzt abgesichert, sagen die Computer-Fuzzis vom LKA.« Sie strahlte stolz

»Wo ist Brennscheider denn jetzt?« fragte Luca.

»Immer noch an der Nordsee. Verbunkert sich in der Ferienwohnung von Mama und Papa. Und heult mir die Ohren voll, dass man ihn verfolgt und ihm was Böses will. Pisst sich in die Hose, der Schwachmat, weil er mal eine auf die Nase bekommen hat. Aber jetzt hat er einen auf dem Gewissen, dieses kleine Arschloch. Ich beantrage nen Haftbefehl. Was meinst du?«

Luca musste lachen. Einfach, weil er sich Thorben Brennscheider und Pia nebeneinander vorstellte, den durchtrainierten eins-neunzig-Mann, den sie einen Schwachmaten und ein »kleines« A… nannte, und daneben diese halbe Portion, die nur ein großes Mundwerk hatte.

Doch auch Courage hatte sie, das musste er ihr lassen. »Haftbefehl. Hol ihn dir. Wir greifen uns das kleine Arschloch.«

3

Alena saß kerzengerade da und hörte aufmerksam zu, was die vier Menschen, die mit ihr am Tisch saßen, zu sagen hatten. Zunächst erläuterte Friedebald Frenzel, so gut es ging, die rechtlichen Vorgaben, der Status als Zeugin, ihre Pflicht, Angaben zur Person zu machen und das Recht auf einen Anwalt und auf die Verweigerung der Aussage.

Dann erklärte Hanna Stankowski ihr, was es bedeutete, wenn die junge Frau sich entscheiden würde, als Kronzeugin aufzutreten und in ein Zeugenschutzprogramm aufgenommen würde. Dass sie für lange Zeit, bis zum Ende eines möglichen Prozesses, kein freies Leben mehr führen könnte. Dass sie danach eine völlig neue Biographie bekommen müsste und nie wieder Kontakt zur Familie oder Freunden aus ihrem alten Leben aufnehmen könnte.

Die beiden weiteren Personen waren zum einen die Leiterin des Fraueninformationszentrums in Stuttgart, einer Einrichtung, die unter anderem Frauen unterstützte, die aus der Prostitution und der Zwangsprostitution aussteigen wollten. Zum anderen war eine Psychotherapeutin anwesend, die – wie Hanna zuvor informiert hatte – ausgesprochen erfahren in der Therapie von traumatisierten Ex-Prostituierten war. Beide

Frauen waren in den besten Jahren, die eine ungeschminkt und eher burschikos, die andere modisch gekleidet und auf ihr Äußeres bedacht. Beiden sah man an, dass sie über eine ordentliche Portion Lebenserfahrung verfügten und mit beiden Beinen auf dem Boden standen. Sie informierten Alena über die Möglichkeiten des Ausstiegs aus dem Milieu und was in etwa eine Therapie bringen konnte.

Eine fünfte Person, eine Russisch-Dolmetscherin, übersetzte das Ganze, während Alena die ganze Zeit über schwieg.

»Die braucht keine Dolmetscherin«, sagte Pia. Sie stand mit Luca vor der Einwegscheibe des Vernehmungsraumes, von wo aus sie die Belehrung und Beratung der Prostituierten verfolgten. Das Gespräch wurde nicht aufgezeichnet, nur nach außen übertragen. »Die versteht alles. Und sie kann sich ausdrücken. Nicht perfekt, aber so, dass man alles versteht, was sie meint.« Pia hatte sich am Vormittag eine Stunde Zeit genommen, um die junge Frau im Polizeigewahrsam zu besuchen und mit ihr zu besprechen, was aus der Wohnung auf dem Fasanenhof herausgeholt werden musste. Kleidung, Kosmetika und persönliche Gegenstände. Und ob man sonst noch etwas für sie besorgen musste.

Das erste, was Alena dann auch von sich gab, und zwar auf Deutsch, war, dass sie keinen Dolmetscher wollte. »Ich mache nicht Aussage mit Dolmetscher.« Die Übersetzerin schien ihr Angst zu machen. Und Luca war im Grunde sehr froh, dass es so lief. Bei solch heiklen, ja gefährlichen Zeugenaussagen stellten Dolmetscher doch ein gewisses Risiko dar. Sie waren überprüft und vereidigt, und doch wusste man nie genau, welche Kontakte sie zu Landsleuten hatten und ob da nicht doch mal was durchsickerte.

Das Gespräch war damit auch beendet. Luca und Hanna brachten Alena und die beiden Beraterinnen vom Fraueninformationszentrum nach oben in das Stockwerk des Präsidiums, in dem der Polizeipräsident höchstpersönlich residierte. Dort gab es einen Raum, der gemütlich mit Sesseln und Couchtisch ausgestattet war und nicht an ein Büro oder gar einen Vernehmungsraum erinnerte. Gleichgültig, wie Alena sich entscheiden würde – man musste ihr jetzt erst einmal Hilfe anbieten, sodass sie überhaupt eine Perspektive entwickeln konnte. Dafür ließen sie die drei jetzt alleine.

4

Luca saß an seinem Schreibtisch und starrte Löcher in die Luft. Konnte man in dieser Phase der Ermittlungen einfach um vier Uhr nachmittags nach Hause gehen? Er war müde und fühlte sich am Limit. Und es fiel ihm nichts Rechtes ein, das er sinnvollerweise hätte tun können oder das keinen Aufschub geduldet hätte. Aktenführung – ja, das war natürlich immer angesagt. Doch dafür hatte er wirklich keinen Nerv mehr. Er war noch nicht einmal in der Lage, die Entscheidung zu treffen, ob er einfach gehen sollte. Pia war mit Frenzel irgendwo im Hause unterwegs, um die Festnahme von Thorben Brennscheider im hohen Norden der Republik zu veranlassen. Beide waren, obwohl auch sie bis spät in die Nacht auf den Beinen gewesen waren, erstaunlich fit.

Luca starrte also weiter auf die Wand mit der großen Karte des Großraums Stuttgart und dachte mit herzzerreißender Wehmut an Laura, als plötzlich auf den sonst so ruhigen Gängen des Dezernats Unruhe aufkam. Stimmen wurden laut. Menschen liefen über die Flure. Er stand auf und sah nach. Die Kollegen kamen aus allen Büros. Einer meinte im Vorübergehen: »Wir haben ihn.« Und Luca war sofort klar, wen sie hatten.

Er folgte den andern in den großen Besprechungsraum der Soko Körschtal, der sich schnell so mit Kollegen und Kolleginnen füllte, dass fast ein Gedränge entstand. Bialas stand an der Front des Saales. Konzentriert las er eine Akte. Energisch forderte er dann die Anwesenden zur Ruhe auf. Es war fast sofort still.

»So Leute, ihr habt es mitbekommen. Wir haben die Adresse, den Namen und den Arbeitsplatz. Der Mann wohnt in Musberg und arbeitet in Vaihingen.«

»Scheiße«, sagte eine Kollegin. »Dann hätten wir den Massengentest doch ausweiten sollen.«

»Es war nicht mehr machbar«, erwiderte Bialas. »Und es spielt jetzt auch keine Rolle. Wir müssen den Zugriff organisieren. Ich wollte euch alle informieren. Schließlich fiebern wir alle seit Tagen diesem Moment entgegen. Aber jetzt will ich nur noch die Leute von der Fahndung hier sehen. Alle anderen gehen wieder an ihre Plätze.«

Es ging zwar ein Raunen durch die Reihen. Die meisten hätten wohl gerne mehr gewusst über den Mann, den sie so lange gesucht hatten. Doch die Anweisungen von Bialas waren klar und vernünftig. Und auch Luca verließ mit den Kollegen den Sitzungsraum.

Um direkt vor der Tür Pia und Frenzel in die Arme zu laufen. Ein weiterer Mann war bei ihnen, ein ausgesprochen hübscher Kerl mit blauen Augen und blondem Haar.

»Da bist du ja, Luca. Wir haben dich überall gesucht«, sagte Pia aufgeregt. »Pass auf, das ist mein Kumpel, der im Kriminaltechnischen Institut arbeitet, du weißt schon.«

Sieh mal einer an, so einen gutaussehenden Freund hatte Pia.

»Ich wollte euch gleich informieren«, meinte der Blonde. »Ihr kriegt die Ergebnisse natürlich auch noch auf dem offiziellen Weg. Aber hier …« Er übergab Luca eine geöffnete Mappe und deutete auf eine Stelle. Es waren die Ergebnisse eines DNA-Abgleichs – das kannte Luca.

»Hier. Der ist es nicht. Aber der da, das ist ein Treffer. Ich darf euch das eigentlich gar nicht sagen, aber der auf dem Fasanenhof, bei dem Massengentest … Das war nicht der, sondern der.«

Nicht Bakki hatte in der zweiten Wohnung in der Fasanenhofstraße seine Zellen der Wangenschleimhaut abgegeben, sondern das Engelchen. Und dessen DNA war identisch mit der des Mörders von Luba Petkova.

Luca stürzte zurück in den Sitzungssaal der Soko Körschtal, die Mappe mit den DNA-Ergebnissen in der Hand. »Andreas, wir brauchen auch Unterstützung. Unbedingt!«

»Jetzt nicht«, meinte Bialas barsch.

»Es tut mir leid, Herr Bialas, aber ich glaube, das duldet keinen Aufschub«, sagte Friedebald an seiner linken Seite.

»Wir haben ihn auch. Den Täter. Wir wissen, wer es war«, tönte Pia auf seiner rechten Seite.

Luca hatte im Eifer des Gefechts gar nicht registriert, dass die beiden ihm auf dem Fuß gefolgt waren und nun neben ihm standen.

»Herr Bialas«, mischte sich der Staatsanwalt wieder ein. »Ich fürchte, ich muss darauf bestehen: Wir brauchen die Fahndung ebenfalls. Auch wenn ich absolut nachempfinden kann, dass Sie jetzt gerne sämtliche Kapazitäten zur Verfügung hätten.«

Bialas sah finster drein, ließ sich dann jedoch kurz zum Stand der Ermittlungen der Soko Fasanenhof informieren und wandte sich an die Kollegen der Fahndung: »Ihr habt's gehört. Kriegt ihr das hin?«

Der Chef der Fahnder, ein älterer Mann mit kantigem Gesicht und Kommissfrisur, sprach einen seiner Mitarbeiter an. »Jürgen, du sondierst mit den Kollegen den Nuttenmord. Wir machen hier weiter.«

»Nuttenmord? Was seid ihr denn für Macker?« Pia ging hoch wie eine Rakete. Jetzt bekam sie von Luca wirklich eine vors Schienbein, wenn auch nur dezent. Das konnte er jetzt gar nicht brauchen, ein Geplänkel mit den Fahndern. Zum Glück gingen die nicht darauf ein.

Jürgen war nicht begeistert. Trotzdem meckerte er nicht, ging mit den Todesermittlern und deren Staatsanwalt in einen

Raum des Dezernats für Kaptaldelikte und sondierte: »So, was habt ihr?«

Sie hatten eigentlich verdammt wenig. Keinen Namen, keinen gemeldeten Wohnort, nur den Spitznamen »Engelchen«, die DNA und die Täterbeschreibung von Luca.

»So, dann lässt du erst mal ein Bildchen malen«, meinte Jürgen. »Wenn du den Kerl schon gesehen hast.« Sie mussten einen Phantombildzeichner herbringen, möglichst heute Abend noch. »Und die Wohnung, in der er war, da bestellst du gleich mal die Spurensicherung, sagen wir mal für morgen früh um fünf. Und dann könnt ihr euch mal vorbereiten auf ein paar Interviews mit den Leuten, die den Typen kennen. Also diesen Sušić, also, bei dem werden wir wohl auch gleich morgens mal andocken. Und den Bumsbunker – ist der da auch rumgehängt? Wisst ihr da was?«

Soweit sie wussten, war immer nur Sušić direkt mit Ruthenau in Kontakt getreten. Und dessen Security rekrutierte sich erwiesenermaßen nicht aus der Türsteherszene, die die United Tribuns beherrschten.

»Okay«, meinte Jürgen. »Sprech ich durch mit unsern Leuten. Ich schätze, in ein bis zwei Stunden Lage- und Einsatzbesprechung. Also, bis später.«

Frenzel seufzte. Pia sah jetzt doch recht mitgenommen aus. Luca fühlte sich unendlich müde. Es würde wieder spät werden. Und wenn er daran dachte, dass er morgen früh um fünf bei der Durchsuchung der zweiten Fasanenhofwohnung schon wieder auf der Matte stehen sollte, dann wurde ihm fast übel.

Samstag und Sonntag, 14. und 15. Mai

1

Er musste erst um sechs auf der Matte stehen, und zwar im Präsidium. Damit hatte er immerhin sechs Stunden Schlaf abbekommen, nachdem er bis spät in die Nacht gemeinsam mit dem Polizeizeichner am Computer ein Phantombild des Engelchens erstellt hatte, von dem er am Schluss nicht mehr wusste, ob der Kerl tatsächlich so ausgesehen hatte, und nachdem die Mini-Soko Fasanenhof mit einem Dutzend Fahnder die wichtigsten Eckpunkte der heutigen Einsatzstrategie besprochen hatte, von der er nicht mehr wusste, ob das alles Sinn machte.

Auf jeden Fall hatten die Fahnder das Heft in die Hand genommen. Die Leute waren alle eine Art soldatischer Individualisten. Man musste in dieser Polizeisparte zugleich höchst flexibel und absolut diszipliniert sein. Und sie hatten bestimmt, dass Luca als Koordinator der Gesamtaktion im Präsidium zu sitzen und den Kontakt- und Informationsaustausch zu organisieren hatte. Und ihm war es recht.

Gleich als er eintrudelte, informierte ihn ein Kollege vom Nachtdienst ganz aufgekratzt darüber, dass man noch in der Nacht den Peiniger und Mörder des kleinen Jonas festgenommen hatte. Der Mann hatte sich komplett in Sicherheit gewiegt. Über sein privates Handy schrieb Luca eine SMS an Bialas und Hanna und gratulierte ihnen überschwänglich. Die Nachrichten kamen an, wurden aber erst mal nicht gelesen. Die beiden lagen bestimmt in ihren Betten und schliefen so gut wie seit Wochen nicht mehr.

Um halb sieben meldete sich der Einsatzleiter, der die Fasanenhof-Wohnung in die Mangel genommen hatte. »Eine echte Räuberhöhle ist das«, meinte er. »Ne echte Männer-WG. Verdreckt, und jede Menge Pizza-Kartons liegen rum. Zwei Typen wohnen hier wohl momentan. Euer Engelchen ist nicht darunter, wenn eure Beschreibung einigermaßen stimmt. Wir bringen die beiden mal mit. Die sehen zwar beide aus wie Hulk persönlich. Aber trauen sich nicht wirklich, Rabatz zu machen. Aber am besten besorgt ihr einen Dolmetscher. Ich glaube kroatisch oder serbisch müsste gehen. Es sind wohl Bosniaken.«

Gemäß dem Plan wurde zeitgleich auch Bakir Sušić in seiner schicken Eigentumswohnung in Möhringen ein Besuch abgestattet. Pia hatte es sich nicht nehmen lassen dabeizusein, auch wenn das bedeutete, dass sie sehr früh aufstehen musste. Es machte ihr eine Heidenfreude, den Boss der United Tribuns zu ärgern, und Luca machte sich Sorgen, dass sich so etwas rächen könnte. Der Mann hatte, selbst wenn sie ihn für eine Weile wegsperren konnten, so viele Kumpels, dass die so einen Spatz wie Pia schnell mal zerquetschen konnten.

»Bakki ist nicht da«, meldete sich Pia. »Nur Fabiola. Und die kreischt rum. Und ist noch nicht geschminkt. Und sieht so scheiße aus. Wir bringen sie mit.«

Unterdessen war Gertrud Sieg im Präsidium eingetroffen. Luca hatte sie am Vorabend noch informiert. Nach und nach kamen ihre Leute dazu. Anhand der Täterbeschreibung und des Phantombildes versuchten sie, unter den Mitgliedern der United Tribuns, die schon aktenkundig geworden waren, mögliche Kandidaten zu ermitteln. Sie waren damit fast durch, als man die beiden Tribuns aus der Fasanenhof-Wohnung brachte, hatten jedoch noch keinen in ihrer Sammlung identifiziert, der wirklich zu der Beschreibung des Engelchens gepasst hätte.

Luca sah auf den ersten Blick, dass keiner der beiden Schlägertypen der Gesuchte war. Der eine war zu fett, der andere zu groß. Sie vernahmen sie getrennt und hintereinander, Luca und Gertrud gemeinsam mit einem Dolmetscher. Sie legten ihnen das Phantombild vor und fragten nach einem, den man Engelchen nannte. Der Fette war zu schlau. Er blockte total ab und sagte nur, dass er den Typ noch nie gesehen hätte. Auch als sie ihm klarmachten, dass sie anhand von DNA-Spuren in der

Wohnung nachweisen konnten, dass das Engelchen sich dort aufgehalten hatte, blieb er stur bei seiner Aussage.

Der Lange war gesprächiger. Er hatte bei der Verteilung von menschlichen Fähigkeiten zu viel Plapperwasser abbekommen und den Kürzeren gezogen, als es um die Intelligenz gegangen war. Der Mann würde es bei der Gang auf Dauer schwer haben, das war Luca klar. Ja, es habe mal einer ab und zu in der Wohnung mit ihnen übernachtet, meinte der Mann. Und das Bild, ja, das könnte der sein. Aber sicher wäre er sich da nicht. Und der wäre auch gar nicht von hier. Der kam immer aus Villingen, wo er lebte. Und er würde Amir heißen und nicht Engel. Amir würde zwar auch Engel bedeuten, aber auch mächtiger Prinz. Sie hätten immer nur Amir zu ihm gesagt.

Amir. Sie hatten einen Vornamen. Die OK-Kollegen machten sich sofort dran, die Mitglieder der United Tribuns in Villingen-Schwenningen, einer Hochburg der Gang, unter die Lupe zu nehmen und nach dem Vornamen Amir zu suchen.

Luca und Gertrud nahmen sich unterdessen Fabiola vor, die mittlerweile ebenfalls aufs Präsidium gebracht worden war. Und Pia wollte natürlich bei der Vernehmung dabei sein. Wenn sie schon nicht wie ein Floh Bakki piesacken konnte, so wollte sie sich wenigstens mit seiner Lebensgefährtin ein wenig vergnügen. Fabiola war jetzt geschminkt. Doch das dicke Make-up konnte nicht über die Knitterfalten im Gesicht der magersüchtigen Frau hinwegtäuschen.

Sie fragten Fabiola, wo Bakir Sušić momentan sei.

»Auf Geschäftsreise«, meinte sie schnippisch. »Und fragt mich nicht, wo der hin ist. Ich weiß es nicht. Ich sag's euch auch nicht.« Mit der Logik hatte sie es nicht so.

»Ist er mit Amir unterwegs?«, fragte Gertrud, zufrieden mit ihrer eigene Schläue. Sie legte der Rockerbraut das Bild des Engelchens vor die Nase. »Mit dem hier?«

»Das ist Ándscheo«, sagte Fabiola. »Aber mit dem ist er bestimmt nicht unterwegs. Den hat er gefressen. Da hat es einen Riesenkrach gegeben.« Sie merkte, dass sie zu viel ausplapperte, und korrigierte sich schnell. »Aber um was es da ging, das braucht ihr mich gar nicht fragen. Da habe ich keine Ahnung. Irgendein Käsekram, ein Kinkerlitzchen. Nichts Wichtiges.«

Luca stand auf. »Moment mal, wartet mal einen Augenblick.« Er ging hinaus und suchte nach dem Dolmetscher, der darauf wartete, ob er noch einmal gebraucht wurde. »Sagen Sie, was bedeutet ›Ándscheo‹? Das Wort haben Sie doch mehrmals benützt, wenn ich richtig gehört habe. Oder?«

»Natürlich. Wenn Sie immer wieder nach einem Engelchen fragen … Ándscheo bedeutet Engel. Oder auch Engelchen.«

Er ging zurück in den Raum, in dem Fabiola saß. »Ándscheo heißt mit richtigem Namen Amir. Und wie weiter? Sein Nachname.«

»Das weiß doch ich nicht«, kreischte die Frau. »Bakki sagt Ándscheo zu ihm. Kann schon sein, dass manche Amir zu ihm sagen. Das weiß doch ich nicht, wie der richtig heißt.«

»Und jetzt ist Bakir mit Àndscheo nach Villingen-Schwenningen gefahren.« Luca ließ es wie eine Feststellung klingen. »Was machen sie dort?«

»Ándscheo ist da hingefahren. Bakki nicht. Ich weiß nicht, wo der ist. Hab ich euch doch schon mal gesagt.«

»Und warum ist der alleine dahingefahren? Ohne Bakki? Das macht doch keinen Sinn.«

Fabiola war wirklich so blöd, dass sie dachte, es ginge ihnen darum herauszufinden, wo Bakki sich befand. »Bakki ist nicht in Villingen. Er hat zu Ándscheo gesagt, der soll ihm bloß nicht mehr unter die Augen kommen. Der soll verschwinden. Und wieder da hingehen, wo er herkommt. Was wird er da mit diesem Idioten durch die Gegend fahren?«

»Mit diesem Idioten, der euch alle reinreitet. Nicht wahr?«, klinkte sich Pia ein, die das Spiel mittlerweile auch begriffen hatte. »Der sich für Bakki ausgibt und jede Menge Scheiß baut.

Gibt sich für Bakki aus und reitet ihn rein. Bringt ne Nutte um und schiebt es dem Chef in die Schuhe.«

»Das hat er ja nicht gewusst. Der wollte halt seine Personalien nicht angeben.«

»Was hat er nicht gewusst? Dass er später für Bakki die Nutte umbringen soll oder was? Deswegen bringt Bakki den jetzt weg. Damit Ándscheo nicht aussagen kann. Damit der nicht sagen kann, wer ihm den Auftrag gegeben hat.« Pia grinste sie triumphierend an.

»Das ist doch alles ganz anders gewesen. Bakki bringt den nicht weg. Der ist doch nicht dem sein Kindermädchen«, geiferte Fabiola. »Und jetzt sag ich gar nichts mehr. Ich will einen Anwalt.« Sie merkte allmählich, dass sie sich viel zu sehr in das Gespräch hatte verstricken lassen.

Einer der OK-Leute sah kurz ins Zimmer und sagte: »Gertrud, kannst du mal kommen? Ist, glaub ich, wichtig.«

Als Gertrud zurückkam, meinte sie nur. »Lasst sie mal laufen. Wir haben, was wir wollen.«

Fabiola wurde sichtlich nervös. Offenbar hatte Bakir Sušić ihr eingebläut, keinem zu sagen, wo er sich jetzt befand, aus welchen Gründen auch immer. Noch immer verstand sie nicht, dass es den Polizisten gar nicht um ihren Stecher ging. Trotzdem war sie sichtlich froh, dass man sie laufen ließ.

2

»Wir wissen jetzt, wer der Mann ist«, teilte Gertrud ihnen mit. »Amir Beganoviç. Staatsbürger von Bosnien und Herzegowina. Gemeldet in Villingen. Wohnt dort mit seiner Lebensgefährtin zusammen. Vor einem halben Jahr gab es in Villingen-Schwenningen eine brutale Schlägerei zwischen den United Tribuns und den Black Jackets. Dort tobt seit Jahren ein Bandenkrieg. Euer Engelchen, Amir Beganoviç, der hat dabei einen seiner Gegner mit dem Messer so hart attackiert, dass der mit Müh und Not überlebt hat. Man hat Haftbefehl gegen ihn erlassen. Seither ist Beganoviç abgetaucht. Wir haben deshalb auch kein Bild von ihm. Ich vermute mal, dass Beganoviç brav die Speichelprobe abgegeben hat, damit er kein Aufsehen erregt. Hätte ja keiner gemerkt. Wenn er nicht später seine DNA am Tatwerkzeug hinterlassen hätte.«

»Wir müssen die Fahnder informieren«, meinte Luca.

Gertrud nickte. »Ist schon passiert. Haben meine Leute schon erledigt. Und die haben bereits die Kollegen am Präsidium Tuttlingen informiert. Die sind auf dem Weg. Und ein internationaler Haftbefehl ist rausgegangen.«

Was konnten sie jetzt noch tun? Warten.

Luca hasste es. Zweimal schlief er am Schreibtisch ein. Pia hatte er nach Hause geschickt. Denn der schlief auch schon das Gesicht ein.

Am Nachmittag kam Friedebald Frenzel vorbei und ließ sich auf den neuesten Stand bringen. Noch in seinem Beisein kam Jürgen von der Fahndung in Lucas Büro und vermeldete: »Der Vogel ist leider ausgeflogen. Die Tuttlinger haben nur seine Freundin erwischt. Und die sagt, dass Beganoviç am Donnerstagabend heimgekommen und gestern Nachmittag wieder abgehauen ist. Er hat ihr nur gesagt, dass er für einige Zeit nach Bosnien müsste.«

»Porco dio, mannaggia la miseria«, fluchte Luca. Wenn Amir Beganoviç wirklich schon in Bosnien war, dann hatten sie verdammt schlechte Karten. »Bosnien! Hast du jemals gehört, dass die einen ausliefern? Doch nur, wenn der denen dort unten auch jede Menge Ärger macht und sie ihn loswerden wollen. Aber der wird dort schön die Füße stillhalten. Wie alle diese Kriminellen, die hier ihre Geschäfte machen und zuhause die neureichen Bonzen spielen.«

Friedebald sah ihn mit großen Augen an. »Ich wusste gar nicht, dass Sie so gediegen fluchen können. Aber wie sagte schon der berühmte deutsche Chemiker Professor Quadbeck-Seeger: Beim Erforschen und Versuchen hört man auch die Frömmsten fluchen.«

»Mensch, Mazzaro, mach mal halb lang«, meinte Jürgen. »Das ist noch nicht raus, ob der's bis nach Bosnien schafft. Er muss über einige Grenzen. Sein Bild und die möglichen Autonummern sind raus. Und die Bosnier liefern doch auch immer häufiger aus. Sonst läuft nichts mit der EU. Und du solltest nach Hause gehen, so scheiße wie du aussiehst. Kannst hier ohnehin nichts mehr machen. Wir sagen's dir schon, wenn's was Neues gibt.«

Er hatte ja recht. Aber frustrierend war das Ganze. Die Grenzen in Europa stellten kaum noch ein größeres Problem für Straftäter dar.

Fürs Jiu-Jitsu-Training war es jetzt zu spät, und er hatte auch offen gesagt keinen Nerv mehr dafür. Mit dem Staatsanwalt verließ er das Präsidium und machte sich auf den Weg nach Hause, wo er auf dem Sofa in einen koma-ähnlichen Schlaf fiel, aus dem er nur erwachte, um einen Bärenhunger zu stillen, ein Bier zu trinken und wieder ins Bett zu gehen.

3

Sie hatten einen Riesen-Dusel. Man konnte es nicht anders sagen. In der Nacht von Samstag auf Sonntag gegen halb drei Uhr morgens fanden österreichische Polizisten in einem Waldweg in der Nähe von Spittal einen protzigen SUV. Entgegen ihrem Ruf waren die beiden Gendarmen nicht auf den Kopf gefallen. Sie vermuteten, dass das Fahrzeug geklaut worden war und ließen die Nummer überprüfen. Es stellte sich heraus, dass dies eines der drei Fahrzeuge war, mit der der mutmaßliche Mörder Amir Beganoviç auf der Flucht nach Bosnien-Herzegowina sein könnte.

Sie informierten die Kollegen der Sicherheitspolizei. Das Aufgebot, das dann anrückte, zog aus dem SUV einen schlaftrunkenen und halbbesoffenen Amir Beganoviç, der es dank seinem Alkoholkonsum nicht mehr bis zur Grenze geschafft hatte. Sie nahmen den Mann sofort fest.

Dienstag, 17. Mai

Luca hatte jeden Bezug zu Zeit und Raum verloren. Am Pfingstmontag früh hatte er sich überlegt, welcher Wochentag eigentlich war, bis ihm einfiel, dass es Feiertag war. Auch am Dienstag war er – wie viele Kollegen und selbst die Leitung des Dezernats – zuhause geblieben. Sie waren alle nur Menschen, und die Luft war komplett raus. Und am Abend hätte er fast das Training versäumt.

Das lief dann auch nicht richtig. Er fühlte sich steif. Die Schrittabfolgen stimmten nicht und gaben keine Stabilität. Der Oberkörper drehte nicht richtig mit.

»War letztes Mal besser«, kritisierte Willi. »Aber mach dir nichts draus, Luca. Ich hab noch nie erlebt, dass jemand wirklich in diesem Flow war und es ein für alle Male geblieben ist. Am Anfang ist es mehr Zufall. Einfach der richtige Tag. Und du merkst, dass alles quasi von alleine läuft. Aber wenn du das mal erlebt hast, dann heißt das noch lange nicht, dass du das jetzt immer so machen kannst. Das kommt schon wieder, Luca. Weil du jetzt eine Idee hast, wie es sein kann.«

Dann hielt er wieder einen seiner Vorträge. Es ging mal wieder um Shu-Ha-Ri. Die Prüfung stehe nun bald an. Und mit dem Braungurt nähere sich der Prüfling nun den Meistergraden an. Es komme also darauf an, von der Shu-Ebene des reinen Nachahmens auf die Ha-Ebene zu wechseln, auf der man beginnt, einen eigenen Weg zu finden.

Çelik wollte nach dem Sport unbedingt im Neuen Pfefferer noch einen trinken. Luca wurde klar, warum, als das Bier vor ihnen stand.

»So, jetzt erzähl mal. Tage- und wochenlang werden wir wie beim Viehtrieb gescheucht. Und am Ende sagt uns keiner, was jetzt eigentlich rausgekommen ist.«

»Wobei denn rausgekommen?«

»Die Marinescu lässt uns tagelang Datenspeicher und E-Mail-Accounts analysieren. Eure OK-Leute wollen Handy-Verbindungen. So schnell wie möglich. Am liebsten vorgestern. Deine Pia Grampp macht uns die Hölle heiß. Will wissen, wer irgendwelche schweinischen Videos auf YouTube hochgeladen hat. Das BKA und dein Boss machen Druck wegen User-Daten im Darknet – Nutzer von Kinderpornografie. Und wir schuften und schuften und wissen nicht, wie das eigentlich alles zusammenhängt. Manchmal komme ich mir vor wie dein türkischer Lohnsklave, Sizilianer.«

Eigentlich hatte Luca keine Lust darauf. Aber das war er dem Kumpel doch schuldig. Ihm wurde bewusst, wie sehr sie alle mittlerweile auf die Arbeit der LKA-Inspektion »Cybercrime und Digitale Spuren« angewiesen waren. Also fasste er zusammen, so gut es ging, was in den Sonderkommissionen Körschtal und Fasanenhof in den letzten Tagen geschehen und herausgekommen war.

»So, dann weiß ich jetzt wenigstens, wofür ich mir den Arsch aufreiße. Und kann Jana sagen, warum sie ihren Typen tagelang nur noch spät abends zu Gesicht kriegt. Wir rutschen so langsam in ne echte Beziehungskrise.«

»Auf der Shu-Ebene oder auf der Ha-Ebene? Die Beziehungskrise.«

Luca hatte es scherzhaft gemeint. Doch Çelik antwortete sehr ernst: »Auf der Ha-Ebene. Meine Mutter kuscht, wenn mein Alter irgendetwas sagt oder will. Die würde nie fragen, wo der war und warum es wieder so spät geworden ist. Und ich würde so eine Beziehung nie wollen. Das Problem ist nur, wenn du mit ner selbstbewussten Frau zusammen bist, dass es dann doch öfters kracht. Und wenn du nicht zurück willst auf die Shu-Ebene, dann musst du dir überlegen, ob du irgendwie auf die Ri-Ebene kommen kannst.« Er nahm einen großen Schluck Bier und meinte dann nachdenklich: »Wir kennen Leute, die haben ne Paartherapie gemacht. Die sitzen jetzt immer hin, wenn es Zoff gibt. Dann darf jeder fünf Minuten was sagen. Der andere darf nur zuhören und muss wiederholen, was der Partner gesagt hat. Dann darf er selbst auch fünf Minuten reden. So geht das hin und her, bis man sich einig ist. Anscheinend hilft es.«

Wie würde es mit ihm und Laura sein? So überlegte er auf der Heimfahrt. Mit Laura war es ja auch anders als in früheren Beziehungen. Vielleicht hatten die immer zu sehr das Muster der Ehe seiner Eltern wiederholt: Die schwache, schutzbedürftige Prinzessin und der starke Retter, der immer stark sein musste und ihr die Wünsche von den Augen ablesen sollte. Laura war selbstbewusst und stark und brauchte keinen Retter. Und trotzdem hatte sie ganz klar signalisiert, dass sie sich in ihn verliebt hatte. Luca wusste plötzlich, dass mit ihr die Ha-Ebene möglich war. Er wusste aber auch, dass er höchstwahrscheinlich ganz ähnliche Probleme bekommen würde wie Çelik.

Ach, wenn er die doch endlich bekommen würde. Er wusste schon gar nicht mehr, wann er dieses zauberhafte Wesen mit den blaugrünen Katzenaugen in den Armen gehalten hatte. Es kam ihm wie eine halbe Ewigkeit vor. Und er fragte sich, wann ein Fall wirklich abgeschlossen war. Die Aufarbeitung der Ermittlungen konnten noch Monate dauern. Er wusste, dass die Angst etwas Irrationales hatte, aber sie kam nun mal wieder hoch: Laura würde einfach nicht warten wollen. Sie würde einen andern finden. Einen, der präsent war. Bei dem nicht vollkommen offen war, wann er sich mit ihr privat treffen durfte. Ihn überkam der Blues.

Mittwoch, 18. Mai

1

Am Mittwoch wurde auf Bitten von Friedebald Frenzel noch einmal eine gemeinsame Besprechung anberaumt. Neben Luca und Pia nahmen auch Bialas und Hanna, Gertrud Sieg und Nicole Marinescu daran teil. Obwohl es darum gehen sollte, Ordnung in die Zusammenhänge zu bringen, wurde es etwas chaotisch.

»Immendorf hat die Anzeige gegen das Serail zurückgezogen«, sagte Gertrud Sieg verärgert, kaum dass sie den Sitzungsraum betreten hatte. »Zuerst war er so sauer auf Ruthenau wegen der Videoaufnahme. Und jetzt kneift er den Schwanz ein.«

»Ich kann es verstehen, in gewisser Weise«, sagte Marinescu. »Er hat wohl eine neue Stelle als Geschäftsführer. Nicht im Automobilbereich. Eine andere Branche. Die Firma stellt Blech- und Aluprofile her. Er sagt, er verdient nicht mehr so viel. Aber er hat auch weniger Stress. Wenn er jetzt das Gefühl hat, von einem Kunden unter Druck gesetzt zu werden, dann baut er sich einfach Kontakte in eine alternative Branche auf. Aluprofile braucht man auch bei Fensterbauern oder im Maschinenbau und bei Hochregallagern. Er will nicht, dass der Firmeninhaber von den Eskapaden erfährt. Und seine Frau und seine Familie will er schonen. Das Ganze soll einfach nicht an die Öffentlichkeit gezerrt werden. Ein gewisses Verständnis hab ich dafür. Aber was die Absprachen bei AdBlue und anderen Themen angeht, da wird er aussagen. Da ist er sogar richtig scharf drauf. Die Herren Automobilhersteller haben nämlich in den letzten Tagen mehrere Aufträge vertragsbrüchig von der KATA-Technik abgezogen.«

»Und was ist mit diesem Wolfgang Winter?«, wollte Gertrud wissen.

»Hat bisher keine Anzeige erstattet.« Luca hoffte insgeheim, dass er das auch nicht tun würde. Sonst zog sich sein Kontaktverbot zu dessen Tochter noch über Monate hin. »Wie sieht es bei euch denn sonst so aus? Mit den Tribuns und der Zusammenarbeit mit dem Serail?« Er versuchte abzulenken.

Gertrud ging darauf ein. »Also, wir haben langsam ein klares Bild. Die United Tribuns sind eindeutig die Lieferanten von Frischfleisch an verschiedene Bordelle. Sie setzen die Frauen längst nicht mehr nur in den Läden ein, die ihnen selbst gehören. Sie locken Frauen aus Osteuropa nach Deutschland, um sie dann mit mehr oder weniger Gewalt zur Prostitution zu zwingen. Und die Bordellbesitzer wissen das. Wir sind durchaus in der Lage, aufgrund von Indizien nachzuweisen, dass Harald Ruthenau zumindest billigend in Kauf genommen hat, dass die Mädchen teilweise zu ihrer Tätigkeit gezwungen worden sind.

Die Indizien sind eindeutig. Aber was wir brauchen, sind Zeugen. Und Luca, ihr habt zwei Joker im Ärmel. Einmal das Engelchen. Amir Beganoviç. Könntet ihr euch vorstellen, ihm gewisse Zugeständnisse zu machen, zum Beispiel, was das Strafmaß für den Mord angeht, wenn er bereit ist, gegen Sušić und andere Tribuns auszusagen? Wie sieht es aus, Herr Frenzel?«

Der Staatsanwalt wackelte mit dem runden Kopf. Er war nicht begeistert. »Das sind die Usancen, die ich nicht liebe.«

Und auch Pia protestierte: »Einen faulen Deal willst du? Damit der auch noch gut wegkommt?«

»Wir müssen vor allem Sušić drankriegen«, sagte Gertrud Sieg energisch. »Wenn wir die Bande wirklich kassieren wollen, wenn wir denen wirklich die Geschäfte vermasseln wollen, dann brauchen wir die Häuptlinge.«

»Ich find, es ist einfach zu früh, über solche Deals nachzudenken«, gab Andreas Bialas zu bedenken. »Und erst recht, sie Beganoviç vorzuschlagen. Jetzt müssen die Österreicher ihn erst mal überstellen. Das wird ne Zeitlang dauern. Und dann müssen wir mal sehen, was er für ein Typ ist und wie gesprächig er ist.«

Gertrud Sieg ließ nicht locker: »Und der zweite Joker ist Alena Nowikowa. Ist sie bereit auszusagen? Mich kotzt es an, immer wieder Prozesse zu erleben, bei denen diese Typen glimpflich oder sogar ungeschoren davonkommen, nur weil die Frauen Schiss haben, gegen diese Schweinehunde auszusagen.«

Hanna Stankowski klinkte sich ein. »Das Mädchen braucht Zeit. Die hat Schlimmes durchgemacht. Tut mir leid, Gertrud. Aber wenn wir da Druck machen, wird es eher unwahrscheinlicher, dass sie dieses Risiko eingeht. Da brauchen wir jetzt einfach Geduld.«

Gertrud legte ihr Gesicht in widerwillige Falten. Geduld war nicht ihre Stärke. »Sie könnte auch etwas über die Videos sagen, die im Serail gedreht worden sind. Alleine die Kameras und Kabel, die wir dort gesichert haben, beweisen eben noch gar nichts. Habt ihr übrigens gehört? Ruthenau will den Schuppen verkaufen. Und es laufen immer noch Anstrengungen, dass wir die Ermittlungen wegen der Videos einstellen. Ein Richter am Amtsgericht muss da ganz tief drin stecken.«

»Ach, da fällt mir einer ein«, lachte Friedebald Frenzel jetzt. »Sagt der Richter: ›Ich kenne Sie doch! Ich habe Sie schon x-mal gesehen! Sie sind doch sicher vorbestraft.‹ Sagt der Angeklagte: ›Nein. Ich bin Türsteher im Eros-Center!‹ Na, der passt doch, ha, ha, ha.«

Gertrud verzog nur das Gesicht. Die andern grinsten ein wenig.

»Luca, du klärst das mit Winter«, griff Bialas nun ein. »Wenn er noch Anzeige erstatten will, dann übergibst du die Sache an Gertrud und schließt das alles ab. Im Fall Luba Petkova ist er ja eher kein Zeuge mehr, oder sehe ich das falsch?«

»Er ist mit ihr auf dem Video zu sehen«, meinte ein wieder ernster Frenzel. »Dazu sollte er doch noch mal vernommen werden.«

Luca, der den Staatsanwalt sonst mochte, hätte ihm am liebsten den Hals umgedreht.

Pia kam ihm zur Hilfe. »Also, Herr Frenzel, dann hätte der Winter ja etwas mit dem Engelchen zu tun, mit diesem bosnischen Brutalo. Da gibt es aber gar keine Hinweise drauf. Das kann ich mir beim besten Willen nicht vorstellen. Noch nicht mal, dass der ne wilde Rockerjugend hinter sich hat.«

»Sehe ich auch so«, meinte Bialas. »Luca, du überprüfst noch mal, ob es irgendeine Verbindung geben könnte. Zwischen Winter und dem Serail. Oder Winter und den United Tribuns. Fühl dem Winter noch mal auf den Zahn. Und der Tochter auch. Die war ja bisher doch sehr kooperativ. Wenn es da nichts gibt, ist die Sache für uns erledigt.«

Wahrscheinlich konnte nur Luca den Anflug eines Grinsens in Bialas' Gesicht wahrnehmen. Und er hoffte, dass niemand sah, dass er vor Verlegenheit rot wurde.

»Dann ist er doch nicht auf der dunklen Seite der Macht«, musste Pia feixend noch nachlegen. »Und Leia und Han Solo können endlich zueinander finden«. Wenn er direkt neben ihr gesessen wäre, hätte sie jetzt wieder eine vors Schienbein bekommen.

Zum Glück verstanden die anderen nichts von Star Wars. Und eine schuldbewusste Pia lenkte schnell ab. »Brennscheider«, wandte sie sich an Gertrud Sieg, »den musst du dir zur Brust nehmen, dieses Herzchen. Den haben wir gestern an der Nordsee hopsgenommen. Der war doch auch ständig im Puff, da oben in Echterdingen. Woher hatte der die Clips von Anton Schwarz und Immendorf? Ich könnte wetten, dass der auch noch so manches weiß, was er uns noch nicht erzählt hat. Wie's da zugegangen ist und so. Vielleicht weiß der ja sogar etwas von den Kameras. Sobald die Kollegen in Ludwigsburg mit dem fertig sind, will ich auch noch mal mit dem plaudern. Können wir ja gemeinsam machen, Gertrud. Und bei dem kann ich mir vorstellen, dass der wirklich singt wie ne Amsel, wenn wir dem Strafmilderung anbieten.«

»Okay«, meinte Frenzel gnädig und fasste zusammen: »Winter noch mal abklopfen. Und ansonsten müssen wir wohl die diversen anstehenden Vernehmungen abwarten. Ach ja, da fällt mir noch einer ein. Ich glaube, jetzt so zum Schluss der Ermittlungen hin, darf ich so etwas doch mal zum Besten geben. Ein Fernfahrer geht in ein Bordell und sagt zur Chefin: ›Ich möchte für eine Nacht gerne die hässlichste Frau, kalten Hackbraten und drei Dosen Bier. Ich zahle fünfhundert Euro.‹ Meint die Puffmutter: ›Für dieses Geld kriegst du mein schönstes Mädchen!‹ Darauf der Fernfahrer: ›Damit wir uns nicht missverstehen. Ich bin nicht geil – ich habe Heimweh!‹«

Friedebald lachte am lautesten. Doch auch die andern konnten sich nicht zurückhalten. Nach Tagen und Wochen der fieberhaften Arbeit fiel die Anspannung nun von ihnen ab.

2

Bialas lud alle noch zu einer kleinen Feier in der großen Runde der Soko Körschtal ein. Sobald die Fasanenhof-Soko gemeinsam mit dem Dezernatsleiter den großen Sitzungssaal betreten hatte, knallten die Sektkorken.

Zu Lucas Verwunderung war auch Thea da, die Frau von Andreas Bialas. Sie war älter geworden, seit er sie das letzte Mal gesehen hatte. Aber sie war noch immer eine sehr hübsche Frau mit ihren dunklen vollen Locken. Luca kannte sie von ein paar gemeinsamen Restaurantbesuchen. Man war auch schon bei den Bialas zuhause gewesen. Doch hier im Präsidium hatte sie sich immer äußerst rar gemacht.

Er fragte Hanna, die neben ihm stand: »Ist bei denen wieder alles gut?«

»Bestimmt nicht.« Hanna lächelt geheimnisvoll. »Aber immerhin haben sie jetzt einen Paartherapeuten. Andreas, dieser Dickschädel, hat sich endlich mal drauf eingelassen.«

»Helfen Paartherapeuten gegen Überstunden?«

»In gewisser Weise schon. Sie sagen einem, warum die eigene Ehefrau mindestens so wichtig ist wie ein totes Kind. Und warum sogar ein Dezernatsleiter für Todesermittlungen mal sagen kann: ›So, jetzt geh ich nach Hause.‹ Und dass die Frau von einem Kriminalkommissar ruhig mal mitbekommen sollte, wie es ist, wenn man so einen schweren Fall gelöst hat.«

Irgendjemand drückte Luca, Pia, Frenzel und den anderen ein Sektglas in die Hand. Platten, belegt mit Wurst und Käse, und Körbe mit Brötchen wurden aus der Kantine gebracht. An ein Glas wurde mit klingendem Ton eine Gabel geschlagen, um für Ruhe zu sorgen. Andreas Bialas hielt eine Rede.

»Liebe Kolleginnen und Kollegen, ihr wisst, was es zu feiern gibt.« Andreas skizzierte noch einmal den Gang der Ermittlungen, die kräftezehrende Kleinarbeit, die lähmende Hilflosigkeit, als sie nicht weiterkamen, die Belastung, die der Fall für alle bedeutet hatte, nicht nur für die, die selbst Kinder hatten. Er dankte allen für ihre tolle Arbeit und ihr Engagement und entschuldigte sich dafür, dass er manchmal ein echter Kotzbrocken gewesen war. »Und bei unseren Partnern und Familien müssen wir uns bedanken und entschuldigen. Ich glaube, die haben in den letzten Wochen auch viel ertragen müssen.« Er nahm seine Frau in den Arm und drückte ihr einen Kuss auf die Stirn. Shu-Ha-Ri-Ebenen. Luca musste an Laura denken. Er wurde fast neidisch auf seinen Chef.

»So, liebe Leute«, setzte der seine Rede fort. »Jetzt muss an dieser Stelle mal in aller Deutlichkeit festgestellt werden: Wir haben nicht nur einen Täter eingetütet, sondern zwei. Die meisten von euch haben es ja mitbekommen. Und diese Ermittlungen waren auch keineswegs einfach. Lieber Luca, liebe Pia – um es mal ganz ehrlich zu sagen – auch, weil wir euch übel haben hängen lassen. Dafür will ich mich bei euch entschuldigen. Ich kann nur um ein gewisses Verständnis bitten. Und ich will betonen: Dafür, dass ihr meistens zu zweit das Ganze durchziehen musstet, habt ihr eine verdammt gute Arbeit gemacht.

Ihr alle beide! Alle Achtung! Und wir haben in dieser stressigen Zeit auch völlig versäumt, unsere neue Kollegin richtig in das Dezernat aufzunehmen. Pia, stoß mit uns an. Und bei uns siezt man sich nicht. Auch die Chefs nach dem ersten gemeinsamen Glas Sekt nicht mehr.«

Er prostete Pia zu, die zu Lucas völliger Überraschung, tatsächlich verlegen und rot geworden war. Der frenetische Applaus der Kollegen war ehrlich.

3

Luca sah auf seine Armbanduhr. Es war schon fast sieben. Trotzdem versuchte er es. Er ging in sein Büro und rief die Firma CatMaterials in Deizisau an. Wolfgang Winter meldete sich tatsächlich noch persönlich. Luca machte mit ihm für den nächsten Vormittag einen Termin aus und ging angeheitert zurück zu den feiernden Kollegen, obwohl er noch gar nicht so viel Sekt intus hatte.

Donnerstag, 19. Mai

Am nächsten Vormittag saßen Luca und Pia wieder in dem kleinen Konferenzraum des modernen Flachbaus der Winter CatMaterials GmbH & Co. KG. Luca war aufgeregt wie ein Teenie. Doch es war nur Wolfgang Winter, der sie begrüßt und in den Raum geführt hatte.

»Möchte Ihre Tochter nicht dazukommen?«, fragte Pia scheinheilig.

»Nein.« Wolfgang Winter schüttelte den Kopf. »Wenn's nicht unbedingt notwendig ist. Sie hat ja eigentlich mit der Sache nichts zu tun. Und ehrlich gesagt – es ist mir recht. So etwas bespricht man ja nicht gerne vor seiner Tochter.«

Luca konnte nicht anders, als es so zu interpretieren, dass sie ihn nicht sehen wollte. Seine Stimmung schoss in den Keller. Trotzdem versuchte er, die Professionalität zu wahren. »Herr Winter, wir haben nur noch ein paar wenige Fragen.« Er legte die DVD mit dem peinlichen Videoclip auf den Tisch und wartete, bis die Dame, die ihnen Kaffee und Kekse servierte, den Raum verlassen hatte. »Kannten Sie die Frau, mit der Sie hier zu sehen sind?«

»Nein. Wie auch«, meinte Winter.

»Sie haben sie nie davor oder danach mal gesehen?«

»Nein.« Er wies es wieder weit von sich. »Ich hätte dieses Mädchen noch nicht mal erkannt, wenn sie mir am Tag darauf noch mal über den Weg gelaufen wäre.«

»Warum haben Sie sie ausgewählt?«

»Das hab ich nicht. Sie hat mich abgeschleppt. Und ich meine, dass da irgendein Typ war, der sie dazu gedrängt hat. Irgendwie ist da so ne schwache Erinnerung. Ich hätte von mir aus gar nichts gemacht. Glauben Sie mir. Ich war so hackedicht. Eigentlich war mir völlig klar – und das weiß ich noch –, dass da wirklich nichts mehr, aber auch gar nichts mehr läuft.«

»Kennen Sie einen Amir Beganoviç? Oder Herrn Bakir Sušić?« Luca legte dem Unternehmer Bilder vor. Mittlerweile hatten sie auch »Verbrecherfotos« von Beganoviç bekommen.

Winter sah die Bilder aufmerksam an und schüttelte dann den Kopf.

»Waren Sie schon mal in Bosnien-Herzegowina?«

Winter sah die beiden Beamten fragend an. »Ich muss Ihnen gestehen, ich weiß es gar nicht. In jungen Jahren bin ich mit meiner Frau auf dem Motorrad mal durch Jugoslawien gefahren. Dass es da solche Grenzkonflikte und so viel ethnischen Hass gab, und wo die Grenzen überhaupt verliefen, das war uns überhaupt nicht bewusst. Das war in den achtziger Jahren. Wir sind immer an der Küste entlanggefahren, bis an die albanische Grenze. Und dann rüber nach Griechenland.«

Er bekam plötzlich einen wehmütigen Blick. »Phantastische Landschaften, wilde Erlebnisse, aber eine meiner glücklichsten Zeiten.«

»In letzter Zeit hatten Sie nichts mehr mit Leuten aus Ex-Jugoslawien zu tun?«

Er schüttelte nur wieder den Kopf. Es gab keinen Grund für Luca, ihm nicht zu glauben.

»Okay. Dann habe ich eigentlich nur noch eine Frage, Herr Winter. Was machen wir mit dieser Videoaufnahme? Wollen Sie Anzeige erstatten?«

»Anzeige gegen wen?«, fragte Wolfgang Winter ratlos. »Gegen Langenfelder? Ich bin sicher, dass der das Ganze zu verantworten hatte. Aber weisen Sie das dem mal nach.«

»Und gegen das Serail?«, fragte Pia.

»Würde das gehen, ohne dass diese Aufnahmen überall rumgezeigt werden müssten? Beim Gericht oder beim Staatsanwalt oder so, dass sie in den Medien landen?« Winter hob abwehrend die Hände. »Nein! Ich habe, so wie es jetzt ist, die Hände frei für gute Geschäfte. Mit Kunden, die einen halbwegs anständig behandeln. Ich will den Laden hier verkaufen. Laura, meine Tochter, will ihn definitiv nicht weiterführen. Es gibt einen Interessenten. Da gibt es demnächst erste Gespräche. Der hätte auch die notwendige Kohle, um die Investitionen zu tätigen, die wir brauchen, um langfristig vom Verbrennungsmotor wegzukommen. Meinen Sie, das kommt bei solchen Leuten gut an, wenn so etwas publik wird?« Er deutete auf die CD auf dem Tisch. »Nein. Keine Anzeige. Wenn das Ganze im Sand verlaufen könnte, wäre es mir am allerliebsten.«

Luca fühlte sich unendlich erleichtert. Doch zugleich auch wie ein waidwundes Tier. Warum war Laura nicht zu diesem Gespräch gekommen?

»Gut, Herr Winter«, erklärte er. »Dann wäre die Sache damit für Sie abgeschlossen. Also, um es mal salopp zu formulieren: Sie kommen für uns weder als Ankläger noch als Angeklagter in Frage. Wir wissen nicht, ob wir Sie noch mal als Zeugen brauchen, wenn es um die Mordsache Petkova geht. Es ist eher unwahrscheinlich, aber garantieren kann ich Ihnen nichts.«

»Das betrifft aber nur Sie«, sagte Pia eifrig. »Ihre Tochter ist quasi aus unseren Akten raus. Verstehen Sie? Vielleicht können Sie ihr das mal ausrichten.«

So ganz verstand es Wolfgang Winter wohl nicht. Doch er war sichtlich froh und begleitete die beiden Kriminalkommissare freundlich zum Ausgang des Betriebs.

Warum war Laura nicht wenigstens gekommen, als sie sich von Winter verabschiedet hatten? Sie waren doch noch einige Minuten auf dem Flur der CatMaterials GmbH gestanden und hatten sich darüber unterhalten, wie froh die ganze Bevölkerung und sämtliche Polizeibeamten waren, dass endlich der Körschtalmörder gefasst worden war. Das hätte sie mitbekommen können. Doch wer nicht auftauchte, war Laura.

Freitag, 20. Mai

1

Er kam spät zur Arbeit, unausgeschlafen und mies gelaunt. Weil er sich am Vorabend noch den Kopf zerbrochen hatte, warum Laura nicht gekommen war, und ob und wie er Kontakt zu ihr aufnehmen sollte. Weil ihn in wilden Albträumen mehrere Anabolika-Mutanten verfolgt hatten und zugleich junge Frauen vor ihm geflüchtet waren, obwohl er gar nicht verstand, warum. Und außerdem hatte er null Bock auf das, was nun kam: Berichte schreiben und Akten führen.

Doch als er am späten Vormittag sein Büro betrat, strahlte Pia ihn an. »Sie hat angerufen. Du sollst zurückrufen. Hier, ihre Handynummer.«

Luca zog sich sofort in das kleine Besprechungszimmer zurück und wählte die Nummer.

»Hallo commissario, habt ihr den Fall abgeschlossen?«

»Noch nicht offiziell. Wir haben ihn immerhin gelöst.«

»Darfst du mit mir heute Abend dann inoffiziell essen gehen?«

»Ich denke schon. Wenn du in der Zwischenzeit nichts Kriminelles anstellst.«

»Ich werde ganz brav sein.«

Sie verabredeten, dass er sie um sieben in Plochingen abholte.

Pia sah ihn verzückt an, als er zurück ins Büro kam. »Du könntest glatt in der Vorher-Nachher-Show auftreten. Du hättest dich mal sehen sollen, als du reingekommen bist. Und jetzt! Ach, ist das schön. Ich könnte richtig neidisch werden.«

»Wieso das? Du hast doch auch einen ganz netten Freund, da im Labor, in der Kriminaltechnik.«

Sie zog eine Schnute. »Das ist nicht mein Freund. Das ist ein Kumpel. Tim ist leider schwul. Die besten Männer sind immer stockschwul. Na ja, vielleicht läuft mir ja auch mal der Richtige über den Weg.«

2

Die ganzen Tage und Wochen hatten sie sich nichts sehnlicher gewünscht, als sich in den Armen zu liegen, und nun benahmen sie sich wie zwei vierzehnjährige Pubertierende vor dem allerersten Kuss. Sie wagten kaum, sich an den Händen zu berühren. Und selbst wenn sich ihre Blicke trafen, wurden sie verlegen.

Laura hatte ein Restaurant in Plochingen ganz in der Nähe des Hundertwasser-Hauses gewählt und reservieren lassen. Es war rustikal – Fachwerkbalken in der Gaststube, mit Deko-Elementen aus aller Welt und Bildern aus verschiedensten Kunstepochen – und erinnerte eher an ein französisches Landgasthaus in der Provence. Aber die Küche war durchaus traditionell schwäbisch, jedoch leicht und mit einem südländischen Einschlag.

»Ist der Krimi jetzt eigentlich zu Ende? Darfst du mir jetzt sagen, wer der Mörder ist?«, fragte Laura.

Tja, was durfte er sagen und was nicht? »Du weißt ja, wir sitzen hier inoffiziell. Eigentlich darf ich dir gar nichts sagen.« Es war ein schwieriges Thema. Sie wurden immer wieder angehalten, bei Freunden, ja selbst in der Familie nicht zu viel über einzelne Fälle zu erzählen. Zu schnell konnten Informationen ohne böse Absicht nach außen dringen. Auf der anderen Seite war es für sie alle ungeheuer wichtig, über das zu sprechen, was man erlebte und was einem widerfuhr, gerade mit den Menschen, die einem am nächsten standen. Luca versuchte, ihr in groben Zügen zu erklären, wie es zum Tod der jungen Frau gekommen war.

Lange sprachen sie über seine Arbeit, über die Belastungen und die Gefahren. Darüber, dass man den Partner auch nicht belasten wollte. Die Details mancher Fälle waren nichts für feinfühlige Gemüter. Und es war manchmal besser, wenn die Freundin oder Ehefrau nicht immer so ganz genau wusste, wie brenzlig die Situationen waren, in die sie gerieten. Luca sprach auch sofort sehr offen über ihre Arbeitsbelastung, gerade wenn man einen Fall wie den Mord an dem kleinen Jungen hatte, der die Medien und die Öffentlichkeit über Monate beschäftigt hatte. Laura sollte wissen, worauf sie sich einließ.

Sie stellte ihre Fragen und hörte zu, manchmal sehr nachdenklich. Dann war ihre berufliche Situation das Thema. Wie ihr Vater Luca schon gesagt hatte, wollte sie die Firma auf keinen Fall übernehmen. »Ich habe einfach viel zu nahe miterlebt, was für eine Verantwortung du da übernimmst. Auch für Mitarbeiter. Vielleicht würde ich es sogar machen, wenn ich eine positive Perspektive für das Unternehmen sehen würde. Aber dafür bräuchten wir mehr Kapital, um auf andere Technologien umzustellen, die nichts mehr mit Katalysatoren zu tun haben.«

Luca wollte wissen, welche Alternativen sie hatte. Laura hatte Wirtschaftsingenieurwesen studiert. »Damit finde ich immer wieder einen Job«, meinte sie. »Leute mit meiner Qualifikation sind gefragt. Und langsam spricht sich sogar bei manchen Chefs herum, dass Frauen und Technik nicht unbedingt völlig unvereinbare Welten sind. Es soll sogar welche geben, die Frauen in der Technik Führungsrollen zutrauen.« Mit Ironie und Witz erzählte sie, was sie schon alles an Macho-Gehabe und Herabwürdigungen erlebt hatte. Von Männern, die erst nach mehreren langen Besprechungen kapierten, dass sie nicht die Sekretärin war. Von einem Kunden, der fachlich den größten Blödsinn von sich gab, sich von Laura nichts sagen ließ und erst einlenkte, als der Maschinenbediener Lauras Argumentation wortwörtlich wiederholte.

Sie würde sich auch weiterhin in der Männerwelt durchbeißen, meinte sie. »Mein Problem ist vielleicht aber, dass ich sehr lange die Juniorchefin war. Ich bin eine verwöhnte Göre, die sich im Betrieb von niemandem was sagen lassen musste. Ob ich mich noch mal daran gewöhne, eine einfache Mitarbeiterin zu sein – ich weiß es nicht.«

»Figlia di papà«, sagte Luca schmunzelnd, »ein verwöhntes Vater-Töchterchen.«

»Nur im Betrieb. Privat bin ich ganz unterwürfig«, lachte sie.

Sie redeten und redeten und stellten plötzlich fest, dass sie fast die letzten Gäste in dem zuvor gut besetzten Restaurant waren.

Laura sah ihn unsicher an und sagte verlegen: »Sag mal, wärst du mir böse, wenn ich dir sage, dass es mir heute recht wäre, wenn jeder in seinem eigenen Bett schläft? Ich bin doch recht müde jetzt.«

Luca war es nur recht. Auch er war erschöpft. Und was sollte jetzt die Eile. Sie hatten alle Zeit der Welt. Sie verabredeten sich für den nächsten Tag. Luca sollte dann der Gastgeber sein.

Wochenende, 21. und 22. Mai

1

Er hatte geputzt wie schon lange nicht mehr. Alles war aufgeräumt, das Bett frisch überzogen. Sogar Blumen hatte er gekauft und in eine Vase gestellt. Sie inspizierte seine Wohnung natürlich eingehend, als sie kam, auch wenn sie sich bemühte, nicht allzu voyeuristisch zu wirken. Schelmisch kam sie zu dem Schluss: »Das hast du dir aber wirklich nett eingerichtet – für einen Mann nicht schlecht.«

Er hatte sich auch mit dem Essen nicht lumpen lassen, und zum Glück war seine mamma wenigstens so modern, dass sie auch dem Sohn das Kochen beigebracht hatte. Und wenn er nicht nur für sich selbst in der Küche stehen musste, machte ihm das Schnippeln und Brutzeln sogar Spaß.

Er hatte beschlossen, als Vorspeise auf keinen Fall Tomate-Mozzarella zu machen, ja noch nicht einmal ein Carpaccio. Nein, es gab sizilianische Polpettine, Hackfleischbällchen mit Rosinen und Pinienkernen, und danach, das musste einfach sein, Spaghetti alla Puttanesca, leicht scharf mit viel Anchovis und Kapern. Wenn sie das nicht mochte, konnten sie es gleich vergessen. Dann würde das nichts mit ihnen.

Sie mochte es. Und auch den Wein der Tenuta San Jacopo, den Luca mal im Chianti entdeckt hatte und sich immer wieder besorgte, obwohl oder gerade weil der keinen Gallo nero hatte, nicht für Touristen, sondern für die Einheimischen ausgebaut wurde.

Sie landeten natürlich im Bett, nach einer kurzen Knutsch- und Streichelrunde auf Lucas Sofa. Sie rissen sich die Kleider nicht vom Leibe. Es wurde nicht ekstatisch. Sie ließen sich Zeit und waren beide erfahren genug, um zu wissen, dass man zueinander finden musste. Nur in Movies und Liebesromanen war

Sex auf Anhieb völlig synchron. Und doch war Luca so erregt und so glückselig zugleich wie selten zuvor.

Als sie sich vereinigten, ging Luca – so absurd und unpassend es war – plötzlich ein Gedanke durch den Kopf. Wochenlang hatte er es mit einer sexualisierten Welt zu tun gehabt, und nie hatte es ihn angemacht. Warum gingen Männer zu Prostituierten, die ihr Geschäft routiniert und unbeteiligt wie Maschinen abwickelten, wenn es doch so etwas gab: Ein warmer, weicher Frauenkörper, der sich einem sehnsüchtig und feucht entgegendrängte und den Mann mit spürbarer Lust in sich aufnahm? Ein Umeinanderkreisen, ein Ineinanderfließen, ein gegenseitiges Aufreizen bis zum Höhepunkt, das umso schöner war, je mehr es beide gleichermaßen wollten. Warum da einen toten Fisch bumsen?

2

Sie schliefen lange, blieben noch ewig aneinander gekuschelt im Bett und frühstückten dann in aller Gemütlichkeit. Dann hatten sie beide das Bedürfnis, sich Bewegung zu verschaffen. Sie machten sich auf den Weg hinauf zur Grabkapelle auf dem Rotenberg.

Es war ein herrlicher Tag. Luca hatte all die Zeit, in der der Fall ihn in Beschlag hatte, das Wetter kaum registriert. Der April und die ersten Maitage waren in diesem Jahr grau und kühl gewesen. Plötzlich war nun der Himmel blau, und die Sonnenstrahlen schickten spürbare Wärme ins Land.

Am Ortsausgang von Uhlbach ging es links den schmalen Pfad hinauf, zwischen den Schrebergärten hindurch. Hier hielten sich Leute in artgerecht angelegten Gehegen Tiere, von denen Luca nie wusste, ob es Schafe oder Ziegen waren. Zoologie war nicht seine Stärke. Die Gärten, zum Teil etwas verwildert, zum Teil liebevoll gehegt und gestaltet, waren die Mini-

Paradiese der Städter, und heute wurde in ihnen schon mächtig gewerkelt und umgegraben. Überall war schon zartes bis sattes Grün. In den Gärten blühten die Osterglocken und Tulpen und an den Böschungen kleine Blümchen, zumeist in Gelb oder Blau, deren Namen Luca nicht kannte. Auch die Botanik gehörte nicht zu seinen Kernkompetenzen.

Oben angekommen stellten sie fest, dass nicht nur sie auf die Idee gekommen waren, heute am Sonntagvormittag bei herrlichem Frühlingswetter hoch zur Grabkapelle der Königin Katharina zu kommen. Ältere Menschen in Wanderkluft, die sich das Denkmal zum Ziel größerer Spaziergänge gemacht hatten, lasen interessiert die Inschriften. Familien schoben ihre Buggys den Berg hinauf, während der Nachwuchs nebenherstolperte und versuchte, das Laufen zu lernen. Einige Singles wollten wohl die einsame Zeit einigermaßen genussvoll an der frischen Luft verbringen. Sie beide aber gingen händchenhaltend auf dem Rundweg um das markante klassizistische Bauwerk herum.

Luca war schon lange nicht mehr hier oben gewesen. Jetzt jedoch war er wieder einmal überwältigt von dem Ausblick, den man von diesem exponierten Hügel über dem Neckartal hatte, den die Stuttgarter noch immer Rotenberg nannten, der aber offiziell und schon seit ewiger Zeit der Württemberg war, Zentrum und Namensgeber des gleichnamigen Landes ringsherum.

Man sah von hier aus hinunter auf den Fluss, an dessen Ufern sich dicht an dicht die südöstlichen Vororte und Industriegebiete drängten. Ober- und Untertürkheim, die Daimlerwerke, flächengreifend wie ein eigener Stadtteil, das markante Oval der Daimler-Benz-Arena, der Cannstatter Wasen und gegenüberliegend der Gaskessel. Und über Anhöhen, an denen sich Hedelfingen, Wangen und der Stuttgarter Osten hinaufzogen, sah man den Fernmeldeturm und dahinter, in der Ferne, eigentlich viel zu klein, die symbolträchtige Silhouette des Fernsehturms.

»Warum war ich hier noch nie?«, fragte Laura, während sie ergriffen den Blick über die Landschaft gleiten ließ.

»Das ist der Eh-da-Effekt. Kein Römer geht ins Kolosseum. Weil das ist ja eh da.« Die Ausflugsziele, die einem am nächsten lagen, hatten den geringsten Reiz.

Sie las die Infotafel vor der Grabkapelle, die als Symbol der ewigen Liebe galt. Die Stuttgarter Kinder lernten das schon in der Schule. Ein Wilhelm, der im Württembergischen König war, hatte nach dem Tod seiner über alles geliebten Katharina eigens die »Burg Wirtemberg«, das Stammhaus derer von Württemberg, abtragen und an deren Stelle das eindrucksvolle quadratische Gebäude mit der runden Kuppel als Ruhestätte seiner Angebeteten errichten lassen. Und die Inschrift über dem Haupteingang war: »Die Liebe höret nimmer auf«.

»Ach, ist das romantisch«, meinte Laura und schmiegte sich an Luca.

Er erzählte ihr nicht, dass sich die Legende hartnäckig hielt, Katharina habe Wilhelm bei einer seiner zahlreichen Amouren überrascht, die er trotz der Liebe und Verehrung für seine Gemahlin immer wieder hatte, und dass Katharina dann im eisigen Januar in einem offenen Wagen davongefahren war, sich schwer erkältet hatte und nach wenigen Tagen an den Folgen einer Grippe und Gürtelrose starb.

Er nahm Laura fest in den Arm, dachte an Çelik und die Shu-Ha-Ri-Ebenen der Liebe und nahm sich fest vor, alles zu tun, um diese Frau zu halten.

Sommer und Herbst

Luca betete, dass er von neuen schwierigen Fällen verschont würde. Er wollte ein halbwegs geregeltes Leben haben, in dem Zeit blieb, eine neue wunderbare Beziehung aufzubauen. Und er wurde erhört. Es blieb in den folgenden Monaten relativ ruhig im Dezernat. Lediglich die Vernehmungen im Falle Luba Petkova nahmen viel Zeit in Anspruch und waren zum Teil sehr mühsam.

1

Dietmar Langenfelder war ein besonders harter Brocken. Wieder wunderte sich Luca, wie der Topmanager eines relativ großen Konzerns so primitiv sein konnte. Wie schon in seinem Forsthaus in Bad Wildbad wirkte er ungepflegt. Er war schlecht rasiert, und seine Haare sahen aus, als hätte er sie vor Wochen selbst geschnitten. Alles in seinem Gesicht hing schlaff herunter, die Unterlippe, die Wangen und die Tränensäcke. Er trug zwar immer teure Hemden, ließ den Kragen jedoch weit offen stehen, sodass das dichte Brusthaar hervorquoll und man die dicke Goldkette sah, die er um den Hals trug.

Auch seine Sprache war ungehobelt, wenn er patzig und kurz angebunden auf die Fragen von Staatsanwälten und Kriminalbeamten antwortete. Als er damit konfrontiert wurde, dass er die Besuche im Serail bezahlt hatte, meinte er nur: »Na und? Ich bin Geschäftsmann.« Auf den Streit mit Anton Schwarz in seiner Jagdhütte angesprochen, blaffte er: »Das geht euch Eierschaukler gar nichts an. Reine Privatsache.« Und so lange die Ermittler auch bohrten und fragten – sie konnten nichts aus Langenfelder herausholen, was ihnen bei der Frage geholfen hätte, wer die Erpresservideos in Auftrag gegeben hatte. Hier blockte der Firmenchef konsequent ab. »Lasst mich in Ruhe mit euren Scheiß-Videos!« Luca bezweifelte, dass sie dem Mann die Erpressungen würden nachweisen können, zumal wichtige Zeugen tot waren oder die Sache auf sich beruhen lassen wollten. Eine irgendwie geartete Mittäterschaft bei der Ermordung der Luba Petkova war ebenfalls nicht nachzuweisen. Allein die LKA-Kollegen von der Wirtschaftskriminalität konnten triumphieren. Nicole Marinescu und Rudolf Kuhnert hatten bei den Razzien in den Privat- und Geschäftsräumen von Dietmar Langenfelder und Anton Schwarz so viel Beweismittel gefunden, dass eine Verurteilung von Langenfelder wegen Korruption und Vorteilsnahme sehr wahrscheinlich wurde.

2

Viel gesprächiger war Thorben Brennscheider. Sein Anwalt hatte es wohl verstanden, dem bornierten Jungeinkäufer klarzumachen, dass Erpressung kein Kavaliersdelikt ist und eine Rufschädigung auch dann strafbar sein kann, wenn sie auf der Veröffentlichung von erwiesenem Fehlverhalten beruht, zumal Brennscheider damit einen Menschen in den Tod getrieben hatte. Auch konnte er ihm wohl schmackhaft machen, dass eine Kooperation mit der Polizei die Bewährungsstrafe wahrscheinlicher machte und ihm damit das Gefängnis erspart bliebe.

Den Täter, Ándscheo alias Amir Beganoviç, zu überführen, würde angesichts der Beweislage kein Problem sein. Auch wenn sich nach der Überstellung des Mannes aus Österreich zeigte, dass der Tribun-Zuhälter konsequent schwieg und keine Stellungnahme zu den Anklagepunkten abgab. Durch die Aussage von Brennscheider wurden jedoch die Hintergründe des Mordes an der jungen Frau deutlich. Die Fäden liefen zusammen. Viele Vermutungen von Luca bestätigten sich.

Brennscheider war immer wieder mal Gast des Serails gewesen, und eine seiner Favoritinnen war das junge Ding mit dem Künstlernamen Natascha. Irgendwann entdeckte er zufällig eine der Kameras. Er sprach Natascha darauf an. Die antwortete zuerst, damit würden die Frauen überwacht, was Brennscheider allerdings für unwahrscheinlich hielt. Die Mädchen mussten ohnehin tun, was von ihnen verlangt wurde. Er hatte sofort einen Verdacht. Und auch Natascha war nachdenklich geworden. Irgendwann bestätigte sie, dass die Aufnahmen nur von besonders wichtigen Männern gemacht würden, von solchen, die im Stadtrat von Leinfelden-Echterdingen saßen oder andere wichtige Ämter bekleideten. Woher sie das wusste, sagte sie ihm nicht.

Dass sein Boss ebenfalls im Serail verkehrte, ahnte Brennscheider, als er einmal den Firmenwagen des Chefeinkäufers auf dem überdachten Parkplatz bemerkte. Es bestätigte sich, als er Anton Schwarz, Jens Immendorf, Wolfgang Winter und Dietmar Langenfelder, alle – bis auf Langenfelder – schon ziemlich knülle, im großen Saal des Serails sah, wo die vier den Tänzerinnen an den Stangen zusahen. Er beobachtete sie vorsichtig, bekam mit, dass Langefelder sich irgendwann verabschiedete und ging, während die anderen drei, jeder mit einer Frau, sich in die hinteren Räume zurückzogen.

Da kam ihm die Idee. Er hatte einen solchen Hass auf Schwarz. Der hatte ihm mal wieder gründlich die Provision vermasselt. Er hatte einen Hersteller von Schalldämpfern so weichgeklopft, dass ein ordentlicher Bonus für ihn herausgesprungen wäre. Doch Schwarz hatte den Auftrag, ohne Brennscheider auch nur zu informieren, einem anderen Zulieferer zugeschanzt. Brennscheider, der die sicher geglaubte Provision bereits in eine Kawasaki Ninja investiert hatte, saß in der Patsche.

Er fragte Natascha, ob sie herausbekommen könnte, ob auch von diesen feinen Herren Filmchen gedreht würden. Er schrieb die drei Namen auf einen Zettel und bat sie, auch ihre Freundin zu fragen, was sie über die Männer wusste. Das Mädchen, das ihm eher schwermütig vorkam, bekam plötzlich ganz glänzende

Augen. Brennscheider war nun mehrmals die Woche bei ihr. Und tatsächlich bestätigte sie, dass Aufnahmen von der Herrenrunde existierten, die sich einige Tage zuvor ihren Vergnügungen hingegeben hatten. Wie sie das erfahren hatte, konnte Brennscheider nicht sagen. Auf jeden Fall begann sie, wie er es empfand, ihn unter Druck zu setzen. Sie würde die Dateien besorgen, aber nur, wenn sie eine Kopie und vor allem ihren Anteil an dem Erlös bekommen würde. Brennscheider spielte ihr ein bisschen die große Liebe vor, versprach ihr, sie auf jeden Fall aus der Szene herauszuholen. Doch Natascha blieb hart und bestand auf ihren Forderungen.

Der NAU-Einkäufer brachte nun ein paar Mal seinen Laptop mit ins Serail. Und tatsächlich gelang es Natascha, drei DVDs kurzzeitig »auszuleihen«. Er speicherte die Daten auf seinem Gerät und dann auf einem Stick, den er Natascha überließ. Das Mädchen hatte noch nicht einmal ein Abspielgerät. Der Stick war nur eine Absicherung ihm gegenüber, dass sie ihren Anteil bekam.

Die Videos von Immendorf und Winter interessierten Brennscheider nicht, auch wenn er sie sich genüsslich reinzog. Aber dass die Aufnahmen von Anton Schwarz mit der kleinen Freundin von Natascha eine besondere Brisanz hatten, war ihm sofort klar. Von einem Prepaid-Handy aus schickte er eine besonders unappetitliche Sequenz des Videos an Schwarz. Er nannte ihm die Nummer eines anonymen Kontos auf Malta, das er eigens eingerichtet hatte, und setzte eine Frist, bevor das gesamte Video auf YouTube hochgeladen würde.

Doch Schwarz schickte kein Geld, sondern nur eine SMS. »Wer sind Sie? Woher haben Sie das?« Dann ging es hin und her. Brennscheider antwortete: »Zahlen Sie, sonst geht es auf YouTube.«

Schwarz antwortete: »Ich habe Möglichkeiten herauszubekommen, wer Sie sind. Vernichten Sie die Aufnahmen, sonst vernichte ich Sie.«

Man musste die Drohung verstärken, beschloss Brennscheider. »Sie können mich vernichten, aber nicht die Aufnahmen. Da gibt's nämlich Kopien. Wenn Sie mich vernichten, macht jemand anderes weiter, das garantiere ich Ihnen. Zahlen Sie!«

Darauf ließ Schwarz einfach nichts mehr von sich hören. Was Brennscheider noch wütender machte. Er habe noch einmal mit Natascha darüber sprechen wollen. Doch die sei nicht mehr im Serail gewesen und werde wohl auch nicht mehr kommen, wie man ihm sagte. Dass das Mädchen umgebracht worden war, wollte er nicht mitbekommen haben. Was ihm Luca nicht abnahm.

Brennscheider versuchte es noch einmal. Er schickte Schwarz nun den ganzen Film und versuchte im Serail, Nataschas Freundin zu buchen, die Schwarz auf dem Video so hart hernahm. Vielleicht hatte die auch Rachegelüste und konnte ihm noch mehr solche Aufnahmen besorgen. Doch im Serail wies man ihn ab, das Mädchen sei heute nicht hier. Einer von der Security beobachtete ihn argwöhnisch, und schließlich kam der Chef persönlich und bat ihn, nicht mehr in das Etablissement zu kommen. Eine Begründung lieferte er nicht. Da ahnte Brennscheider schon, dass Schwarz offenbar mit den Aufnahmen zu Ruthenau gelaufen war und sich beschwert hatte, und dass man ihn und Natascha im Verdacht hatte, den Top-Manager erpresst zu haben. Er war wohl in letzter Zeit zu oft bei ihr gewesen.

Von heute auf morgen wurde er auch in der Firma massiv gemobbt. Sein direkter Vorgesetzter drohte ihm mit Entlassung, weil er angeblich mit einem Zulieferer gekungelt hätte. Und gefälschte Vereinbarungen mit seiner Unterschrift tauchten plötzlich auf. Kurz darauf statteten die Vandalen der United Tribuns ihm zuhause einen Besuch ab, verwüsteten die Wohnung, kassierten seine sämtlichen elektronischen Geräte und Datenträger und verprügelten ihn nach Strich und Faden. Der Rest war den Ermittlern bekannt.

3

Die Vernehmungen von Harald Ruthenau dagegen waren wiederum zäh. Er versuchte, sein nettes joviales Gesicht zu zeigen und den netten Onkel von der Sparkasse zu spielen. Dabei verweigerte er jedoch die Aussage, so oft es nur ging. Von den Videos wollte er nichts gewusst haben. Wer von seinen Leuten dahinterstecken könnte, war für ihn ein Rätsel. Und so konnte er natürlich auch rein gar nichts zu möglichen Auftraggebern für die Erpresservideos sagen. Er gab allerdings zu, dass Anton Schwarz zwei Mal bei ihm gewesen war, sich heftig über die Aufnahmen beschwert hatte und Dietmar Langenfelder als Drahtzieher beschuldigte. Die Auftritte von Schwarz, vor allem der zweite, mussten so heftig gewesen sein, dass einige der Angestellten, aber auch die Frauen und ein paar Kunden es mitbekommen hatten.

Eine irgendwie geartete Mitwirkung am Mord an Luba Petkova konnten Luca und seine Kollegen nicht nachweisen. Sie konfrontierten ihn zwar mit der Nachricht an Sušić – ›Was ist da schief gegangen? Komm sofort her!‹ –, die Ruthenau nach der Mordnacht geschrieben hatte. Doch der wand sich heraus mit der Behauptung, es sei um ein Auto gegangen, das Sušić ihm hatte besorgen wollen.

Gertrud Sieg und das Dezernat für Organisierte Kriminalität hatten jedoch einiges gegen den Serail-Chef in der Hand. Die Ermittlungsgruppe von LKA und Stuttgarter Präsidium verfügte nicht nur über genügend Beweismaterial, um die Verbindungen zwischen dem Besitzer des Serails und den United Tribuns zu beweisen. Auch dass eine große Zahl der Frauen in dem Edelbordell mit dem angeblich frauenfreundlichen Geschäftsmodell nicht selbstständig, sondern für Bakir Sušić und seine Mannen arbeiteten, konnten sie fast lückenlos belegen. Der Chapter-Häuptling der United Tribuns und etliche Mitglieder der Gang, die im Rotlichtmilieu aktiv waren, wurden von

Gertrud Sieg und ihren Kollegen ausgiebig durch die Mangel gedreht. Die Ermittler waren zuversichtlich: Man würde Ruthenau und der kriminellen Bande nachweisen können, dass die Prostituierten tatsächlich nach der Pfeife ihrer Luden tanzen mussten und diese »Ort, Zeit, Ausmaß oder andere Umstände der Prostitutionsausübung« bestimmten, so der Gesetzestext. Damit wäre der Beweis für strafbare Zuhälterei erbracht.

Zwangsprostitution allerdings war ein anderes Thema. Da reichten nur die Abrechnungen zwischen dem Bordellbetreiber und den Tribuns und die Belegungspläne der Zimmer im Serail nicht aus. Da musste schon bewiesen werden, dass die Frauen mit Drohungen und Gewalt zu ihrer Tätigkeit gezwungen worden waren. Und so etwas wurde natürlich von den Tätern nirgends dokumentiert. Gertrud Sieg war dennoch siegesgewiss. Sie hatte eine ganze Reihe von Indizien. Hinzu kam, dass es eine Kronzeugin geben würde.

Alena

Alena Nowikowa hatte einen Entschluss gefasst. Sie würde aussagen. Die Psychotherapeutin meinte, es sei noch zu früh. Nach nur vier Monaten Therapie befürchtete sie, dass die junge Frau die Befragungen, bei denen es ums Eingemachte ging, nicht verkraften würde. Sie sah die Gefahr, dass Alena schwere Flashbacks und tiefe depressive Episoden erleiden würde.

Doch die junge Frau hatte sich entschieden. »Ich muss sagen. Ich nicht kann zurück. Da ist Tod. Ich weiß nicht, was ist am Ende von Tunnel. Vielleicht auch Tod. Ich weiß nicht. Aber ich weiß: Zurück ist sicher Tod. Diese Männer mich nicht leben lassen. Egal, wo bin ich.«

Über mehrere Wochen zogen sich die Vernehmungen hin, die Friedebald Frenzel und zwei weitere Staatsanwälte für die

»Organisierte Bandenkriminalität« und den »Menschenhandel« verantworteten. Auch Luca und Gertrud Sieg waren fast immer dabei, wenn es notwendig war, auch weitere Kollegen. Immer wieder wurden die Befragungen unterbrochen durch Pausen von einem oder mehreren Tagen, wenn die Psychologin, die stets schweigend dabeisaß, intervenierte, damit Alena die Geschehnisse verarbeiten konnte. Man traf sich an verschiedenen streng geheim gehaltenen Orten. Gertrud Sieg war wie eine Furie hinter den Sicherheitsmaßen her. Auf keinen Fall wollte sie diese Zeugin verlieren, und dazu war es unabdingbar, dass Alena sich absolut sicher fühlte und keinen Rückzieher machte. Und dass sie, trotz der Geschichte, die sie erlebt hatte, psychisch stabil blieb.

Alena Nowikowa und Ludmilla Arsennewa waren in einer der Plattenbausiedlungen am Rande von Kiew aufgewachsen, die man nach dem Reaktorunfall von Tschernobyl billig und in aller Eile hochgezogen hatte, um die fünfzigtausend Menschen unterzubringen, die durch die Katastrophe ihre Heimat verloren hatten. Das Elend und die Armut in diesen Vierteln war groß. Die Männer fanden keine Arbeit und gaben sich dem Wodka hin. Die Frauen hielten die Familie mit schlecht bezahlten Putz- und Näharbeiten über Wasser. Die Flüchtlinge wurden von den eigenen Landsleuten oft wie Aussätzige behandelt, die eine ansteckende Krankheit hatten.

Alena und Ludmilla waren Nachbarskinder und wuchsen wie Geschwister auf. Sie waren allerbeste Freundinnen und träumten gemeinsam von einem anderen Leben, in dem man sich schicke Jeans und modische T-Shirts kaufen und die Welt bereisen konnte.

Dann lernten sie Pjotr kennen, der ihnen diesen Floh ins Ohr setzte. Er war schon um die dreißig, gab ihnen, den gerade mal sechzehn Jahre alten Mädchen das Gefühl, schon richtige Frauen zu sein, die er ernst nahm. Er machte schnell klar, dass er Wege kannte, wie man in den Westen und dort an lukrative

Jobs kam. Die Pässe, die er besorgen könnte, die seien praktisch nicht als Fälschungen zu erkennen. Und kosteten trotzdem nur fünfhundert Euro.

Fünfhundert Euro! Was für eine enorme Summe. Wie sollten sie jemals an fünfhundert Euro kommen? Doch Pjotr lachte nur. Wenn man den richtigen Job machte, dann konnte man in einer deutschen Großstadt schon an einem Abend fünfhundert Euro verdienen. Die Verlockung war zu groß, und das Elend nahm seinen Lauf.

Alena versuchte, sich so genau wie möglich an alles zu erinnern. An die Männer, denen sie übergeben worden waren und die ihnen sagten, sie hätten jetzt fünftausend Euro Schulden, der Pass sei das geringste, aber die Kosten für die Schleuser kämen eben hinzu. An das kleine Bordell, in dem sie sofort untergebracht worden waren. An die Strukturen bei den United Tribuns. An die Beziehungen zwischen den Muskelmännern und dem Chef des Nobel-Puffs, in den sie verlegt worden waren. Die Staatsanwälte und die Ermittler hakten immer wieder nach. Jedes Detail war wichtig.

Die schlimmsten Erlebnisse, die man am liebsten vergaß, musste Alena besonders gut und minutiös erinnern. Denn man musste sie auf die Situation im Gerichtssaal vorbereiten. Dort würde sie von abgebrühten, völlig skrupellosen Anwälten der Angeklagten in die Mangel genommen werden. Gertrud Sieg wusste von etlichen Prozessen, bei denen die geschundenen und geschändeten Frauen derartig fertiggemacht worden waren, dass sie heulend aus dem Saal liefen oder nicht mehr zu einer Aussage bereit waren. Alena war selbst nie von einem der Tribuns vergewaltigt worden. Um sie gefügig zu machen, hatte es gereicht, dass sie miterleben musste, wie ihre allerliebste Freundin brutal »zugeritten« worden war, und dass sie wusste, dass ihr dasselbe blühte. Doch die Anwälte würden es so hindrehen, dass alles aus freiem Willen geschehen sei und sie es womöglich sogar gern getan hatte. Wahrscheinlich, so meinten die Staatsanwälte, könne man ihr nicht ersparen, dass das Video, das von ihr und Anton Schwarz existierte, als Beweismittel in den Prozess eingebracht wurde. Doch auch hier gab sie sich alle Mühe, genauestens zu erinnern und zu erzählen, wie die Bordellbesuche von Langenfelder, Schwarz und ihren Geschäftspartnern organisiert wurden und abgelaufen waren.

Sie brauchte immer wieder ihre Pausen. Um sich dann jedoch wieder alles, so gut es irgendwie ging, ins Gedächtnis zu rufen. Sie war fest entschlossen, es ihren Peinigern so schwer wie möglich zu machen.

Nach diesen Vernehmungen verschwand Alena wieder in einer geheimen Unterkunft. Luca würde sie bis zum Prozess nicht mehr sehen. Und danach würde sie für immer von der Bildfläche verschwinden, und niemand würde jemals erfahren, was aus ihr geworden war. Luca wünschte der mutigen jungen Frau von ganzem Herzen, dass am Ende des Tunnels das Leben stand.

Ein verzwickter Fall

In Ihrer Buchhandlung

Sybille Baecker

Ausstieg rechts

Ein Baden-Württemberg-Krimi

In einer Esslinger Wohnung offenbart sich Kommissar Brander und seiner Kollegin Peppi ein grausiges Bild: Im Badezimmer liegt ein totes Mädchen. Ihre Leiche ist halb verwest, die Wohnung verwüstet, die Wände sind mit Hakenkreuzen und Zahlen beschmiert. Vom Wohnungsmieter, Marcel Schweikhard, fehlt jede Spur. Es stellt sich heraus: Er gehört zur rechten Szene und ist für die Polizei kein Unbekannter. Seine braunen Kameraden distanzieren sich jedoch von ihm.

Ein verzwickter Fall für Andreas Brander und sein Team und eine extreme Herausforderung für Peppi, die griechische Wurzeln hat und sich daher mit Anfeindungen der Neonazis konfrontiert sieht. Aber auch Brander hat mit seiner Glatze keinen leichten Stand – Vorurteile gibt es auf allen Seiten! Die Ermittlungen führen die Kommissare schließlich zu einem türkischen Paar, das ein paar Monate zuvor von einer Gruppe brutaler Schläger überfallen wurde. Die junge Frau, so scheint es, verbirgt etwas vor den Beamten. Bald ist der Fall so verzwickt, dass die Kommissare fürchten, noch nach einem weiteren Opfer suchen zu müssen …

448 Seiten.
ISBN 978-3-8425-2057-8

SILBERBURG